HAYMON taschenbuch **277**

MIX
Papier aus verantwortungsvollen Quellen
FSC® C083411

Auflage:
5 4 3 2
2023 2022 2021 2020

HAYMON tb **277**

Originalausgabe

www.haymonverlag.at

ISBN 978-3-7099-7924-2

Umschlag: Eisele Grafik · Design, München, unter Verwendung folgender Bildelemente: Bigstock/Santorines (Katze, Mauer), Bigstock/Alex_Ugalek (Meer, Yacht), shutterstock/Wiktoria Matynia (Griechisches Vektorsymbol)
Satz: Da-TeX Gerd Blumenstein, Leipzig
Autorinnenfoto: Kurt-Michael Westermann

Gedruckt auf umweltfreundlichem,
chlor- und säurefrei gebleichtem Papier.

Edith Kneifl
Wellengrab
Ein Griechenland-Krimi

Edith Kneifl
Wellengrab

für Gerti, Manolis und Kassandra

Diese Landschaft ist hart wie das Schweigen presst ihre glühenden Steine in den Schoß presst ans Licht ihre verwaisten Ölbäume und Weinstöcke presst die Zähne aufeinander. Wasser gibt es nicht. Nur Licht.
Der Weg verliert sich in dem Licht und der Schatten der Umzäunung ist aus Eisen.

Jannis Ritsos

Prolog

Nach dreißig Jahren betrat Alexander zum ersten Mal wieder griechischen Boden. Er hatte in Argentinien, Kolumbien und Mexiko gelebt. Ein schiefgelaufenes Projekt in Juárez hatte er zum Anlass genommen, nach Europa zurückzukehren.

Die letzten Jahre hatte er in der Schweiz und in Wien verbracht. In der österreichischen Hauptstadt hatte er sich bald wie zu Hause gefühlt, Wien war ein idealer Platz zum Altwerden und galt nicht umsonst als die lebenswerteste Stadt der Welt. Doch es war auch eine Stadt der Intrigen, der illegalen Geschäfte und tödlichen Geheimnisse, wie er feststellen musste.

Alexander war in einer möblierten Zwei-Zimmer-Wohnung in einem Gründerzeitbau in der Nähe vom Naschmarkt abgestiegen. Er ging viel spazieren, hielt seinen Körper halbwegs in Form, und er lernte Deutsch, die Sprache der Dichter und Denker. Fast war ihm ein bisschen langweilig in Wien gewesen.

Eine Zeitlang hatte er eine russische Freundin gehabt. Sie war zwanzig Jahre jünger als er und viel zu dünn für seinen Geschmack. Aber Natascha war toll im Bett. Toll im wahrsten Sinne des Wortes. Wegen ihrer zahlreichen erotischen Finessen hatte er sie kurz in Verdacht gehabt, eine Professionelle zu sein. Zwar verlangte sie nie Geld von ihm, aber ihre Vorlieben kamen ihn teuer zu stehen: Ihre Lieblingsbeschäftigung war Shoppen, auch vom Kochen hielt sie nicht viel, die Restaurantbesuche kosteten ihn ein kleines Vermögen. Wenn er ehrlich zu sich selbst war, war sie ihm auch körperlich zu anstrengend. Natascha war in jeder Hinsicht unersättlich. Trotzdem hatte er Hemmungen, mit ihr Schluss zu machen.

Durch Natascha kam er in einer Bar der Wiener Innenstadt mit einem schwerreichen Russen ins Gespräch. Bald erledigte er einfache Jobs für Boris – gelegentliche Kurierdienste, die ihn meist nach Luxemburg oder Liechtenstein führten. Heute war er sich sicher, dass die Begegnung mit dem Russen kein Zufall gewesen war. Alexander hatte Natascha nicht viel über sich erzählt, aber offenbar hatte sie geahnt, dass er für illegale Geschäfte zu haben war.

Als er eines Tages für Boris in Luxemburg eine Geldtransaktion erledigte, wurde er bei seiner Rückkehr am Wiener Flughafen von internationalen Fahndern festgehalten und einvernommen. Boris hatte Wien verlassen, ohne Alexander eine Nachricht zu hinterlassen und ihn zu warnen. Die Interpol hatte den Russen wegen Steuerhinterziehung und Betrug auf ihre Fahndungsliste gesetzt.

Etwa zur selben Zeit verließ Natascha Alexander. Er empfand vor allem Erleichterung. Er hatte sie nicht geliebt, war nicht einmal verliebt in sie gewesen. Sie hatte ihm nur die einsamen Nächte erträglicher gemacht.

Alexander konnte es sich nicht erlauben, von der Interpol genauer unter die Lupe genommen zu werden. Also blieb ihm nichts anderes übrig, als seinen Namen zu ändern und unterzutauchen.

Im Internet fand er eine hübsche Atelierwohnung in der Leopoldstadt mit Blick auf das Riesenrad. Die Wohnung gehörte einer Malerin. Sie wollte für ein halbes Jahr nach Frankreich und suchte jemanden, der einstweilen auf ihre Wohnung schaute. Er musste sich also nicht einmal anmelden.

Einen wunderbaren Frühling lang genoss er das luftige Atelier in der Nähe des Praters. Gerne hätte er noch eine Zeitlang weiter in den Tag hineinleben wollen. Doch eines Abends bekam er Besuch. Seine russischen Freunde hatten nicht auf ihn vergessen. Es überraschte ihn keineswegs, dass sie seine Adresse in Wien herausgefunden hatten. Beim Joggen im Prater war er einmal zufällig Natascha begegnet. Sie war in Begleitung eines anderen Mannes gewesen. Wahrscheinlich waren sie im gefolgt.

„Ihr Name ist Alexander Makiris? Sie sind der Grieche?“, vergewisserte sich der Mann in dem eleganten, gutsitzenden Anzug, der so gar nicht zu seiner Verbrechervisage passte.

Alexander zögerte, bevor er nickte. Er wusste, wann Lügen sinnlos war.

„Wir haben einen Auftrag auf Mykonos für Sie.“

Er machte sich nicht die Mühe nachzufragen, wen dieser Mann mit „wir“ meinte, wartete den Vorschlag des Mannes ab, ohne die Miene zu verziehen. Ein Job in seiner alten Heimat. Nicht weit entfernt von der Insel, auf der er geboren worden war. Er hielt das für ein besonderes Zeichen. Außerdem war es höchste Zeit abzuhauen. Wenn ihn die Russen so leicht finden konnten, würde die Interpol wohl auch bald bei ihm auftauchen. Es würde der letzte Auftrag sein, den er annahm. Danach wollte er sich endgültig zur Ruhe setzen.

Die Aufgabe schien nicht besonders schwierig zu sein. Er sollte einen österreichischen Hotelbesitzer auf Mykonos zum Verkauf überreden. Das Honorar klang verlockend und gleichzeitig verdächtig. Für einen so simplen Job zahlte normalerweise keiner fünfzigtausend Dollar. Wenn er seine Wertpapiere und Goldbarren, die er in einer Schweizer Bank deponiert hatte, verkaufte, würde er damit genügend Geld haben, um sich ein Haus auf einer einsamen Insel und ein gebrauchtes Fischerboot zuzulegen. Als Sohn eines Fischers bildete er sich ein, vom Fischfang etwas zu verstehen. Sollte es finanziell knapp werden, könnte er ja wieder seiner ursprünglichen Arbeit nachgehen. Denn zwischen der Türkei und den griechischen Inseln herrschte nach wie vor ein reger Austausch von Waren aller Art, Zigaretten und Cannabis aus dem Mittleren Osten waren auch im heutigen vereinten Europa noch gefragt.

Er stimmte zu.

Bevor der Besucher ging, übergab er ihm ein dickes Kuvert.

Alexander setzte sich auf die Couch und nahm die Fotos aus dem Umschlag. Sorgfältig prägte er sich die verschiedenen Gesichter ein und las die beigefügten Anweisungen. Tatsächlich klang alles nach einem gut organisierten, unkomplizierten Auftrag. Fotos und Zettel verbrannte er, die Asche spülte er im Klo hinunter. Die Russen waren zum Glück genauso altmodisch wie er, kommunizierten ungern per Mobiltelefon oder E-Mail. Anscheinend misstrauten sie ebenfalls den neuen Technologien. Alles war gläsern und kontrollierbar geworden. In seinem Beruf war das schlicht und einfach fatal.

Ohne einen Funken von Wehmut zu verspüren, verließ Alexander am nächsten Tag die Stadt, in der er sich sehr wohlgefühlt hatte, und flog nach Athen.

I. Teil: Piräus

Als ich ihn erblickte, wusste ich sofort, dass es Ärger geben wird. Schnellen Schrittes kam er die Treppe zum Oberdeck herauf. Ich erkannte ihn an seiner Statur und seinem Gang. Im Gegensatz zu mir hatte er sich kaum verändert, die vielen Jahre hatten wenige Spuren bei ihm hinterlassen. Wie die meisten großen Männer ging er leicht gebückt, so als würde er sich seiner Größe schämen.

Das Unglück wird seinen Lauf nehmen, dachte ich, als ich sein Gesicht aus der Nähe sah. Alles Sanfte und Weiche war aus seinen Zügen gewichen. Aber er war immer noch ein schöner Mann. Und er war auffallend gut gekleidet. Hellbeiger Leinenanzug, weißes Hemd, champagnerfarbene Sneakers. Bestimmt liefen ihm die Frauen genauso nach wie in seiner Jugend. Ob ihm das heute bewusst war? Damals hatte er nur Augen für eine gehabt. Er war kein Frauenheld, sondern ein schüchterner, introvertierter Bursche gewesen.

Ich überlegte, ob ich ihn ansprechen sollte, ließ es aber bleiben. Er würde mich nicht erkennen. Vielleicht würde er sich an meinen Vornamen erinnern? So wie alle im Dorf hatte er mich früher immer einfach Frau Christina genannt.

Als er knapp an mir vorbeiging, sah ich ihm in die Augen. Große, dunkle, traurige Augen mit langen schwarzen Wimpern, um die ihn wahrscheinlich jede Frau beneidete.

Ich erschrak. Seine Augen erinnerten mich an jene von Christos, den einzigen Mann, den ich je geliebt hatte. Aber Christos war tot. Die Faschisten hatten ihn 1969 während der Unruhen in Athen umgebracht.

1.

Am Flughafen Venizelos suchte Alexander, nachdem er den Zoll anstandslos passiert hatte, die Herrentoilette in der Ankunftshalle auf. Ein dunkelhaariger Mann stand vor den Waschbecken, nickte ihm zu und entfernte sich rasch. Seine Sporttasche ließ er stehen.

Alexander schnappte sich die schwere Tasche, sperrte sich damit in einer Toilette ein. Er nahm ein paar Sachen heraus und legte sie in seinen Koffer.

Schnellen Schrittes ging er mit beiden Gepäckstücken zum Taxistand.

„Nach Piräus."

Der Verkehr war wesentlich dichter als vor dreißig Jahren. Der Taxifahrer fluchte permanent. All die Hektik und Huperei erinnerten Alexander an seine Zeit in Buenos Aires. Lächelnd lehnte er sich zurück und ließ seine Blicke über die geschäftige Hafenstadt schweifen.

Baustellen, nichts als Baustellen zwischen hässlichen Mietskasernen und neuerrichteten Glaspalästen. Gestank nach Teer und Abgasen beherrschte die Luft. Die nackten, sonnenverbrannten Oberkörper der Bauarbeiter glänzten vom Schweiß. Junkies latschten mit ihren verlausten Kötern über die frisch asphaltierte Straße, ärmlich gekleidete Frauen mit prallen Plastiksäcken wichen ihnen ängstlich aus. Die Straßencafés waren voll alter Männer, deren arthritische Finger so schnell über ihre Kombolois glitten, als hätten sie nie etwas anderes gemacht, als sich auf diese Art selbst zu befriedigen. Kräftige Burschen mit breiten Schultern und kurzen Beinen lehnten an ihren Mopeds – rauchend, trinkend, lachend, aggressiv in ihrer Gestik, jederzeit bereit, das Lachen einzustellen und zuzuschlagen. Die Augen der jungen Männer, die vor den Cafés herumlungerten, waren trüb. Schwermut und Hoffnungslosigkeit lagen in ihren Blicken.

„Da ist jemand hinter uns", sagte der Taxifahrer. „Dieser weiße BMW verfolgt uns, seit wir den Flughafen verlassen haben."

Alexander drehte sich um. Ein SUV klebte an der Stoßstange des Taxis. „Schneller!", befahl er dem Fahrer.

„Gegen den habe ich keine Chance." Dennoch stieg er aufs Gaspedal und bog scharf links ab. „Wenn es Sie nicht stört, mache ich einen Umweg. Mal sehen, ob er uns weiter folgt."

Tatsächlich bremste sich der BMW nach der Abbiegung ein, setzte zurück und fuhr hinter ihnen her durch ein Villenviertel.

Sie kamen vorbei an ehemals prächtigen Häusern, an denen der Verputz abbröckelte, und an verwahrlosten Parkanlagen, in denen seit langem nichts mehr blühte. Als sie auf eine von sterbenden Palmen umsäumte, schmutzige Straße mit billigen Geschäften, schummrigen Bars und heruntergekommenen Cafés gelangten, kannte Alexander sich wieder aus. Piräus hatte sich nicht allzu sehr verändert.

In der Bucht lagen dutzende Containerschiffe und riesige Kreuzfahrtschiffe vor Anker. Der Hafen schien jedoch inzwischen auch ein Eldorado für Segler und Wassersportler geworden zu sein.

Alexander streckte seinen Kopf aus dem Fenster. Der BMW war verschwunden. Beruhigt ließ er seine Blicke über die unzähligen Segelboote schweifen.

„Die Marina ist neu", stellte er fest.

„Neu würde ich nicht sagen. Seit den Olympischen Spielen 2004 gibt es in Piräus drei supermoderne Yachthäfen."

Beim Anblick all dieser teils sportlich-eleganten, teils monströsen Yachten verspürte Alexander ein gewisses Unbehagen. Seinem Taxifahrer schien es ähnlich zu gehen. „Verdammte Steuerhinterzieher", schimpfte er.

Geduldig ließ Alexander die Hasstiraden gegen die griechischen Multimillionäre, die keine Steuern zahlten und ihr Vermögen rechtzeitig ins Ausland geschafft hatten, über sich ergehen. „Verantwortlich für die Krise sind aber vor allem die Deutschen. Der Schäuble und die Merkel! Dabei schulden die uns nach wie vor die Entschädigungszahlungen vom Zweiten Weltkrieg ..."

Alexander hatte in Südamerika das griechische Fiasko aufmerksam verfolgt. Seit er in Europa war, hatte er sich noch intensiver mit der massiven Schuldenkrise und der Verarmung seines Heimatlandes befasst. Aufmerksam hörte er sich die Verschwörungstheorien seines Fahrers an.

„Da ist er wieder", unterbrach dieser plötzlich seine Schimpferei.

Erschrocken drehte Alexander sich um. Der weiße BMW war knapp hinter ihnen. Am Steuer saß ein glatzköpfiger junger Mann.

Alexander nahm die Sporttasche auf seinen Schoß. Vergewisserte sich, dass sein Fahrer nicht gerade in den Rückspiegel sah, holte einen Revolver heraus und steckte ihn hinten in seinen Hosenbund. In diesem Moment bremste sich der Taxifahrer einige Meter vor dem Eingang zu den Anlegestellen der Fähren ein.

„Passen Sie auf sich auf!“ Er deutete auf den SUV, der ihnen bei dem abrupten Bremsmanöver fast ins Heck geknallt wäre und jetzt langsam an ihnen vorbeifuhr.

Alexander gab dem guten Mann ein großzügiges Trinkgeld. Er hoffte, es würde seine Laune bessern.

***

Hitze, Lärm, Staub und Dreck empfingen Alexander im größten Passagierhafen Europas. Hinter ihm befanden sich Sandwichbars und kleine Cafés. Vor ihm hievten andere Taxifahrer die Koffer von Reisenden aus ihren Wagen. Über ihnen flatterten dutzende Möwen kreischend herum, immer auf der Suche nach einer fetten Beute. Hunderte Mopeds drängelten sich zwischen der Autoschlange und den stinkenden Bussen durch.

Die üblichen Großstadtgerüche drangen in seine empfindliche Nase, eine Mischung aus Abgasen, Frittierfett, Bier, Schweiß und Katzenpisse. Die Gehsteige waren voller Zigarettenkippen, Plastikflaschen, gebrauchter Kondome und Hundescheiße. Im Rinnstein schwamm, was in den wenigen überquellenden Papierkörben keinen Platz mehr gefunden hatte.

Alexander atmete tief ein, füllte seine Lungen mit diesem widerwärtigen Gemisch von Gerüchen.

Platsch!

Leise vor sich hin fluchend bemühte er sich, mit einem Papiertaschentuch die Möwenscheiße vom Ärmel seiner Anzugjacke zu entfernen. Er machte alles schlimmer. Der hässliche gelbliche Fleck nahm bereits das doppelte Ausmaß an.

Verärgert ging er weiter. Bevor er den Pier erreichte, sah er sich noch einmal um. Der weiße BMW stand jetzt in der Autoschlange vor der Fähre nach Mykonos. Reiner Zufall? Er glaubte nicht an Zufälle, beschloss, den Glatzkopf im Auge zu behalten.

Am Pier war es überraschend sauber. Nachdem Alexander sich ein Ticket im Büro von Blue Star Ferries gekauft hatte, besorgte er sich eine Pita, eine Flasche Mineralwasser und ein Päckchen Karelia an einem Kiosk. Zwar hatte er sich das Rauchen abgewöhnt, doch seit er griechischen Boden betreten hatte, sehnte er sich nach einer Zigarette.

Er leerte die Hälfte der Wasserflasche in einem Zug. Mit dem Rest reinigte er seine Jacke. Die Mineralien schienen der Möwenscheiße nicht gut zu bekommen.

Erleichtert zündete er sich eine an. Nach den ersten beiden Zügen wurde ihm schwindlig. Er wollte die Karelia gleich wieder ausdämpfen, überlegte es sich anders und nahm einen Bissen von der fetten Pita, bevor er sie in einen Mistkübel warf. Dann rauchte er seine Zigarette zu Ende.

Mit jedem Zug fühlte er sich unbeschwerter. Wie hatte er in den letzten Jahren bloß auf diesen Genuss verzichten können?

Versonnen sah er dem Rauch nach, der sich im Dunst des frühsommerlichen Himmels verflüchtigte. Erinnerungen an sein Stammlokal in Buenos Aires tauchten auf. In dieser Bar hatte er die traurigsten Nächte verbracht, eingehüllt in die Bitterkeit des Alkohols und den Gestank des Zigarettenrauchs. Mit jedem weiteren Zug und mit jedem Schluck Schnaps war ihm sein Elend erträglicher erschienen. Nächtelang hatte er dem Wehklagen des Bandoneons gelauscht und sich in der Einsamkeit verloren.

2.

In trüben Gedanken versunken, hängte sich Alexander die Sporttasche um die rechte Schulter, nahm seinen Rollkoffer in die Linke und ging aufs Schiff. Er war viel zu früh dran. Die Fähre würde erst in einer halben Stunde ablegen.

Der BMW parkte sich als einer der ersten auf dem unteren Deck ein. Alexander versteckte sich hinter dem Gepäckwagen, beobachtete den Mann, der aus dem SUV stieg. Das Erste, was er zu sehen bekam, waren silbern glänzende Cowboystiefel mit metallenen Beschlägen. Beinahe entkam ihm ein Grinsen. War das die neueste Schuhmode in Griechenland?

Er taxierte seinen Verfolger genauer. Der junge Mann war gut gebaut. Eindrucksvolle Muskelpakete malten sich unter seinem engen Jackett und seinen Jeans ab.

Der Cowboy entdeckte ihn. Rasch wandte Alexander seinen Blick ab, verstaute betont langsam Koffer und Tasche in einem Fach des Gepäckwagens und schlenderte dann zur Rolltreppe. Er hatte den Spieß umgedreht, verfolgte nun seinen Verfolger.

Als der glatzköpfige Bursche das erste Deck erreicht hatte, sah er sich unschlüssig um. Alexander duckte sich hinter einem dicken Pärchen, das vor ihm die Rolltreppe blockierte. Die Glatze ging ans Heck des Schiffes.

Erst nachdem sich Alexander vergewissert hatte, dass sich der Bursche allein in der Smoking Area im Freien befand, betrat er die hinter schmutzig beigen Planen versteckte Raucherecke. Er glaubte, kein besonderes Risiko einzugehen, wenn er den Cowboy ansprach. Jederzeit konnte einer von der Besatzung oder ein Passagier daherkommen.

Plötzlich blickte er in die Mündung eines Revolvers. Ohne auch nur eine Sekunde zu zögern, stürzte er sich auf den Mann und versetzte ihm einen Tritt in den Magen.

Die Glatze klappte zusammen wie ein Hampelmann. Das Motorengeräusch der Lastwagen, die sich als letzte einparkten, übertönte seinen Schrei.

Alexander nahm die Glock an sich. Was für ein wertvolles Geschenk des Himmels! In seinem Job konnte man eine Waffe, die auf einen anderen Namen oder gar nicht registriert war, immer gebrauchen.

Sein Gegner rappelte sich auf. Alexander versetzte ihm einen zweiten Tritt, erwischte seine Kehle. Der Cowboy verlor das Bewusstsein.

Hastig durchsuchte Alexander die Hosentaschen des Burschen. Seine Brieftasche steckte er ein.

„Wer hat dich beauftragt, mich zu verfolgen?", fauchte er den jungen Mann an, als er wieder zu sich kam.

Er erntete einen wütenden Blick.

Rasch presste er seinem Gegner den Schalldämpfer der Glock an die Stirn. „Wenn du nicht sofort den Mund aufmachst, bist du tot. Ich zähle bis drei. Eins, zwei ..."

„Stavros", flüsterte der Cowboy.

„Welcher Stavros? Wie heißt er mit Nachnamen?"

„Weiß nicht ..."

„Rede endlich! Oder ..."

Anstatt den Mund aufzumachen, zog der Idiot ein italienisches Springmesser aus dem Schaft seines linken Stiefels. Der Griff war mit Perlmutt verziert, die Klinge war über zehn Zentimeter lang und kam Alexanders Kehlkopf gefährlich nahe.

„Ai gamisou", fauchte Alexander. „Fick dich!", wiederholte er auf Deutsch und riss seinen Kopf zurück, während er dem Jungen gleichzeitig das Messer aus der Hand schlug.

Doch der Glatzkopf schien wieder bei Kräften zu sein. Er brachte Alexander zu Fall, packte ihn mit beiden Händen an der Kehle und drückte zu. Mit letzter Kraft schaffte Alexander es, ihm das Knie in die Eier zu rammen.

Leises Aufjaulen. Instinktiv fasste der Typ sich an den Schwanz. Ein Fehler, denn kaum war seine Kehle frei, wälzte sich Alexander auf ihn und setzte ihn mit ein paar Faustschlägen außer Gefecht. Der Kampf war fast lautlos vonstattengegangen, hatte nur ein paar Sekunden lang gedauert.

Er packte den Mann an den Füßen, schleifte ihn zur Reling und hob ihn hoch. Der Oberkörper des Burschen hing fast zur Gänze über der oberen Eisenstange. Alexander hielt ihn mit beiden Händen am Hosenbund fest.

„Ist dir der Nachname deines Bosses wieder eingefallen?“

Anstatt zu antworten, schlug der blöde Kerl mit Armen und Beinen wild um sich. Der Absatz seines spitzen Stiefels traf Alexander unterm Kinn. Er schrie auf vor Schmerz, ließ den Mann los und hielt sich die Hände schützend vors Gesicht. Der Körper des herumzappelnden Burschen geriet ins Rutschen, glitt wie in Zeitlupe über die Reling.

Alexander reagierte zu langsam, bekam mit seiner Rechten nur ein Hosenbein zu fassen. Als Linkshänder hatte er in der rechten Hand nicht viel Kraft. Der schwere Junge entglitt ihm, knallte auf das sich schließende Einfahrtstor der Fähre und rollte ins Wasser. Die Fähre hatte gerade abgelegt.

Mit starrer Miene sah er zu, wie der Cowboy von den hohen Wellen am Heck des Schiffes erfasst und in die Tiefe gezogen wurde.

3.

„Skata“, schimpfte Alexander, als er die Waffen seines Gegners einsammelte. Sorgsam wickelte er sie in seine Anzugjacke und begab sich auf die Suche nach den Waschräumen.

Die meisten Passagiere waren vollauf damit beschäftigt ihre Plätze zu finden. Dem Mann, der mit gesenktem Kopf an ihnen vorbeieilte, schenkten sie keinerlei Beachtung.

Auf der Herrentoilette hielt Alexander sein Gesicht unter den kalten Wasserstrahl, ließ das Wasser lange über sein lädiertes Kinn rinnen und wusch sich die Hände gründlich mit Seife.

Das Herz schlug ihm bis zum Hals, als er hinunter zum Gepäckwagen eilte. Bevor er die Glock samt Schalldämpfer und das Springmesser in seine Sporttasche stopfte, vergewisserte er sich, dass er nicht beobachtet wurde. Dann schlüpfte er in seine Anzugjacke und nahm schwer schnaufend die Treppe hinauf zum zweiten Oberdeck. Er war nicht in bester Form. Alle Knochen taten ihm weh.

Fast oben angekommen, warf er einen Blick auf das graublaue, schmutzige Hafenwasser. Von dem über Bord gefallenen Mann war nichts mehr zu sehen.

Seine Augen aufs Meer gerichtet, stolperte Alexander über die zahlreichen Plastiksäcke und Taschen einer alten Frau, die neben der Treppe saß.

„Ai sto diaolo!“, rief er, was auf Deutsch so viel wie „Zum Teufel!“ bedeutete. Man fluchte eben immer in seiner Muttersprache.

„Signomi“, flüsterte die Frau, die zusammengekrümmt auf der Vorderkante eines Liegestuhls hockte, erschrocken. Ihren Kopf hatte sie mit einem dünnen weißen

Schal vermummt. Die unzähligen Krähenfüße um ihre müden Augen verrieten ihm, dass sie sehr alt war.

„Nein, ich muss mich entschuldigen. Darf ich Ihnen helfen?“

Ohne ihre Antwort abzuwarten, sammelte er ihre Einkäufe ein. Ein Pürierstab und eine moderne Espressomaschine, beides zum Glück in den Originalschachteln, waren nicht das Problem, er drückte sie ihr in die Hand. Als sich das Schiff ein wenig neigte, kullerten einige Orangen, ein Deoroller, diverse Duschbäder und Shampoos die Stiege hinunter. Die verdammten Orangen brachten Alexander zu Fall.

Wieder begann er herzhaft zu fluchen. Er hatte das Gefühl, dass ihn alle Passagiere anstarrten, und bildete sich ein, leises Gelächter zu vernehmen. Außer der alten Frau und einer hübschen blonden Touristin in einer weiten weißen Hose und einem dünnen, langärmeligen weißen Seidenhemd befand sich jedoch nur ein Liebespärchen, das mit sich selbst beschäftigt war, im Freien. Es war sehr windig am obersten Deck.

Die attraktive Touristin amüsierte sich wahrscheinlich über seine Ungeschicklichkeit, obwohl sie keine Miene verzog. Als sie ihm beim Einfangen der Orangen behilflich war, lächelte er sie dankbar an. Die Alte blieb seelenruhig auf ihrem unbequemen Stuhl sitzen und beobachtete die beiden. Erst als sie alle ihre Orangen und Badezusätze wieder in ihren Säcken verstaut hatte, murmelte sie einen Dank.

Alexander sah sich nach seiner Helferin um. Sie war verschwunden.

In diesem Augenblick brach fürchterliches Geschrei am unteren Deck aus.

„Mann über Bord!“, rief ein deutscher Passagier. Die alte Frau machte hastig drei Kreuzzeichen.

Die Schiffsmotoren wurden gestoppt. Alexander beugte sich über die Reling.

Ein menschliches Bein und ein Arm tanzten auf den Schaumkronen der Wellen im schmutzigen Hafenwasser. Als der Kopf eines Mannes zwischen den Gliedmaßen auf und ab zu hüpfen begann, sah es aus, als würde jemand Wasserball spielen.

Auf einmal stand die blonde Touristin neben ihm. Entsetzt starrte sie auf das grausige Spektakel. Die Schaumkronen auf den Wellen hatten sich rotbraun verfärbt. Ein Stück vom Rumpf und ein zweites Bein erschienen auf der Wasseroberfläche, tanzten mit den anderen Fleischstücken ein seltsames Ballett zu den Klängen des aufgewühlten Meeres.

Sie stöhnte laut auf und lief in die Bar.

Ein Rettungsboot wurde über Bord gehievt. Zwei Matrosen bereiteten dem schaurigen Wasserballett ein Ende, indem sie die einzelnen Körperteile aus der unruhigen See zu fischen versuchten. Der Kopf entwischte ihnen immer wieder. Sobald sie ihn mit ihren Paddeln berührten, hüpfte er auf der nächsten Welle ein Stückchen weiter.

Alexander musste sich sehr zusammenreißen, um sich nicht zu übergeben. Obwohl er bereits unzählige Tote gesehen hatte, bereitete ihm der Anblick einer Leiche, vor allem der Anblick von Leichenteilen, nach wie vor großes Unbehagen. Der Glatzkopf war offenbar von der Schiffsschraube erwischt und zerkleinert worden. Das hatte er nicht beabsichtigt.

War ihm der junge Mann nachgeschickt worden, um auf ihn aufzupassen? Hätte er dafür sorgen sollen, dass Alexander die Angelegenheit im Sinne seiner Auftraggeber erledigte? Oder hatte es sich um den Killer einer

Konkurrenzfirma gehandelt, der ihn hätte ausschalten sollen? Letzteres erschien ihm am wahrscheinlichsten.

Übelkeit, Schwindel, Durst, Hunger. Alexander fühlte sich elend. Der Druck in seinem Kopf wurde stärker. Verdammter Blutdruck! Trotz Tabletten bekam er ihn nicht in den Griff. Er atmete tief durch, inhalierte gierig die frische, leicht salzig schmeckende Meeresluft.

Die berüchtigte Gefangeneninsel in der Nähe von Athen, auf der sein Vater jahrelang interniert gewesen war, schälte sich in der Ferne aus dem Dunst und ließ sein Herz noch schneller schlagen. Unwillkürlich fielen ihm die Zeilen eines Gedichtes ein, das sein Vater ihm abends vorm Schlafengehen oft vorgelesen hatte.

„Bitter waren unsere Tage, sehr bitter
der Schatten einer Zypresse maß die ganze Welt
Meter für Meter
Jeder trug auf seinen Schultern an den Verstorbenen
ständig trugen wir den Tod auf unseren Schultern“

Alexander war 1968 auf die Welt gekommen. Kurz nach seiner Geburt war sein Vater verhaftet und auf die Gefängnisinsel Makronissos, gegenüber von Kap Sounion und Lavrio, gebracht worden. 1974 war er mit mehreren Knochenbrüchen, die von den Misshandlungen mit Eisenstangen und Bambusrohren herrührten, nach Hause zurückgekehrt. Er war Kommunist gewesen. Nach seiner Rückkehr war er ein gebrochener Mann.

Zum Glück wird heutzutage niemand mehr nach Makronissos verbannt, nicht einmal ein Mörder, dachte Alexander. Das Straflager gab es nicht mehr.

***

Am Pier trafen die ersten Polizeiautos ein. Die Fähre hatte wieder angelegt. Bald wimmelte es an Bord nur so von Polizisten.

Alle Passagiere wurden befragt. Auch Alexander wurde kurz einvernommen. Er zeigte seinen falschen Pass vor und sagte, dass er am Oberdeck gestanden war und auf Piräus geschaut hätte, als er die Leichenteile im Wasser entdeckt hatte. Die Bullen schienen sich mit seiner knappen Aussage zu begnügen, fragten jedenfalls nicht weiter.

Erleichtert suchte er sich seinen reservierten Platz: einen bequemen Liegesessel in der ersten Klasse. Bevor er sich niederließ, hielt er Ausschau nach der blonden Touristin. Da er sie nirgends entdeckte, widmete er sich *To Vima*. Diese linksliberale Zeitung hatte er vor dreißig Jahren gerne gelesen. Er vertiefte sich in einen Artikel über die Tragödie der griechischen Fischer auf Fourni. Der Artikel lenkte ihn von dem Unfall ab. In seinen Augen war es ein Unfall gewesen, er hatte den Mann nicht töten wollen.

4.

EU-Subventionsirrsinn lautete die Überschrift. „Griechische Fischer in Nöten. Wie erst jetzt bekannt wurde, verbrannten zwei Fischer auf Fourni letztes Wochenende aus Protest ihre Boote. Die EU nahm kürzlich erneut einen Anlauf, die Überfischung in der Ägäis zu bekämpfen. Angeblich wurden Fischern Prämien bis zu zweihundertfünfzigtausend Euro geboten, wenn sie ihre Boote vernichteten."

Alexander legte die Zeitung beiseite. Er war zu müde, um sich auf den langen Artikel zu konzentrieren. Der

Kampf mit dem glatzköpfigen Cowboy hatte ihn mehr angestrengt, als er vor sich selbst zugeben wollte. Außerdem ging ihm die attraktive Touristin nicht aus dem Kopf. Er beschloss, sich auf die Suche nach ihr zu machen.

Zuerst holte er sich an der Theke einen griechischen Kaffee und ein Glas Wasser. Als er mit dem Fuß die Tür ins Freie aufstoßen wollte, wurde diese von außen aufgerissen.

Alexander verlor das Gleichgewicht. Der heiße Kaffee landete auf dem weißen Seidenhemd der hübschen Blondine.

„Können Sie nicht aufpassen?“ Sie funkelte ihn mit ihren wasserblauen Augen wütend an und schimpfte so laut, dass sich einige Gäste in der Bar nach ihnen umdrehten.

Wenn er etwas hasste, war es, Aufsehen zu erregen. Er war immer stolz darauf gewesen, sich beinahe unsichtbar machen zu können.

„Ver...verzeihen Sie bitte“, stammelte er bestürzt.

Ihr Gesicht entspannte sich. Beinahe wäre ihr ein Lächeln entkommen. Sie musterte den großen, schlanken Mann von Kopf bis Fuß. Dieser Tollpatsch sah verdammt gut aus. Schwarzes, an den Schläfen leicht ergrautes, kinnlanges Haar, ebenmäßige Züge, dunkelbraune Augen, eine schöne klassisch griechische Nase, ein dichter schwarzer Schnurrbart.

Er starrte auf ihre Brüste, die sich deutlich unter dem nassen Shirt abmalten. Sie trug keinen BH.

„Ist was?“, fauchte sie ihn an.

Errötend wandte er den Blick ab. Die ganze Geschichte war ihm unerhört peinlich. „Es tut mir so leid ...“

„Mir auch.“

„Wie kann ich das wiedergutmachen?“

„Was heißt gutmachen? Das Hemd ist versaut und mein Gepäck befindet sich unten. Ich werde also hinunterlatschen und mir ein frisches Oberteil holen müssen."

„Ich habe eine bessere Idee. Hier, halten Sie das bitte." Er drückte ihr die fast leere Tasse und das Wasserglas in die Hand, begab sich in den Bordshop und verlangte eines der blau-weiß gestreiften T-Shirts mit der Aufschrift *I love Greece*. Das Wort *love* war durch ein rotes Herz ersetzt worden. Als ihn der Barkeeper nach der Größe fragte, rief er sich die Brüste der Blondine in Erinnerung und entschied sich für *Medium*.

„Wie geschmackvoll!", sagte sie, als er ihr das T-Shirt reichte.

Sie fackelte nicht lange herum, drehte ihm den Rücken zu, zog ihr beflecktes Seidenhemd aus und stopfte es in ihre Umhängetasche.

Er bewunderte die tiefbraune Haut ihres wohlgeformten Rückens, als sie in das gestreifte T-Shirt schlüpfte. Ein Gentleman hätte weggesehen.

***

Die Fähre verließ mit zweistündiger Verspätung den Hafen von Piräus. Das Knarren und Rattern der Motoren war so laut, dass man kaum sein eigenes Wort verstand.

Alexander und die Touristin blieben eine Weile schweigend nebeneinander an Deck stehen und sahen beim Ablegen zu. Die Leichenteile waren längst geborgen worden. Die Schaumkronen auf den Wellen waren wieder strahlend weiß.

„Wie kann das bloß passiert sein?", fragte sie. „Er muss in dem Augenblick über Bord gestürzt sein, als sich die Fähre gedreht hat", gab sie sich selbst die Antwort.

„Tja, die Sicherheitsvorkehrungen auf den griechischen Fähren entsprechen offensichtlich bis heute nicht den internationalen Vorschriften ..."

„In den USA würde der Reeder von den Angehörigen des Opfers verklagt werden."

„Eine Amerikanerin hätte mich auch wegen des heißen Kaffeegusses und des ruinierten Hemdes verklagt", scherzte er.

„Vielleicht werde ich das noch tun", sagte sie, ohne zu lächeln.

Die Sonne brannte erbarmungslos auf sie herab. Das Wasser glitzerte silbern, wirkte friedlich. Je weiter sie aufs offene Meer hinauskamen, desto wohler begann er sich zu fühlen. Er empfand Hochachtung, Ehrfurcht, ja sogar Liebe für das Meer und wurde leicht sentimental.

Zum ersten Mal seit dreißig Jahren sah er die Ägäis wieder. Sowohl der wilde Atlantik als auch der stürmische Pazifik konnten ihm gestohlen bleiben. Das Mittelmeer mit seinen sich ständig ändernden Farben war eindeutig das schönste aller Meere. Und hier stand er nun am obersten Deck eines modernen Schiffes mit einer aufregenden, erotisch sehr anziehenden Frau an seiner Seite ... Beinahe empfand er so etwas Ähnliches wie Glück.

Als Athen außer Sicht geriet, bot er ihr eine Zigarette an.

„Rauchen habe ich mir vor drei Jahren abgewöhnt", sagte sie.

„Ich vor zwei Jahren. Nach diesem Schrecken ist mir jedoch nach ein bisschen Nikotin. Stört es Sie?"

„Im Gegenteil. Ich mag nach wie vor den Geruch."

Er zündete sich eine an, rauchte schweigend, warf der hübschen Frau nur hin und wieder verstohlene

Blicke zu. Sie gefiel ihm ausnehmend gut. So wie viele Männer mochte er blonde Frauen mit großen Brüsten und langen, schlanken Beinen. Selbst ihre unmögliche Frisur gefiel ihm. Lange Haarsträhnen hingen ihr in das ungeschminkte, sonnenverbrannte Gesicht. Das Schönste an ihr aber waren ihre hellblauen Augen.

Er hatte bemerkt, dass sie keinen Ehering trug. Was natürlich nichts zu bedeuten hatte. Mittlerweile wusste er, dass Verheiratete in Mittel- und Nordeuropa oft keine Ringe trugen.

„Lassen Sie mich einmal anziehen?“, bat sie ihn.

Genüsslich zog sie an seiner Zigarette, inhalierte tief und blies ihm den Rauch ins Gesicht. Prompt musste er husten.

„Pardon“, sagte sie, „falsche Windrichtung. Mein Name ist übrigens Laura Mars.“

„Was für ein toller Name!“

„Mein Vater heißt Mars und ist ein Fan von Faye Dunaway. Sein Humor ist gewöhnungsbedürftig. Er hat mich nach der exzentrischen Modefotografin benannt, die Faye Dunaway in dem berühmten Hollywoodfilm *Die Augen der Laura Mars* verkörpert hat. Sie können sich vorstellen, welch blöde Bemerkungen ich mir deswegen oft anhören muss. Ich habe den Namen trotzdem nach meiner Eheschließung beibehalten, weil mein Label *LAMAR* damals bereits ein Begriff in der Modeszene war ...“

Eheschließung? Hatte er richtig verstanden? „Ich heiße Alexander“, unterbrach er sie.

„Der Große?“, kicherte sie. Sie schien nicht mehr ganz nüchtern zu sein.

Er lud sie auf einen Kaffee ein.

„Hier draußen ist es zu windig. Lassen Sie uns hineingehen“, schlug sie vor.

Auch die alte Frau, über deren Einkäufe er vorhin gestolpert war, saß in der Bar. Ihr halbes Dutzend Säcke und Taschen hatte sie auf den Stühlen um ihren Tisch verteilt. Sie hatte ihre Augen geschlossen, schien im Sitzen zu schlafen.

Da kein anderer Tisch frei war, stellten Alexander und Laura die Taschen und Säcke der Frau auf den Boden und setzten sich zu ihr, ohne zu fragen. Sie wollten sie nicht wecken. Beide konnten nicht ahnen, dass die Alte hellwach war und außerdem Deutsch verstand.

Laura bestellte einen doppelten Metaxa zum Kaffee, stürzte ihn in einem Zug hinunter.

„Den habe ich jetzt gebraucht", seufzte sie. „Mein Flieger war total überfüllt. Die Wanderer haben mir ihre prallgefüllten Rucksäcke ständig ins Gesicht geknallt, als sie auf der Suche nach freien Gepäckablagen mit ihren schweren Bergschuhen über den Gang getrampelt sind. Ich versuche immer nahe beim Notausgang einen Platz zu kriegen. Ich fliege nicht gerne."

„Sind Sie mit Aegean Airlines aus Wien gekommen?"

„Ja. Sie etwa auch?"

Er nickte lächelnd.

Alexander war Business Class geflogen und als einer der Ersten eingestiegen. Das hatte er sich so angewöhnt, um die mitfliegenden Passagiere beim Einsteigen abchecken zu können. Er wunderte sich, dass er sie nicht bemerkt hatte. Vielleicht hatte er gerade sein Handgepäck verstaut, als sie an ihm vorbeigegangen war?

Sie fragte ihn, ob er Urlaub in Griechenland machen wolle. „Wie ein Wanderer sehen Sie ja nicht gerade aus. Zum Baden ist es noch zu kalt, außer Sie sind abgehärtet."

„Ja und nein. Ich bin in der Immobilienbranche tätig, habe auf Mykonos etwas Geschäftliches zu erledigen. Danach will ich nach Hause auf meine Insel."

„Ihre Insel?“

„Ich bin vor vielen Jahren aus Ikaria weggegangen. Waren Sie einmal auf Ikaria?“

„Nein.“

„Dann sollten Sie demnächst unbedingt einen Besuch dort nachholen. Diese Insel ist eine der schönsten in der Ägäis. Ein schroffes, wildes Eiland mit herrlichen Stränden und von der Außenwelt bis heute ziemlich abgeschnittenen Bergdörfern. Es gibt nicht mehr viele Einwohner. Achttausendfünfhundert oder sogar weniger. Auf der Nordseite fallen die Berghänge sanft zum Meer hinab. Die Südseite ist eher schroff, eine steile, unzugängliche Felsenlandschaft. Aber am Straßenrand gedeihen Feigenbäume, und die Sandstrände sind bewachsen mit Kiefern und Oleandern.“

„Das klingt ja richtig idyllisch. Wieso haben Sie die Insel damals verlassen?“

„Ich hatte triftige Gründe ...“

5.

Die alte Christina hatte ihn gleich erkannt, als er an Bord gekommen war. Natürlich verrät er der hübschen Touristin nicht, warum er abgehauen ist, dachte sie. Als er erwähnte, dass er Schiffsingenieur sei und für eine große Reederei gearbeitet habe, schnaufte sie empört und ziemlich laut. Sie hatte nicht gedacht, dass er so ein geschickter Lügner werden würde. Früher hatte sie ihm an der Nasenspitze angesehen, wenn er nicht die Wahrheit gesagt hatte. Heute kamen diese Lügen ganz glatt über seine Lippen.

Irritiert sah sich Alexander nach ihr um.

„Sie schnarcht ein bisschen“, sagte Laura.

„Und Sie wollen Ihren Urlaub auf Mykonos verbringen?“, wechselte er das Thema.

Laura schüttelte den Kopf, holte sich einen zweiten Metaxa von der Bar und wurde auf einmal gesprächiger. „Ich besuche dort Freunde, sonst lebe ich auf Samos. Ursprünglich komme ich aus Wien. In meinem früheren Leben war ich in der Modebranche tätig. Mode interessiert mich aber heute nicht mehr, ich bin Biobäuerin geworden, habe meine Zelte in Wien vor ein paar Jahren abgebrochen und mir auf Samos ein winziges Kalivi gekauft. In diesem Häuschen inmitten eines Olivenhains, in dem früher die Bauern ihre Geräte gelagert und während der Olivenernte übernachtet haben, hat es weder Strom noch Fließwasser gegeben. Ich habe dort so recht und schlecht hausen können, während ich mir ein Stückchen weiter oben einen größeren Bungalow gebaut habe. Das halbverfallene Steinhäuschen habe ich renoviert und benütze es heute als Lagerraum und Vorratskammer für Wasser, Wein und Olivenöl. Drinnen ist es im Sommer angenehm kühl, da es direkt in den Hang hineingebaut wurde. Es hat nur ein Fenster und eine Tür vorne raus. Meerblick inklusive“, sagte sie.

Alexander hörte ihr interessiert zu. „Und wo auf Samos haben Sie sich niedergelassen, wenn ich fragen darf?“, unterbrach er sie.

Auch Christina spitzte die Ohren.

„Ich lebe in einer der schönsten Buchten auf der Südseite, in der Nähe von Psili Ammos. Der Ort heißt Limnionas. Seit zwei Jahren bin ich Selbstversorgerin. Ich lasse meine Ernte pressen, habe also mein eigenes Öl, meine eigenen Weintrauben, Gemüse, Feigen, Tomaten, Melanzani und Zucchini. Alles blüht und gedeiht prächtig. Den Sandstrand, unterhalb meines

Olivenhains, habe ich fast für mich allein. Türkisfarbenes Meer, weißer Sand ...“

„Wie in der Karibik?“

„Ja, es ist ein Paradies! Leider hat dieser Garten Eden meine Ersparnisse aufgefressen, deshalb habe ich nach Wien fahren müssen. Ich habe mich nach kleineren Betrieben umgesehen, die ich in Zukunft mit meinem Olivenöl und mit eingelegtem Gemüse beliefern könnte.“

„Ich zweifle nicht daran, dass Sie Erfolg gehabt haben.“

„Hören Sie auf, mir zu schmeicheln. Die Ausbeute war eher mäßig. Außer zwei griechischen Restaurants und einem Delikatessengeschäft habe ich keine Abnehmer gefunden. Was soll's? In den Sommermonaten werde ich halt mein neues Haus vermieten müssen, ein paar Freunde und Bekannte haben mir bereits zugesagt. Ich werde dann wieder in mein Kalivi ziehen, inzwischen habe ich dort einen Stromgenerator und eine Toilette. Die Dusche befindet sich allerdings neben dem Haus im Freien.“

Plötzlich genierte sich Laura für ihre Redseligkeit und verfiel in Schweigen, starrte beim Fenster hinaus. Schuld an der losen Zunge ist die verdammte Sauferei, dachte sie. Und auch dieser gutaussehende Grieche. Normalerweise war sie fremden Menschen gegenüber nicht so vertrauensselig. Aber dieser Mann schien sich tatsächlich für sie zu interessieren.

Alexander schaute sie bewundernd an. Was für eine ungewöhnliche Frau! Außer seiner ersten Liebe waren alle Frauen, die er bisher gehabt hatte, zwar sehr hübsch, jedoch eher dumm gewesen.

Diese Frau ist eine Nummer zu groß für dich, mein kleiner Alexandros, dachte Christina ähnlich wie er.

6.

Als sie sich nach dreieinhalbstündiger Fahrt der Insel Syros näherten, gingen Alexander und Laura gemeinsam ins Freie und schauten beim Anlegen im Hauptort Ermoupoli zu.

„Was für eine schöne Stadt. Sieht irgendwie orientalisch aus“, sagte Laura.

„Im Gegenteil“, widersprach Alexander. „Früher haben hier fast ausschließlich Katholiken gelebt. Heute halten sie sich mit den Griechisch-Orthodoxen in etwa die Waage. Die Katholiken wohnen eher in Ano Syros, am älteren, von uns aus gesehen linken Hügel. Die beiden Städte sind längst zusammengewachsen. Sehen Sie die Bischofskathedrale St. Georg dort drüben? Darunter befinden sich ein Kapuziner- und ein Jesuitenkloster. Nach dem griechischen Aufstand gegen die Herrschaft der Türken sind viele Griechen von Chios und anderen dem türkischen Festland nahen Inseln hierher geflüchtet. Den Namen Ermoupoli verdankt die Stadt Hermes, dem Schutzgott der Kaufleute und Diebe. Einst war sie das bedeutendste Handelszentrum Griechenlands und der wichtigste Hafen des ganzen Landes. Eine moderne, reiche Stadt mit neoklassizistischen Gebäuden, prächtigen Parks, florierenden Fabriken und viel Kultur. Das Apollo-Theater zum Beispiel ist bereits Mitte des neunzehnten Jahrhunderts erbaut worden. Erst mit der Eröffnung des Kanals von Korinth ist Piräus zum größten Hafen geworden, und Ermoupoli hat an Bedeutung verloren. Aber es gibt hier noch eine Hochschule und viele interessante Museen.“

„Woher wissen Sie das alles? Haben Sie mal hier gelebt?“

Er schüttelte lächelnd den Kopf. „Nein. Ich habe eine ausgezeichnete Lehrerin gehabt."

„Sie würden einen guten Fremdenführer abgeben."

„Haben Sie was übrig für Malerei? In der Kirche Kimisi Theotokou hängt ein echter El Greco. Die Dormitio der Mutter Gottes."

„Oh!" Laura hatte es die Rede verschlagen. Nicht wegen der Erwähnung des berühmtesten griechischen Malers, sondern weil sie diesem Alexander, der aussah wie ein in die Jahre gekommener italienischer Gigolo, nicht zugetraut hätte, dass er sich für Bildende Kunst interessierte.

Wieder zurück in der Bar, fragten sie diesmal die alte Frau, die inzwischen hellwach wirkte, ob sie sich zu ihr setzen dürften. Christina nickte und bedeckte die Hälfte ihres Gesichts erneut rasch mit ihrem Schal. Die Klimaanlage lief auf Hochtouren.

„Im Grunde mag ich Mykonos nicht", sagte Laura. „Die Insel ist mir viel zu kahl und zu trocken. Im Sommer soll dort alles braun und grau sein."

Während sie sprach, bemühte sie sich vergeblich, ihre langen Haare mit Hilfe einer Spange in den Griff zu kriegen. Einige Strähnen hingen ihr nach wie vor ins Gesicht. Alexander wäre ihr gern behilflich gewesen, traute sich aber nicht, ihr Haar zu berühren.

Sie kam dann auf die schwer überhöhten Preise in Mykonos zu sprechen. „Stellen Sie sich vor, vor kurzem habe ich in einer österreichischen Zeitung gelesen, dass einem Ami und seinen fünf Freunden in einem Restaurant in Klein-Venedig fast sechshundert Euro für sechs Portionen frittierte Calamari abgeknöpft wurden. Das ist krank, oder?"

In Zusammenhang mit den enormen Preisen erwähnte sie einen Freund, Theo Niemayer, einen Österreicher, der nahe dem Zentrum, der Chora, ein sündhaft teures Boutiquehotel besaß.

Alexander zuckte zusammen, als er den Namen ihres Freundes vernahm. War das nicht sein Zielobjekt, der Mann, den er, mit welchen Methoden auch immer, zum Verkauf zwingen musste?

Er überlegte, ob er das geplante Treffen mit Theo Niemayer ansprechen sollte. Sie würde es ja sowieso mitkriegen, wenn er in dem Hotel aufkreuzte.

„Mit Ihrem Freund werde ich mich vielleicht zusammensetzen müssen“, kündigte er vage an. „Womöglich hat er ja Interesse, sein Hotel an meine Firma zu verkaufen. Wir zahlen faire Preise. Die Lage in Griechenland wird nicht besser. Auf manchen Inseln haben sie sechzig Prozent Rückgang bei den Nächtigungen.“

„Nicht auf Mykonos. Reich und Schön ist die Krise egal. Sie spüren nichts davon. Außer von den tausenden Passagieren der Kreuzfahrtschiffe wird die Insel hauptsächlich von wohlhabenden Touristen heimgesucht. Viele gutsituierte Schwule, aber auch jüngere, bestens verdienende Heteros lieben Mykonos. Theo wird nicht verkaufen wollen.“

„Sie machen mich richtig neugierig. Als ich das letzte Mal auf dieser Insel war, bin ich nur einigen sonnenverbrannten Rucksacktouristen begegnet.“

„Das ist länger als dreißig Jahre her, oder?“

Er grinste. „Fünfunddreißig? Ich war fast noch ein Kind. Mein Vater und ich haben Verwandte be...“

„Oh, Sie haben Verwandte auf der Insel?“, unterbrach sie ihn.

„Nicht mehr. Sie sind längst tot. Mein Onkel war Fischer, er ist bei einem Sturm umgekommen. Wir sind zu seinem Begräbnis gefahren. Meine Tante hat sich zwei Jahre später erhängt. Bei ihrem Begräbnis waren wir nicht mehr, denn mein Vater ist zur gleichen Zeit an Lungenkrebs erkrankt und bald darauf ebenfalls gestorben."

Ausnahmsweise sagt er einmal die Wahrheit, dachte Christina. Sie konnte sich sehr gut an all diese Tragödien erinnern.

Entsetzt starrte Laura ihn an.

„Verzeihen Sie, ich wollte Sie nicht mit traurigen Familiengeschichten langweilen. Doch vielleicht können Sie nun besser begreifen, warum ich dieses Land verlassen habe ..."

Und warum muss er jetzt wieder lügen, fragte sich Christina.

Als Mykonos in Sicht kam, wünschten Laura und Alexander der Alten eine gute Weiterreise und gingen hinaus an Deck.

Christina reagierte nicht. Sie hatte wieder die Augen geschlossen. Ihre Gedanken waren zu den schrecklichen Ereignissen in der Vergangenheit zurückgekehrt.

***

Ich habe kein schlechtes Leben auf Ikaria. Als ehemalige Volksschullehrerin kenne ich natürlich alle in meinem Dorf, habe sie alle unterrichtet. Trotzdem bin ich immer „die Fremde" geblieben, die 1969 aus Athen auf diese von Gott vergessene Insel verbannt wurde. Mit einem Gefangenentransport und einer Kugel im Kopf. Abgefeuert aus dem Revolver eines rechtsradikalen Polizisten. Die Kugel hat zum Glück nur meine Stirn gestreift. Trotzdem gelte ich seit damals als nicht ganz richtig im Kopf. Zumindest behaupten das manche Inselbewohner. Die Delle an meinem Schädel sieht man bis heute. Ich versuchte nie, sie mit einem Pony oder Seitenscheitel zu kaschieren, bin stolz auf dieses Zeichen meines Widerstandes gegen die Faschisten, die ganz Griechenland von 1967 bis 1974 terrorisierten.

Der Doktor, der viele Jahre älter war als ich, galt ebenfalls als Außenseiter, obwohl er sich bereits in den Fünfzigerjahren als Arzt auf Ikaria niedergelassen hatte. Er lebte sehr zurückgezogen, war schwer krank. Kein Wunder, hatte er doch die Hölle von Makronissos, den „Teich von Siloah", wie diese Insel des Schreckens ironisch genannt wurde, nur knapp überlebt. In den Teich von Siloah wurde das Wasser der Gihonquelle des Berges Zion geleitet, sie galt als heiliger Ort, weil dort angeblich Salomo zum König über ganz Israel gesalbt wurde.

Ich bin keine Jüdin, sondern Atheistin und Kommunistin. Atheist und ein Linker war auch der Doktor. Von 1946 bis 1949, während des griechischen Bürgerkriegs, war er gemeinsam mit dem berühmten griechischen Dichter Jannis Ritsos auf dieser Todesinsel in Verbannung. Eine karge Insel, zwölf Kilometer lang und zweieinhalb Kilometer breit. Nicht weit entfernt von Athen. Für die Gefangenen bedeutete sie das Ende der Welt.

Als 1967 das Militär unter Oberst Papadopoulos mit Hilfe der Amerikaner, vor allem des CIA, putschte, um einen Wahlsieg der linken und demokratischen Parteien zu verhindern, brach erneut eine Zeit des Terrors, der Folter und der Vernichtung an. Der Doktor wurde wieder auf diese felsige, wasserlose Insel verbannt, auf der die Sommer glühend heiß und die Winter stürmisch und saukalt sind. Bei seiner zweiten Gefangenschaft brachen ihm die Faschisten tatsächlich das Rückgrat. Mit einem schweren Wirbelsäulenschaden und auf einem Auge erblindet, schickten sie ihn halbtot zurück nach Ikaria. Jannis Ritsos, der ebenfalls zweimal auf Makronissos interniert und mehrmals gefoltert worden war, lebte bis zum Ende der Diktatur 1974 unter Hausarrest auf der Insel Samos.

Der Doktor überlebte auf Ikaria in den Wäldern bei Christos Raches. Erst nach der Befreiung bezog er wieder seine Villa in Evdilos. Ich hatte ihn in den Wäldern, wo auch ich die Nacht zum Tag gemacht hatte, kennengelernt. Nach dem Sturz der Obristen nahm er mich bei sich auf und verschaffte mir Arbeit als Lehrerin an der Dorfschule. Ich durfte bei ihm wohnen und führte ihm den Haushalt, pflegte ihn, so gut ich konnte. Er bewohnte das obere Stockwerk, ich das untere. Wir waren kein Liebespaar. Nicht nur, weil er zu alt für mich war, sondern auch, weil ich nach dem Tod meines geliebten Mannes keinen anderen mehr wollte.

Trotz allem, was man ihm angetan hatte, war der Doktor ein großer Menschenfreund und Tierliebhaber. Vor allem Katzen liebte er über alles. Ich mochte keine Katzen. Als Athenerin war ich nicht an diese wilden Tiere gewöhnt. An den stürmischen Winterabenden saßen der Doktor und ich gerne vor dem Kamin im Salon. Ein halbes Dutzend Katzen strich an diesen gemütlichen Abenden um unsere Beine. Er nahm die eine oder andere oft auf seinen Schoß und kraulte sie zärtlich. Wenn er nicht zu Hause war, verjagte ich die Biester meistens.

An jenen langen Abenden las ich ihm aus seinen Büchern vor. Wenn ich Gedichte von Jannis Ritsos rezitierte, leuchtete sein gesundes Auge auf. Manchmal erzählte er mir von der Tapferkeit dieses Dichters, der sich standhaft geweigert hatte, seine politische Gesinnung zu verleugnen und ein „guter" Grieche zu werden, wie die Faschisten es von ihm verlangt hatten. Laut dem damaligen Innenminister Pattakos waren ja alle Kommunisten Bestien. So auch unser berühmter Komponist Mikis Theodorakis, der auch auf Makronissos interniert war und dem als Achtzehnjährigem dort von Folterknechten beide Beine gebrochen worden waren. Der Doktor hatte alle Schallplatten von Theodorakis, selbst die Filmmusik von „Alexis Sorbas" und „Z", obwohl er die Lieder und klassischen Kompositionen dieses international bekannten griechischen Widerstandskämpfers mehr schätzte. Als der Doktor Mitte der 1990er Jahre starb – er wurde trotz seiner vielen Leiden fast achtzig Jahre alt –, hinterließ er mir seine Villa mitsamt dem Inventar. Seither kümmere ich mich um die lästigen Katzen, besser gesagt, um ihre zahlreiche Nachkommenschaft.

Während ich in Gedanken in der Vergangenheit weilte, ließ ich das Paar, das eng nebeneinander an Deck stand, nicht aus den Augen. Die attraktive blonde Frau erinnerte mich an die freizügigen nordischen Schönheiten, die in den Siebzigerjahren unsere Männer verrückt gemacht hatten.

Als wir uns nach insgesamt viereinhalb Stunden Fahrt, mit zweieinhalbstündiger Verspätung wegen des Unglücks in Piräus, dem Hafen von Mykonos näherten, wurden wir von den sechs Windmühlen, die wie aufgefädelt auf einem Hügel oberhalb der Stadt thronten, schon aus weiter Ferne begrüßt.

Ich gesellte mich zu Alexandros und seiner neuen Bekannten an Deck.

II. Teil: Mykonos

7.

„Sind sie nicht pittoresk?“, fragte Laura beim Anblick der weißen Windmühlen auf einem braunen Hügel. „Manchmal denke ich, irgendein Tourismusmanager hat sie absichtlich dorthin gestellt.“

„Sie stammen aus dem sechzehnten Jahrhundert“, konnte es sich Christina nicht verkneifen, die Österreicherin aufzuklären. „Mykonos gehört zur Inselgruppe der Kykladen und wurde nach Apollos Enkel Mykons benannt.“

„Das wusste ich nicht.“ Laura bedachte die alte Frau mit neugierigen Blicken.

Sie war flott gekleidet, trug eine marineblaue Leinenhose, ein blau-weiß gestreiftes Matrosenshirt, ohne rotes Herz auf dem Busen, und weiße bequeme Sneakers. Den weißen Seidenschal hatte sie wieder um ihren Kopf geschlungen. Der Wind war stärker geworden.

„Herakles hat die Riesen besiegt und sie ins Meer geworfen. Als sie zu Stein erstarrt sind, ist aus ihnen die Insel Mykonos entstanden“, fuhr Christina fort.

„Eine schöne Geschichte!“, sagte Laura.

„So wie alle griechischen Geschichten." Alexander verdrehte die Augen zum Himmel.

Christina ignorierte seinen Scherz. „Wenn Sie sich für die griechische Mythologie und die Antike interessieren, sollten Sie unbedingt einen Ausflug nach Delos machen", empfahl sie Laura.

„Wegen der Löwen?"

„Ja, aber nicht nur. Die Originale, die die Bewohner von Naxos als Wächter für das Apollon-Heiligtum gespendet haben, befinden sich übrigens im Museum, doch die Kopien im Freien sind ebenfalls sehr beeindruckend ..."

Alexander verkrampfte sich plötzlich. Der Revolver, den er hinten in seinem Hosenbund stecken hatte, war verrutscht. Zum Glück verdeckte sein Jackett die seltsame Ausbuchtung auf seinem Hinterteil. Er entschuldigte sich bei den Damen und begab sich auf die Toilette.

Die Stimme der Alten klang in seinen Ohren nach. Er kannte diese Stimme. Sie erinnerte ihn an irgendjemanden. Ihm fiel aber nicht ein, an wen.

„Diese unbewohnte Insel war in der Antike eine der heiligsten Stätten Griechenlands, da Apollo, der Gott des Lichtes, und seine Zwillingsschwester Artemis, die Göttin des Mondes, dort geboren wurden", bemerkte Christina.

Laura, die sich für die griechische Mythologie begeisterte, seit sie in diesem Land lebte, hörte ihr aufmerksam zu.

„Die riesige Stadt, von der Sie noch die Überreste sehen können, ist circa hundertsechzig Jahre vor Christus entstanden, als Delos ein Freihafen wurde. Reiche Kaufleute und Schiffsbesitzer aus der ganzen Welt haben sich hier niedergelassen und Architekten, Künstler und die besten Handwerker angezogen, die für sie luxuriöse

Villen, reich dekoriert mit Fresken und Mosaikböden, errichtet haben. Die kleine Insel ist zum größten Handelsplatz der damals bekannten Welt geworden. Der Reichtum und die freundschaftlichen Beziehungen der Bewohner zu den Römern sind Delos schließlich zum Verhängnis geworden. Achtundachtzig Jahre vor Christus hat Mithridates, der König von Pontus, ein Feind der Römer, die Insel angegriffen und geplündert. Ein paar Jahre später ist sie von Piraten überfallen worden. Das war das endgültige Ende dieser einst so prosperierenden Stadt."

Als Alexander zu den Frauen zurückkehrte, näherte sich die Fähre langsam der Mole.

Bevor Laura das Schiff verließ, verabschiedete sie sich sehr herzlich von der alten Frau und bat sie um ihre Telefonnummer. „Falls ich einmal nach Ikaria kommen sollte, würde ich Sie gerne wiedersehen und mich länger mit Ihnen unterhalten."

Nachdem die beiden ihre Telefonnummern ausgetauscht hatten, holte Alexander Lauras Rucksack und seine eigenen Sachen aus dem Gepäckwagen und schleppte Koffer und Taschen zum nächsten Taxistand. Er hatte vor, die Österreicherin zum Boutiquehotel ihres Freundes zu bringen, das laut ihrer Beschreibung hoch oben auf einem Hügel über der Chora lag. Nachher würde er sich unten in der Stadt eine Bleibe suchen.

Der erste Taxifahrer winkte ab, als Laura ihm die Adresse des Hotels nannte. „Da komme ich mit meinem Mercedes nicht rauf ..."

Auch der zweite weigerte sich, sie mitzunehmen.

Alexander war nahe daran die Geduld zu verlieren, beherrschte sich jedoch, da er Laura nicht mit einem seiner Wutausbrüche erschrecken wollte. Sie schien sich weniger darüber aufzuregen, dass keiner sie mitnahm.

Ein fast zahnloser Mann mit einem schmutzigen Toyota ließ sich schließlich von Alexanders Zwanzig-Euro-Schein überzeugen.

Als die uralte Kiste auf der extrem steilen Staubstraße fast hängenblieb und bei einer Haarnadelkurve die Hausmauer mit unangenehmem Knirschen streifte, leistete Alexander den anderen Taxifahrern Abbitte.

Ihr Chauffeur hielt auf einem überdimensionierten Parkplatz, auf dem zwei Geländewagen standen. Alexander sah sich erstaunt um. Weit und breit war kein Hotel zu sehen. Allerdings hatte man von hier oben einen fantastischen Blick auf die Chora, das Meer und die benachbarten Inseln.

„Wo ist das Hotel?“, fragte er.

„Rechts, am Rande des Parks“, sagte Laura, die offensichtlich schon mal hier gewesen war.

Erst jetzt sah er zwischen den Bäumen einen weißen zweistöckigen Kubus durchschimmern. Er hätte sie gerne zum Haus gebracht, zögerte aber, als sie sich ihren Rucksack und ihre Tasche schnappte und ihm die Hand hinstreckte.

So schnell wollte er sie nicht gehen lassen. Hastig bat er sie um ihre Handynummer. Da sie nicht gleich reagierte, wurde er nervös. „Oder ich gebe Ihnen meine? Dann können Sie mich anrufen oder nicht ... ich meine ... ho...hoffe, Sie we...werden ...“

Laura verzog den Mund.

Alexander interpretierte ihre Grimasse als Versuch eines Lächelns.

Er hatte sich nicht getäuscht. Sie lächelte tatsächlich, als sie ihm ihre Handynummer verriet. Obwohl ... es war eher ein sehr schräges Grinsen.

Wie ein verliebter Schuljunge schrieb er sich die Nummer auf den Handrücken, anstatt sie in sein Handy einzutippen. „Vielleicht werde ich Morgenabend bei Ihnen vorbeischauen, um mit Ihrem Freund über einen eventuellen Verkauf zu reden."

„Tun Sie, was Sie nicht lassen können. Aber wie gesagt, er wird nicht verkaufen. Theo liebt sein Domizil über alles, glauben Sie mir."

Laura küsste ihn zum Abschied auf die Wangen. Er strahlte sie an.

Sie lächelte nicht zurück.

„Darf ich Sie morgen gegen Mittag anrufen?"

„Wenn Sie unbedingt wollen ..."

„Ich will", sagte er.

8.

Laura platzte mitten in die Siesta. Theo und Philip dürften auf keinen Fall bei ihrer Mittagsruhe gestört werden, teilte ihr der junge Asiate, der ihr geöffnet hatte, mit und brachte sie auf ihr Zimmer.

Das *Hotel Flamingo* über den Dächern von Mykonos hatte zweiundzwanzig Suiten mit geräumigen Bädern und riesigen Balkonen. Schlaf- und Wohnraum waren durch eine gläserne Schiebetür getrennt. Von der Badewanne aus konnte man durch ein französisches Fenster auf das Meer blicken. Allerdings war man vom Pool und von der Hotelterrasse aus in der Badewanne zu sehen, falls man die Jalousien nicht schloss. Diese Suiten kosteten, soviel sie wusste, vierhundertsechzig Euro pro Nacht.

Als sich Theo eines Sommers in dieses hübsche Fleckchen Erde verliebt hatte, gab er seine Galerie in der Wiener Innenstadt auf und ließ sich hier ein Hotel bauen. Er führte das *Flamingo* gemeinsam mit seinem griechischen Freund Philip, der ihm zu dem Grundstück verholfen hatte. Theo hatte ein kleines Vermögen für das karge Stück Land hingelegt, das sich im Besitz von Philips Großeltern befunden hatte.

Laura war froh, den beiden nicht sofort gegenübertreten zu müssen. Ihr Flug war sehr früh gegangen, die ganze Reise anstrengend und sehr aufregend gewesen. Sie sehnte sich nach einer Verschnaufpause.

Ohne zu duschen, legte sie sich aufs Bett.

Der charmante Fremde und die menschlichen Leichenteile im schmutzigen Hafenwasser von Piräus geisterten durch ihren Kopf. Sie fühlte sich relativ nüchtern, hatte den ganzen Tag nur ein Glas Wein und zwei Metaxa getrunken, der Alkohol hatte sich bestimmt längst verflüchtigt. Kurz überlegte sie aufzustehen und sich aus der Bar unten einen Schlummertrunk zu holen, war aber zu faul. Sie hoffte, auch ohne Drink in Morpheus' Arme flüchten zu können.

***

Sie schlief vier Stunden durch. Als sie erwachte, versank die Sonne gerade in der Ägäis.

Theo empfing Laura unten auf der Terrasse wie eine langvermisste Geliebte. Er herzte und küsste sie mehrmals. Auch sie freute sich, den alten Freund wiederzusehen, obwohl sie seinen Gefühlsausbruch übertrieben fand. Aber so war Theo eben. Spontan und liebevoll, andererseits auch ungeduldig und jähzornig. Als sich Philip zu ihnen gesellte, versteifte sich Theo und ließ sie los.

Der junge Grieche umarmte sie ebenfalls stürmisch, fing jedoch zu jammern an, als sie ihn fragte, wie es ihm gehe.

„Halt endlich den Mund. Ich kann dein Gejeier nicht mehr ertragen“, schnauzte Theo seinen Freund an, als dieser begann, Laura all seine Allergien zu schildern.

„Glaub ihm kein Wort. Ja, er ist ständig verschnupft, aber von wegen allergisch, er kokst wie ein Verrückter.“

Sie betrachtete Philip genauer. Er hatte abgenommen, war gertenschlank, fast zu dünn. Die dunklen Schatten unter seinen Augen ließen ihn alt aussehen. Obwohl er fünfzehn Jahre jünger war als Theo, wirkten die beiden fast gleich alt.

„Da redet der Richtige. Ich bin mit einem Alkoholiker verheiratet“, wehrte sich Philip.

„Verheiratet? Habe ich da was verpasst?“, fragte Laura.

„Als wir letztes Jahr ein paar Tage in Kopenhagen waren, haben wir uns vermählt. Ohne großes Tamtam, nur im kleinen Kreis“, murmelte Theo. „War ein Riesenfehler, seither habe ich ein zickiges, ewig greinendes Eheweib am Hals.“

Die Ehekrise der beiden ließ sich beim besten Willen nicht ignorieren.

„Bitte reißt euch zusammen, ihr beiden Streithansl. Mir zuliebe“, bat Laura.

Was ist bloß mit Theo los, fragte sie sich. Er hatte im Gegensatz zu den meisten Menschen, die sie kannte, seine Träume realisiert, lebte in einer Art Paradies und wirkte trotzdem unheimlich frustriert.

„Wir haben dich zum Mittagessen erwartet. Die Fähre hatte wieder einmal eine ordentliche Verspätung, oder?“ Theo erwartete keine Antwort, sondern winkte einen Bediensteten heran. Es war derselbe Mann, der Laura empfangen und auf ihr Zimmer gebracht hatte.

„Worauf hast du Lust? Tintenfisch, Garnelen oder Steak? Ich halte momentan Diät, esse nur Salat, harte Eier und einmal in der Woche ein mageres Steak."

„Ein Griechischer Salat wäre wunderbar, und gegen ein Steak hätte ich auch nichts einzuwenden." Laura hatte seit dem jämmerlichen Sandwich im Flieger noch keinen Bissen gegessen.

Der Bursche brachte eine Flasche Dom Pérignon und einen Kübel voller Eis.

„Oh, là, là. Mir zu Ehren? Das ist lieb von dir", sagte sie zu Theo.

„Ich muss dich enttäuschen. Den macht er nicht für dich auf. Seit er auf Diät ist, säuft er nur mehr Champagner, Whisky und Gin Tonic", lästerte Philip.

Theo hatte tatsächlich ziemlich zugelegt. Sein Bauch war nicht zu übersehen, obwohl er ein langes weitgeschnittenes Hawaiihemd über seinen hellblauen Jeans trug. Er war nicht sehr groß und wirkte eher gedrungen. Mittlerweile hatte er richtige Hamsterbacken. Außerdem hatte er sich einen Vollbart zugelegt. Ein bisschen erinnerte er sie an einen Waldschrat oder einen von den sieben Zwergen. Seine schmalen Augen wirkten winzig in dem runden Gesicht. In Gedanken verglich sie ihn mit dem schlanken, sportlich-elegant gekleideten Mann, den sie auf der Fähre kennengelernt hatte. Alexander und Theo waren ungefähr im gleichen Alter. Fit und dynamisch der eine, schlapp und fertig der andere.

Auch Philip war in ihren Augen unmöglich angezogen. Seine dünnen langen Beine steckten in hautengen weißen Röhrenjeans, und sein rosafarbenes mit Comics bedrucktes T-Shirt hätte wohl besser einem kleinen Jungen als einem fünfunddreißigjährigen Mann gepasst. Außerdem trug er eine lange schwere Kette mit bunten

Steinen um den Hals. Mehrere Armreifen und Armbänder baumelten an seinen Handgelenken. Alles farblich völlig unpassend in ihren Augen.

Als das Essen kam, befahl Theo dem Boy, eine zweite Flasche Champagner zu bringen.

***

Philip stocherte in dem köstlichen Salat nur herum, pickte sich die Tomaten heraus, den Rest ließ er stehen. Theo rührte seinen Salat erst gar nicht an, hielt sich lieber an das Weißbrot. Laura aß mit großem Appetit.

Eigentlich wollte sie ihren Freunden von dem schrecklichen Unfall auf der Fähre erzählen, aber sie kam nicht zu Wort. Während sie sich dem saftigen Steak widmete, begann Theo zu reden.

„Das Hotel ist momentan fast leer. Ich habe einige Suiten über den Winter renovieren lassen und will erst zu Pfingsten, also nächstes Wochenende, wiedereröffnen. Ein Paar aus Amsterdam auf Hochzeitsreise, sie sind seit Jahren Stammgäste, habe ich nicht abweisen können ..."

„Freunde von mir", warf Philip trotzig ein.

Laura war erst einmal im *Flamingo* abgestiegen, vor sechs Jahren zur Eröffnung des Hotels. Es war die letzte gemeinsame Reise mit ihrem Mann gewesen. Auch andere Freunde aus Wien waren übers Wochenende angereist. Von der Insel hatte sie damals nicht viel gesehen, nur den fantastischen Blick von Theos Hotelterrasse aus genossen.

„Du bist zu früh dran. Jetzt ist noch nicht viel los. In den Sommermonaten herrscht aber nach wie vor ausgelassene Partystimmung", sagte Theo. „Mykonos gilt als *die* Partyinsel Griechenlands. In den Clubs und Diskotheken um den Hafen und in der Xenias-Straße, etwas außerhalb hinter den Windmühlen, legen die berühmtesten DJs der Welt auf. Die Szene wandert von einer Bar zur nächsten. Es wird getanzt bis in die frühen Morgenstunden. Tagsüber wird geschlafen, am späten Nachmittag ein bisschen gebadet. Und am nächsten Abend beginnt das Ritual von Neuem."

„Und du denkst, darauf wäre ich scharf?"

Wie lange kannten Theo und sie sich? Mindestens zwanzig Jahre. Er hatte zu ihrer Clique an der Kunsthochschule in Wien gehört, obwohl er einige Jahre älter war als die meisten ihrer Studienkollegen. Schon damals hatte er begonnen mit Kunst zu handeln und so manch jungen unbekannten Maler mit seinen Ankäufen über Wasser gehalten. Theo war immer sehr großzügig und vor allem ein perfekter Gastgeber gewesen. In seiner riesigen Altbauwohnung in der Bäckerstraße, die er von seinen Eltern geerbt hatte, veranstaltete er die ausgelassensten Künstlerfeste der Stadt. Doch die emotionalen Bedürfnisse anderer Menschen hatten ihn nie besonders interessiert.

„Der ganze Trubel hat mit Aristoteles Onassis begonnen", fuhr er fort. „In seinem Schlepptau sind in den Fünfzigerjahren die Yachten vieler reicher Athener die Insel angelaufen. Einer der Strände ist sogar nach Jackie Kennedy Onassis benannt worden. Die berühmte Hollywoodschauspielerin Elizabeth Taylor soll sogar eine heimliche Affäre mit einem Tavernenbesitzer auf Mykonos gehabt haben ..."

Im Gegensatz zu Theo interessierte sich Laura nicht besonders für Klatsch und Tratsch über Promis.

Er schien zu merken, dass sie ihm nicht mehr zuhörte. „Glamour hält nicht ewig an", sagte er etwas lauter. „In den Achtzigern und Neunzigern ist die High Society eher ferngeblieben. Krethi und Plethi sind, gemeinsam mit Rucksacktouristen, in Chartermaschinen angerückt und haben die rund zweihundert Strände besetzt. Zum Glück für Mykonos haben sich aber viele Homosexuelle für den Zauber unserer Insel begeistern können. Die Gay-Community hat die einsamen Berghänge und Küsten mit schicken Hotels, avantgardistisch gestalteten Lounges, Designerläden und Privatvillen besiedelt. Fast alle haben die für die Kykladen typische Architektur nachgeahmt. Überall findest du die weißen Häuser mit Flachdächern, farbigen Holztüren und blauen Fenstern sowie mit Blumen geschmückte Balkone. Ich habe es ja genauso gemacht. Jeder hat sich bemüht, die neuen Bauten den typischen Inselhäusern nachzuempfinden."

„Die Häuser in der Altstadt sehen, zumindest von hier oben, sehr traditionell aus."

„Das täuscht. Auch unten in der Chora ist fast alles Fake-Architektur. Viele der Häuser sind neu, selbst wenn sie alt aussehen. Auch die Auffangbecken. Auf den Flachdächern der Häuser hat man früher das Regenwasser gesammelt. Durch eine Öffnung ist es in eine Zisterne neben dem Haus geronnen. Wir haben auch so ein Becken. Ich war ja immer schon ein großer Anhänger der ökologischen Bewegung." Beifallsheischend sah er Laura an.

„Bravo", sagte sie und klatschte gelangweilt in die Hände.

Er fühlte sich zu Recht verarscht. „Wir gießen mit dem Regenwasser die Pflanzen rund um das Hotel", beteuerte er.

„*Wir* gießen", spottete Philip und begann zu kichern. „Der kleine, dicke Theo und seine Gießkanne ..."

Theo holte aus, wollte seinem Mann eine Ohrfeige versetzen. Philip hielt die Hände schützend vors Gesicht, kicherte aber weiter.

Da Laura Angst hatte, Theo würde tatsächlich zuschlagen, schritt sie ein. „Schluss jetzt, ihr beiden! Das ist ja ein schöner Empfang. Ich werde meine Sachen packen und mir ein Hotel unten in der Stadt suchen."

„Viel Glück!", murmelte Theo, stand auf und holte sich eine Flasche Whisky.

Laura lehnte ab, als er ihr einschenken wollte. „Hast du keinen Wodka?"

„Ach ja, du und dein Mann seid ja immer scharf auf diesen billigen Fusel gewesen. Wie hat das Zeug noch einmal geheißen? Stolichnaya? So was habe ich nicht im Haus. Aber ich kann dir mit einem ausgezeichneten Grey Goose dienen."

Er rief nach dem Boy. Der schien ihn nicht zu hören.

„Alles muss man hier selber machen", schimpfte er und ging noch einmal ins Haus.

„Er ist total kaputt, deswegen verzeihe ich ihm immer wieder", sagte Philip leise zu Laura. „Wir können das Hotel nicht mehr lange halten, müssen unbedingt verkaufen. Unsere Schulden bei der Bank sind exorbitant. Er hat sich mit dem ganzen Projekt total übernommen."

„Wer hat sich übernommen?", schrie Theo und schwang die Wodkaflasche wie eine Keule über seinem Kopf.

Bevor er mit der Flasche auf Philip losgehen würde, riss Laura sie ihm aus der Hand, schenkte sich ein und trank ex. Das Glas warf sie schwungvoll über ihre Schulter.

Das leise Klirren, als es auf den Marmorfliesen zerbarst, und Theos verblüffter Gesichtsausdruck bereiteten ihr Genugtuung. „Gute Nacht, ihr Lieben! Schlagt euch von mir aus die Köpfe ein. Ich will euch dabei nicht zusehen.“ Sie schnappte sich die Wodkaflasche und begab sich auf ihr Zimmer.

***

Angezogen warf sich Laura aufs Bett und nahm einen kräftigen Schluck aus der Flasche. An diesem verkorksten Abend hatte sie öfters an die unzähligen Streitereien mit Lorenz, ihrem verstorbenen Mann, denken müssen. Auch dabei war meist jede Menge Alkohol geflossen.

Sie sehnte sich nach einer Amnesie, wollte, dass der Alkohol alles ausradierte, was passiert war, wollte vor allem die Erinnerung an den schrecklichen Unfall für immer löschen. Doch sie wusste aus Erfahrung, dass ihre Dämonen nie ganz verschwinden würden, egal wie viel sie trank.

Der Schlaf, dieser treulose Freund, wollte sich nicht einstellen. Vielleicht weil sie nachmittags so lange geschlafen hatte?

Theo würde sicher Schlaftabletten im Haus haben. Seit dem Unfall hatte sie keine mehr genommen. Wenn sie jetzt etwas dabeigehabt hätte, wäre sie in dieser Nacht rückfällig geworden. Der Wodka muss genügen, dachte sie und trank weiter.

Kaum hatte sie das Licht abgedreht, vernahm sie ein verdächtiges Geräusch.

„Scheiße“, schimpfte sie und machte sich auf die Jagd.

Nachdem sie zwei Gelsen gekillt hatte, schloss sie das Badezimmerfenster und schaltete die Klimaanlage ein. Jetzt hörte sie wenigstens das grässliche Surren nicht mehr. Bestimmt hatte sie nicht alle Biester erwischt. Morgen würde sie aussehen, als hätte sie die Masern oder die Windpocken. Wenigstens die Gelsen lieben mich, dachte sie im Halbschlaf. Wahrscheinlich sind Gelsen lesbisch ...

9.

Alexander hatte sich von dem zahnlosen Taxichauffeur in die Nähe des für Autos gesperrten Alten Hafen bringen lassen.

Als er durch die Altstadt schlenderte, musste er nicht lange suchen. Abseits der belebten Gassen fand er eine Pension namens *Eliá*.

Der Eingang verschwand beinahe unter wildwuchernden Weinranken. Ein verkümmert aussehendes Olivenbäumchen, dem die Pension ihren Namen verdankte, verstellte ebenfalls die Sicht.

Das zweigeschoßige Haus mit seinen morschen Fensterläden, an denen die blaue Farbe fast zur Gänze abgebröckelt war, machte keinen sehr einladenden Eindruck, aber die Lage war bestens. Zum Kastro-Viertel, dem ältesten Viertel der Stadt, und zum Alten Hafen war es nicht weit.

Alexander hatte genügend Geld, um sich ein schickes Hotel leisten zu können, doch er wollte in Frieden gelassen werden. Keine Lakaien, die permanent um ihn herumwuselten und ihn nach seinen Wünschen fragten oder ihm etwas anzudrehen versuchten, keine Hotelportiere, die seinen falschen Pass genauer unter die Lupe nahmen, und er wollte auch keine Reisebekanntschaften machen. Es war ein Fehler gewesen, mit dieser hübschen Österreicherin in Kontakt zu treten. In seinem Job blieb man besser allein.

Alexander trug sich als Alexandros Kounellis in ein abgegriffenes Gästebuch ein. Das Geld für zwei Nächte legte er auf die Theke. Wie erwartet, verlangte der ältere Mann an der Rezeption keinen Pass.

„Wenn Sie länger bleiben möchten, kein Problem. Wir sind nicht voll“, murmelte der Alte und zog sich in sein Kämmerchen hinter einem blauen Vorhang zurück.

Kurz darauf vernahm Alexander laute Stimmen aus einem TV-Gerät. Grinsend begab er sich die schmale, steile Treppe hinauf in den ersten Stock.

Das schäbige dunkle Zimmer mit dem Gefühl von Hoffnungslosigkeit in den vergilbten Tapeten war eingerichtet wie die meisten billigen Hotelzimmer auf der ganzen Welt: Queensizebett, Schrank, Minischreibtisch, Stuhl. Alexander streckte sich auf der weichen Matratze aus und schlief drei Stunden tief und fest.

***

Abends suchte er sich ein Restaurant in Klein-Venedig. Das im venezianischen Stil erbaute Viertel an der Strandpromenade war total überlaufen. Er betrat eines der Lokale, das weniger voll war als die anderen, bestellte einen Griechischen Salat und verschiedene Mezedes.

In diesem altmodisch eingerichteten Lokal schien es nicht mehr üblich zu sein, mehrere typisch griechische Vorspeisen zu ordern. Die arroganten Blicke des Kellners waren ihm gleichgültig, er hatte Lust auf Sardellen, Oktopus und Tsatsiki. Nach einigem Hin und Her bekam er das Gewünschte.

Die Sardellen waren nicht frisch, im Tsatsiki war zu wenig Knoblauch. Wenigstens der Oktopus war so, wie er ihn gern hatte, bissfest.

Die Rechnung fiel horrend aus. Es war ihm egal. Seine Auftraggeber hatten ihm zusätzlich zu seinem Honorar seine Spesen garantiert.

Nach dem Essen wollte er auf kürzestem Weg in seine Pension zurückkehren. Die Menschenmassen, die sich durch die engen Gassen wälzten, machten ein Durchkommen fast unmöglich.

„Gamoto, fuck“, fluchte er, als er mit einem amerikanischen Paar, das gemeinsam mindestens dreihundert Kilo auf die Waage brachte, zusammenstieß. Genau genommen stieß er gegen den exorbitanten Bauch der Frau.

Er besann sich auf die guten Manieren, die ihm seine Mutter beigebracht hatte, und entschuldigte sich. Auf Englisch. Ein Fehler, wie sich herausstellte. Denn nun versuchte das Pärchen, ihn in ein Gespräch zu verwickeln. Endlich ein Einheimischer, der Englisch sprach, dachten sie wahrscheinlich und quatschten drauflos. Als sie ihn auf ein Bier einluden, hatte er alle Mühe, ihnen diese Idee auszureden. Sichtlich enttäuscht, zogen sie weiter.

Der Portier in der Pension Eliá schien ebenfalls in Plauderstimmung zu sein. Als Alexander seinen Zimmerschlüssel verlangte, bot er ihm einen griechischen Kaffee an.

Alexander begab sich knapp hinter dem Mann hinaus auf die Straße. Ein säuerlicher Geruch von Alkohol und Schweiß stieg ihm in die Nase.

An einem wackeligen Tischchen unter dem halbvertrockneten Olivenbäumchen tranken sie dann gemeinsam Kaffee.

Die Pension befand sich am Ende einer kurzen, steilen Sackgasse. Unter ihnen auf der Querstraße schoben sich die Touristenströme vorbei. Nicht nur dickbäuchige Amerikaner und Nord- und Mitteleuropäer, auch viele Spanier, Italiener und Franzosen zogen im Gänsemarsch durch die engen Gassen.

„Die Kreuzfahrtschiffe sind die Pest“, sagte der Portier. „Täglich liegen drei bis vier Riesen in der Bucht. Das bedeutet mindestens zehntausend Menschen, die uns niedertrampeln. Am frühen Abend ist in der Chora kein Durchkommen mehr. Alle Gassen verstopft durch diese Barbaren aus dem Norden ...“

Alexander nickte verständnisvoll. Der Alte bot ihm eine filterlose Zigarette an, die er dankend ablehnte. Er kannte dieses Kraut. Sein Vater hatte damit im Winter immer die ganze Wohnung verstunken.

Während der Portier genüsslich an seinem Stummel zog, fühlte er sich bemüßigt, seinen Gast über die Veränderungen auf Mykonos aufzuklären: „Jährlich überfallen uns hunderttausende Touristen. Ich frage mich, wie lange das gutgehen wird. Irgendwann wird es einen Kollaps geben! Kein Wasser mehr, kein Strom ... Die Preise, vor allem in den Sommermonaten, kann sich sowieso kein Einheimischer mehr leisten. Ein Café Frappé kostet fast überall acht Euro! Ein Abendessen für zwei Personen ist kaum mehr unter hundert Euro zu kriegen ...“

„Das habe ich heute Abend bemerkt“, warf Alexander ein.

„Millionen von Euros und amerikanischen Dollars fließen in die Taschen einiger Weniger. Schauen Sie sich das Innere der Insel mal an. Die Zersiedelung schreitet fort, aber für den Straßenbau ist kein Geld da. Die meisten Straßen befinden sich in katastrophalem Zustand. Das interessiert die Allradfahrer natürlich nicht. Die kommen sich vor wie auf einer Wüstensafari, wenn sie mit ihren dicken Autos über Stock und Stein rasen.“

Die Klagen des Portiers bauten Alexander nicht gerade auf. Er war sowieso nicht in bester Stimmung.

Nachdem er seinen Kaffee und das Glas Wasser ausgetrunken hatte, zog er sich auf sein Zimmer zurück.

Er konnte keinen Schlaf finden, hatte zu viele Kaffees getrunken. Sein Blutdruck bewegte sich bestimmt in schwindelerregenden Höhen.

Wie sollte er morgen vorgehen? Er hatte keine Lust zu töten. Falls die schöne Frau bei dem Gespräch mit dem Hotelbesitzer dabei sein sollte, würde er sowieso keinen Finger rühren. Trotzdem überlegte er sich einige möglichst schmerzfreie Todesarten.

Der Tod des Hotelbesitzers sollte wie Selbstmord aussehen. Was dies betraf, war er beinahe unübertroffen. In seiner besten Zeit waren viele seiner Opfer als Selbstmörder durchgegangen.

Vielleicht musste er diesen Theo gar nicht umbringen? Vielleicht würde er das Angebot, das er ihm im Auftrag von Boris machen würde, freudig annehmen? Er begann sich auszumalen, wie er nach Abschluss seiner Geschäfte mit Laura Mars die Insel erkunden würde ...

Auf einmal erschienen andere, weniger romantische Bilder vor seinem inneren Auge: der zerschmetterte Schädel eines kolumbianischen Drogenbarons; der von einem halben Dutzend Kugeln durchlöcherte Körper eines jungen Kolumbianers, der auf eigene Kosten gearbeitet, seinen Boss betrogen hatte; das entsetzte Gesicht des kleinen Mexikaners mit der Kugel im Bauch, der mit der ganzen Geschichte nichts zu tun gehabt hatte, einfach zur falschen Zeit am falschen Ort gewesen war.

Ihm war nicht gut. Womöglich war das Tsatsiki verdorben gewesen?

Er übergab sich auf der Toilette. Danach fühlte er sich keine Spur besser.

Acapulco und die Felsenspringer kamen ihm in den Sinn. Um seiner mexikanischen Geliebten zu imponieren, war auch er gesprungen und hätte diesen Sprung beinahe mit dem Leben bezahlt. Als er in die Tiefe des Ozeans eingetaucht war, wäre ihm fast die Luft ausgegangen, so lange hatte es gedauert, bis er wieder an die Wasseroberfläche gekommen war. Damals hatte er beschlossen, sich ab sofort seinem Alter gemäß zu verhalten. Mit Mitte vierzig musste man nicht mehr von einem hohen Felsen springen, um einer jungen Frau zu imponieren ...

Endlich schlief er ein.

Im Traum konnte er fliegen. Er war Ikarus, der Sohn des Dädalus, und hatte mit seinem Vater gerade das Gefängnis, das Labyrinth des Minotaurus auf Kreta, verlassen. Er flog übers Meer, sah unter sich die Schaumkronen auf den Wellen tanzen, fühlte sich frei und glücklich. Als ein Eiland am Horizont erschien, stieg er höher auf in die Lüfte, flog mit seinen gewachsten Flügeln gefährlich nahe an die Sonne heran ...

10.

Am frühen Morgen wurde Laura vom penetranten Krähen mehrerer Hähne geweckt. Laute, an die sie nicht mehr gewöhnt war. So schnell ließen einen die Geräusche der Großstadt nicht los. Im ersten Moment wusste sie nicht, wo sie war.

Trotz des, laut Theo, funkelnagelneuen Boxspringbettes hatte sie nicht besonders gut geschlafen. Nach den vier Wochen auf dem durchgelegenen Bettsofa ihrer Freundin und ehemaligen Geschäftspartnerin Marlene in Wien war ihre Wirbelsäule beleidigt. Außerdem hatte sie einen schweren Kopf und eine verstopfte Nase von der Klimaanlage sowie ein Dutzend Gelsenstiche auf Armen und Beinen.

Verkatert warf sie einen Blick aus dem Fenster. Still und friedlich lag die große Bucht tief unter ihr. Die weiße Chora erstrahlte golden im Morgenlicht, das Meer glitzerte. Zu viel Glanz für ihre verschwollenen Augen.

Die Vegetation rund um das Hotel und in dem dazugehörigen Park stand in voller Blüte: Bougainvillea, Oleander und exotische Blumen, deren Namen sie nicht kannte.

Sie beschloss, auf ihre lächerlichen Wehwehchen zu vergessen und den schönen Tag zu genießen.

Bevor sie ihre Suite verließ, schaute sie hinter das Haus. Bizarre Felsformationen, Macchia und dichtes Gebüsch. Auf einem von einer niedrigen Steinmauer umgebenen, ungepflegten Grundstück weideten Ziegen und ein paar Schafe. Ein schreiender Esel und zwei lästige Hähne schreckten die Hühner auf.

Im Hotel schienen trotzdem noch alle zu schlafen.

Ein Irrtum, wie sie feststellte, als sie in die ultramoderne Küche ging, um sich einen Espresso zu machen. Der philippinische Boy, der sie gestern Abend bedient hatte, hantierte bereits mit Tassen, Tellern und Pfannen herum.

Sie ging nach draußen auf die Terrasse.

Theos Hotel lag am höchsten Punkt der Chora und war nur über die eine steile, nicht asphaltierte Gasse zu erreichen. Ein Wagen mit Allradantrieb war nicht unbedingt notwendig, wie sie gestern festgestellt hatte, der zahnlose Taxifahrer hatte die engen Kurven und die tiefen Schlaglöcher mit seinem uralten Toyota bravourös gemeistert.

Am Ende seines Grundstücks hatte Theo, versteckt hinter exotischen Büschen und Palmen, einfache Steinhäuschen für das Personal errichten lassen. Unverputzte Mäuerchen umgaben die Terrassen der Gästezimmer im Erdgeschoß des Hotels. Der Blick war von jeder Terrasse aus umwerfend. Die ganze Bucht von Mykonos-Stadt lag einem zu Füßen. Bei klarem Wetter sah man das winzige Eiland Renia und in der Ferne auch die Inseln Syros und Tinos.

Theo beschäftigte offensichtlich lauter hübsche Asiaten in seinem Hotel. Laura hatte Probleme, sie auseinanderzuhalten. Vor allem zwei der Boys sahen einander verblüffend ähnlich. Als sie auf der Terrasse unter einem riesigen Sonnenschirm Platz nahm, servierten ihr diese beiden Männer das Frühstück. Sie stellten sich als Rommel und Jomel vor.

„Einen von euch kenne ich. Wer hat gestern Abend Dienst gehabt?“

Jeder deutete auf den anderen.

„Seid ihr Zwillinge?“, fragte Laura.

Kichernd verneigten sie sich mehrmals mit völlig synchronen Bewegungen.

Während sie den Schafskäse und die exotischen Früchte kostete, wurde sie von Theos übrigen Angestellten näher in Augenschein genommen.

Einer der Zwillinge, sie hielt ihn für Rommel, stellte ihr die Burschen vor: „Das ist On, unser Koch, er kommt aus Thailand. Sein Name bedeutet *Waffe eines Gottes*. On ist tatsächlich unsere schärfste Waffe!“, sagte er mit ernster Miene.

„Und du bist Rommel, oder?“

„Nein, Jomel.“ Er deutete auf den Anhänger seines goldenen Halskettchens, einen Kopf der Jungfrau Maria. „Rommel trägt ein Eisernes Kreuz, wie sein deutscher Namensvetter.“

„Wie bitte?“ Laura verzog das Gesicht.

Jomel antwortete nicht. Er schien sich vor dem älteren On, der ein buntes Kopftuch um sein Haar geschlungen hatte, zu fürchten. On servierte Laura gerade höchstpersönlich ein Omelett. Jomel hatte sich ein paar Schritte vom Tisch entfernt und beäugte den Koch beinahe ehrfürchtig.

Zwei Männer reinigten den Pool. Nachdem On wieder gegangen war, deutete Jomel auf die beiden. „Pana und Chai kommen ebenfalls aus Thailand. Sie putzen die Zimmer." Verächtlich verdrehte er die Augen zum weißblauen Himmel.

Laura glaubte, die Hierarchie im *Hotel Flamingo* begriffen zu haben. Die philippinischen Zwillinge schienen für den Service zuständig zu sein und fühlten sich daher den putzenden Thais überlegen, dem thailändischen Koch jedoch unterlegen. Als ein finster dreinblickender Mann aufkreuzte und ihr einen flüchtigen Blick schenkte, geriet ihre Theorie ins Wanken.

„Das ist Kai, unser Gärtner und Haustechniker. Er ist Vietnamese", flüsterte Jomel und machte sich rasch aus dem Staub.

Sie bemühte sich, all diese exotischen Namen zu behalten.

„Hallo Kai", sagte sie zu dem Mann, der mit einer riesigen Heckenschere in den Händen auf sie zukam. In diesem Moment gesellte sich auch Theo zu Laura.

Der Vietnamese erwiderte weder ihren Gruß, noch begrüßte er seinen Chef, blieb einfach stehen und starrte sie an.

„Was hast du hier verloren?", herrschte Theo ihn an.

Der Herr des Hauses schien mit dem falschen Fuß aufgestanden zu sein. Er war immer schon sehr launenhaft gewesen, einerseits übertrieben höflich und scheißfreundlich, andererseits aufbrausend und aggressiv.

Sie war nicht gewillt, auf seine schlechte Laune Rücksicht zu nehmen.

„Hast du seit Neuestem ein Faible für Asiaten?“, fragte sie ihn.

„Ah, du hast meine Mannschaft bereits kennengelernt. Sie sind neugierig. Allzu oft bekommen sie bei mir keine Frau zu Gesicht. Zwar verirren sich manchmal auch Heteropärchen hierher, aber zu neunzig Prozent sind meine Gäste männlich und schwul.“

„Dein Koch und dein Gärtner scheinen harte Burschen zu sein.“

„Zumindest geben sie sich so. Keine Angst, sie sind beide heilfroh, bei mir arbeiten zu dürfen. Ich zahle besser als die meisten Griechen. On ist ein Spitzenkoch, ich habe ihn in einem Touristenschuppen auf Rhodos entdeckt. Der Bursche hat echt was los, könnte locker in der Wiener oder Berliner Gourmetszene reüssieren, wird es aber nicht bis Mitteleuropa schaffen, das weiß er ganz genau. Der Vietnamese kommt aus Hanoi, ist eigentlich Architekt und ein finsterer Bursche. Ziemlich aufsässig. Erst gestern habe ich ihm gedroht, ihn abschieben zu lassen, wenn er sich weiterhin so unverschämt aufführt.“

Laura missfiel Theos Ton. Sie hielt sich zurück, hatte keine Lust auf ein Streitgespräch. Trotzdem konnte sie sich eine spitze Bemerkung nicht verkneifen: „Das klingt verdächtig nach Sklavenhaltung.“

„Auf Mykonos gab es einst den größten Sklavenmarkt der Antike. Ich setze also eine alte Tradition fort.“

„Und was ist mit Rommel und seinem Eisernen Kreuz?“

„Manche Philippiner haben eine gewisse Vorliebe für Deutschland. Kein Wunder, wenn man daran denkt, was ihnen die Amis angetan haben.“

Theos herzliches Lachen hatte sie schon immer unwiderstehlich gefunden, dennoch hakte sie nach: „Du meinst für Nazi-Deutschland?“

„Nein, die haben keine Ahnung von Politik. Der Nazi-Feldmarschall Rommel war halt ein berühmter Mann, den man auch auf den Philippinen kannte. Und das Eiserne Kreuz für das Kettchen habe ich mal in Berlin auf einem Flohmarkt gefunden und Rommel für seine Verdienste als Chef de Service geschenkt – rein aus Spaß ...“

„Sehr witzig!“

„Seit wann bist du so humorlos?“

„Anscheinend tut dir die viele Sonne nicht gut.“

Theo legte den Arm um ihre Schultern, zog sie an sich: „Immer noch die gestrenge, politisch korrekte Laura?“

„Du nervst!“ Verärgert schob sie seinen Arm weg.

„Möchtest du vielleicht ein Gläschen Champagner?“

„Nein, danke. Ich saufe seit Lorenz' Tod sowieso zu viel. Vor allem in Wien habe ich Unmengen getrunken. Diese Stadt deprimiert mich nach wie vor. In Griechenland bemühe ich mich immer, erst nach Sonnenuntergang mit dem Trinken zu beginnen.“

„Guter Vorsatz. Habe ich auch mal probiert, bin erbärmlich gescheitert. Also, was ist jetzt, Champagner, ja oder nein?

„Nein!“

11.

Lauras Mann war Alkoholiker gewesen. Sie hatte eine Zeitlang versucht mitzuhalten. Während ihrer Ehe hatte es aber öfter auch alkoholfreie Zeiten gegeben. Vor allem wenn sie eine neue Kollektion entworfen hatte. Alkohol war Gift für ihre Kreativität. Im Suff fand man alles großartig. Am nächsten Tag landeten die Scheußlichkeiten dann im Müll. Ihr Mann hingegen hatte geglaubt, seinen Job als Modefotograf nur ertragen zu können, wenn er einen gewissen Pegel hatte.

Seit sie in Griechenland lebte, trank Laura weniger. Doch in den letzten vier Wochen in Wien bei ihrer besten Freundin war sie rückfällig geworden. Das Trauma war mit voller Wucht hochgekommen. Sie hatte viel öfter an den tödlichen Unfall ihres Mannes denken müssen als in Griechenland. Manchmal befürchtete sie, ebenfalls eine Spiegeltrinkerin zu werden, die täglich ihr Quantum benötigte, um Schuld und Schmerz nicht mehr zu spüren. Wenigstens nahm sie mittlerweile keine Schlaftabletten mehr. Die Kombination war zu gefährlich.

„Schaff das Sprudelzeug weg! Bring mir lieber einen Gin Tonic!“, rief Theo den philippinischen Boys zu. „Erzähle mir, wie es unseren Freunden in Wien geht. Vielleicht macht mich das genauso schnell high wie Champagner. Haben sie schon alle einen Herzinfarkt hinter sich oder zumindest ein Burn-out?“

„Arschloch“, murmelte Laura, unterhielt ihn dann jedoch mit Klatsch und Tratsch aus der Wiener Modeszene.

Während sie ihre gemeinsamen Freunde ausrichteten, besserte sich Theos Laune. Auch Laura tat die Lästerei gut. Ihre Freunde waren ihr gewaltig auf die Nerven gegangen, obwohl sie ihrer Trauzeugin und früheren Geschäftspartnerin Marlene dankbar war, dass sie in deren ehemaliger Studentenwohnung einen Monat lang kostenlos wohnen durfte. Außerdem hatte Marlene ihr Arbeit angeboten.

„Ich nehme an, Marlene ist mittlerweile aus dem Leim gegangen, hat einen Arsch wie ein Pferd?“, sagte Theo grinsend.

„Nach drei Kindern ist das kein Wunder, oder?“

„Und euer Label führt sie allein weiter?“

„Sie macht nicht mehr viel. Ihr fehlt es an Zeit und Muße. Ihren Laden sperrt sie nur von Mittwoch bis Samstag auf. Außerdem hängen dort kaum mehr Sachen von uns, sondern ausgeflippte, witzige Klamotten von jungen Wiener Designerinnen. Übrigens hat sie versucht mich zu überreden, wieder bei ihr einzusteigen. Sie meinte, die Designarbeit könnte ich von Griechenland aus erledigen. Ihr schwebt eine neue Kollektion mit Strandkleidung und Accessoires für den Sommer nächsten Jahres vor. Marlene war immer schon die Geschäftstüchtigere von uns beiden.“

„Und? Hast du dich weichklopfen lassen?“

„Ich habe mich noch nicht entschieden, ihr nur versprochen, darüber nachzudenken. Eigentlich habe ich von der Modebranche die Nase voll.“

„Mich wundert es, dass sie nicht ganz aufgegeben hat. Kreativität hat nie zu ihren Stärken gezählt. Marlene mag zwar eine gute Verkäuferin sein, entworfen hast all die hübschen Sachen aber du.“

„Nein, das stimmt nicht. Anfangs hat sie viele grandiose Ideen gehabt. Erinnerst du dich an die verrückten Hüte? Du hast fünf Stück davon bestellt. Als dann Gerd aufgetaucht ist, hat sie sich halt mehr um ihn als um ihre eigene Karriere gekümmert.“

„Ach ja, was macht denn der Herr Steuerberater? Geld scheffeln, was sonst, oder?“

„Gerd ist ein ganz Lieber, sonst hätte er sich längst von ihr getrennt. Sie hat ihn fast ruiniert.“

„Eine Scheidung bei drei Gschrappen? Ich weiß nicht, ob das so eine gute Idee wäre. Marlene würde ihn ausnehmen wie eine Weihnachtsgans."

Laura hatte genug von den ätzenden frauenfeindlichen Bemerkungen ihres Freundes. Marlene war sehr anstrengend, aber sie war ihre beste Freundin seit Studententagen. Nach dem Ende ihres Studiums hatten sie gemeinsam das Modelabel *LAMAR* gegründet. Der Name setzte sich nicht nur aus den Anfangsbuchstaben von Lauras Vor- und Nachnamen zusammen, sondern auch aus den Anfangsbuchstaben ihrer beider Vornamen. Kurze Zeit später eröffneten sie eine Boutique im ersten Bezirk und verdienten sich vor dem Ausbruch der Eurokrise 2010 dumm und dämlich. Die schwierigen Jahre, die folgten, überlebten sie dank Lauras Idee, erschwingliche Freizeitkleidung für junggebliebene, dynamische Powerfrauen anzubieten. Als Laura 2015 ausstieg, hatte Marlene ihr eine ordentliche Abfindung gezahlt. Kurz danach hätte sie das Geschäft fast zusperren müssen, wenn ihr Mann ihr nicht unter die Arme gegriffen hätte.

Theo hat leicht reden, dachte Laura, er hatte rechtzeitig, bevor sich die Auswirkungen der Krise auf dem Kunstmarkt bemerkbar machten, den Absprung geschafft.

„Ich möchte heute an den Strand", sagte Laura gereizt. Sie hatte das Meer einen ganzen Monat lang schmerzlich vermisst. Das Wetter war prächtig. Das Thermometer war auf sechsundzwanzig Grad geklettert. Wolkenloser Himmel, ruhiges, glasklares Wasser.

„Du kannst meinen Jeep nehmen."

„Soll ich zur Paradise Beach fahren?"

„Vergiss Paradise Beach! Außer du stehst auf Ballermann. Ordinäre, halbnackte Gören hopsen dort zu elektronischen Klängen auch tagsüber auf den riesigen Tischen herum. Ich habe nichts gegen Tabledance, in unseren Clubs scheint das ebenfalls in zu sein, doch der Anblick all dieser schwabbelbäuchigen Heteros, die sich mit ihren Mobiltelefonen wie Pornofilmer gebärden und den Girlies kleine Scheine zwischen ihre mit Cellulitis befallenen Arschbacken stecken, verursacht mir üble Magenbeschwerden. Aus den Bars dröhnt ständig laute Musik. Hiphop oder Techno statt Sirtaki. Das Wummern der Bässe an den Traumstränden ist im Umkreis von ein paar Kilometern zu hören. Bier, Wodka und Gin fließen in Strömen. Dort treiben sich nur mehr Prolos herum."

„Und welchen Strand kannst du mir empfehlen?"

Er zögerte.

„Gar keinen?"

„Eventuell die Kalafati Beach im Osten. Du magst Sandstrände, oder?"

Laura nickte.

„Auch die Ftelia Beach im Norden ist okay. Ein relativ ruhiger Sandstrand mit einem netten Restaurant. Außerdem gibt es dort archäologische Funde aus der Jungsteinzeit: Keramik, Steinfiguren, Fragmente von Gebäuden ..."

„Ich will schwimmen, nicht ins Museum."

„Die Strände im Süden kannst du im Prinzip fast alle vergessen! Philip steht auf die Elia Beach, wegen ihres karibischen Touchs. Aber die ist nur mit einem der Badeboote erreichbar. Am wärmsten ist das Wasser in der Pinky Beach. Eine hübsche, geschützte Bucht. Im Juli und August wird es dort sehr voll, jetzt geht es aber noch."

„Also, wo soll ich jetzt hin?" Lauras Geduld hatte Grenzen.

„Warte, ich hab's. Fahr zur Livadi Beach, die ist sehr malerisch. Schau dir aber trotzdem zuerst die Super Paradise Beach an. Sie ist sozusagen eine der Sehenswürdigkeiten von Mykonos. Nach ihr wurde der Ralf-König-Comic *Super Paradise* benannt. Wenn du Glück hast, kannst du dort ein paar hübsche Männerhintern in Stringtangas bewundern. So oft kriegst du in deinem Alter so was Knackiges nicht mehr zu Gesicht, nehme ich an. Selbst ich lasse mich manchmal an diesem Strand sehen. Ehrlich gesagt nur, wenn ich besoffen bin, denn mein Arsch ist leider nicht mehr so toll in Form. Aber dem werde ich bald abhelfen. Ich habe bereits einen Termin für nächsten Winter bei unserem österreichischen Schönheitschirurgenpapst in Wien vereinbart."

„Willst du dir das Fett absaugen lassen?"

„Ein komplettes Arschlifting ist angesagt."

„Du spinnst!"

Lachend drückte Theo ihr einen Kuss auf den Mund.

„Lass das, du Idiot", sagte Laura.

„Warum gehst du nicht Shoppen? Das Einzige, das man auf Mykonos wirklich gut kann, ist Shoppen. Wir haben die schnuckeligsten Boutiquen. Vielleicht werden dich diese originellen Kreationen von griechischen Designern wieder inspirieren."

„Du meinst, ich bräuchte ein bisschen Nachhilfe? Danke für das Kompliment!"

„Sei nicht so ein verdammter Snob. Deine coolen Neunzigerjahre-Klamotten, mit denen du am Beginn des neuen Jahrtausends in Österreich diverse Preise für junge Designer eingeheimst hast, sind out. Verspieltes Ethno- und Hippiezeugs ist momentan gefragt. Viel Klimbim und grelle Farben ..."

„Vielen Dank für deine fachmännische Beratung, lieber Theo. Bevor ich so ein geschmackloses Outfit, wie du es bevorzugst, entwerfe, werde ich lieber Kellnerin in der Strandbar unter meinem Haus. Schau mal in den Spiegel, du siehst aus wie ein Clown.“

„Oh, oh, jetzt gibst du’s mir wieder! Hau lieber ab, Schätzchen! Amüsiere dich mit den Jungs am Strand, falls du einen findest, der nicht schwul ist. Ich glaube, du brauchst einen anständigen Fick, du kommst mir ein bisschen verbittert vor.“

Seine zynischen Schmähs hatte sie früher cool gefunden. Inzwischen waren sie ihr zuwider. Bevor sie ihn ohrfeigen würde, ließ sie ihn lieber mit seinem Frust allein. Sie konnte es sich aber nicht verkneifen, ihm wenigstens verbal eine zu verpassen: „Du bist ein richtiges Ekel geworden. Ich weiß nicht, was mit dir los ist. Wenn du so weitermachst, wirst du bald keine Freunde mehr haben.“

Theo wollte ihr einen Klaps auf den Po geben. Geschickt wich sie aus und ging ins Haus. Aus den Augenwinkeln nahm sie wahr, wie er einen der philippinischen Boys herbeiwinkte. Der nächste Gin Tonic war angesagt.

Sie nahm sich fest vor, in Zukunft weniger zu trinken. Theo war ein abschreckendes Beispiel. So wie er wollte sie nicht enden.

12.

Nachdem Alexander in einem Café auf der Platia Mantó Mavrogénous gefrühstückt hatte, erkundete er das Gelände rund um seine Pension. Anschließend machte er einen langen Spaziergang durch die Altstadt.

Die ersten Sonnenstrahlen erleuchteten die weißen Hausmauern. Die vielen Tavernen und Geschäfte hatten alle geschlossen. Ein Gefühl von Einsamkeit und

Ruhe befiel ihn, als er an den weiß gekalkten Hausmauern entlangschritt. Es war kein unangenehmes Gefühl.

Das Kastro-Viertel hatte seinen Namen von einem Kastell, das die Venezianer im dreizehnten Jahrhundert auf einem Hügel über dem Alten Hafen errichtet hatten. Es war das älteste Viertel der Stadt. Sein Onkel hatte hier gelebt.

Alexander schlenderte durch die labyrinthartigen Gassen, die gerade so breit waren, dass ein vollbepackter Esel durchkam. Als um neun Uhr die Glocken der Panachrou-Kirche zum Gottesdienst läuteten, begegneten ihm die ersten Menschen, hauptsächlich alte, ganz in Schwarz gekleidete Frauen.

Er spazierte weiter Richtung Klein-Venedig, wo er gestern Abend so miserabel gegessen hatte. Vor der mit unzähligen Kalkschichten überzogenen Panagia Paraportiani stand ein halbes Dutzend Japaner mit gezückten Kameras. Die blendend weiße Kirche war ein wunderbares Postkartenmotiv, sah aus wie ein riesiger Schneehaufen vor dem tiefblauen Meer.

Er wunderte sich nicht, dass die meisten Gassen der Stadt so leer waren. Dumpfe Technoklänge hatten ihn bis in die frühen Morgenstunden wach gehalten. Vor vielen Lokalen türmten sich Bier- und Schnapskisten. Schmale Pick-ups schlichen im Schritttempo durch die engen Straßen, karrten weitere volle Kisten für die nächste Nacht heran. Bis Mittag würden die Rollläden der meisten Lokale und Geschäfte wohl geschlossen bleiben. Oder vielleicht auch nicht, dachte er, als er das Horn eines Kreuzfahrtschiffes vernahm. Früher zeigten den Seefahrern die weißen Segel der Windmühlen den ersehnten Heimathafen an. Noch heute grüßten die einlaufenden Kreuzfahrtschiffe mit einem lauten Signalton die stattlichen Mühlen.

Auf dem Weg in den Alten Hafen sah er zu, wie einer dieser Kolosse im Neuen Hafen ankerte. In spätestens einer Stunde würde es in der Altstadt nur so wimmeln von den heutigen Kreuzrittern. In Buenos Aires und Montevideo war es ähnlich gewesen. Zigtausende Touristen waren tagsüber auf Landausflug gegangen. In diesen großen südamerikanischen Städten hatten sie sich allerdings besser verteilt als hier.

Er fragte sich, was all die Menschen, die tagtäglich diese Insel heimsuchten, auf der nur zehntausend Menschen lebten, hier wollten. Außer anderen Touristen bekamen sie nicht viel zu sehen.

Ein zweites Kreuzfahrtschiff näherte sich. Ein drittes lag sowieso seit gestern Abend vor Anker.

***

Zurück in seiner Pension, streckte Alexander sich auf dem quietschenden Bett aus und versuchte, sich einen Plan für die Begegnung mit dem Hotelbesitzer zurechtzulegen.

Die Luft im Zimmer war stickig. Es gab keine Klimaanlage. Der altmodische Tischventilator machte fürchterlichen Krach.

Alexander öffnete das Fenster. Als lautes Stimmengewirr und hysterisches Gelächter zu ihm heraufdrangen – die Kreuzfahrer schienen bereits die Gassen der Chora unsicher zu machen –, schloss er das Fenster wieder.

Er überlegte, ob er die Glock, die er dem Glatzkopf abgenommen hatte, mitnehmen sollte. In Südamerika hatte er meistens eine Browning HP mit aufgeschraubtem Schalldämpfer verwendet. Sie war bestens für seine Jobs geeignet gewesen. Die Browning ruhte längst in den Tiefen des Pazifischen Ozeans.

In der Regel tötete ein Mensch aus Habgier, Verzweiflung oder Rache. In seinem Fall war das Motiv viel banaler. Er musste irgendwie seinen Lebensunterhalt verdienen. Da er, außer Fischen, nichts gelernt hatte, war das Töten sein Geschäft geworden.

Am frühen Nachmittag mietete er für ein paar Stunden einen kleinen Suzuki-Geländewagen und machte sich auf den Weg zur berühmten Paradise Beach.

Der Portier in seiner Pension hatte recht gehabt. Offensichtlich wurde auf Mykonos kaum Geld für den Straßenbau ausgegeben. Alexander zockelte über unebenen Asphalt und musste öfters scharf abbremsen, um einem entgegenkommenden Wagen auszuweichen.

Der Süden der Insel war total zersiedelt. Zahlreiche Rohbauten verschandelten die hügelige Landschaft.

Paradise Beach. Fast hätte er das Schild übersehen.

Er bog ab. Die Verhüttelung setzte sich fort. Eine riesige Betonwüste umgab die Bucht.

Die Straße endete an einem Parkplatz. Er ging zu Fuß weiter. Schranken und Security erschwerten ihm den Weg zum Strand. Die halblustigen Graffitis an den Mauern hinter dem Eingang erinnerten ihn an einen Kindergarten. Als er durch eine hässliche Unterführung in einem der Betonklötze endlich an den Strand gelangte, wurde er von lauten Basstönen und Mark und Bein erschütterndem Gekreische empfangen.

Eine Menschentraube hatte sich vorne am Wasser versammelt. Alexander bahnte sich den Weg durch die Menge. Dank seiner Größe bemerkte er bald, was die Sensationsgier der Leute erregt hatte, er musste gar nicht näher heran. Auf einem breiten, mit dunkelrotem Stoff überzogenen Sonnenbett vögelte ein Mann eine Frau von hinten. Die geilen Zuschauer, die mit ihren Handys die Szene filmten, feuerten den Mann mit derben Kommentaren an. Offenbar konnte er nicht kommen.

Wahrscheinlich hat er Viagra geschluckt, dachte Alexander, der mit dieser Pille gewisse Erfahrungen hatte. Um seine unersättliche russische Freundin in Wien zu befriedigen, hatte er eine Zeitlang die hellblauen Pillen genommen, bis ihn eines Tages ein Arzt wegen seines hohen Blutdrucks davor gewarnt hatte.

„Na, mach schon! Komm endlich! Hast du noch immer nicht genug?“, schrie einer der Männer, die das Liegebett umringten, auf Deutsch.

Kopfschüttelnd wandte sich Alexander ab und schlenderte zur Bar.

Unattraktive junge und ältere, sehr aufgetakelte Frauen, alle in Stringtangas, lungerten an der Theke herum, taxierten ihn mit hungrigen Blicken. Je hässlicher die Gesichter, desto nackter die Ärsche, dachte er, ignorierte die Damen und bestellte einen Espresso bei dem herbeieilenden Barmann.

Die Blicke der Frauen belästigten ihn nicht länger. Sie schienen kapiert zu haben, dass er ihnen keinen Drink spendieren würde. Vielleicht hielten sie ihn auch für schwul. Es war ihm egal.

Große Brüste schienen momentan nicht in zu sein. Vor ein paar Jahren liefen zumindest an den mexikanischen Stränden viele Frauen mit Silikonbusen herum. Hier prahlten nur einige Blondinen, die er, wegen ihrer sehr hart klingenden Sprache für Osteuropäerinnen hielt, mit ihren ballonähnlichen Brüsten.

Er hatte genug gesehen, trank seinen Espresso in einem Zug aus und fuhr weiter zur Super Paradise Beach.

***

Eine Moët-&-Chandon-Champagner-Bar beherrschte die Bucht. Sehr teuer, sehr nobel, sehr schlecht besucht. Elegante weinrote Liegebetten und Sonnenschirme aus Stroh füllten den kleinen Strand. Auch hier dröhnte Techno aus den Lautsprechern.

Tagsüber legten bekannte DJs auf, las Alexander auf einem Flyer. *Sound of Mykonos* nannte sich diese Art von Musik. Konnte man den schwachsinnigen, ohrenbetäubenden Krach überhaupt als Musik bezeichnen? Der deutsche Ausdruck Fremdschämen kam ihm in den Sinn. Ja, er schämte sich richtiggehend für seine Landsleute. Wie konnten sie, anstatt ihrer eigenen sehr melodischen Musik, dieses Bumm, Bumm, Bumm zu ihrem Inselsound machen? Wenn abends dazu die stroboskopischen Lichteffekte einsetzten, bekamen einige Tänzer garantiert epileptische Anfälle.

Vielleicht war er einfach zu alt, um nachvollziehen zu können, was den jungen Leuten an diesen eintönigen Klängen so gut gefiel, hinterfragte er seine ablehnende Haltung, als sein Körper plötzlich zu zucken begann.

Er bestellte ein Perrier, zahlte sechs Euro für die kleine Wasserflasche und ging damit hinunter an den grobkörnigen Sandstrand, der eindeutig aufgeschüttet worden war.

Da er daran gewöhnt war, seine Umgebung immer im Auge zu behalten, registrierte er, als er sich auszog, die bewundernden Blicke einiger Frauen, die sich auf den bequemen Liegebetten rekelten.

Er kraulte weit aufs offene Meer hinaus, genoss jeden Tropfen Salzwasser in seinem Gesicht. Als die Sonnenhungrigen am Strand nur mehr wie winzige Strichmännchen aussahen, kehrte er um und schwamm auf dem Rücken zurück. Rückenschwimmen hatte ihm seine Wiener Physiotherapeutin wegen seiner Nackenverspannungen empfohlen.

Als er aus dem Wasser kam und nun auch die interessierten Blicke einiger Männer bemerkte, schlug er, da er wie viele Heteros homophob war, rasch sein Badetuch um die Hüften und machte, dass er wegkam.

***

Zurück in seiner Pension in Mykonos-Stadt duschte Alexander ausgiebig und zog sich um. Dann fasste er sich ein Herz und rief Laura Mars auf ihrem Handy an.

Sie hob nicht ab. Er hinterließ ihr eine Nachricht auf ihrer Mailbox, fragte, ob sie Lust habe ihn zu treffen.

Während er weiter die Küste entlanggondelte, kam er an einigen Hotelanlagen vorbei. Er fragte sich, warum sein Auftraggeber unbedingt das Boutiquehotel hoch oben am Hang haben wollte. Es gab so viele exklusive Hotels auf dieser Insel, die wahrscheinlich viel eher dem Geschmack von reichen Osteuropäern entsprachen als Theo Niemayers *Flamingo*. Zum Beispiel das *Mykonos Grand*, ein Luxushotel in perfekter Lage. Oder das *Apollonia Resort*, ein Luxusschuppen mit schönen Villen hinter hohen Steinmauern.

Vielleicht waren all diese Luxusoasen bereits in russischer Hand? Ich hätte mich vorher besser über die Hotellandschaft und die Eigentumsverhältnisse auf Mykonos informieren sollen, dachte er. Boris hatte sicher keine Ahnung, wer hier das Sagen hatte. Dieser Angeber war das verwöhnte Söhnchen eines russischen Oligarchen, der es auf Mykonos krachen lassen wollte. Bestimmt hätte er den kriminellen Russen auch für ein anderes Hotelobjekt begeistern können. Nun war es zu spät. Er musste heute noch mit Lauras Freund reden, besser gesagt, ernsthaft verhandeln. Schlimmstenfalls würde er ihn töten müssen. So lautete sein Auftrag.

13.

Laura hatte beschlossen, eine kleine Inselrundfahrt zu machen und sich selbst einen Strand zu suchen. Sie hatte einen von Theos Reiseführern mitgenommen.

Zuerst wollte sie zum Kloster Panagia Tourliani in Áno Merá. Vor allem das Innere der Kirche war angeblich einen Besuch wert. Sie hatte gelesen, dass es wahre Kunstschätze beherbergte, die meisten angefertigt in Florenz. Das größte Heiligtum des Klosters, die Ikone der Heiligen Jungfrau von Toúrlos, wurde als wahres Schmuckstück aus Holz und mit einem Mantel aus Silber beschrieben. Das Antlitz der Madonna sei inzwischen schwarz, hatte sie gelesen. Es wurde behauptet, dass dieses zweitausend Jahre alte Kunstwerk eine Arbeit des Apostel Lukas persönlich war.

Die vielen Touristenbusse auf dem Parkplatz vor dem Kloster ließen Laura von einem Besuch Abstand nehmen. Sie fuhr weiter zum Nonnenkloster von Paleókastro, einem Frauenkloster aus dem dreizehnten Jahrhundert, das von einer einzigen Nonne bewohnt wurde, die seit vielen Jahren ihre Zeit damit verbrachte, den Klosterhof zu bemalen.

Laura klopfte an das Tor. Niemand öffnete. Sie klopfte heftiger. Keine Reaktion. Mit Klöstern schien sie heute kein Glück zu haben.

Auf einer kurvenreichen Straße kehrte sie zurück in die Hauptstadt. Supermärkte, Glücksspielhallen, Raceland, Bikecenter ... Sie bog auf eine Nebenstraße ab.

Von dem Wohlstand der Insel war bald nicht mehr viel zu bemerken. Eher verwahrlost wirkende Orte, unbebaute Felder, dazwischen unfertige Neubauten. Wahrscheinlich war den Besitzern das Geld ausgegangen.

An der Küste angekommen, nahm sie die Straße zum Leuchtturm am Kap Armenistis. Sie kam vorbei an hübschen, einsamen Buchten, die sich jedoch zu nahe am Neuen Hafen befanden, wo die Kreuzfahrtschiffe ankerten und das Wasser daher nicht sehr sauber war.

Als sie sich unterhalb des Leuchtturms einparkte und ein paar Schritte den Hügel hinaufspazierte, fühlte sie sich wieder versöhnt mit Mykonos. Der Wind spielte mit ihrem langen Haar, die Luft war klar und frisch. Sie war der einzige Mensch weit und breit.

Vor dem Leuchtturm setzte sie sich auf einen Stein, ließ ihre Blicke über die Inseln zu ihren Füßen schweifen. Sie sahen aus wie Mondlandschaften. Keine Häuser, nur Wasser, Gestein und Stille, abgesehen vom Pfeifen des Windes. Laura empfand plötzlich ein Gefühl von Freiheit.

Nach einer halben Stunde tauchten die ersten Touristen auf. Sie ging zu Theos Wagen, fuhr den ganzen Weg vom Kap Armenistis zurück nach Mykonos-Stadt und weiter auf die gegenüberliegende Seite der nordwestlichen Landzunge. Den Stausee Marathi ließ sie rechts liegen.

Die Straße endete an der Agios Sostis Beach. Ein netter Strand, weniger touristisch als die Pánormos Beach, an der sie gerade vorbeigekommen war. Dennoch entschied sie sich dafür, umzukehren und zur Ftelia Beach zu fahren. Nicht wegen der archäologischen Fundstätte, sondern weil sie schwimmen gehen wollte und es am Beginn der Bucht sicher weniger windig war als hier.

Tatsächlich war in Ftelia von dem starken Wind, der am Kap geweht hatte, kaum etwas zu spüren. Weit draußen waren die bunten Segel einiger Windsurfer zu sehen. Im Wasser tummelten sich ein paar Jungs. Auch sie waren weit weg. Auf einem flachen Felsen im Meer hatte sich eine Möwenkolonie angesiedelt. Die strahlend weißen Tupfen passten perfekt in diese Idylle. Dank der neolithischen Siedlung, deren Überreste in der Mitte des Strandes standen, war diese Bucht nicht verbaut worden. Die Wellblechdächer, mit denen die Archäologen die Ausgrabungsstätte geschützt hatten, waren verrostet und zum Teil von Stürmen zerstört worden. Das türkisfarbene Wasser war kristallklar. Nur der Plastikmüll störte sie.

Sie sammelte einige Mineralwasserflaschen ein, brachte sie zu einem Müllcontainer an der Straße. Dann schickte sie Alexander ein SMS.

***

Beschwingt durch Lauras SMS und durch die wundervolle Stimme von Maria Farantouri, die aus dem Autoradio erklang, fuhr Alexander zum Strand von Ftelia.

Die Gegend wurde bald einsamer. Karges Land. Steinig und ausgedörrt. Braun die Felder, bereits jetzt im Frühling. Vereinzelt Betonruinen, aus denen hässliche verrostete Eisenstangen in den Himmel ragten.

Er hatte Durst, die Flasche Perrier hatte er an der Super Paradise Beach vergessen. Obwohl er an Hitze gewöhnt war, wurde ihm schwindlig. Der Horizont verschwamm zu einem zittrigen Gebilde aus Dunst und Wellen. Wieder fiel ihm eines der Gedichte ein, das sein Vater ihm vorgelesen hatte, nachdem er von Makronissos zurückgekehrt war.

„(...) Und das Meer der Ägäis war blau wie immer,
sehr blau, nur blau.
Ach ja, wir sprachen einmal von der Ägäis-Poesie,
von der nackten Brust der Nixe, auf die ein Anker gestickt war,
vom Licht des Meeres, das Gardinen für die Möwen häkelt. –
300 Ermordete."

Als Alexander sich der Küste näherte, kamen mehrere Häuser in Sicht. Diese den alten Inselhäusern nachempfundenen Neubauten waren von hohen Mauern umgeben und wirkten nicht sehr einladend.

Auf dem staubigen Parkplatz vor der Bucht gab es kaum Schatten. Er ließ den Suzuki in der prallen Sonne stehen und ging zum Meer.

Der langgestreckte, elegant geschwungene Sandstrand war fast menschenleer. Er entdeckte Laura sofort. Ihr hellblondes Haar schimmerte im Sonnenlicht.

Sie saß mit ausgestreckten Beinen auf einer Felsplatte, ihre Arme hatte sie um ihre Brust geschlungen. In ihrem grünen Bikini erinnerte sie ihn an eine Nixe. Er rief ihren Namen.

Sie zuckte zusammen, drehte sich um. Als sie aufstand, schlang sie den Pareo, auf dem sie gesessen war, um ihren Körper. Die vielen Narben unter ihrer Brust und auf den Armen und Beinen waren ihm nicht entgangen, obwohl er sie nur ein paar Sekunden lang aus der Nähe gesehen hatte.

„So schnell habe ich Sie nicht erwartet", sagte sie.

„Ich bin geflogen wie Ikarus", scherzte er.

„Verbrennen Sie sich nur nicht Ihre Flügel!", konterte sie. „Ist diese Bucht nicht wunderschön?"

„Sie sind wunderschön." Ihm war bewusst, dass sein Kompliment etwas plump klang. Auf die Schnelle war ihm keine bessere Formulierung auf Deutsch eingefallen.

„Und Sie sind ein Charmeur. Ich werde nicht auf Ihren Charme reinfallen, das garantiere ich Ihnen. In Österreich trage ich übrigens meistens einen hochgeschlossenen Badeanzug, damit man meine Narben nicht sieht. Hier in Griechenland sind mir meine Narben komischerweise fast egal."

Er ging nicht auf ihre Worte ein, fragte, ob sie mit ihm schwimmen gehen möchte.

„Später, ich war gerade im Wasser." Sie setzte sich wieder hin.

Alexander entledigte sich seiner Kleidung. Sie schaute weg, beobachtete ihn jedoch aus den Augenwinkeln. Verdammt gut gebaut, dachte sie, als er sich in seiner knappen schwarzen Badehose neben ihr niederließ.

Er bot ihr eine Zigarette an. Sie lehnte ab.

Er rauchte und schwieg.

Nachdem sie einige Minuten auf das friedliche Meer geschaut hatten, brach sie das Schweigen: „Ich hatte vor einigen Jahren einen grauenhaften Unfall. Mein Mann ist dabei ums Leben gekommen. Ich habe überlebt. Die Narben sind geblieben."

Sie war also Witwe. Alexander hatte gedacht, sie wäre bestenfalls geschieden, nachdem sie ihm auf der Fähre von ihrem Neubeginn auf Samos erzählt hatte. Er ließ sich seine Erleichterung nicht anmerken.

Seine Neugier war jedoch geweckt. Er wollte mehr über den Unfall wissen, traute sich aber nicht nachzufragen, denn sie starrte weiterhin aufs Wasser.

„Möchten Sie mir von dem Unfall erzählen?", fragte er schließlich doch.

Sie machte eine undefinierbare Handbewegung. „Ein Unfall halt. Ich hatte einige Verbrennungen. Vor allem im Gesicht und am Oberkörper. Mein heutiges Aussehen verdanke ich zum Großteil einem geschickten Schönheitschirurgen."

Mit halb geschlossenen Lidern betrachtete er sie von der Seite. Ihr Rücken war von dem Feuer relativ verschont geblieben. Nur unter den Schulterblättern bemerkte er dunklere Stellen, die wie Striemen von Peitschenschlägen aussahen.

„Ihre Schultern sind leicht gerötet. Soll ich Sie eincremen?"

„Das kann ich ..." Sie überlegte es sich anders, sagte: „Ja bitte" und reichte ihm eine Flasche Sonnenöl.

Während er das Öl mit sanften Bewegungen über ihren Rücken verteilte, fühlte sie sich erregt. Rasch steckte sie sich das Haar mit einer Spange hoch.

Zärtlich strich er mit seinen feingliedrigen Fingern über ihren Nacken. Bevor sie zu stöhnen beginnen würde, begann sie lieber zu reden, sprach darüber, wie angenehm es für sie als über vierzigjährige Frau sei, sich hier halbnackt bewegen zu können. „Kein Mensch gafft mich an. Keine abschätzigen Blicke wie bei uns in Österreich, wo einen die Leute, vor allem am Land, oft anglotzen, als wäre man ein Wesen von einem anderen Stern, wenn man nicht genauso schlecht gekleidet ist und genauso doof dreinschaut wie sie selbst."

„Wenn Sie sich da nur nicht irren", sagte Alexander. „Auch hier wird man angestarrt. Denken Sie an all die alten Frauen, die jeden Fremden kritisch in Augenschein nehmen."

„Ich meine vor allem die Männer. Hier sind fast alle schwul."

„Ich fürchte, Sie irren sich tatsächlich“, widersprach Alexander erneut. „Gerade schwule Männer taxieren die Körper der Frauen. Ihre Ansprüche an Perfektion und ihre Abhängigkeit vom gängigen Schönheitsideal sind noch größer als die von uns Heteros.“

Wahrscheinlich hatte er recht. Schließlich konkurrieren die Schwulen mit uns um die Gunst der Männer, dachte sie und sah Alexander in die Augen.

Er schien der einzige heterosexuelle Mann an diesem Strand zu sein – die Jünglinge, die etwa dreißig Meter entfernt im Wasser plantschten, ignorierte er vollkommen, starrte die ganze Zeit nur auf ihren Busen. Zwar vermutete er, dass sie ihre aufregenden Brüste auch einer der zahlreichen Operationen nach ihrem Unfall zu verdanken hatte, aber das schmälerte nicht seine Bewunderung.

„Wie wäre es mit einer kleinen Abkühlung?“ Sie entledigte sich ihres Pareos und sprang mit dem Kopf voran von der Felsplatte. Er folgte ihr, ohne zu zögern, mit einem mindestens so vollendeten Kopfsprung. Gemeinsam schwammen sie weit hinaus, fast bis zum Felsen der Möwen. Zurück kraulten sie um die Wette.

Als sie aus dem Wasser kamen, zogen sie sich um. Jeder für sich, schamhaft ihre Nacktheit unter ihren Handtüchern verbergend. Aus der Strandbar trug der Wind Soulklänge zu ihnen.

Sie gingen Kaffee trinken, bestellten beide Café Frappé mit wenig Zucker und ohne Milch.

„An sich mag ich keinen Sand, bevorzuge Kiesstrände. Doch dieser Strand ist etwas Besonderes“, sagte Alexander.

„Ich liebe Sandstrände, habe mich deshalb in Samos in der Nähe von Limnionas angesiedelt.“

„Erzählen Sie mir von Samos. Ich kenne diese Insel nicht gut. Wie sind Sie überhaupt auf die Idee gekommen, sich dort niederzulassen?“

„Ich war zu Beginn des neuen Jahrtausends öfter auf Samos. Mein Mann und ich haben dort sogar unsere Flitterwochen verbracht. Nach seinem Tod habe ich unsere gemeinsame Eigentumswohnung in Wien verkauft und seine Lebensversicherung ausbezahlt bekommen. Ich hätte das Geld in mein Geschäft stecken können, aber ich wollte unbedingt weg aus Wien und habe mich an die schöne Zeit, die ich auf Samos verbracht hatte, erinnert. Eines Tages habe ich im Internet einen Olivenhain mit Kalivi gefunden und sofort zugeschlagen. Manchmal kann ich sehr spontan sein. Das Kalivi habe ich dann, wie gesagt, in Windeseile renoviert und gleichzeitig begonnen, ein größeres Haus zu bauen. Ich habe mich in die Arbeit gestürzt, um zu vergessen. Die manuelle Arbeit hat mir gutgetan ...“

„Ich bewundere Ihren Mut und Ihre Energie“, warf Alexander ein.

„Da gibt es nichts zu bewundern. Es war ein Akt der Verzweiflung.“

Sie wechselte das Thema und erzählte von ihrem Freund Theo, bei dem sie zu Gast war, erwähnte, dass er finanzielle Probleme hatte.

Alexander nützte seine Chance, bat sie, ihren Freund anzurufen und zu fragen, ob er abends bei ihm vorbeischauen könne.

„Ich weiß nicht, ob das eine gute Idee ist. Theo hat sich sehr verändert. Er hat zwar nie durch Bescheidenheit oder gar Understatement geglänzt, doch so frustriert und ekelhaft wie heute war er früher nicht.“

„Vielleicht könnte ich seine Probleme aus der Welt schaffen“, sagte Alexander. Er fühlte sich miserabel, weil er diese wunderbare Frau für seine Zwecke zu benützen versuchte.

Widerwillig griff sie nach ihrem Handy.

Theo war ausnehmend freundlich am Telefon, erklärte sich bereit, den Fremden zu empfangen, nachdem ihm Laura zu verstehen gegeben hatte, dass sie den Mann sympathisch fand. Theo schien bewusst zu sein, dass er nach dem morgendlichen Gespräch, das nicht gerade sehr amikal verlaufen war, bei ihr etwas gutzumachen hatte.

Nach dem Kaffee brachen sie auf. Laura fuhr voran. Alexander folgte ihr, hielt genügend Abstand, damit sie sich ja nicht bedrängt fühlte.

Die Straßen waren auch hier im Nordwesten der Insel in miserablem Zustand. Sie fuhr extrem langsam und vorsichtig. Er nahm an, dass das mit dem Unfall zu tun hatte, über den sie nicht sprechen wollte.

14.

Als Alexander am frühen Abend das *Hotel Flamingo* betrat, wurde er von Theo allein begrüßt. Laura ließ sich nicht blicken. Auch Philip war nicht da. Das holländische Hochzeitspärchen schien entweder noch am Strand oder bereits ausgegangen zu sein.

Er stellte sich als Alexander Kounellis vor. Kounellis war der Mädchenname seiner verstorbenen Mutter und auch der Name eines international bekannten griechischen Künstlers, der in Italien gelebt hatte. Alexander gab sich als entfernter Verwandter dieses berühmten Malers aus, hoffte dadurch Vertrauen bei dem ehemaligen Wiener Galeristen zu erwecken. Er hatte sich vorher im Internet über seinen Namensvetter schlaugemacht.

Theo schien seine Herkunft nicht zu interessieren. Entweder hatte er den Namen nicht richtig verstanden oder es war ihm egal. Er bat seinen Gast, auf der Terrasse Platz zu nehmen, entschuldigte sich und ging ins Haus.

Was für eine wohltuende Stille, dachte Alexander, als er in einem gepolsterten Gartensessel Platz nahm. Ein riesiger Sonnenschirm spendete angenehmen Schatten. An den von der Sonne aufgeheizten Steinmauern huschten Salamander rauf und runter. In den Bäumen zwitscherten leise kleine Vögel. Ein schlanker, leicht bekleideter Jüngling steuerte mit einem golden schimmernden Servierwagen auf ihn zu und bot ihm einen Sundowner an.

Alexander entschied sich für einen Ouzo. Seinen ersten Ouzo, seit er griechischen Boden betreten hatte.

Theo gesellte sich mit einem Gin Tonic in der Hand zu ihm.

„Schön haben Sie es hier“, sagte Alexander.

„Ich nehme nicht an, dass Sie gekommen sind, um mir Komplimente für mein Anwesen zu machen.“

Verärgert ließ Alexander den höflichen Smalltalk bleiben und kam gleich in medias res. „Ich vertrete eine internationale Investorengruppe, die sich für Ihr Hotel interessiert“, sagte er.

„Sie sind nicht die Ersten.“

„Das kann ich mir gut vorstellen. Aber vielleicht sind wir die Finanzkräftigsten?“

„Ich denke nicht im Traum daran zu verkaufen. Wie kommen Sie, besser gesagt, Ihre Auftraggeber auf diese verrückte Idee?“, fragte Theo. Sein Lachen klang künstlich.

„Es ist alles nur eine Frage des Geldes.“ Alexander machte ihm ein, wie er glaubte, sehr generöses Angebot.

Theos Lachen wurde lauter. „Vergessen Sie es, mein Lieber!“ Er tätschelte Alexanders muskulösen Oberschenkel.

Mit leicht angewidertem Gesichtsausdruck schob dieser Theos Hand weg.

„Wenn mir Laura Ihren Besuch nicht angekündigt hätte, würde ich Sie auf der Stelle rauswerfen, aber Lauras Freunde sind nun einmal auch meine Freunde“, beteuerte Theo mit falschem Grinsen.

Hinter der offenen Terrassentür, geschützt durch einen Vorhang, stand Philip. Er hatte das Gespräch mitangehört. Bei der Erwähnung der immensen Summe, die Alexander geboten hatte, war ihm leicht schwindlig geworden.

Alexander bemühte sich weiter, Theo zu überreden, das Angebot seiner Auftraggeber wenigstens zu überdenken. Er sah aber bald ein, dass er den Hotelbesitzer nicht umstimmen konnte. Aus langjähriger Erfahrung wusste er, wann ein Deal erfolgreich sein würde und wann nicht.

Sie fanden ein anderes Thema, sprachen über die vertrackte finanzielle Lage Griechenlands und waren einer Meinung, dass die Troika, der Internationale Währungsfonds, die Europäische Zentralbank und die Europäische Kommission, Schuld an der ganzen Misere waren.

„Und nicht zu vergessen: die Deutschen! Nicht umsonst hassen die Griechen die Deutschen“, sagte Theo.

Alexander fand ihn gar nicht mehr so übel. Doch dann begann Theo auf die griechische Misswirtschaft zu schimpfen.

Ist dieser Mann ein Querulant, fragte sich Alexander. Hält er es nicht aus, wenn jemand seiner Meinung ist? Muss er aus Prinzip widersprechen? Gerade waren sie sich noch einig gewesen, dass das griechische Volk keine Schuld an der katastrophalen Schuldenkrise des

Landes trug. Nun empörte sich der Hotelbesitzer aber lautstark über die Korruption, die in Griechenland blühen und gedeihen würde.

Alexander hatte vor kurzem in einer österreichischen Zeitung gelesen, dass Deutschland führend war, was Korruption betraf. Er unterbrach seinen Gastgeber, erzählte ihm von dieser Statistik.

„Kommen Sie mir nicht mit Statistiken! Sie haben keine Ahnung, was hier los ist. Wie lange waren Sie weg aus Griechenland? Laura hat was von dreißig Jahren erwähnt. Vor dreißig Jahren haben die Griechen erst gelernt, was Demokratie ist."

„Sind Sie komplett verrückt? *Dimokratia* ist ein griechisches Wort. Wir haben die Demokratie erfunden, haben die ersten demokratischen Stadtstaaten der Welt gehabt!"

„Ha, jetzt sind wir wieder beim Lieblingsthema der Griechen angelangt: Die glorreiche Vergangenheit! Bis heute scheinen sich alle auf den Lorbeeren der Antike auszuruhen." Theo lachte allein über seinen Witz.

„Mehr als die Hälfte aller griechischen Ferienhausbesitzer parken ihr Vermögen in irgendeiner Offshore-Gesellschaft", fuhr er fort. „Die reichen Griechen zahlen sowieso prinzipiell keine Steuern. Und die kleinen Leute machen es ihnen natürlich nach, bauen nicht einmal ihre Häuser fertig, wohnen lieber in Bauruinen, um sich die Grund- und Vermögenssteuer zu ersparen, denn die zahlt man erst, wenn das Haus fertig ist."

Ich sollte aufstehen und gehen, sonst erwürge ich ihn noch auf der Stelle, dachte Alexander.

Theo schien zu bemerken, dass er zu weit gegangen war. Er klopfte seinem Gast auf die Schulter und schlug einen versöhnlicheren Ton an, war auf einmal per Du mit ihm: „Nichts für ungut, mein Freund! Ich wollte dich nur provozieren, wollte sehen, wie weit ich gehen kann, bis du mir an die Gurgel springst. Im Grunde hast du recht, die Merkel und ihr ehemaliger Finanzminister haben euch wirklich fürchterlich geschröpft. Dabei schulden sie euch ja Reparationszahlungen in Milliardenhöhe für die Kriegsschäden und all die Verbrechen im Zweiten Weltkrieg, als sie euch überfallen und besetzt haben."

„Genaugenommen zweihundertneunzig Milliarden. Das griechische Parlament wird demnächst eine Klage einbringen", sagte Alexander.

„Na, dann könnt ihr ja mit der Wiedergutmachungssumme locker einige Kredite zurückzahlen! Prost, mein Freund!"

Theo war nicht mehr nüchtern. Seine Augen waren glasig, sein Gesicht leicht gerötet. Alexander beschloss, den Mann nicht mehr ernst zu nehmen, stieß mit ihm an und sagte, dass er aufbrechen wolle.

„Das kommt nicht in Frage! Du bleibst zum Essen!"

Nach kurzem Zögern nahm Alexander die Einladung an, da er hoffte, beim Abendessen Laura wiederzusehen.

15.

Als sich die Sonne dem Horizont näherte und das Meer und die Altstadt in ein verführerisches Licht tauchte, gesellten sich Laura und Philip zu ihnen auf die Terrasse.

Laura trug ein langes weißes Kleid, das an eine römische Toga erinnerte. Wie immer war sie ungeschminkt und hatte keinerlei Schmuck angelegt. Auf den Oberarmen hatte sie einen leichten Sonnenbrand.

Alexander fand, dass sie hinreißend aussah.

Philip musterte den fremden Gast interessiert. Alexander hatte für Jünglinge mit klassischen Zügen, die gebaut waren wie ein griechischer Gott oder zumindest so, wie der Bildhauer Praxiteles die griechischen Götter dargestellt hatte, nicht viel übrig, hielt sie für Nichtstuer und Gigolos. Schade, dass sich sein Auftrag nicht auf diesen hübschen, jungen Mann erstreckte.

Nachdem alle vier Gin Tonic getrunken und sich sehr artig und ganz manierlich über die sinkenden Nächtigungszahlen auf Mykonos und die Nachhaltigkeit eines Ökotourismus ausgetauscht hatten, gingen Theo und Philip ins Haus, um sich fürs Abendessen umzuziehen.

Alexander fühlte sich nicht sehr wohl. Der Gin Tonic war ihm nicht bekommen. Er war nicht mehr an harte Sachen gewöhnt.

Auch Laura schien nicht zum Reden aufgelegt zu sein. Schweigend widmeten sie sich dem Farbenspiel der untergehenden Sonne. Der Himmel über der Ägäis schien zu glühen, verfärbte sich von Blutrot in ein kräftiges Orangerot und ging über in ein weicheres Orange.

Alexander nahm all seinen Mut zusammen und griff nach Lauras Hand. Da sie ihm ihre Hand nicht entzog, streichelte er sie zärtlich. Sie sah nicht zu ihm auf, starrte weiter auf das farbenprächtige Spektakel und ließ seine Berührungen über sich ergehen.

Alle Fenster im Haus standen offen. Als laute Geräusche zu ihnen auf die Terrasse herunterdrangen, blickten beide erschrocken zu den Fenstern hinauf.

Die Holländer im ersten Stock schienen es wild miteinander zu treiben. Ihre Lustschreie waren in der Stille des frühen Abends nicht zu überhören.

Verlegen grinsten Alexander und Laura sich an. Als das Gestöhne noch lauter wurde, fragte sie ihn, wie sein Gespräch mit Theo verlaufen war.

„Wird er verkaufen?“

Alexander zuckte mit den Schultern. Er hatte nicht vor, mit ihr über seine Geschäfte zu reden.

Zum Glück kamen in diesem Moment Theo und Philip, frisch geduscht und gehüllt in weite weiße Hosen und pastellfarbene Oberteile, aus dem Haus.

Die beiden erinnerten Laura an das dänische Komikerduo Pat und Patachon, deren Filme ihre Mutter geliebt und sich oft mit ihr angesehen hatte, als sie klein war. Der schlaksige Große und der dickliche Kleine brachten Laura bis heute zum Lachen.

Rommel servierte ihnen als Vorspeise eine Platte mit Meeresfrüchten.

Alexander kaute lange an dem Oktopus. Theo fragte, ob er nicht zart genug wäre.

„Im Gegenteil, er ist eine Spur zu weich gekocht, finde ich. Schmeckt ein bisschen wie Kaugummi", scherzte Alexander.

Das hätte er besser nicht sagen sollen, denn nun zitierte Theo On an den Tisch.

„Der Oktopus ist ungenießbar, du Arsch!", schrie er und warf dem Koch ein Schwänzchen ins Gesicht.

On kniff seine ohnehin schmalen Augen zusammen, ließ die harte Kritik wortlos über sich ergehen und verbeugte sich mehrmals, bevor er sich wieder zurückzog.

Alexander hatte den Eindruck, dass der Thailänder seinen Arbeitgeber zutiefst verachtete.

Die gegrillten Garnelen auf dem Salatbett schmeckten hervorragend. Dennoch begann Theo wieder zu meckern. „Der macht mir das zufleiß. Er kann mich nicht ausstehen, bestimmt hat er auf den Salat gespuckt. Rührt ihn lieber nicht an."

„Du bist paranoid, mein Schatz", sagte Philip. „Vielleicht solltest du weniger trinken? Wenn du betrunken bist, kriegst du jedes Mal Verfolgungswahn."

Theo fegte mit der Rechten seinen Teller vom Tisch und beugte sich zu Philip hinüber, der seelenruhig eine Garnele schälte: „Verschwinde! Ich ertrage deine blöde Fresse nicht länger an meinem Tisch!"

„Es reicht, Theo!", schritt Laura ein. Sie klang wie eine strenge Kindergartentante. „Beruhige dich. Trink lieber mit mir noch ein Gläschen von deinem fantastischen Weißwein. Oder wolltest du uns den heute Abend vorenthalten?"

Mit Theo ging eine seltsame Verwandlung vor. Von einem Moment auf den anderen wurde er wieder zum freundlichen Gastgeber. Rommel und Jomel, die nach dem Geschrei ihres Arbeitgebers sofort herbeigeeilt waren, wurden beauftragt, einen Chablis aus dem Weinkeller zu holen.

Nach einigen Gläsern Weißwein entspannte sich die Lage. Sogar Philip beteiligte sich an der Unterhaltung, als auf einmal das Geschrei eines Esels zu vernehmen war und Laura sich beschwipst, wie sie war, über die Sturheit dieser Tiere ausließ.

„Esel sind keineswegs stur, sondern sehr intelligent. Wenn sie Gefahr wittern, bleiben sie einfach stehen und horchen", erklärte ihr Philip.

Auch Alexander war leicht betrunken, obwohl er wesentlich weniger intus hatte als alle anderen. Wie immer, wenn er zu viel Alkohol trank, wurde er sentimental. Zwar fand er Theo nach wie vor nicht sympathisch, wollte ihn aber keinesfalls mehr töten. Lang und breit begann er nun von seiner Kindheit auf Ikaria zu erzählen, beschrieb den anderen das harte Leben auf der Insel.

Theo fing bald an sich über die Ikarioten lustig zu machen und erzählte einige Anekdoten über die Einheimischen. Alexander war unangenehm berührt, ließ ihn aber reden.

„Die Bäcker in manchen Dörfern, vor allem in Christos Raches, legen angeblich ihr Brot und Gebäck früh morgens in ihren Laden und gehen wieder schlafen. Die Leute bedienen sich tagsüber selbst. Keiner wagt es, das Brot zu stehlen, jeder bezahlt brav, denn sonst würde der Bäcker nicht mehr backen. Die Ikarioten sind die phlegmatischsten Menschen, die ich kenne. Sie machen die halbe Nacht durch und stehen erst am späten Nachmittag auf ..."

„Das sind sie von der Gefangenschaft her gewöhnt", unterbrach Alexander ihn. „Ikaria war jahrzehntelang eine Gefangeneninsel. Sowohl im Zweiten Weltkrieg als auch während der Herrschaft der faschistischen Junta wurden politische Häftlinge aus Athen und dem übrigen Griechenland auf diese Insel verbannt. Kein Wunder, dass sie erst nachts, wenn die Schergen der Faschisten schliefen, zu leben begannen ..."

„Ah, dein Freund ist Kommunist." Theo sah Laura spöttisch an.

Sie zuckte mit den Schultern. „Und wenn schon? Hast du Angst vor Kommunisten?"

„Heute nicht mehr", sagte Theo lachend und winkte Rommel herbei.

„Bring uns noch eine Flasche. Von dem spanischen Roten!"

Als Dessert servierte ihnen Jomel Eis mit heißen Himbeeren. Zwei Himbeeren landeten auf Alexanders weißem Hemd. Theo rümpfte die Nase. Laura lachte und reichte Alexander ein Papiertaschentuch.

Alle, außer Alexander, sprachen kräftig dem schweren Wein zu, leerten die Flasche ziemlich schnell.

Theo drehte sich einen Joint. „Ist gut für die Verdauung", beteuerte er und bot auch seinen Gästen etwas zu rauchen an.

Alexander und Laura lehnten dankend ab.

„Eine Droge reicht mir." Sie griff nach einer Flasche Tsipouro, die sie unten auf dem Servierwagen entdeckt hatte, und schenkte nur sich selbst ein.

„Du solltest das Kiffen lieber sein lassen, bekommt deinem Blutdruck nicht, wenn ich dich erinnern darf", sagte Philip zu Theo.

Und schon lagen sich die beiden Männer wieder in den Haaren.

Laura hatte mittlerweile das Stadium erreicht, in dem sie entweder auch streitsüchtig wurde oder furchtbar traurig. Da sie sich vor ihren Freunden und vor allem vor dem Fremden keine Blöße geben wollte, schob sie Müdigkeit vor und verabschiedete sich.

Alexander sah ihr besorgt nach, als sie ins Hotel wankte. Schade, dass diese tolle Frau so viel trinkt, dachte er.

„Mir reicht es auch für heute", sagte Philip und folgte Laura ins Haus.

16.

„Du bleibst." Theo fasste Alexander, der sich erhoben hatte, als Laura gegangen war, am Arm und nötigte ihn, wieder Platz zu nehmen.

Alexander wehrte sich nicht, dachte, der Zeitpunkt wäre nicht ungünstig, um erneut den Verkauf des Hotels zur Sprache zu bringen. Vielleicht würde Theo in betrunkenem Zustand eher nachgeben.

Der Mond spiegelte sich im Meer, ließ das Wasser in hellem Licht erstrahlen. Von der Altstadt drang Techno zu ihnen auf die Terrasse. In regelmäßigen Abständen erleuchteten Laserstrahlen den dunklen Himmel. Die herumwirbelnden Projektionsstrahlen und die lauten elektronischen Geräusche ließen an einen Blitzkrieg denken.

Wind kam auf. Die Flammen in der Feuerschale mitten auf der Terrasse und all die Kerzen in den hübschen marokkanischen Laternen auf den Tischen begannen zu flackern. Theo schlug vor, zu Whisky überzugehen.

Alexander sagte nicht nein. Er trank langsam und war noch bei seinem ersten Glas, als sich sein Gastgeber bereits ein zweites Mal nachschenkte. Bald kam Alexander wieder auf das Angebot seines russischen Auftraggebers zu sprechen. Er drohte Theo nicht direkt, deutete nur an, dass die Russen keine Gentlemen seien und durchaus zu härteren, ja sogar brutalen Methoden greifen würden, um das zu bekommen, was sie sich in den Kopf gesetzt hatten.

„Willst du mir Angst einjagen?"

„Nein, ich bitte dich! Ich möchte dich nur warnen. Sie könnten dir Schwierigkeiten machen, wenn du nicht auf ihr Angebot eingehst."

Obwohl er sehr verärgert war, ersuchte er Theo, sich alles noch einmal gründlich zu überlegen, und stellte ihm ein Ultimatum. „Ich werde für ein paar Tage auf meine Heimatinsel fahren. Wenn ich aus Ikaria zurückkomme, erwarte ich deine endgültige Antwort, okay?"

„So lange musst du gar nicht warten. Meine Antwort kennst du, sie lautet: Njet! Sag das deinem großkotzigen Russen. Ich nehme an, du arbeitest für irgend so einen Oligarchen, oder? Diese Ärsche machen sich seit Jahren auf unserer Insel breit, kaufen alles, was sie kriegen können ..."

Auf unserer Insel? Alexander glaubte, nicht richtig gehört zu haben. Dieser präpotente Österreicher hielt sich wohl bereits für einen Griechen, weil er vor der russischen Immobilienmafia zugeschlagen hatte, indem er einen griechischen Jungen verführt und dessen

Familie Grund und Boden abgeluchst hatte. Er hatte die Nase voll von diesem Typen. Am liebsten hätte er ihn gleich an Ort und Stelle ins Jenseits befördert. Doch in den letzten dreißig Jahren hatte er gelernt, seinen Jähzorn in den Griff zu kriegen.

Theo wurde jedoch immer angriffslustiger. „Bring mich mit deinem Boss zusammen. Der soll mich kennenlernen. Ich werde diesem Bürschchen den Arsch aufreißen."

Genervt sah Alexander ihm dabei zu, wie er sich einen zweiten Joint drehte. Er hoffte, das Kraut würde den Hotelbesitzer beruhigen.

Als Theo kurz vor Mitternacht auf die Toilette ging, rief Alexander seinen Auftraggeber an und schlug ihm vor, Theo Niemayer noch mehr Geld anzubieten.

Lauras Zimmer befand sich im zweiten Stock. Von ihrem Balkon aus konnte sie einen Teil der großen Terrasse unten sehen. Sie belauschte das Telefonat durch das gekippte Fenster.

Alexander sprach zum Teil Englisch, zum Teil Russisch, was sie nicht verstand. Außerdem sprach er leise und der Wind verwehte seine Worte. Enttäuscht zog sie sich in ihr Zimmer zurück. Hatte sie nicht gerade begonnen, diesen Griechen sympathisch zu finden? Doch so viel sie mitbekommen hatte, schien es auch ihm nur um Geld zu gehen. Die Rede war von Millionen gewesen.

***

Theo ertappte seinen Mann Philip dabei, wie er sich auf dem Klo eine Linie Koks reinzog.

„Wolltest du mit diesem Scheiß nicht aufhören?", fauchte er ihn an und wischte den Schnee vom Rand des marmornen Waschbeckens.

„Bist du komplett verrückt geworden?", schrie Philip. „Ich ertrage dich nicht mehr. Du bist ein größenwahnsinniger Narr! Wir stecken echt in der Scheiße." Er war dem Gespräch auf der Terrasse ebenfalls bei offenem Fenster gefolgt und hatte mehr davon mitgekriegt als Laura. „Nimm das generöse Angebot dieses Mannes gefälligst an, bevor wir alles verlieren!"

Wütend kehrte Theo mit dem zeternden Philip im Schlepptau zurück.

Bevor Alexander ihm mitteilen konnte, dass seine Auftraggeber ihr Angebot erhöhen würden, sagte Theo: „Ich glaube, es ist besser, du verschwindest jetzt."

„Hör mir erst einmal zu. Ich habe gerade mit meinem Boss telefoniert. Er würde eine halbe Mille drauflegen ..."

„Hau ab!", schrie Theo.

Philip bemühte sich, ihn zu beschwichtigen.

„Schleich dich, du Weichei", schimpfte Theo und ließ nun seine ganze Wut an seinem Mann aus, beschimpfte Philip als gottverdammten Erpresser und nannte ihn einen vertrottelten Junkie.

Philip ergriff die Flucht.

„Koks dich endlich zu Tode!", schrie Theo ihm nach.

Na großartig, dachte Alexander. Mit diesem kiffenden Alkoholiker und seinem koksenden Freund sollte er wohl locker fertigwerden. Er traf keine Anstalten aufzustehen und beobachtete seinen Gastgeber, der im Gesicht knallrot angelaufen war, eher belustigt.

„Was gibt es da so blöd zu grinsen?" Theo zerrte ihn von seinem Korbsessel hoch und versetzte ihm einen Schlag auf die Brust.

Intuitiv schlug Alexander zurück.

Theo schrie laut auf. Alexanders Faust hatte ihn im Magen getroffen.

Ein zweiter Schlag mitten ins Gesicht brachte Theo zum Schweigen. Blut tropfte aus seiner Nase auf den weiß gekachelten Rand des Beckens. Er geriet ins Taumeln, ruderte verzweifelt mit den Armen und stürzte in den Pool.

Schritte näherten sich. Im Wohnzimmer ging kurz das Licht an, wurde aber gleich wieder ausgemacht.

Alexander befürchtete, Laura oder Philip würden jeden Moment auftauchen.

***

Der Pool lag völlig im Dunkeln. Die Millionen Sterne am Himmel spendeten nur wenig Licht. Plötzlich spürte Theo zwei Hände, die seinen Kopf unter Wasser drückten. Er geriet in Panik, schlug wild um sich, traf mit seinem Ellbogen das Gesicht seines Gegners. Mit einer gewissen Genugtuung dachte er an das blaue Auge, das den Mann verunstalten würde. Er ruhte sich zu lange auf diesem guten Gefühl aus. Bald bekam er wieder die kräftigen Hände zu spüren. Lange Finger krallten sich um seinen Kopf und drückten ihn in die Tiefe.

Wie ein Verrückter schlug Theo mit Armen und Beinen aus und versuchte, um Hilfe zu schreien. Unter Wasser kamen nur kleine Bläschen aus seinem Mund. Der andere Mann war stärker, hielt seinen Kopf so lange unter Wasser, bis seinem Mund keine Luft mehr entwich und seine Arme und Beine zu zucken aufhörten.

17.

Laura wurde am frühen Morgen durch das Geschrei der philippinischen Boys geweckt. Rasch schlüpfte sie in den weißen Bademantel, der neben der Tür ihres Badezimmers hing, und eilte die Stiegen hinunter.

Philip war schneller am Pool als sie. Er hatte Boxershorts an und eine große dunkle Sonnenbrille auf der Nase. Die Philippiner hatten ihre Köpfe an seinen nackten Oberkörper geschmiegt. Alle drei schluchzten herzzerreißend.

Im himmelblauen Wasser trieb ein bekleideter Mann. Wegen der sich automatisch einschaltenden Gegenstromanlage sah es so aus, als würde er sich bewegen. Er lag auf dem Bauch. Sein Rücken schaute aus dem Wasser.

Als Philip Laura erblickte, stieß er die Boys von sich, stürzte sich auf sie und schrie: „Theo ist ertrunken!"

Obwohl auch sie vollkommen aus dem Häuschen war und benebelt von all dem Wein und Schnaps, den sie gestern Abend getrunken hatte, bemühte sie sich, vernünftig zu bleiben.

„Ich würde ihn nicht anfassen. Das hat die Polizei nicht so gerne", sagte sie zu Philip, der sich über den Rand des Pools beugte.

„Keine Polizei! Aber wir können ihn nicht einfach da drinnen liegen lassen", stöhnte er und bat Rommel und Jomel, ihm zu helfen Theos Leiche aus dem Wasser zu holen.

Die Boys weigerten sich, schienen Angst zu haben, den Toten anzufassen. Kreischend liefen sie davon.

Philip rief nach Kai, dem Gärtner. Als dieser schließlich daherkam, warf er einen kurzen und, wie es Laura schien, abfälligen Blick auf die Leiche und stieg sogleich in den Pool. Der kleine, sehr muskulöse Vietnamese packte den leblosen Körper unter den Armen und hievte ihn über den Rand des Beckens.

Laura befahl Philip mitanzufassen. Zu zweit schafften sie es, Theo auf den Rasen zu wälzen.

Seine Augen waren offen, und sein Gesicht sah ganz friedlich aus im bleichen Licht des Morgens, so als würde er die ersten Sonnenstrahlen genießen.

Philip kniete sich neben den leblosen Körper, drückte mit beiden Händen mehrmals fest auf dessen Brustkorb.

Halbnackt wirkt er viel kräftiger als angezogen, dachte Laura.

All seine Anstrengungen waren vergeblich. Bevor Philip noch mit Mund-zu-Mund-Beatmung beginnen würde, packte Laura ihn an den Schultern und versuchte ihn von dem Toten wegzuzerren.

„Hör auf! Theo ist tot."

Schluchzend ließ Philip von der Leiche ab.

On kam aus dem Haus. Er sah den Leichnam lange an, spuckte neben ihm ins Gras und verschwand wieder.

„Was sollte das?", empörte sich Laura.

Philip zuckte mit den Schultern. Er wirkte inzwischen etwas gefasster. „On stand auf Theos Abschussliste", sagte er. „Obwohl er der beste Koch von Mykonos, ja vielleicht von ganz Griechenland ist, wollte Theo ihn demnächst entlassen. Die beiden haben ständig miteinander gestritten. Theo hielt sich selbst für einen genialen Koch. Wusstest du das nicht?"

„Er hat schon in Wien gerne und sehr gut gekocht ..."

Das holländische Pärchen kam, mit neckischen Sleep-Shirts bekleidet, in den Garten. Als sie den Toten erblickten, flippten sie völlig aus.

Philip und Laura bemühten sich, ohne Erfolg, die beiden zu besänftigen.

„Wir verlassen auf der Stelle dieses Bates Motel", schrie der Jüngere.

Sein Mann war zu erschüttert, um zu reagieren. Wortlos starrte er auf Theos Leichnam.

Philip rief nach den Thais. Pana und Chai hatten sich bisher nicht blicken lassen.

Kaum waren die Holländer mit den beiden Thais im Haus, sagte Kai: „Ich gehe auch."

„Wo willst du hin?", schrie Philip.

„Das geht dich nichts an. Du hast mir nichts zu sagen!" Kai schenkte ihm einen verächtlichen Blick. „Jetzt bin ich endlich ein freier Mann!"

„Sind hier alle verrückt geworden?" Philip schien nahe am Durchdrehen zu sein, beschwor Laura noch einmal, ja nicht die Polizei zu verständigen. „Du hast doch gerade mitbekommen, wie sehr so ein Unfall oder gar ein Selbstmord dem Geschäft schadet."

„Warum ist Kai jetzt endlich frei?", fragte Laura.

„Was weiß ich? Der spinnt."

„Das glaube ich nicht. Er scheint ein intelligenter Bursche zu sein."

„Er ist sogar Akademiker, hat in Hanoi Landschaftsarchitektur studiert und arbeitet erst seit einem Jahr bei uns für Kost und Logis."

„Aha, er ist also eine Art Leibeigener, muss Frondienst leisten ..."

„Ich denke, wir haben momentan andere Sorgen", unterbrach Philip sie.

„Stimmt. Wir müssen einen klaren Kopf behalten", sagte Laura. „Zumindest müssen wir einen Arzt holen. Und die Polizei wird uns nicht erspart bleiben. Keiner darf bis zu ihrem Eintreffen das Hotel verlassen! Das solltest du sowohl euren Gästen als auch eurem Personal mitteilen."

Als sie ins Haus ging, um die nötigen Anrufe zu erledigen, drehte sie sich kurz um.

Philip hatte seine Hände vors Gesicht geschlagen. Seine Schultern bebten.

***

Nachdem sie sich angezogen hatte, brachte sie Philip eine Flasche Schnaps. „Hier, trink einen Schluck, und dann gehen wir es an."

Er stand nach wie vor weinend neben seinem toten Ehemann und stürzte ein Viertel der Flasche in einem Zug hinunter.

Sie selbst rührte den Tsipouro nicht an, obwohl es ihr schwerfiel. Der Restalkohol in ihrem Blut war hoch genug. Sie wollte bei halbwegs klarem Verstand sein, wenn die Polizei sie befragte.

Erst jetzt bemerkte sie, dass Philip stark geschminkt war. Er war fast immer geschminkt, doch heute hatte er es übertrieben. Reste schwarzer Wimperntusche und violetten Lidschattens klebten auf seinen gepuderten Wangen. Sie sagte nichts, denn er begann wieder zu heulen.

„Er ha...hat sich umgebracht", stammelte er. „Und Schuld daran ist dein Bekannter! Dieser Mann, den du uns gestern angeschleppt hast ... Er hat uns klar gemacht, dass wir unser Hotel aufgeben müssen."

„Schwachsinn! Theo hätte niemals Selbstmord begangen. Dazu war er viel zu sehr von sich eingenommen. Das solltest du eigentlich besser wissen ..."

„Genau! Du hast ihn nicht so gut gekannt wie ich. Das *Flamingo* war sein Leben. Manchmal war ich richtig eifersüchtig. Ja, man kann auch auf ein Hotel eifersüchtig sein. Ich habe Angst gehabt, er würde das *Flamingo* mehr lieben als mich ..."

Sie nahm Philip in die Arme. Ihr Versuch, ihn zu trösten, scheiterte. Er war total aufgebracht, steigerte sich in die Vorstellung, dass Theo freiwillig in den Tod gegangen war, hinein.

„Jetzt ist aber Schluss! Theo war ein Hedonist. Niemals hätte er sich selbst umgebracht."

„Auch ich bin schuld", jammerte Philip weiter. „Ich habe ihm gedroht, ihn zu verlassen. Wir haben in letzter Zeit oft Streit gehabt ..."

„Quatsch", unterbrach Laura ihn.

Die Trennung von Philip hätte Theo locker weggesteckt. Er war sowieso promiskuitiv. Es war eher ein Wunder, dass er es so lange mit dem zickigen Philip ausgehalten hatte. Wahrscheinlich hatte er ihn nach Strich und Faden mit anderen attraktiven Burschen betrogen. Auf Mykonos war die Auswahl an Lovern unendlich groß. Nicht umsonst stand diese Insel in dem Ruf, ein Paradies für Schwule zu sein.

Sie ignorierte Philips Gezeter, beugte sich über den Leichnam und betrachtete ihn genauer. „Was sind das für dunkle Flecken auf seiner Stirn und rund um die Nase? Das könnten Hämatome sein. Vielleicht war es sogar Mord? Womöglich hat ihn jemand zusammengeschlagen und hinterher im Pool ertränkt", sagte sie.

Unwillkürlich musste sie an das Telefonat von Alexander denken, das sie gestern Abend belauscht hatte.

Philip, der sich nach wie vor leise vor sich hin murmelnd in Selbstvorwürfen erging, hielt plötzlich inne. „Mord?", schrie er. „Ja, du hast recht! Ich habe gestern unfreiwillig einen Streit zwischen Theo und deinem Freund mitangehört. Der Typ hat, wie du wahrscheinlich weißt, im Auftrag einer internationalen Immobilienfirma mit Theo über den Verkauf des Hotels verhandelt. Theo hat ihn ausgelacht, obwohl uns das Wasser bis zum Hals steht. Das *Flamingo* läuft nicht mehr so gut. Seit diese verdammten Kreuzfahrer die Insel überschwemmen, bleiben unsere Stammgäste und andere finanzkräftige Touristen aus. Der Fremde hat ganz genau über unsere finanzielle Lage Bescheid gewusst."

„Verdammt, wie ist das möglich?" Laura starrte ihn entsetzt an. Bisher hatte sie Alexander nicht ernsthaft in Verdacht gehabt.

„Dieser Grieche hat ihn richtiggehend bedroht, hat gesagt, er würde zu härteren Maßnahmen greifen, wenn Theo ihm unser Hotel nicht verkaufen sollte ..."

„Oh, mein Gott", stieß sie hervor.

„Die beiden haben weitergesoffen, als wir schon längst im Bett waren. Bestimmt haben sie auch weiter miteinander gestritten. Vielleicht ist das Ganze in eine Schlägerei ausgeartet? Dein Freund hat durchtrainiert ausgesehen. Gegen den hat der arme Theo bestimmt keine Chance gehabt ..."

„Er ist nicht mein Freund! Ich habe ihn erst auf der Fähre kennengelernt."

„Du schienst sehr angetan von ihm zu sein."

„Blödsinn. Ich habe ihn sympathisch gefunden, nichts weiter."

„Aber du hast ihn gleich mit Theo bekanntgemacht", ließ Philip nicht locker.

„Ja, weil er mich darum gebeten hatte. Ich habe nichts dabei gefunden ..."

„Du hast uns einen Mörder ins Haus gebracht!"

„Sei nicht so verdammt theatralisch! Wir wissen überhaupt nicht, was passiert ist. Vorhin warst du dir sicher, dass Theo sich selbst umgebracht hat."

Philip begann wieder zu schluchzen. „Vorgestern, bevor du angekommen bist, haben wir einen fürchterlichen Streit gehabt. Ich habe gedroht, ihn zu verlassen, wenn er nichts gegen den drohenden Konkurs unternehmen würde. Aber du kennst … ich meine, kanntest ihn ja, er hat sich von niemandem was sagen lassen, nicht einmal von mir. Anstatt endlich mit internationalen Reiseagenturen zusammenzuarbeiten, hat er ein Vermögen in die Renovierung der Zimmer investiert. Sein geliebtes Hotel hat ihm nie exklusiv genug sein können. Wir haben ständig über unsere Verhältnisse gelebt. Theo war ein schlechter Geschäftsmann, hat seine vielen Freunde aus aller Welt gerne freigehalten und sogar kostenlos bei uns wohnen lassen …“

„Ich werde jetzt die Polizei anrufen“, unterbrach Laura seinen Sermon. „Hoffentlich siehst du ein, dass das unumgänglich ist. Wir können Theos Leiche nicht einfach verschwinden lassen. Ich will aber eure asiatischen Boys nicht in Schwierigkeiten bringen. Sind sie alle illegal hier?“

„Nein, Rommel, Jomel und die Thais haben Aufenthaltsgenehmigungen. Nur On und Kai sind Illegale.“

„Sag ihnen, dass sie sich irgendwo verstecken sollen.“

„Haben sie längst gemacht. Hast du nicht gehört, was Kai gesagt hat? Er ist ein verdammter Kommunist …“

„Ist schon gut, ich habe kapiert.“

Laura verdächtigte weder den Koch noch den Gärtner ernsthaft Theo umgebracht zu haben. Vielleicht war es ein Unfall? Wenn Theo mit einem der beiden in Streit geraten war, könnte es zu Handgreiflichkeiten gekommen sein. Oder er war unglücklich gestürzt? Zu viele offene Fragen. Es war nicht ihre Aufgabe, Antworten darauf zu finden. Sie hatte Kopfschmerzen und ihr Magen rebellierte.

18.

Als die örtliche Polizei mit einem Arzt im Schlepptau eintraf, ging alles sehr schnell. Nachdem festgestellt worden war, dass Theo höchstwahrscheinlich einem Verbrechen zum Opfer gefallen war, nahmen die Beamten die Aussagen von Philip und Laura zu Protokoll.

Laura hatte am Vorabend beträchtliche Mengen Wein getrunken, was ihre Erinnerungen nicht unbedingt klarer machte. Ihr Kater war gewaltig, ihr Bericht nicht sehr zusammenhängend.

Drei Stunden später traf die Kriminalpolizei aus Athen ein. Der Kommissar, ein dicker kleiner Mann mit vielen Lachfältchen um die leicht Basedowschen Augen und merkwürdig schiefstehenden Zähnen, erinnerte Laura an einen riesigen Kugelfisch. Sie mochte Kugelfische, fand ihre runden Körper, ihre großen Köpfe, ihre hervorstehenden Augen und den schnabelförmigen Mund mit den total verwachsenen Zähnen richtig drollig. Kugelfische galten zwar als Delikatesse, doch ihr Genuss war nicht ganz unproblematisch. Allzu oft starben Menschen an dem Nervengift Tetrodotoxin, das sie in ihren Eingeweiden ablagerten. Ja, Kugelfische waren nicht ungefährlich, an sich zwar scheu, aber wenn sie einmal zubissen, konnte rasch nicht nur ein Finger draufgehen. Laura beschloss, den kleinen Mann auf keinen Fall zu unterschätzen.

Obwohl bereits feststand, dass es sich um ein Gewaltverbrechen handelte, scherzte der rundliche Kommissar mit den Leuten von der Spurensicherung, die gerade eingetroffen waren und in ihre weißen Overalls schlüpften. Mit Laura begann er sogleich zu flirten.

Sie war zu nervös, um darauf einzusteigen. Sie und Philip hatten sich vorhin mit einem halben Liter Kaffee gestärkt.

Beide mussten ihre Aussagen wiederholen. Da Laura annahm, dass Philip den Besuch des Fremden erwähnen würde, erzählte sie dem freundlichen Kommissar fast alles, was sie über Alexander wusste. Sie wusste nicht besonders viel. Nicht einmal seinen Nachnamen.

Laura war, als sie auf die Kriminalpolizei gewartet hatten, ihren guten Vorsätzen untreu geworden und hatte sich zwei Wodka auf nüchternen Magen genehmigt. Diese beflügelten, gemeinsam mit dem Restalkohol in ihrem Blut, ihre Fantasie. Als der Kugelfisch sie bat, den griechischen Gast näher zu beschreiben, schmückte sie ihre Aussagen mit Details aus, die frei erfunden waren. Zum Beispiel behauptete sie, dass Alexander ungeheuer reich sei. Kurz danach bezeichnete sie ihn jedoch als abgebrannten Bohemien und Weltenbummler. Und irgendwann rutschte ihr auch heraus, dass Alexander aus Ikaria stammte.

Die Polizei hatte telefonisch bald herausgefunden, dass kein einziger Passagier mit dem Vornamen Alexander an jenem Tag auf der Fähre von Piräus nach Mykonos gewesen war. Allerdings waren drei Männer namens Alexandros angereist.

Der Kommissar las Laura und Philip die drei Nachnamen, unter denen die Tickets gekauft worden waren, vor und fragte, ob ihnen einer der Namen bekannt vorkam. Sie mussten verneinen. Laura hatte jedoch einen gewissen Verdacht. Der Name Kounellis war ihr ein Begriff. Ein berühmter griechischer Künstler dieses Namens hatte die Arte-Povera-Bewegung in Italien mitbegründet. Es erschien ihr mehr als wahrscheinlich, dass ihre künstlerisch interessierte Reisebekanntschaft sich dessen Namen bedient hatte.

Als der Kugelfisch von der örtlichen Polizei telefonisch darüber informiert wurde, dass ein Mann namens Kounellis in einer Pension in der Altstadt von Mykonos-Stadt abgestiegen war, gab er den Befehl, den Mann so schnell wie möglich auf die Polizeistation zu bringen.

Laura versuchte ihm den Namen der Pension zu entlocken. Sie wollte unbedingt mit Alexander reden, bevor die Polizei ihn festnehmen und verhören würde. Doch der Kugelfisch hielt sich bedeckt, wich ihrer Frage geschickt aus.

Sie machte sich auch wieder Gedanken über Theos thailändischen Koch und den vietnamesischen Gärtner und Haustechniker. Beide schienen ihrem Freund nicht besonders wohlgesonnen gewesen zu sein. Sie schreckte jedoch davor zurück, die zwei bei dem Kommissar anzuschwärzen.

Fasziniert und gleichzeitig skeptisch schaute sie den Leuten von der Spurensicherung bei der Arbeit zu. Die weiß gekleideten Männer nahmen sich fast jeden Grashalm vor. Ihre Kameras blitzten ständig auf.

Der Kommissar schien Lauras Blicke richtig zu deuten. „Zwischen Mörder und Opfer gibt es immer eine Verbindung. Bei jedem Verbrechen kommt es zu einem Austausch von Spuren zwischen dem Täter, dem Opfer und natürlich dem Tatort. Wir werden den Mörder Ihres Freundes finden. Es ist nur eine Frage der Zeit“, sagte er und sah ihr tief in die Augen.

Fast wäre ihr ein Lächeln entkommen. Als er ihr seine Visitenkarte reichte, berührte er auffällig lange ihre Hand. „Rufen Sie mich an, wenn Ihnen noch irgendetwas einfallen sollte. Egal wie unwichtig es Ihnen erscheinen mag, geben Sie mir einfach Bescheid. Oft sind es scheinbar nebensächliche Details, die uns bei einem Mordfall auf die richtige Spur bringen."

„Steht es fest, dass er ertränkt wurde?", fragte sie.

Ertränkt zu werden war in ihren Augen eine der schrecklichsten Todesarten. Unwillkürlich musste sie wieder an den tödlichen Unfall ihres Mannes denken. Zu verbrennen war bestimmt mindestens so scheußlich.

„Höchstwahrscheinlich. Vieles deutet darauf hin. Aber wir müssen die gerichtsmedizinischen Ergebnisse abwarten. Haben Sie die Hämatome auf seiner Stirn bemerkt?"

„Also doch nicht ertränkt?"

„Aber ja! Jemand dürfte seinen Kopf unter Wasser gedrückt haben. Ich spreche ganz offen mit Ihnen, weil Sie für uns keine Tatverdächtige sind."

Wieder sah er sie mit seinen hervorstehenden Äuglein treuherzig an.

„Da bin ich aber erleichtert", murmelte Laura auf Deutsch.

„Der Täter war ziemlich sicher ein Mann", fuhr der Kugelfisch fort. „Wenn Sie jemand untertaucht, dann halten Sie die Luft an und kämpfen um Ihr Leben, oder? Es dauert sehr lange, bis ein Mensch ertrinkt. Man braucht viel Kraft, um einen erwachsenen Mann auf diese Weise umzubringen."

„Außer er ist betrunken und voll bekifft", warf sie ein.

„Auch das wird der Gerichtsmediziner herausfinden. Ich werde Sie informieren, sobald wir mehr wissen. Rufen Sie mich an, wenn Sie Fragen haben. Ich bin jederzeit für Sie erreichbar."

Selbst wenn der Kugelfisch sie nicht verdächtigte, wurde Laura das Gefühl nicht los, am Tod ihres Freundes nicht ganz unschuldig zu sein. Schließlich hatte sie den Fremden in Theos Haus gebracht.

Dieses Mal würde sie nicht untätig bleiben, so wie damals bei dem Unfall, als ihr Mann vor ihren Augen starb. Sie musste herausfinden, ob Alexander für Theos Tod verantwortlich war. Ohne lange nachzudenken, rief sie ihn an.

„Kein Anschluss unter dieser Nummer“, teilte ihr eine metallisch klingende Computerstimme mit. Eigentlich hätte sie es sich denken können, dass ein Mann wie er kein unnötiges Risiko einging.

Sie machte sich auf die Suche nach Rommel und Jomel.

Die Boys waren weder im Hotel noch im Garten. Laura ging hinters Haus zu den Personalunterkünften und rief laut ihre Namen.

Zögernd wurde die Tür eines Bungalows geöffnet. Einer der Zwillinge streckte seinen Kopf heraus.

„Kommt rüber ins Foyer. Ich will mit euch reden“, sagte sie.

Als die beiden endlich im Hotel aufkreuzten, war sie in einem der bequemen Sessel fast eingenickt.

Die Zwillinge schienen nach wie vor unter Schock zu stehen. Sie setzten sich nicht hin, sondern blieben vor ihr stehen und hörten sich mit ernsten Mienen ihre Fragen an. Anstatt zu antworten, schüttelten sie jedoch immer nur den Kopf.

„Aber ihr müsst etwas mitbekommen haben, ihr seid noch auf gewesen. Ich habe euch in der Küche lachen gehört, als ich zu Bett gegangen bin.“

Synchrones Kopfschütteln.

Laura war nahe daran, die Geduld zu verlieren.

Plötzlich sagte Jomel mit leiser Stimme: „Thais in der Küche aufgeräumt. Wir schlafen.“

„Dann bringt jetzt sofort die beiden her. Ich habe sie seit heute Früh nicht mehr zu Gesicht bekommen.“

Als Rommel und Jomel nach etwa einer Viertelstunde mit den beiden thailändischen Burschen zurückkehrten, begann Laura noch einmal die gleichen Fragen zu stellen.

Sie hatte Schwierigkeiten, das Englisch der Thailänder zu verstehen. Im Gegensatz zu den philippinischen Boys machten sie viele Worte, sagten, sie hätten laute Stimmen auf der Terrasse gehört, aber diese nicht weiter beachtet, da der Boss ja oft laut wurde.

Rommel und Jomel nickten bekräftigend.

Wortreich schilderten Pana und Chai dann, wie sie die Küche aufgeräumt hatten und anschließend in ihre Häuschen gegangen waren. Sie hatten niemanden gesehen. Draußen sei schon alles finster gewesen. Nichts, was sie erzählten, war auch nur von geringster Bedeutung.

„War die Poolbeleuchtung bereits ausgeschaltet?“, fragte Laura.

Sie zuckten mit den Schultern.

„Nix gesehen“, beteuerte der eine noch einmal.

Enttäuscht von ihren mangelnden detektivischen Fähigkeiten, gab sie die Befragung auf und ging auf ihr Zimmer. Dort schnappte sie sich ihren Laptop und begab sich im Internet auf die Suche nach einem Alexandros Kounellis. Vielleicht war das ja doch der richtige Name des geheimnisvollen Fremden.

Es gab einige Kounellis mit Vornamen Alexandros, doch auf den Bildern hatte keiner dieser Männer auch nur die geringste Ähnlichkeit mit dem Mann, den sie auf der Fähre kennengelernt hatte. Sie checkte auch alle Kounellis, die sich in den sozialen Medien herumtrieben. Ergebnislos. Alexander hatte einen falschen

Namen benützt, so viel stand für sie fest. Und dafür gab es in ihren Augen nur einen Grund: Er hatte eine Menge zu verbergen!

Frustriert schaltete sie ihren Laptop wieder aus.

Ihre Schuldgefühle, die den ganzen Tag auf der Lauer gelegen hatten, steigerten sich noch, als es Abend wurde. Sie kannte ein wirksames Mittel dagegen. Ein Drink oder besser gleich mehrere.

***

Philip saß bereits bei einem Aperol Spritz im Wohnzimmer, als sie die Treppe herunterkam. Er hatte die Vorhänge zugezogen und die Stehlampe angemacht. Sie nahm an, er wollte den Pool nicht ständig vor Augen haben. Obwohl es draußen bereits dunkel wurde, hatte er eine Sonnenbrille auf. Laura nahm an, dass seine Augen vom vielen Weinen total verschwollen waren.

Als sie ihn darauf ansprach, murmelte er irgendetwas von entzündeten Augen und, dass er daher keine Kontaktlinsen reingeben könne.

Sie sah ihn verwundert an.

„Ich bin blind wie ein Maulwurf. Das ist eine optische Sonnenbrille. Ich habe keine normale Brille, trage immer Linsen." Er klang leicht gereizt.

Sie hatte sich über sein Benehmen gewundert, schon bevor die Polizei eingetroffen war. Nach dem ersten Schock, als sie Theo in der Früh gefunden hatten, war er ihr den Rest des Tages relativ vernünftig vorgekommen.

Ungefragt servierte er ihr nun einen Aperol Spritz. Sie nippte nur daran, schlug vor, zu Wein überzugehen.

„Soll ich noch ein paar Tage bleiben? Ursprünglich habe ich ja vorgehabt, morgen früh abzureisen, doch ich könnte dir bei der Erledigung der Formalitäten helfen ..."

„Fahr ruhig. Ich habe mit meinen Eltern telefoniert. Sie kommen schon morgen. Das Begräbnis wird bestimmt erst Ende der Woche stattfinden."

„Wollte Theo nicht immer in der Gruft seiner Familie am Wiener Zentralfriedhof beerdigt werden?"

„Ich will ihn aber bei mir behalten", schluchzte Philip.

„Wahrscheinlich war das nur wieder einer seiner makabren Scherze ...", beschwichtigte sie ihn. „Bis zum Begräbnis bleibe ich auf jeden Fall. Wir müssen übrigens die österreichische Botschaft verständigen und eventuelle Verwandte in Österreich. Vielleicht kann ich dir wenigstens den ganzen Papierkram auf Deutsch abnehmen."

Sie tranken zu viel, rauchten zu viel. Philip schien sich auch bereits mit anderen Drogen zugedröhnt zu haben. Als ihm seine Zigarette aus der Hand fiel und fast ein Loch in das weiße Ledersofa gebrannt hätte, bemühte sich Laura ihn zu überreden, ins Bett zu gehen. „Du bist erschöpft, Philip. Kein Wunder nach diesem schrecklichen Tag."

Er schien ihr nicht zuzuhören, redete weiter, beteuerte, dass er den ganzen Scheiß verkaufen und abhauen würde von dieser Scheißinsel. Das Wort *Scheiß* kam auffallend häufig in seinen Sätzen vor.

Laura erschien die Fortführung des Gesprächs sinnlos. Sie zog sich mit einer angebrochenen Flasche Weißwein auf ihr Zimmer zurück, wollte in Ruhe über ihre nächsten Schritte nachdenken, sank jedoch sogleich aufs Bett. Die Flasche rutschte ihr aus der Hand, der Wein verteilte sich auf dem weißen Flokati.

Das Letzte, was sie hörte, war Philips wütende Stimme von unten: „Scheißschlitzaugen, wenn ihr nicht verschwindet, ersäufe ich euch alle im Pool."

19.

Nachdem ein Taxi Alexander spät abends vom *Hotel Flamingo* in die Nähe seiner Pension gebracht hatte, hätte er sich am liebsten gleich ins Bett begeben. Doch er wusste, dass er heute Nacht keinen Schlaf finden würde, und machte einen Spaziergang durch die Altstadt, in der nach wie vor viel Betrieb war. Nicht nur Touristen, auch Einheimische bevölkerten um Mitternacht noch die engen Gassen.

Bei der winzigen Kirche Agios Nikolaos an der Mole alberten junge Leute miteinander. Ihre lauten Stimmen und ihr Gelächter ließen ihn an seine eigene Jugend denken. Auch er war mit seinen Freunden abends meist auf der Mole im Hafen von Evdilos herumgelungert. Damals war es nicht üblich gewesen, dass Burschen und Mädchen in der Öffentlichkeit schmusten. Seine Freunde und er hatten den Mädchen, die in kleinen Gruppen und beieinander eingehängt an ihnen vorbeistolziert waren, meist nur nachgepfiffen oder ihnen harmlose Anzüglichkeiten nachgerufen.

Versonnen lächelnd spazierte er auf die Mole hinaus, betrachtete die Ausflugsschiffe, die über Nacht dort lagen, und begann von einem Leben zu träumen, das er nie gehabt hatte, einem friedlichen Leben mit Frau und Kindern ... Rasch verdrängte er seine kleinbürgerlichen Fantasien von häuslicher Idylle und kehrte zurück in die Altstadt.

An einem Kiosk, der die ganze Nacht über geöffnet hatte, kaufte er eine Schachtel Karelia. In einem schicken Souvenirladen, der sich rühmte original griechische Spezialitäten anzubieten, erstand er eine Flasche Tsipouro.

Als ihn endlich die Müdigkeit übermannte, machte er es sich mit dem Schnaps und den Zigaretten neben einem aufgebockten Fischerboot gemütlich.

Nein, von gemütlich konnte keine Rede sein. Die Häuserfront rund um den Hafen war hell erleuchtet. Laute Musik schallte von den zahlreichen Clubs in der Altstadt bis an den Strand. Ergänzt wurde das Musikprogramm durch das Geplärre, das der Wind von den Yachten bis zu ihm trug. Je lauter es wurde, desto mehr trank er. Irgendwann schlief er ein.

Als er am frühen Morgen Polizeisirenen vernahm, torkelte er in sein Hotel und knallte mit voller Wucht gegen den Türpfosten.

Geweckt durch den Lärm schlurfte der Nachtportier herbei. „Kann ich etwas für Sie tun?“, fragte er mit müder Stimme.

Alexander rieb sich die Stirn und die rechte Schläfe, beteuerte jedoch, dass mit ihm alles okay sei. „Aber hören Sie die Polizeisirenen? Irgendwas muss passiert sein.“

Der junge Mann wusste von nichts.

Alexander ging auf sein Zimmer, das er für zwei Nächte im Voraus bezahlt hatte, ließ kaltes Wasser über die Beule bei seinem rechten Auge rinnen und setzte seine Sonnenbrille auf.

Das schrille Geräusch der Sirenen belästigte nach wie vor seine empfindlichen Ohren, als er sich den Schnurrbart abrasierte. Er fand, es war an der Zeit zu verschwinden, und nahm ein Taxi zum Neuen Hafen.

„Haben Sie schon von dem Mord gehört?“, fragte ihn der Taxifahrer.

„Mord?“

„Ja, ein österreichischer Hotelbesitzer soll heute Nacht ermordet worden sein.“

„Nein!“

„Wahrscheinlich war’s einer von seinen asiatischen Dienstboten. Es gibt einfach zu viele Illegale bei uns. Man kann einem Menschen ja nicht ansehen, ob er ein armer Teufel ist oder ein gefährlicher Krimineller. Und diese Asiaten kann man sowieso nicht auseinanderhalten. Für mich sehen die alle gleich aus ...“

Alexander ließ den Mann einfach weiterschwatzen. Er war total verwirrt. War Theo im Pool ertrunken? So fest hatte er auch wieder nicht zugeschlagen.

Er befahl seinem Fahrer, kurz bei einem Elektronikgeschäft anzuhalten, und kaufte sich zwei neue Prepaidhandys. Die alten wollte er im Meer entsorgen.

***

Die Fähre nach Ikaria näherte sich bereits der Mole.

Nachdem sich die Heckklappe geöffnet und das Schiff die Pkws, Lkws und Motorräder ausgespuckt hatte, konnte sich Alexander plötzlich nicht mehr bewegen. Die anderen Passagiere eilten bereits zwischen den Autos an Bord. Er stand da, erstarrt zu einer Salzsäule, und blickte in das riesige schwarze Loch, das ihn gleich verschlingen würde. Am liebsten hätte er kehrtgemacht. Doch seine Beine spielten nicht mit. Er hörte seinen Puls im rechten Ohr pochen und bekam einen Schweißausbruch.

„Verdammte Panikattacken“, stöhnte er halblaut.

Zum ersten Mal hatte er so einen Anfall nach einem Massaker in Mexico City gehabt. Die anderen Vollstrecker hatten bereits die Flucht ergriffen, während er nach wie vor wie angewurzelt am Tatort gestanden war. Ein jüngerer Kollege war schließlich umgekehrt, hatte ihn von dem halben Dutzend Leichen weggeschleift.

Die Erinnerung an jene blutige Nacht half ihm eigenartigerweise, wieder zu sich zu kommen. Langsam bewegte er sich auf den dunklen Schlund zu.

***

Kaum hatte er die Fähre betreten, fühlte er sich besser. Rasch entsorgte er seine alten Mobiltelefone im Meer. Der Meltemi, dieser leichte Landwind, eigentlich nur eine Brise aus dem Nordwesten vom griechischen Festland her, hatte verfrüht eingesetzt und die stickige Hitze vertrieben.

Alexander hatte mehrere Pässe, die auf verschiedene Namen ausgestellt waren. Nach Ikaria reiste er unter seinem richtigen Namen Alexandros Makiris und mit einem Passbild ohne Schnurrbart. Auf Ikaria konnte er keinesfalls einen falschen Namen benützen.

Während er mit der Rolltreppe hinauffuhr, ließ er den letzten Abend im *Hotel Flamingo* vor seinem inneren Auge Revue passieren. Er hatte Theo nicht getötet. Schlimmstenfalls war es ein Unfall gewesen. Womöglich hatte der übergewichtige Hotelbesitzer einen Herzinfarkt bekommen, als er ins Wasser fiel? Wenn der Pool frisch eingelassen worden war, könnte das Wasser saukalt gewesen sein.

Am Internetspot ging Alexander ins Netz und würde fündig. „Der auf der ganzen Insel bekannte und beliebte Hotelbesitzer Theo N. wurde heute Morgen tot aufgefunden. Laut Aussage der Kriminalpolizei ist er letzte Nacht in seinem eigenen Pool ertränkt worden. Die Polizei fahndet nach einem wichtigen Zeugen namens Alexander Kounellis“, las er.

Zeuge, dass ich nicht lache! Die halten mich natürlich für den Mörder. Verdammte Sauerei! Jetzt werde ich womöglich noch wegen eines Mordes, den ich gar nicht begangen habe, verhaftet, dachte er.

Aber wer konnte Theo getötet haben? Hatten seine russischen Auftraggeber einen weiteren Vollstrecker nach Mykonos geschickt, weil sie ihm nicht mehr vertrauten? Unwillkürlich musste er an den jungen Cowboy auf der Fähre in Piräus denken. Doch den hatte er ja außer Gefecht gesetzt.

Die Grübelei brachte ihn nicht weiter. Er würde wohl oder übel seinen Auftraggeber anrufen müssen, schob diesen Anruf jedoch hinaus, zog seinen Panamahut tief in die Stirn und begab sich in die Erste Klasse.

Kaum hatte er in einem bequemen Sessel Platz genommen, griff er nach einer Hochglanzbroschüre der griechischen Fremdenverkehrswerbung und hielt sie, wie ein Kurzsichtiger, knapp vor sein Gesicht. Der Artikel über die Inseln in der nördlichen Ägäis interessierte ihn nicht, doch er versuchte, sich darauf zu konzentrieren, wollte wie ein x-beliebiger Tourist aussehen.

Seiner Heimatinsel Ikaria wurde in der Zeitschrift nicht allzu viel Platz eingeräumt. Seine Gedanken schweiften immer wieder ab. Er las erst aufmerksam weiter, als er einen kurzen Beitrag über das amerikanische Blue Zones Project entdeckte. Ikaria gehörte anscheinend zu den Blue Zones der Welt.

Er hielt es für ein gutes Zeichen, dass er jetzt, wo das Alter nahte, auf seine Insel zurückkehrte, denn angeblich gab es hier jede Menge Hundertjährige. Als Gründe für die hohe Lebenserwartung wurden mehrere Faktoren angeführt: wenig Stress, gesunde Ernährung, viel Gemüse, kaum Fleisch, jeden Tag ein Gläschen Wein mit Freunden, viel Zeit für die Familie, regelmäßige und natürliche Bewegung, Umgang mit positiven Menschen, Zugehörigkeit zu einer Glaubensgemeinschaft, und zuletzt wurden sogar die alten Männer erwähnt, die täglich stundenlang in den Cafés Tavli spielten ...

Das klang ja alles sehr idyllisch. Allerdings wusste er, dass viele Familien in den entlegenen Bergdörfern den Tod ihrer alten Angehörigen nicht meldeten und deren Rente jahrelang weiterkassierten. Anscheinend war das bis heute Usus, aber das konnten die amerikanischen Gesundheitsapostel natürlich nicht wissen.

Er blickte auf seine Armbanduhr. Die Fähre müsste bald in Evdilos ankommen. Als er an Deck ging, fühlte er sich entspannt genug, um Boris anzurufen.

„Der Auftrag auf Mykonos hat sich erledigt. Der Hotelbesitzer wird euch keine Schwierigkeiten mehr machen." Alexander hatte sich seine Worte vorher genau überlegt. Als Boris Fragen zu stellen begann, hielt er das Handy in den Wind und sagte: „Tut mir leid, ich verstehe Sie kaum. Die Verbindung ist eine Katastrophe ..." Dann legte er auf.

Es war dieselbe Fähre, mit der er vor ein paar Tagen aus Athen nach Mykonos gefahren war. Und er stand ungefähr an derselben Stelle, an der die Glatze über die Reling gestürzt war. Durch sein Zutun.

Alexander steckte sich eine an, rauchte gierig und versuchte die trüben Gedanken aus seinem Kopf zu verjagen. Lauras ernstes Gesicht legte sich über die Bilder von tanzenden Leichenteilen. Ihre hellblauen Augen starrten ihn vorwurfsvoll an. Es tat ihm leid, dass er sich von ihr nicht verabschieden hatte können. Wie die Lage momentan aussah, würde sie ihn garantiert für den Mörder ihres Freundes halten.

Er überlegte, ob er sie nicht mit seinem neuen Handy anrufen und ihr alles erklären sollte, verwarf diese verrückte Idee aber wieder. Trotz aller Verliebtheit war er nicht völlig verblödet. Er würde sich nicht sein eigenes Grab schaufeln.

Als sich Evdilos aus dem morgendlichen Dunst schälte, wurde er doch ein bisschen rührselig. Wie sehr hatte er den Anblick der hübschen neoklassizistischen Häuser, die um die Bucht eine Art Amphitheater bildeten, in den letzten dreißig Jahren vermisst. Sie waren im frühen neunzehnten Jahrhundert, nachdem die Piratenüberfälle aufgehört hatten, erbaut worden. Die ganze Uferfront war ein idealer Platz, um Leute zu beobachten, vor allem diejenigen, die mit der Fähre ankamen oder abreisten.

Er dachte an seine erste große Liebe, das schönste Mädchen von Ikaria, dachte an ihre bernsteinfarbenen Augen, die ihn halb um den Verstand gebracht hatten, an ihre vollen Lippen, ihr langes, dunkelbraunes Haar ... Plötzlich schob sich ein anderes schönes Frauengesicht vor deren Antlitz. Die Augen von Laura Mars hielten ihn gefangen, bis er von Bord ging.

III. Teil: Ikaria

Ich öffnete die Flügeltür im Wohnzimmer, trat in meinem flauschigen Morgenmantel hinaus auf die Terrasse. Es war bereits zehn Uhr vorbei. Ich hatte verschlafen. Normalerweise stehe ich um halb neun auf. Doch ich spürte die anstrengende Rückfahrt von Athen nach Ikaria noch in allen Knochen. Außerdem war ich die halbe Nacht lang herumgegeistert. Die Katzen hatten meine Unruhe geteilt, mir auf meinen Wanderungen durch die Villa Gesellschaft geleistet.

Alexandros war unter den ersten Passagieren gewesen, die die Fähre aus Mykonos verließen.

Sie kommen alle zurück. Schon als ich ihm auf der Fähre begegnet war, hatte ich gedacht, dass er nach Ikaria wollte. Daher war ich überrascht gewesen, als er in Mykonos von Bord ging. Ich nahm an, dass er hinter der attraktiven Ausländerin her war. Wahrscheinlich hatte er bekommen, was er wollte. Und nun war er hier!

Ich trank einen ersten Kaffee auf meiner Terrasse. Von hier oben habe ich einen fantastischen Blick über die ganze Bucht und den Hafen. Auch das Café im Nachbarhaus habe ich bestens im Auge. Da sich das Haus schräg an die Felsmauer duckt, sehe ich fast bis zur Theke. Abends erhasche ich manchmal sogar einen Blick in die Wohnung über dem Café, falls Elena vergisst, die Vorhänge zuzuziehen. Leider vergisst sie im Schlafzimmer so gut wie nie darauf. Trotzdem weiß ich, dass sie die meisten Nächte allein in dem großen Ehebett verbringt.

Ich habe nicht nur meine Nachbarn unter Kontrolle, sondern informiere mich auch oft bei einem morgendlichen Bad im Hafenbecken über alle wichtigen Ereignisse. Kein Mensch auf der ganzen Insel ist so gut informiert über alles, was sich hier abspielt, wie ich. Das Leben hat mich gelehrt, dass man den Überblick behalten und ständig auf der Hut sein muss.

Irritiert stellte ich fest, dass ich ihn aus den Augen verloren hatte. Er war nicht an meinem Haus vorbeigekommen. Alle Ankommenden mussten an meinem Haus vorbei, es gab keinen anderen Weg in die Stadt. Ich begrüßte ein paar Einheimische, hielt mit dem einen oder anderen ein kleines Schwätzchen, fragte, was sie in Athen oder auf Mykonos gemacht hatten, fragte, wie es den Verwandten ging. So blieb ich am Laufenden.

Oh, die gnädige Frau geruhte aufzustehen. Inzwischen war es elf Uhr. Die schöne Elena öffnete das Fenster, setzte sich an ihre Psyche und frisierte sich. Zugegeben, sie war, trotz ihrer fünfzig Jahre, eine gutaussehende Frau. Die paar Falten um Augen und Mund taten ihrer Schönheit keinen Abbruch. Sorgfältig bürstete sie ihr halblanges dunkles Haar, kämmte es streng nach hinten und schlang es zu einem kunstvollen Knoten im Nacken. Seit ihrem letzten Friseurbesuch schimmerten ihre Haare leicht rötlich. Die Farbe passte gut zu ihrem olivfarbenen Teint. Ihr Gesicht war ebenmäßig wie das einer griechischen Göttin. Das Schönste an ihr waren ihre bernsteinfarbenen Augen, die je nach Lichteinfall ihre Farbe veränderten wie ein Chamäleon. Leider hatte Stella nicht die geheimnisvollen Augen ihrer Mutter geerbt, sondern die wilden, fast schwarzen Augen ihres Vaters. Auch figürlich war Elena gut beisammen. Ein bisschen voller als früher.

Ihre Tochter sah ihr ähnlich, war aber fast einen Kopf größer und schlanker.

Stella ging täglich früh morgens Schwimmen. Ich beobachtete sie gerne, wenn sie mit den alten Damen im Hafenbecken herumplantschte und all diese uralten Ladys mit ihren weißen Hütchen dazu brachte, Wassergymnastik zu betreiben. An Stella war eine Lehrerin verloren gegangen. Sie hätte Lehramt studieren und nach meiner Pensionierung die Dorfschule übernehmen sollen. Bestimmt wäre ihr Leben dann erfüllter gewesen.

Ich musste mich beeilen, sonst versäumte ich den Auftritt von Madame Elena. Rasch schlüpfte ich in meine Birkenstocksandalen und eilte hinüber in das Kafeneion, das neuerdings „Café-Bar Penthesilea" hieß.

Ich schaffte es, vor Elena dort zu sein, setzte mich an den Tisch vor der Theke.

20.

Hinter der Theke der Café-Bar stand eine hübsche junge Frau namens Stella. Sie schenkte dem Fremden einen neugierigen Blick.

Sein hellbeiger Leinenanzug war von guter Qualität, kein bisschen verknittert nach der Reise. Auch sein weißes Hemd war sauber. Der Mann erinnerte sie an jemanden. Es wollte ihr nicht einfallen, an wen. Er musste mit der Fähre gekommen sein, diese hatte vor einer Stunde schon angelegt. Hatte sie den Neuankömmling übersehen? Nein. Egal, wie groß der Trubel war, wie viele Rucksacktouristen gleichzeitig eine Flasche Wasser bestellten, wie viele Kaffees sie mit der neuen Espressomaschine zubereitete, ihr entging keiner.

Der Fremde nahm seine dunkle Sonnenbrille ab. Rund um sein rechtes Auge hatte sich die Haut violett verfärbt. Stella hielt ihn nicht für einen Schläger, doch leider konnte man den Männern ja nie ansehen, ob sie eines Tages zuschlagen würden.

Festen Schrittes und nicht schwankend, wie die meisten, wenn sie das Boot verließen, kam der Mann zur Theke. Er starrte Stella an, als wäre sie ein Gespenst.

Ihr langes, glattes schwarzes Haar verdeckte zum Teil ihr hübsches Gesicht. Doch ihre dunklen, ebenfalls fast schwarzen Augen ließen sich nicht übersehen.

„Möchten Sie einen Kaffee?“, fragte sie.

Er gab ihr keine Antwort.

Seine Blicke machten sie verlegen. Sie nahm an, dass er kein Griechisch verstand und fragte noch einmal laut und deutlich: „Kaffee?“

„Ja, bitte ... und einen Tsi...Tsipouro.“

Der sichtlich verstörte Mann deutete mit dem Zeigefinger auf eine der Flaschen im Regal hinter der Theke. Also doch Grieche, dachte Stella. Nur Griechen tranken um diese frühe Stunde einen Tsipouro.

Als sie ihm Kaffee und Schnaps hinstellte, dankte er ihr mit einem Lächeln. Der winzige Spalt zwischen seinen oberen Schneidezähnen verlieh ihm etwas Bubenhaftes, ja fast Schelmisches.

Er sprach kein Wort, ließ sie aber nicht aus den Augen, folgte mit seinen Blicken jedem ihrer Handgriffe. Normalerweise hätte sie einen, der sie ununterbrochen anstarrte, gefragt, ob er noch nie eine Frau gesehen hatte. Stella war nicht auf den Mund gefallen. Das konnte man sich nicht leisten, wenn man ein Kafeneion im Hafen führte.

Die *Café-Bar Penthesilea* gehörte eigentlich ihrer Mutter. Seit Stellas Rückkehr kümmerte sich Elena jedoch kaum mehr um das Geschäft. Ihre Tochter hielt den Laden allein in Schwung. Deren Vater hatte sich sowieso nie um das Kafeneion geschert, Ioannis ging seinen eigenen Geschäften nach. Elena und ihre Tochter wollten lieber nicht so genau wissen, was er trieb.

Die Café-Bar füllte sich mit Rucksacktouristen, die inzwischen ihre Privatquartiere in Evdilos bezogen hatten und nun auf ein spätes Frühstück vorbeischauten. Schrilles Pfeifen der Kaffeemaschine, Klirren von Tassen und Gläsern, lautes Stimmengewirr und Gelächter erfüllten die kleine Bar.

Der Fremde hatte seine Sonnenbrille wieder aufgesetzt. Stella spürte, dass er sie weiterhin beobachtete. Die schwarzen Augen jetzt verborgen hinter den dunklen Gläsern.

Als Christina das Lokal betrat, brachte Stella ihr unaufgefordert einen Milchkaffee. Der Fremde beachtete die alte Frau nicht. Er schien völlig fasziniert von Stella zu sein.

Elena kam aus der Küche. Sie schaute niemanden an, grüßte mit gesenktem Blick in die Runde und begann, mit dem Rücken zu den Gästen Gläser abzuwaschen. Sie hat ihn nicht erkannt, mutmaßte Christina, die ihre Nachbarin schon länger in Verdacht hatte, schlecht zu sehen. Wahrscheinlich war sie zu eitel, um eine Brille zu tragen.

Als der Fremde Elena erblickte, erstarrte er.

Gleich wird er seine Kaffeetasse fallen lassen, dann wird sie sich umdrehen, und nichts wird mehr so gewesen sein, wie es war, dachte Christina.

21.

In wie vielen Nächten hatte er von ihren bernsteinfarbenen Augen, ihren vollen Lippen, ihren hohen Brüsten und ihrem hübschen Hintern geträumt?

Sie erkennt mich nicht, ahnt nicht einmal, dass ich es bin, dachte Alexander betrübt.

Elena hatte ihn sehr wohl gesehen, sich jedoch gleich abgewandt. Der fremde Mann an der Theke erinnerte sie an den einzigen Mann, den sie je geliebt hatte. Er hatte sie sitzengelassen, hatte auf einem Frachter angeheuert und war in die große weite Welt hinausgefahren, so wie er es sich immer gewünscht hatte. Und eines Tages war er eben nicht mehr zurückgekehrt. Ioannis hatte ihr den Zeitungsausschnitt gezeigt. In dem Artikel war von einem Matrosen namens M. aus Ikaria die Rede gewesen, der bei einem Sturm vor Kap Horn über Bord seines Schiffes gegangen war. Sie hatte keine Blumen auf sein Grab legen können. Sein Grab war das Meer.

Alexander bemerkte ihren Ehering. Was hatte er denn geglaubt? Hatte er tatsächlich gedacht, dass sie nie mehr einen anderen Mann lieben würde?

„Jassu, Elena“, sagte er mit belegter Stimme.

Sie zuckte zusammen. Diese tiefe, zärtliche Stimme ... die klang, als käme sie von weit her, von einem entfernten Kontinent.

Er nahm die Brille ab und reichte ihr die Hand.

„Nein!“, schrie sie.

Die Blicke aller Gäste im Lokal richteten sich auf die beiden.

„Du bist tot“, flüsterte sie und schlug ihre schmalen Hände vors Gesicht.

„Ich bin nicht tot, Elena, ich bin genauso lebendig wie du“, sagte er.

Ihre Knie gaben nach. Sie rutschte zu Boden.

Stella reagierte schneller als er, beugte sich über ihre Mutter und fächelte ihr mit einem Geschirrtuch Luft zu.

„Wer sind Sie?“, fragte die junge Frau ihn misstrauisch.

„Mein Name ist Alexandros Makiris“, sagte er und deutete eine altmodische Verbeugung an. „Sie sehen ihr sehr ähnlich“, sagte er, während er Elena aufhalf.

„Ich bin die Tochter von Elena und Ioannis.“

Plötzlich drehte sich das ganze Lokal vor seinen Augen. In letzter Sekunde klammerte er sich an die Theke. Bei der Erwähnung des Namens seines ehemaligen besten Freundes hatte es ihm die Zornesröte ins Gesicht getrieben. Verzweifelt japste er nach Luft. Dieser Hurensohn ist also noch am Leben und hat sie doch gekriegt, dachte er voller Hass.

Als ihm bewusst wurde, dass er die junge Frau mit offenem Mund anstarrte, stammelte er rasch: „Ich bin ein Freund Ih...Ihres Vaters.“

„Und deshalb ist meine Mutter umgekippt?“, fragte Stella.

Elena schien ihre Sprache noch nicht wiedergefunden zu haben. Sie musterte Alexander mit fast irren Blicken.

„Ja, ich bin’s“, sagte er.

„Du bist tot“, wiederholte sie.

„Ich war tot. Dreißig endlos lange Jahre. Wie geht es dir?“

„Beschissen. Ich bin alt geworden. Man darf keine solchen Scherze mehr mit mir machen.“

„Ich bin kein Scherz.“

„Aber du hättest mich vorbereiten können. Warum hast du dich nie gemeldet?“

„Ich habe dir geschrieben. Dutzende Briefe. Du hast sie nie beantwortet."

„Welche Briefe?"

„Sag bloß, du hast sie nie bekommen?"

Elena schüttelte den Kopf. „Wo warst du so lange?"

Alexander missverstand ihre Frage. „Ich habe nicht gewagt, gleich das Kafeneion zu betreten, bin eine Zeitlang auf der Kaimauer gesessen, hatte Angst vor dem Wiedersehen mit dir, Angst vor dem, was mich erwartete", sagte er.

Stella runzelte die Stirn und verdrehte die Augen. Was war bloß mit diesem Typ los? Er kam ihr ziemlich verrückt vor.

„Mein Gott, Alexandros, du hast dich kaum verändert", stöhnte Elena und schlug ihre Hände vors Gesicht.

Stella brachte unaufgefordert eine Flasche Champagner.

„Den haben wir für meinen fünfzigsten Geburtstag eingekühlt." Eine zarte Röte erschien auf Elenas Wangen.

Alexander nahm sie in die Arme, wollte ihr sagen, dass er nur wegen ihr zurückgekehrt war, brachte aber keinen Ton heraus.

„Wo warst du all die Jahre?", fragte Elena erneut mit zittriger Stimme und deutete ihm sich zu setzen.

Sie nahmen eng nebeneinander an einem der Tischchen Platz.

„Überall. Und warum bist du hiergeblieben? Wegen Ioannis? Du wolltest doch auch weggehen. Wenn ich mich richtig erinnere, wollten wir beide gemeinsam nach Südamerika auswandern ..."

„Ich habe das Kafeneion übernehmen müssen. Als mein Vater starb, ist mir nichts anderes übriggeblieben, da ihm meine Mutter zu seinem Leidwesen keinen Sohn geboren hatte."

„Du hast das Kafeneion immer gehasst. Deine Mutter und du, ihr habt abends, wenn endlich alle Männer heimgegangen waren, den Dreck wegschaffen und aufräumen dürfen. Ich erinnere mich daran, wie du dich oft über deinen Vater und seine Saufkumpane beklagt hast."

„Was hätte ich machen sollen, nachdem du abgehauen bist?" Es klang vorwurfsvoll.

Alexander legte seinen rechten Arm um ihre Schultern, zog sie an sich und strich ihr mit der anderen Hand zärtlich übers Haar.

„Was ist denn hier los?"

Beim Klang der vertrauten männlichen Stimme ließ Alexander Elena sofort los und drehte sich nach dem Mann um, den er für tot gehalten hatte.

„Verdammt!", fluchte Alexander leise und ausnahmsweise auf Deutsch. Er musterte seinen ehemals besten Freund und späteren Rivalen mit bösen Blicken.

Im Gegensatz zu ihm selbst hatte sich Ioannis stark verändert. Er war aus dem Leim gegangen. Sein Haupt war schlohweiß und fast kahl.

***

Christina blieb ausnahmsweise sitzen. Sonst verschwand sie immer, sobald der Herr des Hauses aufkreuzte. Doch jetzt wurde es spannend. Garantiert war Ioannis innerlich geplatzt vor Wut, als er Alexander in enger Umarmung mit seiner Frau erblickt hatte. Am liebsten hätte er ihm wahrscheinlich sein Messer in die Brust gerammt.

„Alexandros, nein, das darf nicht wahr sein, du lebst!", sagte Ioannis und breitete seine Arme aus, wohl in der Hoffnung, Alexander würde sich endlich von Elena abwenden.

Und das tat er auch, allerdings etwas zögerlich.

„Ioannis, wie geht's?"

Christina bildete sich ein, dass ein scharfer Ton in seinen freundlichen Worten mitschwang.

„Lasst uns auf dieses völlig unerwartete Wiedersehen anstoßen", sagte Elena rasch und reichte Alexander ein Glas Champagner.

Stella füllte ein Glas für ihren Vater. Beide Männer machten gute Miene zum bösen Spiel.

„Komm zu uns, Christina", sagte Stella.

„Nein danke, du weißt, ich trinke so früh keinen Alkohol."

„Christina?"

Alexander stürzte sich auf die alte Frau und umarmte sie so heftig, dass sie fast mit ihrem Stuhl umgekippt wäre.

„Christina, Christina ...", stammelte er. „Sind Sie es wirklich? Sie waren auf der Fähre ... Verzeihen Sie bitte ... Ihre Stimme ist mir irgendwie bekannt vorgekommen, aber ich habe nicht im Traum daran gedacht, dass Sie ..."

„Hör auf, du bringst mich ja fast um", sagte sie lachend. „Immer noch derselbe stürmische Junge! Mein Gott, Alexandros, du bist genauso melodramatisch wie eh und je. Willkommen daheim!" Sie nahm seine Hände in ihre. „Besuche mich, wenn du hier alles geklärt hast. Ich glaube, wir haben uns viel zu erzählen", fügte sie leise hinzu.

„Wieso wollen Sie schon gehen? Sie sind beleidigt, weil ich Sie auf der Fähre nicht erkannt habe, geben Sie es zu. Sie haben sich sehr verändert. Ich habe Sie viel größer und kräftiger in Erinnerung."

„Alt bin ich halt geworden und ein bisschen geschrumpft in jeder Hinsicht“, bemühte sie sich, ihm über seine Verlegenheit hinwegzuhelfen.

„Ein Gläschen zur Feier des Tages“, bat Alexander.

Elena versuchte nicht, ihre Nachbarin zum Bleiben zu überreden. Sie hatte bis heute Angst vor ihrer ehemaligen Lehrerin. Früher hatte sie sich manchmal bei Christina über ihren Mann beklagt. Christina hatte wenig Verständnis gezeigt, hatte sie nur einmal gefragt, warum sie ihn überhaupt geheiratet hatte, obwohl sie die Antwort zu wissen glaubte.

Trotz Stellas und Alexanders Protest ließ Christina sie allein Champagner schlürfen. Mit einem Faschistenschwein trank sie nicht, nicht einmal ein Glas Wasser! Ioannis' Vater war ein Scherge der Junta gewesen, hatte die Gefangenen auf Ikaria bewacht und schikaniert, so manchen auch gefoltert.

Und Ioannis war in ihren Augen nichts anderes als ein beschissener Schlepper, der sich an Flüchtlingen bereicherte, die aus der Türkei herüber in die EU wollten.

22.

Ioannis fragte Alexander Löcher in den Bauch. Dieser antwortete ausweichend, sagte, dass er in Südamerika gelebt und für schwerreiche Weinbarone in Argentinien gearbeitet habe. Als ihm die Fantasie auszugehen drohte, fragte er seinen ehemaligen Freund, was er in den vergangenen Jahrzehnten so getrieben habe.

Ioannis begann zu prahlen, erzählte von seinen guten Geschäften, ging aber nicht ins Detail. Alexander wusste nicht, welche Art von Geschäften sein Jugendfreund so erfolgreich betrieb. Bevor er nachfragen konnte, erkundigte sich Ioannis, ob er ein Quartier auf Ikaria hätte. Er wollte seiner Frau zuvorkommen, nahm an, sie würde Alexander einladen, bei ihnen zu wohnen. Er aber wollte seinen Rivalen nicht im Haus haben. Daher schlug er vor, dass Alexander einstweilen in seiner neuen Hütte in Manganitis, einem winzigen Fischerhafen im Süden der Insel, wohnen könne.

Alexander beteuerte, er hätte genügend Geld, um sich für ein paar Wochen in einem Hotel einzumieten.

Elena wollte nichts davon hören. „Du wirst selbstverständlich bei uns wohnen!"

Alexander schaute Ioannis unsicher an.

„Meine Hütte steht dir jederzeit zur Verfügung", sagte dieser so herzlich, wie er konnte. „Dort wärst du völlig ungestört. Sie ist komplett eingerichtet, samt Bettsofa, Kochecke, Dusche und Toilette."

Alexander versprach, sich sein Angebot zu überlegen. „Selbstverständlich würde ich dir Miete zahlen", sagte er.

Ioannis winkte ab. Elena schenkte ihm den ersten wohlwollenden Blick, seit er aufgekreuzt war.

***

Als Stella ihnen einige Mezedes servierte, forderte Ioannis Alexander auf, ihnen mehr über Südamerika zu erzählen.

Maridakia, die winzigen Fische, die man mit Kopf und Schwanz isst, zählten zu Alexanders Lieblingsspeisen. Auch die etwas größeren Gavros mochte er. Während er die Fischchen genüsslich verspeiste, sprach er von Buenos Aires, von Montevideo und Rio de Janeiro. Seine Geschichten klangen wie Reiseberichte. Mit keinem Wort erwähnte er, was er dort gemacht hatte.

Elenas Gesicht wurde bei seinen Erzählungen noch schmaler, als es ohnehin war. Sie hatte keinen ihrer Träume realisiert. Seine Schilderungen machten ihr das schmerzhaft bewusst. Als Alexander erzählte, wie ungeschickt er sich anfangs beim Tangotanzen angestellt hatte, musste sie doch lachen.

Verstohlen betrachtete Ioannis seine Frau. Ihre Wangen hatten sich leicht gerötet, ihre Augen strahlten, so wie in ihrer Jugend. Malaka, schimpfte er in Gedanken. Diese Frau war die große Liebe seines Lebens gewesen. Wegen ihr hatte er sich mit seinem damaligen besten Freund in die Haare gekriegt und ihn schließlich erfolgreich aus Griechenland vertrieben.

Stella, die keine Ahnung hatte, in welchem Gefühlschaos sich diese drei Menschen befanden, schwieg die ganze Zeit, beobachtete nur. Sie wusste nicht, was sie von dem Fremden halten sollte. Ihre Mutter schien hingerissen von ihm zu sein, selbst ihr Vater, unter dessen schlechter Laune normalerweise alle zu leiden hatten, war ungewöhnlich freundlich zu ihm, benahm sich fast devot ihm gegenüber. Zugegeben, der Mann war gutaussehend und schien es in Südamerika zu etwas gebracht zu haben. In ihren Augen war er aber ein alter Mann, der sein dunkles Haar nach ihrem Geschmack zu lang trug. Bei diesem dichten Haarwuchs war bestimmt auch sein Körper stark behaart. Sie stand eher auf glatte Männerkörper.

Alexander wollte aufbrechen. Übers Internet hatte er ein Zimmer für drei Nächte in einem Hotel in Armenistis gebucht. Der Ferienort lag gute zehn Kilometer von Evdilos entfernt. Er versprach noch einmal, sich Ioannis' Angebot, in seinem Häuschen am Meer abzusteigen, zu überlegen, falls er länger bleiben würde.

Als er sich nach einer Autovermietung erkundigte, bot ihm Ioannis eines seiner drei Autos an. „Du kannst den kleinen schnittigen Japaner haben, mit dem Stella normalerweise herumkurvt, oder Elenas bequeme Familienkutsche, einen VW. Ja, ich würde dir sogar meinen Jeep überlassen – weil du es bist!“ Er klopfte ihm freundschaftlich auf die Schulter.

Bei dieser Berührung zuckte Alexander zusammen, als hätte ihn eine giftige Natter gebissen. Keinesfalls wollte er in der Schuld seines ehemaligen Freundes stehen und lehnte dankend ab. „Ich besorge mir eine Maschine. Ihr erinnert euch, ich wollte schon immer ein Motorrad.“

Nachdem er seine Freunde verlassen hatte, lieh er sich bei einem Zweiradverleih in Evdilos eine bequeme Straßenmaschine aus. Sein Faible für Harley-Davidson-Maschinen hatte er bereits in Mexiko zur Genüge ausgelebt.

Den Rollkoffer schnallte er auf den Gepäckträger. Die schwere Umhängetasche befestigte er vor sich auf dem Tank. Als er mit der etwas antiquierten Kawasaki die Küste entlang nach Armenistis fuhr, kam er sich dreißig Jahre jünger vor. Nach dem Tod seines Vaters hatte er dessen Moped geerbt. Er hatte es auffrisiert und war damit jeden Tag auf der Insel herumgedüst. Früher hatte es kaum asphaltierte Straßen gegeben. Während dieser sinnlosen Herumfahrerei hatte er den Tod seines Vaters wenigstens für ein paar Stunden vergessen können.

***

In Armenistis, einem ehemaligen Fischerdorf mit einem pittoresken Hafen und drei langen von Bäumen gesäumten Stränden, Gialiskari, Livadi und Messakti, fühlte Alexander sich auf Anhieb wohl.

Nachdem er in seinem Hotel eingecheckt hatte, fuhr er zum Schwimmen nach Messakti. Der starke Wind peitschte das Wasser auf. Bald geriet er außer Atem. Nicht zum ersten Mal stellte er sich vor, wie es wäre, immer weiter und weiter zu schwimmen, unter den hohen Wellen durchzutauchen, bis ihn irgendwann die Kraft verlassen und er von einer Riesenwelle in die Tiefe gezogen werden würde.

Tod durch Ertrinken? Eine relativ schmerzfreie Angelegenheit, soviel er gehört hatte. Sogleich musste er an den unfreiwillig ertrunkenen Theo auf Mykonos denken. Hatte der Hotelbesitzer seinen Tod als angenehm empfunden? Wohl eher nicht.

Er dachte auch an Laura, sehnte sich danach, ihre Stimme zu hören. Obwohl ihm bewusst war, dass es mehr als leichtsinnig war sie anzurufen, wollte er ihr unbedingt sagen, dass er keine Schuld an Theos Tod hatte. Schlimmstenfalls könnte er sich nach dem Telefonat gleich wieder ein neues Prepaidhandy zulegen und das andere ins Meer werfen, so wie bei seiner Abreise von Mykonos.

Als er aus dem Wasser kam, setzte er sich in den Schatten eines Baumes, blickte aufs türkisfarbene Wasser und sah eine Weile den Windsurfern zu. Dann rief er Laura an. Sie hob nicht ab. Er bat um einen Rückruf und hinterließ seine Nummer auf der Mobilbox.

Auf der Rückfahrt zu seinem Hotel hielt er bei einem Café an der Brücke, mitten im Ort. Im Fluss unter dieser Brücke in Armenistis hatten vor dreißig Jahren Wasserschildkröten gelebt. Er fragte den Kellner, ob sie noch dort hausten. Der Bursche zuckte mit den Achseln, schien sich nicht für Schildkröten zu interessieren.

Abends, als Alexander es sich auf seinem Balkon mit einem Glas Rotwein gemütlich gemacht hatte, läutete sein Prepaidhandy. Das private, nicht das, mit dem er seinen Auftraggeber angerufen hatte.

Er hob ab, meldete sich mit: „Hallo?"

Laura Mars! Das durfte nicht wahr sein! Vor Freude blieb ihm die Sprache weg.

„Haben Sie Theo umgebla...bracht?", lallte sie.

23.

Am späten Vormittag brach Alexander mit dem Motorrad in den Nordosten der Insel auf. Er hielt in Evdilos nicht an, wollte den ersten Tag in seiner Heimat allein verbringen. Das gestrige Wiedersehen mit Elena und Ioannis hatte ihn sehr aufgewühlt. Und dann noch der merkwürdige Anruf der schönen Österreicherin. Sie war sturzbetrunken gewesen. Als er beteuert hatte, ihren Freund nicht getötet zu haben, hatte sie aufgelegt. Er rief sofort zurück, sie hob aber nicht ab.

Nach diesem Anruf hatte er mehrere Zigaretten am Balkon geraucht, auf das schwarzblaue Meer gestarrt und an diese seltsame Frau gedacht. Was war mit ihr los? Warum trank sie so viel?

***

Die ersten Kilometer nach Evdilos war die Straße gut ausgebaut. Er gab Gas, wollte sehen, was die alte Kawasaki draufhatte, und genoss den Fahrtwind und die vielen Kurven bis zum wildromantischen Fluss Aris. An den Straßenrändern sprossen lila Kräuter und gelbe Königskerzen meterhoch. Auch der Ginster stand in voller Blüte. Was für eine Farbenpracht! Gierig sog er die würzigen Gerüche ein. Überall duftete es nach Estragon und dem weiß blühenden Oregano.

Als er weiter hinauf in die Berge kam, wurde die Straße schlechter. Er nahm die vielen Kehren mit gedrosseltem Tempo, gondelte gemächlich durch Olivenhaine und Eichenwälder. Die Bergdörfer Miliopo, Monokambi und Katafigi, die sich in den dunklen Wäldern versteckten, hatten sich kaum verändert.

Während der Fahrt bekam er endlich wieder einen klaren Kopf. Die kurvenreiche Straße erforderte seine volle Konzentration. Er dachte weder an die eine noch an die andere Frau.

An einer größeren Kreuzung angekommen, nahm er die gut ausgebaute Straße nach Agios Kirykos. Als er das Ortsschild von Therma erblickte, überlegte er kurz, hier Halt zu machen. Die Thermalbäder waren berühmt für ihr salziges, radioaktives Wasser und die romantischen Cafés und Tavernen. Drei Wochen in dem Thermalwasser und du wirst ein neuer Mensch, klangen ihm die Worte seiner Mutter in den Ohren. Er hatte keine drei Wochen Zeit. Bestimmt würde ihm auch ein einziges Bad in den heißen Quellen am Strand von Lefkada guttun. Bei sechzig Grad kann man sich leicht verbrennen, dachte er und ließ es lieber bleiben.

***

In Agios Kirykos, dem Hauptort und Verwaltungssitz der Insel, begab er sich ins Rathaus, um sich nach Jugendfreunden und entfernten Verwandten zu erkundigen. Soviel er wusste, war sein Cousin Dimitris sein einzig lebender Verwandter. Dieser hatte nach der Schule und dem Militärdienst zur Polizei gehen wollen. Alexander hatte sich deswegen mit ihm in die Haare gekriegt.

Die Auskunft, die er im Rathaus erhielt, freute ihn. Dimitris schien mittlerweile den Polizeidienst quittiert zu haben und einer der bekanntesten Winzer von Ikaria zu sein. Ikaria war bekannt für einen speziellen Rotwein namens *Pramneios Oinos*, doch sein Cousin produzierte anscheinend auch exzellente Weißweine.

Dimitris war der Sohn des jüngeren Bruders seiner Mutter. Als seine Eltern Mitte der Achtzigerjahre bei einem Fährunglück ums Leben gekommen waren, hatte Alexanders Mutter den fünfzehnjährigen Dimitris zu sich genommen und fortan wie ihren eigenen Sohn behandelt. Besser als ihren eigenen Sohn, dachte Alexander und musste grinsen. Er hatte seinen Cousin gut leiden können. Dimitris war ein heller Kopf und besaß viel Humor. So manch gemeinsamer Streich war seine Idee gewesen. Erst als sich Alexander in die schöne Elena verliebte, war der Kontakt zwischen den Cousins lockerer geworden. Alexander hatte nur mehr Augen für Elena und gab sich mit dem um knapp drei Jahre jüngeren Burschen kaum mehr ab.

Alexander wusste nicht, ob seine Mutter Dimitris erzählt hatte, warum er von einem Tag auf den anderen abgehauen war, vermutete aber, dass sie geschwiegen hatte.

Seine Mutter war nie sehr redselig gewesen, hatte während der faschistischen Besatzung und während der Diktatur der Junta gelernt zu schweigen. Alexander hatte seiner Mutter hin und wieder geschrieben. Als Absender hatte er ein Postfach in Buenos Aires angegeben. Sie hatte ihm nie geantwortet. Und so hatte er auch weder erfahren, dass Ioannis die Rauferei überlebt hatte, noch dass seine Mutter gestorben war. Allerdings verkehrte in der griechischen Community von Buenos Aires ein alter Mann aus Ikaria. Er war bereits 1943, also lange vor Alexanders Geburt, vor den Faschisten aus Griechenland geflohen. Der Alte hatte eine spezielle Vorliebe für Todesanzeigen gehabt. Eines Abends im Club der griechisch-argentinischen Gesellschaft, als auch Alexander anwesend war, las er wieder einmal die letzten Todesanzeigen aus den griechischen Zeitungen, die dort auflagen, laut vor. Dimitris hatte, auch im Namen von Alexander, eine Anzeige vom Tod seiner Mutter aufgegeben.

Damals hatte Alexander überlegt, mit seinem Cousin Kontakt aufzunehmen. Da er gerade einen neuen Auftrag an Land gezogen hatte, ließ er es bleiben. Er galt als verschollen, und so sollte es bleiben.

***

Alexander verließ die Hauptstadt, nahm die Küstenstraße nach Xilosirtis. Angeblich war Ikarus, nach dem die Insel benannt worden war, vor diesem Ort ins Meer gestürzt.

Irgendwann ging die geteerte Straße in eine Staubstraße über. Seine Maschine bockte kurz auf. Zum Glück war er nicht schnell gewesen, sonst wäre er über den Lenker geflogen und, wie einst Ikarus, im Meer gelandet.

Auf der Rückfahrt über das Gebirgsmassiv Atheras wunderte sich Alexander über die vielen Farne in dieser trockenen Gegend.

Als die Steinruine von Kosikia hoch oben auf dem Hügel Kefalas in Sicht kam, beschloss er, heute doch noch in Elenas Kafeneion vorbeizuschauen. Den Besuch bei seinem Cousin verschob er auf morgen.

***

So wie gestern stand wieder die junge hübsche Frau hinter der Theke der *Café-Bar Penthesilea*. Sie schäkerte mit einem jüngeren Mann, wandte sich aber Alexander zu, als er eintrat, und begrüßte ihn freundlich.

„Kaffee?“ Sie blickte ihn neugierig an.

„Ist Ihre Mutter nicht da?“

Stella schüttelte den Kopf. „Soll ich sie holen?“

„Nein, nein, ich ... da...dachte ...“, stammelte er.

In diesem Augenblick kam Ioannis hereinspaziert. „Ich habe deine Maschine schon von weitem gehört. Der Auspuff gehört repariert, klingt wie ein Maschinengewehr“, witzelte er.

Alexander reagierte nicht.

„Wie gefällt es dir in deinem Hotel? Soll ich dir nicht morgen meine Hütte an der Südküste zeigen?“

„Es hat keine Eile. Ich habe die ersten drei Nächte bereits im Voraus bezahlt.“

„Wir müssen reden, Alexandros.“

„Jaja, demnächst ... Heute bin ich total k. o., bin ewig nicht mehr Motorrad gefahren. Mir tut das ganze Gestell weh.“

„Ja, wir sind eben nicht mehr die Jüngsten.“

Alexander konnte auf Ioannis’ blöde Sprüche verzichten. Da Stella dieses Mal keine Anstalten traf, ihm seine geliebten Maridakia oder Gavros zu servieren, sondern weiter mit dem jungen Mann debattierte, wollte er gleich wieder gehen.

„Wenn du wegen Elena gekommen bist, muss ich dich enttäuschen. Sie leidet unter Migräne, liegt zu Hause in unserem verdunkelten Schlafzimmer“, sagte Ioannis grinsend.

Bei den Worten „unserem Schlafzimmer“ wäre Alexander fast ausgezuckt. Mit kurzem Gruß verließ er die Bar, startete seine Maschine und raste nach Armenistis.

24.

Am nächsten Tag brach Alexander in aller Herrgottsfrüh auf. Den ersten Halt machte er bei Theoskepasti, der Felsenkirche bei Pigi und dem danebenliegenden Kloster Theoktistis. Die Kirche war einst zum Schutz vor Piraten errichtet worden. Eine Kapelle mit einem mächtigen Felsdach, etwa fünfhundert Meter über dem Meer. Seine Mutter hatte diese Kapelle geliebt. Er zündete eine Kerze für sie an, obwohl er nicht gläubig war. Sie hätte sich sicher darüber gefreut.

Danach fuhr er an die Südwestküste, nach Karkinagri und Trapalo. Diese einsamen, felsigen Buchten hatten ihn als Jungen fasziniert. Oft hatte er sich ausgemalt, wie er alle Eroberer mit Schwertern, Gewehren und MPs vertrieben hätte. Ikaria hatte eine große Leidensgeschichte hinter sich, war im Laufe der Jahrtausende oftmals erobert worden. Von den Persern, Römern, Sarazenen, Venezianern, Osmanen und im Zweiten Weltkrieg von den Italienern und Deutschen. Im griechischen Bürgerkrieg hatten hier tausende Kommunisten in Verbannung gelebt. Die Bevölkerung war furchtbar arm, aber sehr solidarisch gewesen. Nicht umsonst wurde Ikaria bis heute Kokkino Nisi, die Rote Insel, genannt.

Auf der Fahrt ans Ende der Welt blieb Alexander in dem Dorf Vrakades ein zweites Mal stehen und besuchte das Steinhaus, in dem der berühmte Komponist Mikis Theodorakis gewohnt hatte.

Gestärkt durch die Erinnerung an die tapferen Männer, die im Bürgerkrieg auf der richtigen Seite gekämpft hatten, fühlte er sich imstande, seinem Cousin unter die Augen zu treten.

Die Weinberge leuchteten in der Mittagssonne schon aus weiter Ferne und wiesen ihm den Weg. Als er auf dem Parkplatz des Weingutes sein Motorrad unter einen Baum stellte, kamen zwei Buben aus dem Haus gelaufen. Ihr Interesse galt weniger Alexander als seiner Maschine. Der größere der beiden wagte zu fragen, ob er das Motorrad anfassen dürfe.

Alexander schnappte den etwa siebenjährigen Jungen und hob ihn auf seinen Sitz, nachdem er das Motorrad auf den Ständer gestellt hatte. Der Bub strahlte über das ganze Gesicht. Der Kleinere, der keine fünf war, schaute traurig drein. Alexander setzte ihn hinter seinen Bruder.

„He, was machen Sie da?“

Der große stattliche Mann, der auf Alexander und die Kinder zukam, blieb abrupt stehen und starrte Alexander entsetzt an.

„Jassu, Dimitri!“

„Nein!“

„Doch, ich bin’s!“

Der kräftige Mann taumelte, schien die Kontrolle über seine Gliedmaßen zu verlieren.

„Du lebst ...?“

„Ai sto diaolo! Warum, zum Teufel, halten mich hier bloß alle für tot?“

Dimitris hatte Tränen in den Augen, als er Alexander umarmte. Es dauerte eine Weile, bis er sich gefasst hatte.

Arm in Arm gingen sie ins Haus. Er stellte Alexander seine Frau Aphrodite, seine fast erwachsene Tochter und seinen halbwüchsigen Sohn vor. „Unsere beiden Nachzügler hast du ja bereits kennengelernt.“ Dimitris ging noch mal vors Haus und rief: „Agamemnon! Menelaos! Ihr kommt jetzt sofort runter von der Maschine und wascht euch die Hände. Es wird gleich gegessen.“

Als Alexander in die offenen, freundlichen Gesichter blickte, fühlte er sich zum ersten Mal, seit er den Boden von Ikaria betreten hatte, wirklich zu Hause.

Das Handy vibrierte in seiner Hosentasche. Er las die eingegangenen SMS. Seine gute Laune verflüchtigte sich.

„Schlechte Nachrichten?“, fragte Dimitris.

„Nein, nein“, beteuerte Alexander und schaltete das Handy aus.

Es dauerte nicht lange, bis Aphrodite und ihre Tochter den schweren Holztisch auf der Veranda gedeckt hatten. Es gab Griechischen Salat, Lamm-Souvlaki und Patates. Aphrodite entschuldigte sich für das einfache Mahl, stammelte, dass sie nicht mit Besuch gerechnet hätte.

„Ich liebe Souvlaki! Sie haben mir schrecklich gefehlt“, würgte Alexander ihre Entschuldigungen ab.

Dimitris' älterer Sohn brachte mehrere Flaschen Wein und fragte Alexander, welchen er probieren möchte.

„Lass alle da. Wir werden sie schon trinken“, sagte Dimitris. „Trink, mein Bruder! Du bleibst heute bei uns, musst nicht mehr fahren.“

„Ich habe einen Termin in Evdilos ...“

„Keine Widerrede! Du bleibst!“

Lachend prostete Alexander seinem Cousin zu.

Da Dimitris keine Fragen stellte, begann Alexander zögernd zu erzählen. Er wiederholte zum Teil die Geschichte, die er bereits Elena und Ioannis aufgetischt hatte, sprach über seine Zeit in Argentinien. Dimitris' Sohn wollte Genaueres wissen. Alexander verschwieg den richtigen Namen des Drogenbarons und Weingutbesitzers in Argentinien, für den er gearbeitet hatte, erfand eine neue Geschichte, sagte, dass er als Immobilienmakler sein Geld verdient habe.

„Du hast dich jedenfalls gut gehalten, nicht wahr, Aphrodite? Ach, du hast ihn ja zum Glück früher nicht gekannt, sonst hätte ich wohl keine Chancen bei dir gehabt. Alexandros war einst der schönste Mann von Ikaria."

Alexander boxte ihn auf den Oberarm.

„Aua! Pass auf, du, sonst verfärbt sich gleich noch dein zweites Auge. Woher hast du das Veilchen?"

Die Prellung unter Alexanders rechtem Auge hatte sich mittlerweile hellviolett verfärbt.

„Daran ist ein Türpfosten schuld."

Dimitris war anzusehen, dass er ihm nicht glaubte, doch er fragte nicht weiter.

„Erzähl lieber von dir. Wie kommt es, dass du Weinbauer geworden bist? Warst du nicht Bulle? Verzeih", fügte er hinzu, als er bemerkte, dass sich das Gesicht seines Cousins verfinsterte.

„Ich habe die Scheißkorruption und all die anderen krummen Machenschaften bei der Polizei nicht lange ausgehalten. Deshalb habe ich nach dem Tod von Aphrodites Vater das Weingut übernommen. Ich muss sagen, das war die zweitbeste Entscheidung meines Lebens. Die beste war natürlich, Aphrodite einen Heiratsantrag zu machen." Sein rundes, leicht gerötetes Gesicht strahlte, als er seine Frau küsste.

„Gut gemacht", lobte ihn Alexander und klopfte ihm auf die Schulter.

Geduldig hörte er sich nun Details über die Produktion eines speziellen Schaumweins, der in Salzwasser fermentiert wurde, an. Dimitris' Weine schienen hochpreisig zu sein.

***

Als sie nach dem Essen zu zweit durch die Weingärten schlenderten, schwiegen beide. Alexander lauschte dem Zirpen der Grillen und genoss den Spaziergang nach dem üppigen Mahl sehr.

„Du hast Ioannis damals nicht umgebracht, hast aber gedacht, dass du ihn getötet hättest, stimmt's?", sagte Dimitris plötzlich.

Alexander nickte.

„Warum warst du nur so ein Idiot? Ich verstehe, dass du verschwunden bist, aber warum hast du mich später nicht kontaktiert? Deine Mutter ist vor lauter Gram gestorben."

Alexanders Mutter war eine fromme Frau gewesen. Als sie jung war, hatte sie allerdings den Partisanen geholfen, ihnen Essen hinauf in die Berge gebracht. Damals hatte sie seinen Vater kennengelernt, der im griechischen Widerstand gewesen war.

„Ich habe ihr mehrmals geschrieben. Sie hat mir nie geantwortet."

„Sie hat keinen Brief von dir erhalten."

„Auch Elena hat meine Briefe nicht bekommen."

„Mag an unserer Post liegen. Oh, ja! Erinnerst du dich an Costas? Der war doch damals Briefträger und einer von Ioannis' Kumpanen."

„Zuzutrauen wäre es ihm. Ihr habt also alle keine Ahnung gehabt, warum ich abgehauen bin und wie beschissen es mir gegangen ist?"

„Erzähle mir lieber nicht, was du in den letzten Jahrzehnten wirklich getrieben hast. Ich will es nicht wissen und könnte es schwer ertragen, wenn du mich anlügen würdest. Ich bin einfach froh, dich wiederzusehen."

***

Als sich Alexander nach dem Rundgang verabschieden wollte, protestierten sowohl Dimitris als auch Aphrodite heftig. Erst nachdem er ihnen versprochen hatte, sie bald wieder zu besuchen und dann länger zu bleiben, ließen sie ihn ziehen.

Als er sich auf sein Motorrad schwang, gestand er sich ein, dass er Dimitris um seine Familie und sein florierendes Weingut beneidete.

Sein Cousin hatte ihm beim Abschied empfohlen, einen Abstecher nach Christos Raches zu machen: „Dort gehen die Uhren bis heute anders als auf der restlichen Welt."

Alexander war neugierig, wie es in diesem sogenannten Asterix-Dorf heute aussah. Die Einheimischen lebten nach der Sonnenuhr am Ortseingang und waren bekannt für ihre sehr langen Mittagspausen. Man nannte es auch *Das Dorf, das niemals schläft*. Das Klima galt dort oben in fünfhundert Meter Seehöhe als besonders gesund. Es ging immer ein laues Lüftchen, selbst im Hochsommer. Die Leute wurden sehr alt in Christos Raches.

Er war zu früh dran. Das Dorf schien nach wie vor erst nach Sonnenuntergang so richtig zu erwachen. In den Auslagen der geschlossenen Geschäfte hingen Plakate. Ab dreiundzwanzig Uhr würde es ein Fest auf dem Dorfplatz geben.

Essen, trinken, tanzen – Alexander überlegte ernsthaft zu bleiben. Nirgendwo sonst auf der Insel wurde der Ikariotikos, dieser Tanz, den es nur in Ikaria gab, so leidenschaftlich getanzt wie in Christos Raches. Musik, Tanz und Poesie waren von jeher ungemein wichtig für die Menschen hier gewesen. Auch Alexander beherrschte den schwierigen Ikariotikos seit seiner Kindheit. Gerne hätte er ihn einmal für die Österreicherin getanzt.

Die bunten Häuser in dem Bergdorf befanden sich in gutem Zustand, manche waren sogar frisch renoviert und umgeben von Kiefern, Eichen und Obstbäumen. In den wenigen Kafeneions, die bereits geöffnet hatten, saßen, so wie früher, genauso viele Frauen wie Männer – was bis heute eher ungewöhnlich für griechische Dörfer war.

Alexander trank einen griechischen Kaffee, bevor er das Dorf voller Bedauern verließ. Der starke Kaffee hatte seinen Blutdruck in die Höhe schnellen lassen. Als er auf die Maschine stieg, war ihm leicht schwindlig.

Ioannis hatte ihm per SMS eine Einladung zu einer Party geschickt. Elena hatte ihm ebenfalls geschrieben, dass sie ihn heute Abend dort zu sehen wünsche. Da es sich um eine Party auf Stavros Xanidis' Yacht handelte, wollte er die Gelegenheit nutzen, diesen griechischen Großinvestor, von dem er schon gehört hatte, persönlich kennenzulernen.

25.

Im Hafen von Evdilos lag eine riesige Motoryacht vor Anker. Alle Einheimischen wussten, dass sie einem ehemaligen Ikarioten gehörte, der es in Athen zu immensem Reichtum gebracht hatte. Stavros Xanidis war ein allgemein bekannter Baulöwe und Immobilienspekulant. Jedermann fragte sich, was er mit der Insel vorhatte. Vor kurzem erst hatte er mit dem Bau der Marina auf Ikaria viel Geld in den Sand gesetzt.

Stavros hatte Elena und Ioannis gebeten, ihren Gast mitzubringen, nachdem ihm Elena in all ihrer Naivität von Alexanders Abenteuern in Südamerika erzählt hatte. Stavros hatte sogleich kapiert, dass es sich um denselben Mann handeln musste, den er seit seiner Ankunft in Athen hatte beobachten lassen. Er wusste, dass dieser Grieche für seinen Konkurrenten, einen russischen Oligarchen, arbeitete, und vermutete, dass Alexander den jungen Mann, den er ihm auf den Hals gehetzt hatte, auf der Fähre umgebracht hatte. Nun hoffte er, Alexander über die Pläne des Russen aushorchen und ihn vielleicht sogar für sich gewinnen zu können. Dass er und Alexandros Makiris Schulkollegen gewesen waren, hatte er vergessen. Darüber klärte Elena ihn erst auf der Party auf.

Als Alexander Elena mit dem dicken Yachtbesitzer tuscheln sah, spürte er, wie sich sein Gesicht vor Zorn rötete. Es war nicht Eifersucht, die ihn quälte. Er ärgerte sich über sich selbst. Wegen dieser Frau, die sich jetzt diesem schwerreichen, fetten, griechischen Immobilienhai anbiederte, hatte er sein Land verlassen. Er platzte fast vor Wut. Als sich Stavros dann Stella zuwandte und seinen Arm um ihre Hüften legte, umklammerte er den Deringer in seiner linken Hosentasche. Am liebsten hätte er diesem Scheißkerl eine Kugel direkt zwischen die Augen verpasst.

Stavros Xanidis hatte großes Glück, denn Stella entfernte mit einer energischen Bewegung seine Hand von ihren Hüften.

Ioannis näherte sich Alexander, der sich zur Beruhigung eine Zigarette anstecken wollte.

„Hier ist Rauchverbot", sagte er grinsend. „Hast du gesehen? Meine Kleine hat einen guten Fang gemacht." Er zwinkerte Alexander belustigt zu. „Dieser Xanidis ist so eine Art Inselkönig auf Ikaria. Der Typ ist kolossal reich. Ich hätte nichts gegen ihn als Schwiegersohn einzuwenden. Stellas erster Mann war ja leider ein Versager. Obwohl er gute Ansätze gehabt hat ..."

Ioannis spielte, ohne es zu ahnen, ebenfalls mit seinem Leben. Alexander beließ es bei einem hasserfüllten Blick.

„Du kannst ihn nicht ausstehen?“, fragte Ioannis grinsend.

„Hau ab“, zischte Alexander und ging nach vorne an den Bug, wo Rauchen erlaubt war.

***

Kurz nach der Eröffnung des Büffets, das am Heck des Bootes aufgebaut worden war, nahm Stavros Alexander beiseite und bat ihn, mit ihm hinunter in den Salon zu gehen. „Muss mit dir reden“, sagte er.

Alexander steckte seine Linke in die Hosentasche und zielte mit dem kleinen Deringer auf Stavros' Rücken, als er ihm folgte.

Das Pärchen, das sich auf der L-förmigen Couch im Salon vergnügte und erschrocken zu ihnen aufschaute, schickte Stavros mit einer abfälligen Handbewegung weg. Er bat Alexander Platz zu nehmen und bot ihm einen Single Malt an.

„Ich trinke nicht“, sagte Alexander.

„Sehr löblich.“ Stavros schenkte sich selbst großzügig ein.

Alexander musterte seinen Gastgeber abschätzend. Er war ein richtiger Fettkloß. Unter seinem Hemd zeichnete sich ein riesiger Bauch ab. Trotz der Hitze trug er einen schwarzen Anzug, ein schwarzes Hemd und eine Krawatte.

„Hast eine ganz schöne Karriere gemacht, wie ich gehört habe. Alle Achtung! Aus dem kleinen Haschischschmuggler ist ein gefährlicher Mann geworden. Hast vor allem in Südamerika gearbeitet, habe ich mir sagen lassen. Hartes Pflaster, oder?“

Alexander reagierte nicht, kniff seine Augen zusammen.

„Als Jugendlicher war ich einer eurer besten Kunden. Habe dir und Ioannis Unmengen vom Schwarzen Afghanen abgenommen. War hervorragender Stoff. Aber in Südamerika hast du mit viel besserem Zeug Bekanntschaft gemacht, nicht wahr?"

„Was wollen Sie von mir?"

„He, wir waren zusammen in der Schule! Tu nicht so, als würdest du mich nicht kennen ..."

„Ich kann mich nicht an Sie erinnern."

„Mir ist es genauso gegangen. Dreißig Jahre machen halt aus Kindern Männer. Nun sag schon, warum bist du zurückgekommen? Hast hier was am Laufen? Ich könnte helfen, habe einigen Einfluss auf der Insel."

„Ich bin aus rein privaten Gründen hier", sagte Alexander. „Und deshalb werde ich jetzt auch wieder zu meinen Freunden an Deck gehen."

„Freunden?" Stavros stieß ein meckerndes Gelächter aus, das Alexander an einen Ziegenbock erinnerte. „Brauchst mir nichts vorzumachen. Ich kenne diese Geschichte. Jeder auf Ikaria kennt sie. Du, Ioannis und die schöne Elena. Da muss doch jedem Griechen sofort der Trojanische Krieg einfallen."

„Sie trinken zu viel."

Stavros hatte sich gerade nachgeschenkt. „Möchte sich dein russischer Auftraggeber auch Ikaria unter den Nagel reißen? Richte ihm aus, dass das mein Revier ist. Mit deinem guten Freund Ioannis habe ich bereits Verhandlungen aufgenommen. Er scheint nicht abgeneigt zu sein, sein Haus und die Bar zu verkaufen."

„Beides gehört Elena."

„Pah! Du kennst dich offensichtlich mit dem griechischen Recht nicht aus. Sie ist seine Frau ..."

„Egal, das interessiert mich nicht."

„Ah, vielleicht interessiert deinen Russen eher die Villa nebenan?"

„Du meinst die Villa von Christina?"

„Genau. Reden wir nicht lange um den heißen Brei herum. Ioannis', oder wie du meinst, Elenas Haus habe ich so gut wie in der Tasche, aber diese alte Hexe weigert sich zu verkaufen. Ihr Grundstück reicht bis zur Spitze des Hanges hinauf. Dort könnte man eine Ferienanlage errichten. Die Bungalows würden wir zum Teil in den Felsen hineinbauen, so wie die bei den Touristen unglaublich beliebten Häuser auf Santorin. Ihre Villa müsste total renoviert werden und könnte als Bar und Rezeption betrieben werden."

„Sie wird niemals verkaufen."

„Sie nicht, aber sie hat Verwandte in Athen, die bestimmt keinerlei Interesse an diesem feuchten Gemäuer haben. Glaub mir, die werden froh sein, diese Sparkasse loszuwerden. Ich will diese Villa und vor allem den Grund. Es soll nicht zu deinem Schaden sein, wenn du es schaffst, die Alte zu überreden. Notfalls halt mit den Methoden, die du dir in Südamerika angeeignet hast. Ich gebe dir einen guten Tipp: Angeblich hat sie in ihrem Keller jede Menge Dynamit herumliegen. Soll von dem verrückten Doktor stammen. Ich hätte nichts dagegen, wenn dieses Scheißkatzenhaus in die Luft fliegt. Ein Neubau wäre billiger als die Renovierung. Es sollte wie ein Unfall aussehen. Verstehst du?"

Am liebsten hätte Alexander ihm sein unverschämtes Grinsen mit einem Faustschlag aus dem Gesicht gewischt, doch er behielt die Contenance, fragte: „Wie viel?"

„Zwanzigtausend?" Als Stavros Alexanders verächtliches Lächeln bemerkte, erhöhte er auf dreißigtausend Euro.

„Habt ihr in Griechenland Dumpingpreise für ein Menschenleben?“

Stavros schenkte sich einen dritten Whisky ein. „Du bist mir was schuldig“, sagte er. „Hast meinen Mann in Piräus umgelegt.“

„Das war ein Unfall. Aber gut, dass du ihn erwähnst. Du hast mich also gleich nach meiner Ankunft verfolgen lassen.“

„Er sollte dich nur beobachten. Ich bin informiert worden, dass ein Profikiller auf unsere Inseln kommt. Habe natürlich keine Ahnung gehabt, dass es sich um dich handelt ...“

Offenbar gab es eine undichte Stelle im Umfeld des russischen Oligarchen. Alexander tippte auf Michail, Boris’ Adlatus, der mit dem Oligarchen, so viel er gehört hatte, weitschichtig verwandt war und ihn hasste, weil dieser ihn wie einen Leibeigenen behandelte. Wahrscheinlich hatte Michail dem griechischen Konkurrenten seines Bosses seine Ankunft in Griechenland verraten.

„Nenn mir deinen Preis für die Alte“, sagte Stavros.

26.

Von den Preisverhandlungen über den Wert ihres Lebens bekam Christina nichts mit. Nach ihrem Mittagsschläfchen fühlte sie sich putzmunter und nahm sich endlich den Keller der Villa vor. Seit Jahrzehnten hatte dort unten keiner mehr Ordnung gemacht.

Elena hatte gestern einen Container vor ihrer Bar aufstellen lassen. Sie hatte neue Küchenschränke bestellt und zwei Männer engagiert, um die alten Küchenmöbel zu entsorgen. Christina beschloss, diese Chance zu nützen, und fragte, ob sie auch ein paar Sachen in den Container werfen dürfe. Elena hatte nichts dagegen, bot ihr sogar an, dass ihr die beiden Arbeiter beim Entrümpeln helfen könnten. Christina winkte ab. Wer weiß, was der Doktor alles im Keller gelagert hat, dachte sie.

Zuerst entfernte sie die riesigen Spinnweben und die vielen Kadaver von toten Nagetieren im Vorratskeller, der dem Doktor auch als Weinkeller gedient hatte. Hätte ich bloß die Katzen manchmal hinuntergelassen, sagte sie sich, als sie die dritte tote Ratte auf eine Schaufel lud.

Der ganze Raum war mit Regalen ausgekleidet, in denen unzählige völlig verstaubte Weinflaschen und Gläser mit Marmelade und eingelegtem Gemüse lagerten. Womöglich befanden sich einige Schätze darunter? Sie würde Stella bitten, sich vor allem die Weine anzusehen. Wenn einige davon noch trinkbar waren, konnte sie sie mitnehmen und in der Bar ausschenken. Den Rest könnten sie gemeinsam wegwerfen oder in der Nacht ins Hafenbecken leeren.

Dann sperrte Christina die Tür zum eigentlichen Keller auf, der sich unter dem Weinkeller befand. Sie schaltete den russischen Lüster ein, um nicht über die Stufen zu stolpern. Die nackte Glühbirne spendete nicht genügend Licht. Zum Glück hatte sie eine Taschenlampe dabei.

Sie besah sich das Gerümpel in dem niedrigen Raum näher. Einen dreibeinigen Sessel und ein wackeliges Tischchen schleppte sie gleich zum Container. Vor einem blinden Spiegel zögerte sie, überlegte, ob sie den vergoldeten Rahmen nicht doch noch brauchen könne.

„Weg damit“, sagte sie zu sich selbst und warf den Spiegel ebenfalls in den Container.

Er zersprang in tausend Stücke. Obwohl sie nicht abergläubisch war, erschrak sie.

„Scheißalter!“ Christina stemmte ihre Hände in die Hüften. Ihr Kreuz tat höllisch weh. Doch so schnell gab sie nicht auf.

Völlig zerfledderte Matratzen, zusammengebundene, zerfetzte und von Mäusen angeknabberte Zeitungen, jede Menge Kabel, verrostetes Werkzeug ... Der Doktor war an sich ein ordentlicher Mensch gewesen, hier unten herrschte jedoch Chaos. Christina beschloss, auf Elenas Angebot zurückzugreifen. Die schweren Matratzen und all das andere Zeug sollten Elenas Helfer entfernen.

Noch einmal leuchtete sie mit der Taschenlampe jede Ecke des Kellers aus. Ganz hinten, fast unsichtbar, da genauso grau wie die Wände, stand ein Spind. Das Schloss war total verrostet. Sie riss ein paar Mal daran. Die Tür sprang auf.

„Oh!“, rief sie erschrocken, als ihr zwei Maschinenpistolen und ein Gewehr entgegenfielen. Am Boden des schmalen Schranks lagen eine verrostete Pistole und zwei Handgranaten.

Sie nahm die Pistole und die Granaten an sich, schob die MPs und das Gewehr wieder in den Spind und warf die Türe zu. Sie wollte sich später überlegen, was sie mit den Waffen machen würde. Keinesfalls durften Elenas Arbeiter sie sehen.

Halb verdeckt durch eine Matratze entdeckte sie eine Metallkiste neben dem Spind. Schwitzend und fluchend zerrte sie die Matratze weg. Ihr Herz klopfte ihr bis zum Hals vor Anstrengung. Nachdem sie kurz verschnauft hatte, brach sie das einfache Vorhängeschloss mit einer Zange auf.

Beim Anblick der vielen Stäbe, an denen farbige Schnüre befestigt waren, schlug sie die Hände zusammen. Was hatte der Doktor bloß mit all dem Dynamit vorgehabt? Sie konnte sich nicht vorstellen, dass er geplant hatte, Anschläge zu verüben. Er war ein echter Humanist und Philanthrop gewesen. Womöglich hatten einst Partisanen dieses Teufelszeug in seinem Keller versteckt?

***

Als Christina in ihre Wohnung zurückkehrte, senkte sich die Dämmerung über den Hafen von Evdilos. Der Himmel hatte sich dunkelrot verfärbt. Bizarre Wolkenformationen schimmerten violett.

Was für ein fantastischer Sonnenuntergang, dachte sie und ging duschen. Auch vom Badezimmerfenster aus konnte sie das prächtige Farbenspiel genießen.

Am Meer wurde es nie ganz finster. Der Mond badete im Hafenbecken, ließ die ganze Bucht in hellem Glanz erstrahlen. Frisch geduscht, setzte sie sich, nur mit ihrem flauschigen Morgenmantel bekleidet, auf ihre Terrasse und öffnete eine der Rotweinflaschen aus dem Keller. Château Lafite-Rothschild. Der Name Rothschild sagte ihr etwas. Der Wein war sicher nicht übel.

Laute Musik schallte zu ihr herauf. Auf der großen Motoryacht, die im Hafenbecken ankerte, fand eine Party statt. Kerzen leuchteten die Gangway aus.

Sie wusste, wem diese Yacht gehörte und wer alles zu der Party eingeladen war. Außer ein paar Athenern, die das Wochenende in ihren Zweithäusern auf der Insel verbrachten, hatte Stavros Xanidis auch den scheinheiligen Architekten und Neopolitiker Paradopoulos und dessen Sohn Andreas sowie Stella, Elena und Ioannis eingeladen. Überrascht war sie gewesen, als sie Alexander an Bord gehen gesehen hatte. Was hatte der mit Stavros zu tun?

„Ach, Christos", seufzte sie und begann, wie so oft in letzter Zeit, mit ihrem toten Mann zu reden. „Du hättest auch immer gerne ein eigenes Boot gehabt. Ich weiß, ein kleines Segelboot hätte dir genügt."

Sie lächelte versonnen und träumte von alten Zeiten, als sie und Christos im Hafen von Piräus mit einem Schlauchboot herumgekurvt waren und sich beinahe angemacht hatten vor Angst, wenn sie von den Bugwellen eines Frachters erfasst und auf den hohen Kamm einer Welle geschleudert worden waren.

Der Mond verabschiedete sich gerade aus der Bucht von Evdilos. Von der Yacht dröhnten immer noch wummernde Bässe.

Der Wein schmeckte eigenartig. Sie trank nur ein Glas, schloss die Flasche mit dem Korken und ging in ihre Küche, zündete das Gas am Herd an, um heißes Wasser für einen Bergtee aufzusetzen. Und plötzlich fiel ihr wieder alles ein, was Christos ihr über Dynamit erzählt hatte. Sie wusste ganz genau, wie man damit umging.

Ihr kam eine teuflische Idee.

In diesem Moment klopfte jemand an ihre Haustür.

27.

Christina beugte sich aus dem Küchenfenster im ersten Stock. Direkt unter der Lampe über dem Hauseingang stand ein Mann und blickte zu ihr hoch.

„Alexandros!"

Zuerst wollte sie ihn nicht hereinlassen. Sie fürchtete sich ein bisschen vor ihm. Andererseits mochte sie ihn. Er war einer ihrer Lieblingsschüler gewesen. Gleichzeitig war er aber auch ein Mann, der bereit war zu töten, das hatten ihr seine Augen verraten. Sie hatte ihn in Verdacht, den Mann auf der Fähre auf dem Gewissen zu haben. War er nun gekommen, um sie für Stavros Xanidis aus dem Weg zu schaffen? Sie wusste, dass Stavros es auf ihr Grundstück und ihre Villa abgesehen hatte. Sein erstes schriftliches Angebot hatte sie nicht einmal ignoriert, sondern sofort weggeworfen.

Wo war bloß die Pistole des Doktors? Hatte sie das Ding nicht in den Müllsack gesteckt?

Die Pistole war total verrostet. Dennoch nahm Christina sie aus dem Sack, verbarg sie hinter einem der Polster auf ihrem Sofa. Danach öffnete sie die Tür.

„Guten Abend“, sagte er mit seinem jungenhaften Lächeln, mit dem er bestimmt auch heute noch viele Frauen um den Finger wickeln konnte.

„Was willst du von mir?“, fragt sie ihn, anstatt seinen Gruß zu erwidern. Ihre Stimme zitterte.

„Ihr Haus strahlt wie ein Leuchtturm in finsterer Nacht“, sagte er. „Ich konnte einfach nicht widerstehen, Sie zu besuchen. Haben Sie keine Angst, Frau Lehrerin, ich bin bis heute Ihr treuester Verehrer.“ Er grinste sie so verlegen an wie damals, als sie ihn bei einer Mathematikschularbeit beim Schwindeln erwischt hatte. „Außerdem haben Sie mich eingeladen, als wir uns in Elenas Bar getroffen haben. Sollten Sie das vergessen haben?“ Er drohte ihr scherzhaft mit dem Zeigefinger.

„Na gut, komm rein. Gehen wir rauf ins Wohnzimmer.“ Dort fühle ich mich bei der offenen Terrassentür am sichersten, fügte sie in Gedanken hinzu.

Christina hieß Alexander auf einem der Rattansessel Platz zu nehmen. Er setzte sich auf die vordere Kante, presste Knie und Hände zusammen, als müsse er sich anstrengen, auf dem wackeligen Sessel das Gleichgewicht zu bewahren.

„Haben Sie viele Bücher!“, bemerkte er verlegen und starrte auf die Regale, die bis an die Decke reichten.

„Seit ich alt bin, lese ich von morgens bis abends. Die meisten Bücher haben dem Doktor gehört. Bist du gekommen, um mit mir über meine Bücher zu reden?“

Er antwortete nicht, wich ihrem forschenden Blick aus.

„Ich bin zwar etwas geschrumpft, aber deswegen hoffentlich noch keine törichte alte Frau.“ Ihr Ton war eine Spur schärfer geworden. Bisher hatte sie ihm nicht einmal ein Glas Wasser angeboten. Sie ließ ihn deutlich spüren, dass er nicht willkommen war.

„Ich will wirklich nur mit Ihnen reden.“

„Du lügst.“

„Liebe Frau Christina, Sie durchschauen mich immer noch. Glauben Sie mir, ich will Ihnen nichts Böses. Ich habe nicht die Angewohnheit ältere Damen zu belästigen. Ich möchte nur, dass Sie mich nicht für blöd halten. Angeblich war ich einer Ihrer besten Schüler. In Geografie und Geschichte war ich tatsächlich der Beste der Klasse, nicht wahr? Ich weiß, dass Sie in Ihrem Keller ein kleines Waffenlager haben ...“

„Woher weißt du das ...?“

„Von meinem Vater.“

„Der ist e...ewig lange tot“, stammelte sie.

„Der Doktor hat die Widerstandskämpfer mit Waffen versorgt ...“

„Nein ...“

„In ganz Evdilos wird darüber gemunkelt. Der Doktor war ein radikaler Mann, hat die Partisanen im Zweiten Weltkrieg und später die Widerstandskämpfer während der Junta unterstützt. Zumindest kenne ich diese Gerüchte seit meiner Kindheit. Und heute hat mir jemand bestätigt, dass in Ihrem Keller einige interessante Sachen herumliegen."

Sie atmete schwer, wurde kreidebleich und begann zu zittern.

„Bitte regen Sie sich nicht auf, Frau Christina", sagte er bestürzt, eilte in die Küche und brachte ihr ein Glas Wasser.

„Trinken Sie. Ich bitte Sie, beruhigen Sie sich."

„Es ist nur die Hitze, die mir zu schaffen macht. Tagsüber haben wir über dreißig Grad, und das Anfang Juni! Diese mörderischen Temperaturen machen die Menschen gereizt, wenn nicht gar verrückt ..."

„Über Ihr Waffenarsenal können wir gerne später sprechen", beschwichtigte Alexander sie. „Mich interessiert etwas anderes viel mehr. Wissen Sie, warum Elena meine Briefe nie bekommen hat? Den ersten Brief habe ich ihr am Tag meiner Ankunft in Buenos Aires geschrieben. Ich habe sie gebeten nachzukommen und angekündigt, ihr das Geld für die Überfahrt zu schicken. Sie hat weder diesen noch alle anderen Briefe von mir beantwortet. Irgendwann habe ich aufgehört, ihr zu schreiben, aber ich habe nicht aufgehört, an sie zu denken."

„Ich nehme an, ihr späterer Ehemann hat deine Briefe abgefangen und vernichtet. Sein Freund Costas, unser damaliger Briefträger, könnte ihm dabei geholfen haben. Hast du dir das nicht denken können?"

„Ich habe es vermutet. Allerdings habe ich nicht den Eindruck, dass mich irgendjemand vermisst hat. Nicht einmal Elena. Vielleicht hat sie mir ein paar Wochen lang nachgetrauert oder sogar ein paar Monate, doch jede Trauer wird irgendwann mal langweilig, stimmt's?"

„Nein! Ich trauere bis heute um meinen Mann Christos."

„Sie sind anders, Sie sind eine ganz besondere Frau."

„Hör mir auf mit deinen Schmeicheleien! Erzähl mir lieber, was damals passiert ist. Ich habe zwar so meine Vermutungen, würde aber gerne die ganze Wahrheit erfahren."

„Mir ist nichts anderes übriggeblieben als abzuhauen, nachdem ich Ioannis zusammengeschlagen hatte ..."

„Weil du gedacht hast, dass er tot wäre?"

Alexander senkte den Blick und nickte.

„Ioannis ist nach deinem Verschwinden ebenfalls für einige Zeit untergetaucht. Als er nach circa zwei Wochen mit zerschundenem Gesicht und einigen gebrochenen Rippen wieder aufgekreuzt ist, hat er etwas von einem Schiffsunglück, das er knapp überlebt hätte, gefaselt. Ich habe ihm sowieso kein Wort geglaubt."

„Er war immer schon ein beschissener Lügner", murmelte Alexander.

„Und jetzt willst du vollenden, was du damals nicht geschafft hast? Ein Mord ist die geplante Tötung eines Menschen, ein Totschlag kann ungewollt sein. Ich weiß, wovon ich rede. Nachdem die Junta-Leute meinen Christos ermordet hatten, war ich wie besessen von dem Gedanken an Rache. Ich habe mir genau überlegt, wie ich es anstellen müsste, um es wie fahrlässige Tötung oder wie Totschlag aussehen zu lassen. Rache ist Eingeständnis des Schmerzes, schrieb einst Seneca. Und glaube mir, mein Schmerz war grenzenlos ..."

„So hören Sie mir bitte endlich zu", unterbrach Alexander sie. „Ich will mich an niemandem rächen und ich will niemanden umbringen. Der Tod des glatzköpfigen Griechen auf der Fähre war ein Unfall. Der dumme Junge hatte ein Messer gezogen, ich habe mich verteidigen müssen. Wenn einer von uns sterben musste, war es zweifellos besser, dass er umkam. Oder sind

Sie anderer Meinung? Er war einer von Stavros Xanidis' Männern, das habe ich erst jetzt erfahren. Er hat ihn mir hinterhergeschickt, nachdem er gehört hatte, dass ich für einen russischen Oligarchen arbeite."

„Erzähl mir keine Märchen!"

„Ich fürchte, ich muss weiter ausholen ..."

„Was hast du mit diesem Stavros zu schaffen? Warum warst du heute auf seiner Party? Ist er dein Boss?"

Alexander schüttelte den Kopf. „Ich war nur dort, um herauszufinden, was er von mir will. Und das weiß ich jetzt. Er will, dass ich Sie töte."

28.

„Sehr witzig! Ich werde dir jetzt mal was über diesen Stavros erzählen. Als er gestern von Bord dieser funkelnagelneu aussehenden Motoryacht spaziert ist, habe ich gleich gewusst, dass er es ist. Was kostet die Welt, stand in seinem Gesicht geschrieben. In Zeiten wie diesen, wo die Finanz hunderte Yachten beschlagnahmt und so manch superreicher Verbrecher mit seinem Boot das Land verlassen hat, protzt er mit einer schicken italienischen Ranieri. Schaut her, was ich mir leisten kann, mir kann die Krise nichts an! Wenn der kein Steuerhinterzieher ist, fresse ich einen Besen. Bestimmt hat er die Behörden in der Hand. Dabei ist ihm unlängst erst die Frau davongelaufen. Mit einem Italiener, sagt man."

„Geschieht ihm recht", murmelte Alexander.

„Ja, aber nicht einmal diese Schmach scheint ihm einen Dämpfer versetzt zu haben. Auch Stavros ist einst mein Schüler gewesen. Vier Jahre lang. Dann haben ihn seine Eltern in ein teures kirchliches Internat in Athen gesteckt. Heute ist er ein großer Mann, im wahrsten Sinne des Wortes. Ein Millionär und einen Meter neunzig groß. Ich erinnere mich gut an den schlanken Jungen mit dem gelockten schwarzen Haar. Binnen weniger Jahre ist er zu einem unappetitlichen Fettwanst mit dicken Tränensäcken unter den Augen und einem mächtigen Doppelkinn unter seinen wulstigen Lippen geworden. Seine feisten Wangen sind vom Grau seiner Bartstoppel umschattet. Wahrscheinlich ist er zu faul, sich täglich zu rasieren. Eine stattliche Erscheinung ist er aber auch heute, zumindest von hinten."

„Ich weiß und betrachte ihn als ernstzunehmenden Gegner, trotz seines lächerlichen Aussehens."

„Du meinst sein Rossschwänzchen, das seine Halbglatze erst recht zur Geltung bringt?"

Alexander fiel in Christinas Lachen mit ein. „Ist er Witwer? Angeblich trägt er immer Schwarz."

„Möglich. Keiner weiß, was aus seiner Frau geworden ist. Vielleicht liegt sie mit einem Stein um ihre Mitte am Meeresboden? Es hat Gerüchte gegeben, dass er sie hat umbringen lassen. Einen Stavros Xanidis verlässt man nicht ungestraft! Seine Frau stammte aus einer wohlhabenden Fabrikantenfamilie auf Samos. Dort haben die Leute ihn abfällig als Kronprinzen bezeichnet. Und nun ist dieser Prinz ausgezogen, um seine ursprüngliche Heimat Ikaria zu erobern."

„Das werde ich ihm so schwer wie möglich machen", warf Alexander ein.

„Mir hat dieser Sohn eines Faschisten über einen seiner Handlanger ausrichten lassen, dass er mir eine ebenerdig gelegene Wohnung in Christos Raches als Ersatz für die baufällige Villa anbieten könne. Ich habe seinen Schergen hinausgeschmissen. Mit Stavros selbst habe ich, seit seiner Ankunft auf der Insel, noch kein Wort gewechselt. Er ist genauso ein Verbrecher wie sein Vater, der meinem Doktor das Leben zur Hölle gemacht hat. Wegen ihm war der Doktor drei Jahre lang auf Makronissos in Verbannung. Dort haben sie ihn zum Krüppel geschlagen und um sein Augenlicht gebracht. Der alte Xanidis ist tot, aber ich würde Stavros zu gerne das Handwerk legen."

„Überlassen Sie das lieber mir."

Sie machte eine abwehrende Handbewegung. „Dieser Gangster scheint es übrigens auf Stella abgesehen zu haben. Die Kleine ist schwer in Ordnung. Sie leistet mir abends manchmal Gesellschaft. Man kann gut mit ihr reden. Stella ist ein kluges Mädchen. Zum Glück viel klüger als ihre Mutter. Mit deiner Elena ..."

„Sie ist nicht meine Elena", unterbrach Alexander seine ehemalige Lehrerin.

„Ach so? Jedenfalls bin ich mit ihr nie warm geworden. Die schöne Elena ist eine kalte Nudel und genauso berechnend und geldgierig wie ihr Vater. Nein, ich bin gehässig. Verzeih! Eigentlich kann ich mich nicht über sie beklagen. Elena und ich, das ist eine eigene Geschichte. Man soll die Vergangenheit besser ruhen lassen, oder?"

„Nein! Ich bin hierhergekommen, um meine Vergangenheit aufzuarbeiten, wie ein Seelenklempner sagen würde. Erzählen Sie mir mehr von Elena und von ihrer Tochter."

Obwohl Christina es für klüger hielt zu schweigen, folgte sie ausnahmsweise nicht der Stimme der Vernunft. Seit Alexanders Rückkehr holten sie die Ereignisse von damals wieder ein. Außerdem hatte sie das Gefühl, Alexander die Wahrheit zu schulden. Vielleicht hatte auch der schwere Rotwein ihre Zunge gelöst?

„Vor vielen, vielen Jahren ist Elena eines Abends völlig aufgelöst zu mir gekommen und hat mich angefleht, ihr zu einer Abtreibung zu verhelfen. Anscheinend hatte ich den Ruf, eine Engelmacherin zu sein. Ich habe mich geweigert. Sie hat mich eine böse Hexe genannt und noch schlimmere Schimpfworte gebraucht ..."

Elena und eine Abtreibung? Unvorstellbar! Alexanders entsetzter Gesichtsausdruck sprach Bände.

„Tja, die liebe Stella verdankt mir ihr Leben. Ich habe von ihrer Geburt an gut auf sie aufgepasst", sagte Christina rasch. „Elena aber gab immer dem Kind die Schuld an ihrem langweiligen Leben. Deshalb hat sie die Kleine auch in die Arme dieses Militärschädels getrieben, den Ioannis für sie an Land gezogen hatte. Stella hat diesen Volltrottel vier Jahre lang ertragen müssen und ist heilfroh, ihn endlich los zu sein. Aber kaum hat sich Stella von dieser Ehe erholt, hat die liebe Elena schon wieder ein Scheusal für ihre Tochter ausfindig gemacht. Nur damit es dem Mädchen mit den Männern nicht besser geht als ihr selbst."

„Stavros", fauchte Alexander.

„Ja. Er plant, eine Hotelanlage im Hafen zu errichten. Genau hier an dem Felsen, an den sich Elenas Kafeneion und meine Villa schmiegen. Eine große Bungalowsiedlung soll es werden."

Sie erzählte Alexander nichts Neues. Trotzdem hörte er ihr weiter aufmerksam zu.

„Diese falsche Schlange von Ioannis verhandelt angeblich bereits mit ihm hinter meinem Rücken. Das Kafeneion hat ihn ohnehin nie interessiert. Er wäre froh, es loszuwerden, mitsamt den Schulden, die sich angehäuft haben. Ich werde ihm und Elena, falls sie mit ihrem Mann unter einer Decke stecken sollte, einen Strich durch die Rechnung machen. Die beiden vergessen liebend gerne darauf, dass ihr Grund eigentlich mir gehört. Der Doktor hat Elenas Eltern einst erlaubt, darauf ein Haus zu errichten. Früher hat man es mit den Eigentumsverhältnissen nicht so genau genommen. Egal wie sehr sie mich bedrängen, das Grundstück steht nicht zum Verkauf. Und ich will sowieso in meiner Villa sterben. Was nach meinem Tod damit passiert, ist mir scheißegal. Ich glaube, ich werde alles der KKE, den Kommunisten, vererben, meine Nichte will den alten Kasten nicht. Das Grundstück, auf dem das Kafeneion steht, soll Stella bekommen. Damit kann sie dann machen, was sie will. Seit sie die Armee verlassen hat, findet sie keinen anständigen Job mehr. Das Kafeneion ist ihre einzige Zukunftsperspektive."

Alexander beugte sich vor, ergriff Christinas Hand und sah ihr tief in die Augen. „Sie sind ein Engel."

„Hoffentlich nicht so bald", sagte sie trocken. „Bei einem meiner morgendlichen Bäder im Hafenbecken habe ich aufgeschnappt, wie die Mutter unseres Notars sagte, Ioannis hätte bereits einen Vertrag über eine Kaufoption für Stavros unterschrieben. Diese beiden Banditen werden mich noch kennenlernen! Leider bin ich keine dreißig mehr ..."

Erschöpft hielt sie inne.

Alexander befürchtete, das Gespräch könnte seine ehemalige Lehrerin zu sehr aufgeregt haben, und wollte sich verabschieden.

Sie bat ihn zu bleiben. „Du hast mir noch gar nichts von dir erzählt. Was hast du in den letzten dreißig Jahren wirklich gemacht? Der blonden Ausländerin am Schiff hast du ja jede Menge Märchen aufgetischt. Ich habe nicht geschlafen, habe alles mitangehört. Ich verstehe bis heute ganz gut Deutsch."

Sein verlegenes Grinsen entlockte auch ihr ein Lächeln.

„Zuerst hole ich dir aber was zu trinken. Magst du einen Roten?“

„Nein, danke. Keinen Alkohol bitte.“

„Kaffee?“

„Dann kann ich wieder nicht schlafen.“

„Unsinn. Ich trinke abends immer einen Milchkaffee und schlafe danach ausgezeichnet. Ein gutes Gewissen ist eben das beste Ruhekissen“, spottete sie und ging Kaffee kochen.

29.

Christinas gebieterische Art duldete keine Widerrede. Als Lehrerin war sie sehr streng gewesen. Bei ihr hatten alle gespurt, selbst die schlimmsten Buben, obwohl sie nie laut geworden war. Sie hatte ihre Schüler mit Liebesentzug bestraft, wenn sie ihr nicht gefolgt hatten.

Alexander fühlte sich wie ein kleiner Junge, der gerade ausgeschimpft worden war. Als sie mit zwei großen Tassen Kaffee auf einem Tablett zurückkehrte, saß er nach wie vor steif und aufrecht da. Seine Arme hatte er jetzt vor der Brust verschränkt. Da er der Stabilität des Rattansessels misstraute, versuchte er sich möglichst wenig zu bewegen, denn sowie er es tat, ächzte und knarrte der Sessel unter ihm.

„Schieß los“, sagte sie.

„Ich nehme an, dass in Evdilos, dank Stavros, momentan jede Menge Gerüchte über meine Vergangenheit die Runde machen“, begann er. „Ich möchte, dass Sie die Wahrheit erfahren. Dann können Sie mich rausschmeißen oder von mir aus die Polizei verständigen.

Ich glaube aber, das werden Sie nicht machen, wenn Sie die ganze Geschichte gehört haben."

„Das werde ich selbst entscheiden. Jetzt erzähle endlich."

„Wo soll ich beginnen? Bei meiner Flucht aus Ikaria? Schmuggler haben mich damals in die Türkei mitgenommen. In Istanbul habe ich auf einem Frachter angeheuert und bin rüber nach Südamerika. Ein paar Jahre bin ich zur See gefahren, habe es bis zum Unteroffizier gebracht. Als ich den ersten Offizier auf einem der Schiffe niedergeschlagen hatte – er war ein Sadist, hat die ganze Mannschaft schikaniert –, war meine Seefahrerkarriere abrupt beendet. Ein Jahr lang habe ich mich in den übelsten Spelunken von Buenos Aires herumgetrieben, habe sogar Tangotanzen gelernt und als Türsteher in diversen Nachtclubs gearbeitet, später auch als Kellner und Barkeeper. In einem dieser Lokale habe ich einen reichen Argentinier kennengelernt, der zufällig griechische Vorfahren hatte. Ich glaube, sein Urgroßvater stammte aus Thessaloniki. Jedenfalls sind wir miteinander ins Gespräch gekommen. Er hat mir einen Job angeboten. Und das war der Anfang vom Ende."

Er hielt inne, überlegte, wie er fortsetzen sollte. Bis jetzt hatte er noch keinem Menschen von der Hölle in Südamerika und Mexiko erzählt, obwohl er ein ungeheures Bedürfnis verspürte, sich endlich einmal alles von der Seele zu reden. Da er an keinen Gott glaubte, wollte er sich keinem Popen oder katholischen Pfarrer anvertrauen. Seine ehemalige Lehrerin war der einzige Mensch, dem er vertraute, außer seinem Cousin Dimitris, doch den wollte er keinesfalls mit seinen üblen Geschichten belasten.

„Ich war keine dreißig … nein, stimmt nicht … meine Laufbahn als Auftragskiller hat kurz nach meinem

Dreißiger begonnen. Mir war alles scheißegal ...", fing er stammelnd mit seiner Beichte an.

„Wie bitte?", unterbrach Christina ihn empört.

„Da ich geglaubt habe, Ioannis umgebracht zu haben, und meine Schuldgefühle gehätschelt habe, auch wegen Elena, weil ich sie zurückgelassen hatte ..."

„Du hast Ioannis nicht ermordet."

„Das habe ich damals nicht wissen können. Selbst wenn es im Kampf passiert ist, war es in meinen Augen Mord, und ich war ein Mörder."

„Ermordet sagt man nur, wenn die Tat geplant gewesen ist", warf Christina ein.

„Wie auch immer. Der erste Mord hat sozusagen die Tür zu weiteren Morden geöffnet ..."

„Welche Morde?"

„Lassen Sie mich bitte ausreden. Ich habe mich also für einen Mörder gehalten. Als ich dann zum ersten Mal jemanden in voller Absicht umgebracht hatte, bin ich völlig fertig gewesen. Am liebsten hätte ich mich danach selber umgebracht. In gewissen Büchern über Mörder habe ich gelesen, dass man sich wie berauscht von Macht fühlen, ja sogar Allmacht empfinden würde. Herr über Leben und Tod – so ein Quatsch! Ich bin mir beschissen vorgekommen, eher wie ein Henker. Habe doch nicht ich über Tod oder Leben eines Menschen entschieden. Ich war nur der verlängerte Arm eines Auftraggebers. Ein Nichts, ein Niemand, der ein gutes Auge und eine ruhige Hand besaß. Verstehen Sie mich nicht falsch, das soll jetzt keine Ausrede oder gar eine Entschuldigung sein", sagte er rasch, als er Christinas strengen Blick bemerkte.

„Beim ersten Mal haben meine Hände ein wenig gezittert, als ich den Körper eines brutalen Killers durchsiebte. Ich habe, wie gesagt, für einen argentinischen

Großgrundbesitzer gearbeitet, mich um seinen Weingarten gekümmert. Er hat mich angestellt, weil er dachte, jeder Grieche kenne sich mit Weinanbau aus. Weit gefehlt. Als er begriffen hat, dass ich keine Ahnung von Wein habe, hat er mich zu seinem Bodyguard gemacht. Ich war jung, durchtrainiert, habe mit meinen Fäusten umgehen und gut schießen können. Als die sechsjährigen Zwillinge meines Bosses entführt worden sind, hat er mich beauftragt, das Lösegeld zu überbringen ... Den Rest wollen Sie lieber nicht hören."

„Will ich sehr wohl! Was ist passiert?

„Ich werde mich kurzfassen. Ich habe die zwei Millionen Dollar abgeliefert und dafür zwei Kinderleichen bekommen. Die kleinen Buben sind regelrecht hingerichtet worden."

Bei der Erinnerung an den Anblick der Sechsjährigen, die beide eine Kugel zwischen ihren Augen hatten, drehte sich ihm der Magen um. Ohne sich zu entschuldigen, stürzte er aus dem Zimmer.

„Die letzte Tür links!", rief Christina ihm nach.

Als er nach einer Weile von der Toilette wiederkam, hatte ihm Christina einen frischen Kaffee hingestellt.

„Trink den, ich habe Metaxa reingegeben. Du musst nicht weitererzählen, wenn dich das zu sehr mitnimmt. Ich bin nicht dein Beichtvater."

„Nein, ich will, dass Sie alles erfahren oder zumindest das Wichtigste: Drei Jahre lang habe ich für diesen reichen Argentinier gearbeitet, habe noch den einen oder anderen seiner Feinde erledigt. Bald habe ich begriffen, dass es sich um eine Art Bandenkrieg handelte. Mein Boss hat nicht nur Wein produziert, sondern war auch im Drogenbusiness. Nach dem Tod seiner Kinder war er nicht mehr der Alte. Er hat sich mehr und mehr von seinen Geschäften zurückgezogen. Ich habe rechtzeitig das sinkende Schiff verlassen, wie man so schön sagt, habe mich von einem seiner Geschäftspartner, einem Kolumbianer, abwerben lassen. Tja, und dann hatte ich plötzlich alle Hände voll zu tun, denn in Kolumbien hat damals Krieg geherrscht. Ein Drogenkrieg. Die verschiedenen Kartelle lieferten sich die brutalsten Schlachten. Darüber haben sogar die griechischen Medien berichtet, nehme ich an. Jeder dieser Drogenbosse hatte seine eigene Armee. Wir sind mit schweren Waffen ausgerüstet worden. Das war kein individuelles Töten mehr. Wir haben mit unseren MPs wie blöd herumgeballert, unsere Magazine leergeschossen. Unsere Gegner natürlich ebenfalls."

„Ein Wunder, dass du überlebt hast."

Meinte sie es zynisch? „Ob Sie es mir glauben oder nicht, obwohl ich in jenen Jahren unzählige Menschen erschossen habe, haben mich all diese anonymen Toten viel weniger beschäftigt als die paar Leute, denen ich in die Augen sehen musste, als ich sie beseitigt habe. In Kolumbien bin ich mir wie ein Soldat vorgekommen ..."

„Ich habe gerade das Gleiche gedacht", unterbrach Christina ihn. „Wahrscheinlich empfinden Soldaten auch selten Schuldgefühle. Sie führen ja nur Befehle aus."

Jetzt war ihr Zynismus nicht mehr zu überhören. Doch er ließ sich nicht provozieren, sprach weiter: „Als mir das Pflaster in Kolumbien zu heiß wurde, bin ich nach Mexiko. Der gesamte Drogenhandel hat sich mehr und mehr nach Mittelamerika verlegt. Das Zentrum wurde Mexico City. In dieser über Zwanzig-Millionen-Stadt habe ich mehrmals die Fronten gewechselt. Wie ein Söldner habe ich für diejenigen gearbeitet, die am besten gezahlt haben. Ich habe ein ganz hübsches Sümmchen zusammengebracht. Mein Geld habe ich in die Schweiz transferiert und in Aktien und Gold angelegt." Er grinste sie an, als erwartete er, von seiner ehemaligen Lehrerin für seine Schlauheit gelobt zu werden.

Christina reagierte nicht.

„Über Mexiko lassen Sie uns ein anderes Mal reden, das war eindeutig die schlimmste Zeit meines Lebens. Als ich vor nunmehr fast fünf Jahren in Juárez, der Grenzstadt zu den USA, angeschossen wurde ..."

„Ich weiß, wo Juárez liegt", unterbrach Christina ihn.

„Na...natürlich", stammelte er. „Jedenfalls war ab da Schluss mit diesem Scheißjob. Ich habe einen Bauchschuss abbekommen, und mein rechtes Knie war völlig im Eimer. Ich habe wochenlang nicht gehen können. Zum Glück habe ich es nach dieser Schießerei in der Hölle von Juárez über die Grenze geschafft. Die Ärzte in El Paso haben mich wieder zusammengeflickt. Die Operationen haben mich ein Vermögen gekostet. Beziehungsweise hat einen Teil mein damaliger Boss bezahlt. Dafür habe ich, als ich aus dem Spital rausgekommen bin, weiter für ihn arbeiten müssen. Allerdings war ich als Auftragskiller nicht mehr geeignet. Ich habe gehinkt wie Captain Ahab."

„Davon merkt man nichts mehr." Sie blickte ihn misstrauisch an.

„Dank bester Behandlung einer Wiener Physiotherapeutin bin ich wieder total fit. Aber lassen Sie mich weitererzählen: Im Jahr darauf habe ich mehr Zeit in Fliegern verbracht als an Land. Ich habe für das Kartell Unmengen von Schwarzgeld nach Europa transferiert. Irgendwann habe ich mich abgesetzt, habe eine Zeitlang unter neuem Namen in der Schweiz und in Wien gelebt und nur mehr ein paar Kurierdienste für einen russischen Oligarchen erledigt, bin sonst aber sauber geblieben. Doch eines Tages bin vor der Wahl gestanden, in den Knast zu gehen oder weiter für sie zu arbeiten. Die Wahl ist mir nicht schwer gefallen ..."

„Wer sind *sie*?"

„Russische Kriminelle, die am internationalen Immobilienmarkt ihr Unwesen treiben. Ich soll für sie Hotelbesitzer und Privatleute in Griechenland dazu bringen, ihre Häuser und Grundstücke billig an sie zu verkaufen."

„Das wird ja immer besser ... Wenn ich daran denke, wie wir Kommunisten zu den Russen aufgeschaut haben, dreht sich mir auf der Stelle der Magen um."

„Jaja, ich weiß. Aber darum geht es jetzt nicht. Diese Russen haben mich in der Hand. Boris, so heißt der Typ, hat gute Verbindungen nach Lateinamerika. Als ich in Wien an einem feuchtfröhlichen Abend in einer Bar leichtsinnigerweise ihm gegenüber erwähnt habe, dass ich als Kurier für lateinamerikanische Investoren gearbeitet hatte, stellte er Nachforschungen über mich an. Obwohl ich natürlich nicht erwähnt habe, dass ich für Santeras, so hat der mexikanische Drogenboss geheißen, gearbeitet hatte, ist er bald dahintergekommen. Er hat gemeint, ich wäre zwar nicht mehr der Jüngste und leicht gehandicapt wegen des kaputten Knies, aber er hätte erfahren, dass ich einst zu den Besten gezählt habe. Und er ist auf die Schulden zu sprechen gekommen, die ich angeblich bei meinem mexikanischen Exboss hätte. Wenn ich diese kleinen Jobs hier in Griechenland für ihn erledigen würde, hat er versprochen, mich sozusagen freizukaufen, damit ich mich zur Ruhe setzen könne. Ich habe ihm kein Wort geglaubt, denn ich habe keine Schulden bei dem Mexikaner. Die Spitalskosten, die er für mich ausgelegt hat, sind längst abbezahlt. Sollte das Santeras anders sehen, ist das sein Problem.“

„Mit diesen kleinen Jobs hat er wohl gemeint, du sollst auch hier in Griechenland ein paar Leute umlegen?“, unterbrach Christina ihn und tastete mit der Rechten nach der Pistole hinter dem Polster. „Soviel ich verstanden habe, hast du bisher nur Menschen umgebracht, die den Tod verdient haben, Verbrecher, die viele Menschen auf dem Gewissen haben. Jetzt verlangt man anscheinend von dir, Unschuldige umzubringen, und das scheint dir nicht zu behagen.“

„Ich habe meinen Job gemacht. Es wäre gelogen, wenn ich behaupten würde, dass ich meine Taten groß bereute oder deswegen ein furchtbar schlechtes Gewissen hätte. Den seelischen Druck nach vollbrachter Tat habe ich ganz gut in den Griff bekommen, vor allem in den ersten Jahren. In der Nacht verfolgen mich meine Opfer bis heute manchmal in meinen Träumen. Denk nicht an die Toten, sage ich mir oft vorm Einschlafen. Es sind nur Leichen mit blassen Gesichtern und glasigen Blicken.“

„Ich verstehe. Du hast diese Morde so halbwegs mit deinem Gewissen vereinbaren können. Auch wir haben während der Herrschaft der Junta darüber diskutiert, ob es moralisch vertretbar ist, Diktatoren und Folterknechte zu töten. Außer meinem Humanisten und Moralisten Christos waren die meisten Genossen der Meinung, dass ein politischer Mord, also die Ermordung eines Faschisten, legitim sei. Du hast leider keine faschistischen Diktatoren auf dem Gewissen, immerhin aber Drogenhändler und andere Mörder und Verbrecher. Doch wenn du jetzt auf einmal unschuldige Menschen wegen der Gier irgendwelcher Multimillionäre aus dem Weg räumen willst, bringe ich dich noch heute

Abend um." Sie holte den rostigen Revolver des Doktors hinter dem Polster in ihrem Rücken hervor. „Glaube mir, das schaffe ich. In meinem Alter hat man nichts mehr zu verlieren. Und schießen kann ich, das hat mir der Doktor beigebracht."

Mit verblüfftem Stirnrunzeln verfolgte Alexander einige Sekunden lang, wie sie die Waffe auf ihn richtete. Die Mündung deutete auf seine Brust.

„Sie werden mich mit diesem komischen Ding nicht erschießen." Er grinste wie ein Idiot.

„Oh, doch! Außer du versprichst mir, deine Aufträge nicht auszuführen."

Ihre Hand zitterte heftig. Die Wahrscheinlichkeit einer versehentlich ausgelösten Kugel stieg.

„Frau Christina, ich bitte Sie! Geben Sie mir den Revolver. Ich könnte ihn spielend an mich bringen, so schnell können Sie gar nicht schauen. Aber ich will Sie nicht verletzen und verspreche Ihnen, bei der Ehre meines Vaters, keine Unschuldigen zu ermorden. Allerdings bedeutet das womöglich meinen eigenen Tod. Wenn ich meine Aufträge nicht erledige, wird man mir einen Killer nachschicken. Sie zwingen mich also gerade dazu, mein eigenes Todesurteil zu unterschreiben."

„Keineswegs! Habe keine Angst, Alexandros", sie hielt den Revolver nach wie vor in der Hand, hatte ihn jedoch nicht mehr auf ihn gerichtet, sondern auf das Bücherregal neben ihm. „Ich weiß, was ich zu tun habe. Wir Leute von Ikaria werden sehr alt. Im Durchschnitt zehn Jahre älter als alle anderen Europäer. Wir haben keinen Stress, sind weder geldgierig noch vergnügungssüchtig oder gar Workaholics. Auch du könntest uralt werden." Ein sarkastisches Lächeln erschien auf ihren Lippen.

„Ich werde für immer weggehen. Diese Insel bringt mir kein Glück", sagte Alexander. „Aber vorher habe ich hier etwas zu erledigen. Damit meine ich natürlich nicht Stavros' Auftrag, Sie zu töten. Es ist eine rein persönliche Geschichte. Nachher werde ich verschwinden. Ich könnte, nach allem, was passiert ist und noch passieren wird, hier nicht mehr leben."

„Ich glaube zu wissen, was du meinst. Bitte lass mich jetzt allein. Ich bin sehr müde. Eine alte Frau wie ich braucht ihren Schlaf." Sie stand auf.

Alexander blieb nichts anderes übrig, als ebenfalls aufzustehen.

„Kläre möglichst bald alles mit Elena", sagte Christina.

Plötzlich hallte ein Schuss durch die Nacht.

30.

Als Alexander am nächsten Morgen erwachte, dachte er an Christinas entsetztes Gesicht, als die Kugel, die sich aus der alten Pistole gelöst hatte, die Apollostatue im Bücherregal geköpft hatte. Er hatte Schwein, Apollo war nur wenige Zentimeter von ihm entfernt gestanden. Trotzdem musste er wieder lachen. So wie gestern Nacht, als er mit Erleichterung festgestellt hatte, dass statt ihm der Gott des Lichtes und der Harmonie dranglauben hatte müssen.

Nach dem Frühstück tat Alexander, was Christina ihm geraten hatte, und bat Elena telefonisch, mit ihm an den Strand von Nas zu fahren. Er hoffte, dass sich jetzt noch keine Nudisten dort herumtrieben. Elena war immer ziemlich prüde gewesen.

Eine Stunde später holte sie ihn mit ihrem VW in seinem Hotel in Armenistis ab. Sie bestand darauf, selbst zu fahren. Alexander war einverstanden. Er war müde, hatte die halbe Nacht lang wachgelegen. Die Rückkehr auf seine Insel, das Wiedersehen mit ihr und vor allem das lange Gespräch mit Christina ... Während der Fahrt auf der zum Teil unbefestigten Straße schloss er die Augen.

„Fürchtest du dich?“, fragte Elena lächelnd. „Hier ist es nicht wirklich gefährlich, schlimmer wird es nach Nas Richtung Nanouras. Dank EU bekommen wir demnächst eine ordentliche Straße. Aber die riesige Baustelle hat schon ein paar Menschenleben gekostet. Nachts möchte ich dort nicht fahren müssen.“

Er dachte nicht an die Gefahren der Straße, sondern an Elenas Tochter. Er empfand keinerlei erotische Gefühle für Stella. Sie war zwar hübsch, aber viel zu jung für ihn. Dennoch ging sie ihm nicht aus dem Kopf.

Elena parkte am Straßenrand.

Im Schatten von Eukalyptusbäumen spazierten sie hintereinander den Weg hinunter. Elena ging voran. Alexander bemühte sich, nicht andauernd auf ihren strammen Hintern zu starren.

Von den Bergen floss durch einen Canyon ein Fluss Richtung Meer und bildete ein lagunenartiges Becken vor einem relativ breiten Sandstreifen, der zum Teil mit feinem Kies bedeckt war. Die Lagune war gesäumt von Wasserpflanzen. An der Stelle, wo der Fluss ins Meer mündete, standen die Überreste eines antiken Tempels der Artemis. Deswegen wurde diese Bucht der Strand der Artemis genannt. Sie war die Göttin der Jagd, des Waldes und des Mondes, die Hüterin der Frauen und Kinder.

„Ich hoffe, du erinnerst dich, dass die Strömungen hier sehr gefährlich sind. Immer wieder ertrinken leichtsinnige Touristen“, sagte Elena verlegen, nur um irgendetwas zu sagen.

Genau deswegen wollte ich mit dir ja hierher, dachte Alexander. Es war der ideale Treffpunkt. Keiner würde sie hier vermuten. Der Strand wurde von Einheimischen eher gemieden, nicht wegen der starken Strömungen, sondern wegen der FKK-Touristen.

„Ich habe das Mittelmeer sehr vermisst“, sagte Alexander. „Das ist mir erst bewusst geworden, als ich hier angekommen bin. Der Gesang der Wellen, die am Strand versanden, ist nirgendwo auf der Welt so schön wie hier. Und nun sind wir sogar an dem Ort, wo ich einst die glücklichsten Stunden meiner Jugend verbracht habe“, sagte er in eher ironischem Ton, als er sich neben Elena in den Sand setzte.

Sie hatte ein fast durchsichtiges, mit Pailletten besetztes Strandkleid an. Ihr Körper malte sich deutlich darunter ab. Er fand sie auch heute noch begehrenswert, doch er war bemüht, ihr nicht zu nahe zu kommen. Ja, er rückte sogar ein Stück von ihr weg.

Erinnerungen an jenen Abend vor über dreißig Jahren tauchten auf, als sie sich an diesem Strand unter den blinkenden Sternen und dem Vollmond, der im Meer plantschte, geliebt hatten.

Sie waren gemeinsam weit hinausgeschwommen, hatten sich ausgemalt, wie es wäre, immer weiter zu schwimmen, bis in die Unendlichkeit. Engumschlungen waren sie dann aus dem Meer gewatet, hatten sich auf den feinen Kiesstrand fallen lassen und sich geküsst. Diesen Kuss hatte er nie vergessen. Er hatte eine halbe Ewigkeit gedauert.

Alexander war sich vorgekommen wie Burt Lancaster in *Verdammt in alle Ewigkeit*. Diesen Kriegsfilm hatte er in den letzten dreißig Jahren ein Dutzend Mal gesehen, nur wegen des aufregendsten Filmkusses aller Zeiten, der ihn an jenen leidenschaftlichen Kuss am nächtlichen Strand von Nas erinnerte. Alexanders Kuss war allerdings echt gewesen.

Zuerst hatte er den Sand und die kleinen Kiesel von ihren Oberschenkeln geküsst. Als sich seine Zunge zu ihrer Scham vorgetastet und sie laut zu stöhnen begonnen hatte, war auch er fast verrückt geworden vor Lust. Sie hatte mit ihren Armen um sich geschlagen und Schreie ausgestoßen, die wie das Gekreische von Möwen klangen. Als sie kam, hörte er nicht auf, sie zu liebkosen, ließ seine Lippen weiterwandern zu ihren Brüsten. Sie weinte und lachte zugleich. Er brachte sie zum Schweigen, indem er sie auf den Mund küsste, mindestens zehn Minuten lang. Also viel länger als Burt Lancaster Deborah Kerr geküsst hatte. Nach diesem Kuss liebte er Elena wie keine Frau zuvor.

Damals hatten die meisten Verliebten Petting und Fellatio betrieben oder Analverkehr gehabt, um keine Kinder zu produzieren. Er hatte Elena richtig geliebt, ohne an die möglichen Folgen zu denken. Bis heute erinnerte er sich an jede Einzelheit in jener Nacht, als Sternschnuppen vom Himmel fielen und all seine Wünsche in Erfüllung gingen.

„Magst du was trinken?“, riss Elenas Stimme ihn aus seinen Träumen.

„Warum hast du Ioannis geheiratet?“, antwortete er mit einer Gegenfrage.

„Nachdem du mich verlassen hast, hat er sich rührend um mich gekümmert“, sagte sie mit weinerlicher Stimme. „Mein Vater hat ihn ja sowieso von Anfang an als Schwiegersohn bevorzugt. Ich habe erst zugestimmt, ihn zu heiraten, als die beiden mir mitgeteilt haben, dass du im Südatlantik verschollen wärst. Wir haben alle geglaubt, du wärst tot.“

Sie lügt, dachte Alexander, sie kann mir nicht in die Augen schauen.

„Ioannis ist ein guter Ehemann, er ist mir treu und liest mir jeden Wunsch von den Augen ab."

Alexander glaubte ihr kein Wort. Er betrachtete Elena von der Seite. Ihre Figur war nach wie vor intakt. Das ausladende Becken hatte sie schon als junge Frau gehabt. Ja, vielleicht hatte sie ein bisschen zugenommen, aber das störte ihn nicht, er mochte keine Hungerhaken. Doch ihre Gesichtszüge waren starr. Sie hatte nichts Weiches, nichts Liebliches mehr an sich, wirkte verhärmt und verbittert.

Liebte er sie tatsächlich noch? Oder hatte er sich die letzten dreißig Jahre etwas vorgemacht? Hatte er von ihr geträumt Tag und Nacht, um seine Einsamkeit besser ertragen zu können? Er konnte sich diese Fragen nicht eindeutig beantworten.

Verschwommen tauchte das Gesicht von Laura Mars vor seinem inneren Auge auf, wurde bald deutlicher und ließ Elenas Antlitz verblassen. Auf einmal drängte sich das Gesicht einer anderen, jüngeren Frau zwischen die beiden Gesichter. Stella! Christinas Geschichte über Elenas verzweifelte Versuche abzutreiben, fiel ihm ein. Er zuckte zusammen, als ihm ein Gedanke kam, von dem er bisher nicht einmal zu träumen gewagt hatte.

„Erzähl mir von deiner Tochter", sagte er.

„Warum? Interessierst du dich etwa für sie? Bin ich dir zu alt?"

„Blödsinn! Ich will nur mehr über sie wissen."

„Sie ist mein Ebenbild, oder?"

Nicht nur deines, hätte Alexander am liebsten gesagt.

„Tja, was soll ich dir über sie erzählen? Sie war ein aufgewecktes Kind, relativ unproblematisch. Unser, besser gesagt, mein Leben ist eher eintönig verlaufen, im Gegensatz zu deinem. Also erzähle mir lieber von dir. Wie ist es dir in den letzten dreißig Jahren ergangen?“

Elena hatte ihm bisher kein einziges Mal in die Augen gesehen. Sie war sehr nervös, spielte ständig mit ihren Fingern und schaute nach links oder rechts oder zu Boden. Mittlerweile wusste er die Körpersprache anderer Menschen zu deuten.

„Warum lügst du mich an?“, fragte er.

„Wieso sollte ich dich anlügen?“

„Wann wurde Stella geboren? Ich kann sie das selbst fragen, wäre dir aber dankbar, wenn du mir ehrlich antworten würdest.“

Das Entsetzen in Elenas Augen bestätigte seinen Verdacht.

„Sie ist meine Tochter, nicht wahr? Sie sieht auch mir ähnlich.“

„Bist du komplett verrückt geworden?“

„Ihr Geburtsdatum?“

„1.3.1990.“

„Im Sommer 1989 waren wir beide ineinander verliebt. Erinnerst du dich nicht mehr an unsere erste gemeinsame Nacht hier an diesem Strand? Hast du Ioannis geheiratet, weil du schwanger mit unserer Tochter warst? Du hast dich oft über deinen Verehrer lustig gemacht, hast sogar behauptet, Ioannis stinke nach Dieselöl. Dieser Sohn eines Transportunternehmers war absolut nicht dein Typ. Wann solltest du mich also im Juni 1989 mit ihm betrogen haben? Nachdem wir uns unter die paar Nudisten an der Nas Beach gemischt und zum ersten Mal miteinander geschlafen hatten oder drei Tage später, als wir uns im Wald bei Pigi unter einer alten Kiefer geliebt hatten? Hör auf zu lügen, Elena, du bist keine gute Lügnerin."

„Alexandros, ich bitte dich. Was unterstellst du mir da? Ioannis hat sich, nachdem du spurlos verschwunden warst, sehr um mich bemüht und mich getröstet. Und eines Tages bin ich eben schwach geworden."

„Wann hast du ihn geheiratet?

„Ich weiß das Datum nicht mehr genau. Irgendwann im Herbst."

„Du lügst schon wieder."

„Also gut, wir haben am 20. September geheiratet."

„Und du bist bereits im dritten Monat schwanger gewesen."

„Nein! Ich habe erst kurz nach der Hochzeit bemerkt, dass ich schwanger bin."

„Ah, Stella war ein Siebenmonatekind, interessant! Für wie blöd hältst du mich eigentlich?"

Elena stützte den Kopf in ihre Hände und begann zu weinen.

Gegen Frauentränen war Alexander machtlos. Er legte seinen Arm um ihre Schultern und redete leise auf sie ein.

Als sie sich beruhigte, fragte er noch einmal: „Stella ist unsere Tochter, nicht wahr?"

Sie begann wieder zu schluchzen.

„Wie ist es dir gelungen, die Wahrheit über all die Jahre zu verbergen?"

Elenas Schluchzen wurde lauter.

„Es braucht ja keiner zu erfahren. Ioannis weiß ohnehin Bescheid, nehme ich an. Sonst soll das unser Geheimnis bleiben. Okay?"

„Ioannis liebt sie wie seine eigene Tochter. Er hat alles für sie getan. Du darfst ihn nicht dafür hassen."

Alexander lachte höhnisch auf. „Ich hasse ihn nicht. Er war schließlich mein bester Freund. Und, wie du sagst, er hat meine Tochter großgezogen. Wenn ich jemanden hasse, dann dich. Aber nicht einmal das schaffe ich."

Elena streichelte seine Hand.

Er entzog sie ihr, wandte sein Gesicht ab. „Weißt du, warum ich abgehauen bin?"

„Nein", seufzte sie. Selbst dieser Seufzer klang in seinen Ohren falsch.

„Ich habe einen fürchterlichen Streit mit Ioannis gehabt, damals nach unserem Picknick an der Seychelles Beach."

„Wegen mir?"

„Natürlich wegen dir. Ich habe es sattgehabt, dass er dir ständig schöne Augen gemacht und andauernd hinter dir her geschwänzelt ist. Außerdem hat er deinem Vater verraten, dass wir beide abhauen wollten. Dein Alter hat mir mit den Bullen gedroht, da du ja noch minderjährig warst."

„Wie bitte?" Ihr Erstaunen kam ihm dieses Mal echt vor.

„Jedenfalls haben Ioannis und ich uns geschlagen, nachdem du mit den anderen heimgefahren warst. Er ist mit dem Hinterkopf auf einen Stein gefallen. Blut ist von seinem Haar auf den Felsen getropft. Da er sich nicht mehr rührte, habe ich gefürchtet, dass er bewusstlos sein könnte. Ich habe ihn ins Wasser gezerrt, habe gehofft, er würde in dem kalten Nass wieder zu sich kommen, doch er ist untergegangen wie ein Stein. Als er nicht mehr an die Oberfläche kam, bin ich in Panik geraten und ihm nachgesprungen. Ich habe alle umliegenden Höhlen nach ihm abgesucht, bin mehrmals durch die ganze Bucht getaucht, bis mir fast die Lungen geplatzt sind. Er war spurlos verschwunden. Als die Dunkelheit über den Strand hereinbrach, habe ich die Suche nach ihm aufgegeben, bin im Finstern die Geröllhalde hinauf zur Straße geklettert. Dort ist sein Wagen gestanden. Ein klappriger R4 – erinnerst du dich? Er hatte, wie immer, den Schlüssel steckengelassen. Ich hatte die Hoffnung, dass er plötzlich wieder aufkreuzen würde, noch nicht ganz aufgegeben, habe stundenlang vergeblich auf ihn gewartet. Völlig verzweifelt bin ich dann um Mitternacht nach Hause gefahren. Ohne lange nachzudenken, habe ich meinen Pass und ein paar Sachen in einen Seesack gesteckt. Meiner Mutter habe ich ein paar Zeilen hinterlassen, habe ihr nicht erklärt, warum ich abhauen musste, ihr nur geschrieben, dass ich zur See gehen wolle. Noch in derselben Nacht bin ich mit Schmugglern hinüber in die Türkei. Ich habe geglaubt, meinen besten Freund getötet zu haben. Heute weiß ich, dass er sich irgendwo versteckt hat, um mich in dem Glauben zu lassen, ihn umgebracht zu haben. Dreißig Jahre lang habe ich mit dieser Schuld gelebt ...", erschöpft hielt er inne.

Elena saß wie erstarrt neben ihm, berührte ihn nicht mehr und sah ihn auch nicht an.

„Ich war fest davon überzeugt, ein Mörder zu sein und bin auch ..."

Er sprach nicht weiter. Diese Frau war die falsche Person, ihr konnte er nicht mehr vertrauen.

„Alexandros, mein armer Geliebter ..." Sie streichelte sein Gesicht.

Er sprang auf, zog seine Hose aus und stürzte sich ins Meer. Seine große Liebe ließ er allein an dem Traumstrand sitzen, an dem er vor dreißig Jahren so glücklich gewesen war. Er wollte nur mehr weg von all diesen Lügnern und Betrügern.

31.

Als Alexander nach einer guten halben Stunde aus dem Wasser kam, hockte Elena nach wie vor regungslos am Strand. Das Wasser war angenehm kühl gewesen. Bald hatte er wieder einen halbwegs klaren Kopf bekommen.

Elena löste den Knoten in ihrem Haar, zog ihr Kleid aus und präsentierte sich ihm nun mit offenem Haar und in einem weinroten Bikini. Bemüht nicht auf ihren Busen zu starren, setzte Alexander sich neben sie.

„Wie konntest du nur diesen hinterhältigen Gauner heiraten?", fragte er noch einmal und verbarg sein erigiertes Glied, indem er sich auf den Bauch legte.

„Ich will jetzt nicht über Ioannis reden", sagte sie trotzig. „Küss mich lieber." Sie beugte ihren Kopf zu ihm hinunter.

Sein Kuss war nicht sehr leidenschaftlich. Einige ihrer langen Haare hatten sich in seinen Mund verirrt. Hustend und spuckend ließ er von ihr ab und schaute ihr traurig in die Augen.

„Mein Liebster", flüsterte sie, nahm ihn wieder in die Arme und presste ihre Lippen auf seine. Als sie ihn zärtlich in die Unterlippe biss, zuckte er zusammen. Seine Erektion verabschiedete sich.

„Wir sollten besser nicht hier ...", stammelte er und blickte sich um.

Außer ihnen waren zwei Pärchen am Strand, die jedoch ebenfalls mit sich selbst beschäftigt waren.

„Komm", sagte sie, schlüpfte in ihr Kleid und zog ihn hoch.

Hand in Hand spazierten sie flussaufwärts. Der Weg führte durch Bambus und Schilf den Canyon hinauf, vorbei an Wasserfällen und Naturbecken. Zwischen Felsen und Geröll gediehen Pinien, Tamarisken und Oleander.

Im Schatten einer Tamariske umarmte sie ihn so stürmisch, dass er ins Torkeln geriet. Er konnte sich gerade noch an einem Ast festhalten.

Unwillkürlich musste er an Laura denken, an ihren Körper, der voll hässlicher Narben war, und an ihr schönes, makelloses Gesicht. Die Gesichter beider Frauen verschwammen zu einem, als Elena ihre Lippen auf seine presste.

Alexander schob sie ein Stück von sich weg. „Ich kann nicht, Elena. Lass mich bitte ..."

Ihr verletzter Blick hätte ihn fast umgestimmt. Doch sein Körper sagte eindeutig nein. Elena, die Frau, die er einst abgöttisch geliebt hatte, reizte ihn nicht mehr.

„Ich glaube, mir ist schlecht. Ich habe heute noch keinen Bissen gegessen. Lass uns oben in eine Taverne gehen."

Er zog sein Hemd an und schlüpfte in seine Hose. In diesem Augenblick vibrierte das Handy in seiner Hosentasche.

Laura – das war Gedankenübertragung!

Rasch entfernte er sich ein paar Schritte. Elena blickte ihm empört nach.

„Sind Sie auf Ihrer Insel?", fragte Laura.

„Ja. Warum fragen Sie?" Sogleich ärgerte er sich über seine Unvorsichtigkeit.

„Ich habe gute Neuigkeiten. Die Gerichtsmedizin hat Theos Leiche heute freigegeben. Das Begräbnis wird morgen stattfinden. Ich bin noch auf Mykonos. Philip rechnet mit hunderten Trauergästen. Sogar ein paar Freunde aus Wien werden anreisen."

War das die gute Neuigkeit, fragte sich Alexander und verdächtigte Laura, wieder einmal zu tief ins Glas geschaut zu haben.

„Eigentlich wollte ich Ihnen nur sagen, dass Sie höchstwahrscheinlich nicht mehr verdächtigt werden, Theo beseitigt zu haben. Ich habe mich unter den Taxifahrern in der Chora umgehört und den Fahrer ausfindig gemacht, der Sie an jenem Abend ins *Flamingo* gebracht und von dort auch wieder abgeholt hat. Der Mann hat mir erzählt, er habe gehört, wie Ihnen ein anderer Mann, also Theo, wer sonst, einige Schimpfworte nachgerufen hat, als Sie in sein Taxi gestiegen sind. Er hat mir versprochen, seine Aussage auch bei der Polizei zu Protokoll zu geben."

„Danke, Sie sind wunderbar! Ich würde Sie so gerne bald wiedersehen", sagte Alexander leise, obwohl Elena ohnehin kein Deutsch verstand.

Er hätte Laura gerne noch mehr Komplimente gemacht, doch sie ließ ihn nicht zu Wort kommen. „Vielleicht sehen wir uns früher wieder, als Sie denken, Herr Kounellis, oder wie auch immer Sie heißen mögen", sagte sie und legte auf.

***

Alexander ging mit Elena in *Annas Taverne*. Sie benahm sich sehr reserviert. Er verstand, dass sie sauer auf ihn war, nicht nur, weil er ihre Annäherungsversuche verschmäht hatte, sondern auch wegen des Telefonats.

Obwohl sie den Verdacht hatte, dass er mit einer Frau gesprochen hatte, wagte sie nicht zu fragen, wer es war. Er war fast froh über ihr abweisendes Benehmen, wollte keine weiteren privaten Komplikationen in seiner ohnehin sehr schwierigen Situation.

Sie bestellten Gavras, Garnelen-Saganaki, Griechischen Salat und Tsatsiki. Wenigstens was das Essen betraf, waren sie sich nach wie vor einig.

Während des Essens begann sie von Ioannis zu sprechen: „Er ist kein schlechter Mann, er liebt das Meer. Menschen, die das Meer lieben, sind keine schlechten Menschen, glaub mir."

Was ist denn das wieder für eine schwachsinnige Aussage, fragte sich Alexander. Vielleicht liebten auch Mussolini oder Franco oder Papadopoulos das Meer?

„Er hat sein altes Fischerboot renovieren lassen. In der Saison bietet er Ausflüge für Touristen auf die Nachbarinseln und sogar Touren hinüber in die Türkei an. Einige Jahre lang waren wir richtig wohlhabend."

„Kann man mit Bootstouren so viel Geld verdienen?", fragte Alexander erstaunt.

„Ja, kann man, wenn man auf der Rückfahrt Flüchtlinge mitnimmt. Mein schlechtes Gewissen beruhige ich mit dem Gedanken, dass er diesen armen Leuten aus Ostanatolien, Syrien, Afghanistan und dem Irak hilft, der Hölle in ihren Heimatländern zu entkommen. Wenn die meist mittel- oder nordeuropäischen Touristen in der Türkei an Land gehen, nimmt er so viele Flüchtlinge an Bord, wie unten in den Lagerraum reinpassen. Er achtet sehr penibel drauf, das Fassungsvermögen seines Bootes nicht überzustrapazieren. Bei der Rückfahrt hat die *Persephone* dann natürlich viel mehr Tiefgang. Pro Mann, Frau oder Kind kassiert er dreitausend Euro. Fast die Hälfte davon geht für Bestechungsgelder drauf."

„Er ist also kein Schmuggler mehr, sondern einer von diesen ekelhaften Schleppern?", unterbrach Alexander sie.

„Ioannis bezeichnet sich selbst als Fluchthelfer. Das ist ein gewaltiger Unterschied. Er ist kein Menschenschmuggler oder Schlepper! Gewissensbisse kann er sich natürlich bei diesem Job nicht leisten. Anfangs hat er aus Mitleid öfters Frauen mit Kleinkindern kostenlos mitgenommen. Seit der Massenflucht 2015 ist er härter geworden. Jeder, der an Bord seiner *Persephone* will, muss bezahlen. Er nimmt jetzt auch keine kleinen Kinder mehr aufs Schiff, nachdem er einmal fast wegen eines plärrenden Babys aufgeflogen wäre. Deswegen haben wir in letzter Zeit öfter Streit gehabt. Ich finde, dass er gerade Frauen mit Kindern retten sollte."

Alexander atmete erleichtert auf. Elena war also doch nicht so verkommen, dass sie alle Machenschaften ihres Mannes guthieß.

„Gegen Schmuggel habe ich im Prinzip nichts einzuwenden, wie du weißt", fuhr sie fort. „Auch du hast mit ihm einst Haschisch und Zigaretten aus der Türkei nach Ikaria geschmuggelt. Aber es ärgert mich, dass er diesen türkischen Beamten und unseren Leuten beim Zoll so viel Geld zusteckt. Trotzdem zahlt sich sein Geschäft natürlich aus. Wer verdient schon, zumindest in den Sommermonaten, zwanzigtausend Euro steuerfrei, abzüglich Sprit und sonstiger Unkosten?"

Alexander hatte erwartet, sie würde bedauern, dass ihr Mann den armen Leuten so viel Geld abknöpfte. „Und wo bringt er sein kostbares Frachtgut an Land?", fragte er in scherzhaftem Ton.

„Die Touristen setzt er im Hafen von Agios Kirykos ab. Danach fährt er weiter in eine winzige Bucht bei Manganitis. Dieser Strand ist nicht einmal von der Küstenstraße aus sichtbar. Da es meistens stockdunkel ist, wenn er anlegt, ist er bisher nie erwischt worden. Er lässt die Flüchtlinge dort an Land. Was weiter mit ihnen passiert, ist nicht seine Angelegenheit. Dafür ist er nicht verantwortlich."

Natürlich nicht, du dumme Gans, dachte Alexander und war nahe daran, diese selbstgefällige und einfältige Frau, die er einst geliebt hatte, zu beschimpfen. „Er betreibt diesen lukrativen Menschenschmuggel also seit vielen Jahren und ist nie in eine brenzlige Situation geraten?“, fragte er.

„Tja, vor einiger Zeit gab es mal ein Problem ...“, antwortete Elena zögernd. „Davon soll er dir lieber selber erzählen. Ich weiß bis heute nicht genau, was damals passiert ist.“

Sie lügt schon wieder, dachte Alexander, bohrte aber nicht weiter. Ihm war eine Idee gekommen, wie er sich an Ioannis rächen könnte, ohne gewalttätig werden zu müssen.

„Seit einiger Zeit läuft das Geschäft nicht mehr so gut. Wir haben schon wieder Schulden. Deshalb überlegen wir auch, die Bar an Stavros zu verkaufen. Ioannis hat seine schwarzen Einkünfte natürlich nicht auf die Bank gebracht. Welcher Grieche vertraut einer Bank in Zeiten wie diesen? Leider hat er das ganze Geld in das Grundstück und die Hütte in Manganitis gesteckt. Es ist nichts mehr da. Für seinen neuen Jeep hat er sogar einen Kredit aufnehmen müssen. Aber mit der Summe, die Stavros uns angeboten hat, könnten wir unsere Schulden locker bezahlen und uns ein modernes Haus zulegen. Seit Ausbruch der Krise sind die Immobilienpreise in Griechenland im Keller. Vor allem Zweitwohnbesitzer aus Athen, die nach Ikaria zurückgekehrt sind und hier alt werden wollten, müssen nun verkaufen. Ich hoffe, dass wir eines dieser schicken Häuser billig kriegen werden. Ich habe das alte feuchte Gemäuer im Hafen so was von satt!“

Anscheinend hat er mit seinen schmutzigen Geschäften doch noch nicht genug verdient, dachte Alexander. Aber wer bin ich, dass ich die beiden moralisch verurteilen darf? Habe ich nicht mehr als genügend Dreck am Stecken? Ioannis' Menschenschmuggel mit Elenas Billigung war, verglichen mit seinen Taten, ein eher harmloses Vergehen.

Er riss sich zusammen, streichelte ihre Hand und flüsterte: „Verzeih bitte wegen vorhin ..."

Elena sah ihm tief in die Augen. „Du liebst mich nicht mehr, du hasst mich, hast du vorhin gesagt."

„Nein, ich hasse dich nicht", beeilte er sich zu beteuern. „Aber ich kann dir nicht verzeihen, dass du mir meine Tochter vorenthalten hast. Du hättest mich suchen und finden können ..."

Elena unterbrach ihn in energischem Ton. „Mich interessiert, was du mit Stavros Xanidis zu tun hast. Er wollte unbedingt, dass wir dich zu seiner Party mitbringen. Du bist aber abgehauen. Warum? Ich finde ihn sehr charmant."

„Ich habe ihn zuerst gar nicht erkannt. Ehrlich gesagt, war ich überrascht über seine Einladung."

„Die Xanidis stammen aus Evdilos. Stavros war einer unserer Mitschüler, ein paar Jahre jünger als wir ..."

„An jüngere Schulkollegen erinnert man sich nie. Inzwischen ist mir aber wieder alles eingefallen. Sein Vater war ein faschistischer Spitzel und ist nach der Befreiung von Ikaria verjagt worden. Er hat dann in Athen als Bauunternehmer Karriere gemacht. Stavros hat sein Imperium geerbt und will nun auch Ikaria aufkaufen, die Insel zu einem Ferienparadies machen und euch allen den Wohlstand bringen ..."

„Er war bereits am Bau der neuen Marina beteiligt", ließ Elena ihn nicht ausreden. „Die Marina steht jedoch halbleer, weil diese verdammte KKE es den reichen Yachtbesitzern nicht erlaubt, dort anzulegen."

Alexander musste sich ein Lächeln verbeißen. Auf die ehemaligen Genossen seines verstorbenen Vaters war anscheinend bis heute Verlass. Er selbst hatte sich nie besonders für Politik interessiert, sympathisierte jedoch mit den Linken.

„Kein Wunder, dass sich die Kommunisten rächen wollen. Stavros' Vater hat viele Verbannte auf dem Gewissen. Seine Mutter hat angeblich ein zwielichtiges Hotel, oder soll ich besser sagen, Bordell in Agios Kirykos geführt und war ebenfalls ein Spitzel."

„Das ist alles ewig lange her. Irgendwann muss einmal Schluss sein mit diesen alten Geschichten", warf Elena ein.

Alexander schüttelte den Kopf angesichts ihrer Ignoranz.

„Als Bursche war Stavros verliebt in mich. Das hat er mir auf der Party gestanden."

„Alle jungen Männer von Ikaria waren in dich verliebt."

Sie lächelte ihn entzückt an.

„Da ich verheiratet bin, bemüht er sich jetzt um Stella. Schließlich schaut sie aus wie ich", sagte Elena und zwinkerte ihm zu.

Alexander wollte nur mehr abhauen, diese selbstgefällige Frau dieses Mal tatsächlich sitzenlassen.

„Vielleicht bringt er sie ja dazu hierzubleiben? Die Jungen gehen alle weg. Auch Stella will ins Ausland. Mir wäre es nicht unrecht, wenn sie Stavros heiraten würde."

Alexander starrte Elena entsetzt an, obwohl ihm ja Christina bereits gesteckt hatte, dass Elena ihre Tochter mit diesem Schurken verkuppeln wollte. „Der ist viel zu alt für sie!"

„Siebzehn Jahre Unterschied? Das finde ich nicht so arg. Mir ist nicht entgangen, dass Stella empfänglich für seinen Charme und seine Schmeicheleien ist. Seine Aufmerksamkeiten tun ihr jedenfalls sehr gut. Stella braucht dringend einen richtigen Mann. Seit ihrer Scheidung vor einem Jahr hat sie keine ernsthafte Beziehung mehr gehabt, sich nur mit jüngeren Männern herumgetrieben."

„So einem fetten alten Gauner willst du unsere Tochter ausliefern?", unterbrach Alexander sie empört. „Bist du auf sein Geld scharf, oder was treibt dich sonst dazu, sie einem kriminellen Immobilienspekulanten überlassen zu wollen?"

„Du hast mir wieder einmal nicht zugehört. Das ist dein Problem, du hörst nie richtig zu, Alexandros. Sein Vermögen beeindruckt mich, das gebe ich zu, aber ich glaube auch, dass er Stella auf Händen tragen würde."

Alexander war bei ihren Worten blass geworden. Seine Gesichtsfarbe wechselte bald in kräftiges Rot. „Wie viel muss er hinlegen, damit du ihm unsere Tochter am silbernen Tablett servierst?", stieß er wütend hervor.

„Du hast dich überhaupt nicht verändert, bist genauso engstirnig und aufbrausend wie früher."

Er war nahe daran, die Beherrschung zu verlieren.

32.

Als Stella die Bar betrat, vernahm sie aufgeregte Stimmen aus der Küche.

Ioannis hatte von Stavros erfahren, dass Alexander ein gesuchter Auftragskiller war, der für einen russischen Oligarchen arbeitete. Er teilte diese sensationelle Neuigkeit gerade seiner Frau mit.

Stella blieb halb verborgen hinter dem Vorhang stehen und belauschte das hitzige Gespräch. Zum Glück waren keine Gäste da, denn die Stimmen wurden lauter.

„Du bist und bleibst ein verlogenes Aas! Du hast Alexander schon immer gehasst und jetzt verleumdest du ihn auch noch“, schrie Elena.

Stella glaubte ihrem Vater jedes Wort. Ihm mangelte es ihrer Meinung nach an Fantasie, um so eine Geschichte zu erfinden.

„Ich bringe Christina Zwieback rüber. Sie fühlt sich heute nicht wohl“, sagte sie, als Elena sie hinter dem Vorhang entdeckte. Rasch schnappte Stella sich eine Packung und ließ ihre Eltern weiterstreiten.

***

Ihre ehemalige Lehrerin saß putzmunter auf ihrer Terrasse. Sie hatte Bruchstücke des Streitgesprächs mitangehört und empfing Stella mit einem schiefen Lächeln. „Wieder mal Ehekrach? Als kleines Mädchen bist du auch immer zu mir geflüchtet, wenn sich die beiden gestritten haben. Aber was soll ich mit dem Zwieback? Ich bin kein Baby.“

„Verzeih, mir ist nichts Besseres eingefallen, ich habe gesagt, du bist krank. Ich muss dir unbedingt etwas erzählen. Stell dir vor, wir haben momentan einen echten Profikiller in Evdilos! Ist das nicht aufregend?“

Christina verdrehte die Augen zur Decke. „Das heißt, wir können in Zukunft nicht mehr in Ruhe schlafen?“

„Nein! Der hat es doch nicht auf unsereins abgesehen. Du kennst ihn, warst bei seiner Ankunft dabei. Der Fremde mit der schwarzen Brille. Ich finde übrigens, dass er für sein Alter super aussieht. Außerdem ist er sehr nett. Ein bisschen altmodisch und sentimental vielleicht ... Stell dir vor, er war einst unsterblich in meine Mutter verliebt! Ich bin jedenfalls gespannt, was sich demnächst hier abspielen wird."

Christina fühlte sich nun tatsächlich unwohl, befürchtete, die ganze vertrackte Situation würde bald explodieren. Sie wollte Stella mit ihrer Angst nicht anstecken. Denn vor allem Stella brauchte nun wirklich keine Angst vor diesem Killer zu haben.

***

Alexander und Ioannis hatten telefonisch ausgemacht, sich in Akamatra zu treffen und von dort aus gemeinsam zu Ioannis' Hütte auf der Südseite der Insel zu fahren.

Alexander genoss die morgendliche Fahrt in die Berge mit seiner Kawasaki. Manche Gipfel lagen noch im Frühnebel. Entlang der Straße standen Zypressen, Olivenhaine und blühende Oleanderbüsche. Weiter oben kam er durch dichte Eichenwälder.

Er wartete auf Ioannis im ältesten Kafeneion Griechenlands, am Dorfplatz von Akamatra. In dem Hundertfünfzig-Seelen-Dorf hatte sich in den letzten dreißig Jahren nicht viel verändert. Die wenigen neuen oder renovierten Häuser passten sich an die traditionelle Architektur an. Schräg gegenüber des Kafeneions stand eine fünfhundertjährige Eiche vor dem ehemaligen osmanischen Gefängnis. Viele Einheimische waren dort während der Herrschaft der Türken aufgehängt worden.

„Dieser Platz jagt mir kalte Schauer über den Rücken. Mir wird jedes Mal ganz anders, wenn ich an all die Erhängten denke", sagte Ioannis, nachdem er auf dem für seinen Leibesumfang viel zu kleinen geflochtenen Stuhl an Alexanders Tisch Platz genommen hatte. „Viele Opfer kamen aus Evdilos, das ja während der osmanischen Besatzung Inselhauptstadt war. Angeblich müssen sich Erhängte kurz vor ihrem Tod erleichtern. Ist das nicht eine grauenhafte Vorstellung?“

„Du hast zu viele Western gesehen“, sagte Alexander.

„Tod durch den Strang ist und bleibt für mich die schrecklichste Todesart, die ich mir vorstellen kann“, beharrte Ioannis.

Die mollige Wirtin, die Alexander vorhin freundlich begrüßt und eine Weile mit ihm geplaudert hatte, ließ sich nicht blicken, obwohl Ioannis mehrmals nach ihr rief.

„Bedient wird man hier auch nicht“, meckerte er.

„Was willst du trinken?“

„Einen Kaffee und ein Wasser.“

Alexander ging in das Kafeneion, um Ioannis’ Bestellung weiterzugeben.

„Was haben Sie mit dem zu schaffen?“, fragte ihn die Wirtin in viel weniger freundlichem Ton als vorhin.

„Nichts. Ich kenne ihn von früher.“

„Ich auch“, sagte sie.

Als er sich beim Hinausgehen noch einmal nach ihr umdrehte, sah er, wie sie in die Tasse spuckte, bevor sie diese unter ihre moderne Espressomaschine stellte.

„Du bist auch nicht mehr die Schnellste“, schnauzte Ioannis sie an, als sie ihm den Kaffee und das Wasser brachte.

Ihr ohnehin gerötetes Gesicht lief dunkelrot an und ihre braunen Augen funkelten wütend, doch sie sagte nichts.

Als sie ausgetrunken hatten, legte Alexander sechs Euro für die beiden Kaffee und das Wasser auf den Tisch.

Ioannis schnappte sich eine Zwei-Euro-Münze und murmelte: „Das reicht völlig."

Blitzschnell schlug ihm Alexander auf die Hand, sodass die Münze zu Boden fiel.

„Spinnst du, Alexandros? Was ist los?"

Alexander antwortete nicht, bückte sich, hob das Geld auf und legte es wieder auf den Tisch.

„Was soll's. Willst du nicht mit mir mitfahren? Die Strecke ist ziemlich gefährlich."

„Ach komm! Seit ich hier bin, höre ich andauernd, wie gefährlich die Straßen auf Ikaria sind. Vor dreißig Jahren waren sie echt abenteuerlich, jetzt befinden sich ja fast alle in gutem Zustand."

„Willst du nun bei mir wohnen oder nicht?"

„Ich fühle mich in meinem Hotel sehr wohl. Aber da ich nicht weiß, wie lange ich hierbleiben werde, möchte ich mir dein Haus gerne mal ansehen ..."

„Okay, lass uns aufbrechen."

***

Die Landschaft wurde wilder, je höher sie in die Berge kamen. Tiefe Canyons taten sich unter ihnen auf. Ständig ging es steil hinauf und ebenso steil wieder bergab. Überall drohte Steinschlaggefahr.

Ioannis schlich mit zwanzig Stundenkilometern dahin. Alexander, der an schlechtere Straßen gewöhnt war, musste sich sehr beherrschen, ihn nicht zu überholen. Er wunderte sich über Ioannis' Fahrstil. Der Mann fuhr diese Strecke doch beinahe täglich.

Als sie bei einem engen Tunnel anlangten, legte Ioannis eine Vollbremsung hin. Alexander bremste ebenfalls. Der Vorderreifen seines Motorrads berührte die hintere Stoßstange des Wagens, als er endlich zum Stehen kam. Im Schritttempo schlichen dann beide durch das unverputzte Loch im Berg.

Alexander kamen mörderische Gedanken. Außer ihnen war niemand unterwegs. Er hätte Ioannis nach dem Tunnel mit seiner Maschine locker von der Straße abdrängen können. Es wäre sicher nicht der einzige tödliche Unfall auf Ikarias wild zerklüfteter Südseite gewesen.

33.

Alexander versuchte an etwas anderes zu denken, zum Beispiel an den Oktopus, den Ioannis in der Früh bei einem Fischer in Evdilos besorgt hatte.

Plötzlich blieb Ioannis stehen, schaltete die Warnblinkanlage ein und stieg aus.

Alexander parkte vor ihm ein, nahm seinen Helm ab und fragte: „Sind wir schon da?"

„Nein. Hast du tatsächlich alles vergessen? Weißt du nicht mehr, was da unten passiert ist?"

„Oh, nein!", stöhnte Alexander, als er den Steilhang, der voller Geröll war, hinabblickte. Dort unten lag, von der Straße aus nicht sichtbar, die Seychelles Beach, der exotischste und für manche der schönste Strand der Insel. Ein unvergleichlicher Traumplatz, ohne Liegen, Sonnenschirme oder Bars. Die Lieblingsbucht der jungen Leute vor dreißig Jahren und wahrscheinlich auch der Jugend von heute.

Riesige Granitblöcke, von denen man ins tiefe, glasklare Wasser springen konnte, begrenzten die kleine Bucht. Der Weg von der Straße hinunter zum Strand war sehr beschwerlich, führte über Stock und Stein. Ein Kiesstrand schmiegte sich unten an die riesigen Granitblöcke. Das Meer war türkisfarben wie in der Karibik oder eben auf den Seychellen. Der Strand war bei der Sprengung des Straßentunnels, durch den sie gerade gefahren waren, zufällig entstanden. Und an diesem Strand hatte Alexander seinen Freund Ioannis beinahe umgebracht.

An einem späten Nachmittag vor nunmehr dreißig Jahren waren sie zum Picknicken hierhergekommen. Elena, Alexander, ein mit ihnen befreundetes Pärchen und Ioannis. Elena flirtete abwechselnd mit Alexander und Ioannis. Als die beiden in Streit gerieten, verließ sie gemeinsam mit den anderen Freunden die Bucht. Alexander und Ioannis tranken weiter und kriegten sich ernsthaft wegen Elena in die Haare.

Bei der Erinnerung an diese Schlägerei und ihre Folgen ballte Alexander seine schlanken, feingliedrigen Hände zu Fäusten und sah aus wie ein Irrer, der jeden Moment zuschlagen würde. Langsam drehte er sich um.

Ioannis lehnte mit verschränkten Beinen und einem Zigarettenstummel zwischen den Lippen lässig an seinem Wagen und schaute ihn herausfordernd an.

„Wo warst du? Ich habe dich damals die halbe Nacht lang gesucht“, fauchte Alexander ihn an.

„Ich bin abgetaucht, im wahrsten Sinne des Wortes, bin hinüber in die nächste Bucht und habe mich hinter einem Felsen versteckt. Ich habe Angst gehabt, du bringst mich um, wenn du mich entdeckst.“

„Ich habe nach dir gerufen, dir geschworen, dass ich dir nichts tun würde ...“

„Und das hätte ich dir glauben sollen?“

„Nein!“ Alexander bedeckte sein Gesicht mit beiden Händen. Das durfte alles einfach nicht wahr sein! Wegen Ioannis’ Feigheit war er tatsächlich zu einem Mörder geworden und hatte auf einem anderen Kontinent jede Menge Menschen umgebracht. Er musste sich sehr zusammenreißen, um dieses Schwein nicht doch noch ins Jenseits zu befördern.

„Als du endlich den Strand verlassen hast, bin ich hinauf zur Straße. Und wer saß in meinem Auto? Du. Sicherheitshalber bin ich in die andere Richtung, also Richtung Manganitis, gegangen und habe mir ein Versteck für die Nacht gesucht. Am nächsten Morgen habe ich übrigens die winzige Bucht entdeckt, die jetzt mir gehört." Ioannis grinste von einem Ohr zum anderen.

„Du bist ein Arschloch!"

„Warum? Weil ich mich vor dir gefürchtet habe?" Er grinste nach wie vor blöde.

Normalerweise hätte Alexander jetzt zu einem Schlag ausgeholt. Doch Ioannis war kein ebenbürtiger Gegner. Es widerstrebte ihm, einen Mann zu schlagen, der ohnehin fast am Ende war.

„Du hast gewonnen", sagte er, anstatt seinen Rivalen ein zweites Mal zu verprügeln. „Ich hoffe, es hat sich für dich rentiert."

„Komm, alter Freund, lassen wir die Vergangenheit ruhen. Ich zeige dir jetzt mein kleines Reich. Wir werden miteinander Oktopus essen und Ouzo trinken, so wie in alten Zeiten."

Alexander fragte sich, ob es nicht klüger wäre, in sein Hotel nach Armenistis zu fahren. Andererseits stand er in Ioannis' Schuld, schließlich hatte der seine Tochter großgezogen. Wenn seinem ehemaligen Freund also so viel daran lag, sich mit ihm auszusöhnen, würde er ihm diesen Gefallen tun. Er wollte Elena nicht mehr. Er hatte sich in eine andere Frau verliebt.

„Okay, lass uns weiterfahren", sagte er.

Nach wenigen Kilometern kam Manganitis in Sicht. Weiße Häuschen mit blauen Fensterläden und roten

Dächern schmiegten sich an die Steilküste. Mitten im Dorf stand eine prächtige Kirche. Im Schatten von Pinien erblickte er gemütliche Tavernen und hübsche Cafés.

Ioannis bog auf eine steile Staubstraße ab. Alexander geriet ins Schlittern, verfluchte seine Kawasaki, wünschte eine Motocrossmaschine herbei.

Unterhalb des Dorfes lag ein winziger Fischerhafen. Kleine Motorboote und ein Kaíki mit knallrot gestrichenem Rumpf lagen an der Mole. Imposante Felsformationen, die Alexander an Skulpturen von berühmten Künstlern erinnerten, ragten aus dem Meer in den hellblauen Himmel. Zwischen den großen Granitfelsen im Hafen standen Feigen- und Olivenbäume. Eine hinter den Bäumen verborgene Taverne sah sehr einladend aus.

Ioannis rumpelte weiter über Stock und Stein. Alexander hatte alle Mühe, sein schlingerndes Motorrad in den Griff zu kriegen. Er war froh, als Ioannis endlich anhielt.

Neugierig blickte er über den Abgrund. Weit und breit kein Haus. Auch links und rechts der Bucht erhoben sich mächtige Felsen, schützten sie vor Wind und Wellen. Das Einzige, was man sah, war Ioannis' Boot, ein zweiundzwanzig Meter langes Kaíki, das an einer Boje, nahe am Ufer, hing.

Die Bucht war nicht breiter als fünfzig Meter. Ein sehr steiler Pfad führte hinunter. Man musste sich an Felsvorsprüngen und Büschen festhalten. Eigentlich war der winzige Strand nur mit einem Boot gut erreichbar.

Ioannis schien jeden Stein zu kennen. Trotz seines Leibesumfangs kletterte er leichtfüßig hinunter. An den gefährlichsten Stellen hatte er Haken in die Felsen geschlagen und ein Seil gespannt. Alexander hantelte sich an dem Seil entlang, geriet trotzdem ins Rutschen. Er malte sich aus, wie er Ioannis einen heftigen Stoß versetzen würde, sodass er mit dem Kopf voran auf einem Felsen am Strand landen würde.

***

Ein kleines, weiß getünchtes Steinhaus versteckte sich unter den knorrigen, wild verzweigten Stämmen der Tamarisken, die weit über den Kieselstrand hineinragten und an diesem heißen Frühsommertag angenehmen Schatten spendeten.

Ioannis stellte zwei Stühle und einen Tisch vor die Tür.

Hinter dem Häuschen häuften sich die Abfälle. Alexander war der Müll rund um manche Häuser auf der Insel schon bei seiner Ankunft aufgefallen. War die Insel vor dreißig Jahren ebenso zugemüllt gewesen? Er erinnerte sich nicht mehr. Der ganze Dreck ließ ihn an die Favelas in Südamerika und Mexico City denken. Vor allem die vielen Plastikflaschen und der Elektroschrott erregten seinen Zorn. Ein kaputter Kühlschrank, eine Mikrowelle und andere Elektrogeräte hingen in den Büschen und auf den Bäumen über Ioannis' Haus. Die Leute hatten sie von der Straße aus einfach hinuntergekippt.

„Stört dich diese Müllhalde nicht?", fragte er.

„Ich sehe sie nicht mehr. Außerdem kommen dadurch die umweltbewussten Mittel- und Nordeuropäer nicht auf die Idee, hier baden zu gehen. Wirkt besser als meine Verbotsschilder."

„Hier sieht's ja aus wie in einem militärischen Sperrgebiet", sagte Alexander, angesichts all der Schilder: *Privat!, Achtung bissiger Hund!, Betreten strengstens verboten!* ...

„Ich will, wie gesagt, keine Touristen in meiner Bucht. Diese Schilder schrecken vor allem die Deutschen ab. Die halten sich wenigstens an Verbote. Und wenn sich doch einmal ein paar Rucksacktouristen hierher verirren, werden Romeo und ich schon mit ihnen fertig."

Er streichelte den großen, zotteligen schwarzen Hund, der sich, nachdem er Alexander schwanzwedelnd und mit lautem Gebell begrüßt hatte, unter dem Tisch zwischen ihren Füßen niedergelassen hatte.

„Leider ist er ein Faulpelz und schläft den ganzen Tag. In der Nacht ist er auch nicht sonderlich aktiv. Das Einzige, was ihn interessiert, ist sein Fressen. Zum Glück weiß das keiner. Du musst zugeben, er sieht furchterregend aus."

„Und du lässt ihn hier allein?"

„Warum nicht? Ich komme fast jeden Tag her und bringe ihm was zu fressen. Aber er kann sich durchaus selbst versorgen. Weder Kaninchen noch Ratten sind vor ihm sicher. Elena kann ihn nicht leiden, behauptet, dass er ekelhaft stinkt. Jedenfalls will sie ihn nicht im Haus haben. Er darf auch nicht in die Bar. Wenn ich mal länger nicht herkomme, nehme ich ihn natürlich mit nach Evdilos. Dort liegt er dann faul auf der Straße herum."

Romeo war eine Mischung aus einem Schäferhund und irgendeinem langhaarigen Tier. Er schien zu merken, dass von ihm die Rede war, hob den Kopf und schaute sein Herrchen treuherzig an.

„Der traut sich nicht einmal ins Wasser, geschweige denn auf mein Boot", fuhr Ioannis fort. „Wenn er zu sehr stinkt, zerre ich ihn manchmal mit Gewalt in die Fluten. Das schaffe ich fast nicht allein. Wenn du mir hilfst, werfe ich ihn kurz mal ins Wasser. – Na, möchtest du heute ein Bad nehmen?“, fragte er seinen Hund.

Freudig begann Romeo zu bellen. Er schien sein Herrchen missverstanden zu haben.

„Wie gesagt, allein sein Aussehen und sein Gebell schüchtern die meisten Touristen ein. Dabei bellt er nur aus Freude oder Angst. Manchmal überreißen das die Leute und scheren sich nicht um ihn. Dann muss ich selber eingreifen. Sobald sie ihre Hüllen fallen lassen, drohe ich ihnen mit einer Anzeige oder verjage sie mit meinem Gewehr.“

„Das meinst du nicht im Ernst.“

„Oh, doch! Ich schippere diese sonnenhungrigen Narren andauernd durch die Gegend, höre mir stundenlang ihr ödes Gequatsche an. Wenigstens in meiner Bucht will ich meinen Frieden haben.“

„Das Meer gehört allen. Oder hat sich das geändert?“

„Sag das einmal einem Villenbesitzer auf Hydra oder Andros. Die scheren sich nicht darum, errichten hohe Mauern um ihre Paläste am Meer.“

„Hattest du dir nicht auch einst *Privateigentum ist Diebstahl!* auf die Fahnen geschrieben?“

Ioannis grinste, stand auf und holte zwei Flaschen Bier aus dem Kühlschrank.

„Ikariotissa Ale“, sagte er. „Oder hättest du lieber einen Ouzo? Ich habe einige Flaschen eingekühlt.“

„Nein, Bier ist okay. Den Ouzo sparen wir uns lieber für den Oktopus auf.“

„Jamas! Auf die Weltrevolution!“, sagte Ioannis und stieß mit seinem liebsten Feind an.

Alexander war nicht nach einer Verbrüderung zumute. Er nahm nur einen kleinen Schluck aus seiner Flasche.

„Hier habe ich meine heilige Ruhe. Wenn mich Elena mit ihrer ewigen Jammerei zu sehr nervt, flüchte ich in meine Hütte, betrinke mich und unterhalte mich mit Romeo. Er ist ein viel besserer Zuhörer als meine Frau."

Alexander war bei den Worten „meine Frau" nicht einmal zusammengezuckt. Ja, die schöne Elena war nun seit fast dreißig Jahren Ioannis' Frau und machte ihm das Leben anscheinend manchmal zur Hölle. Vielleicht konnte er froh sein, dass dieser Kelch an ihm vorübergegangen war, wie seine fromme Mutter gesagt hätte.

„He, das Bier ist richtig gut! Haben wir das früher auch getrunken? Ich erinnere mich nicht mehr."

„Wir haben nur Wein und Ouzo gesoffen."

Ioannis schien sich zu freuen, dass Alexander das Bier schmeckte. Ehe sie ausgetrunken hatten, standen zwei neue Flaschen auf dem Tisch.

„Früher habe ich mir öfters überlegt, alles zu verkaufen und nach Samos zu ziehen. Auf Samos geht es den Menschen besser als bei uns. Die Samioten sind cleverer, das heißt, tüchtigere Geschäftsleute als wir ..."

„Ikaria war immer die deutlich ärmere Insel", warf Alexander ein. „Und wir Ikarioten haben uns von jeher gegenüber den Samioten benachteiligt gefühlt. Die Verwaltung für beide Inseln befand sich früher auf Samos, erinnerst du dich? Alle Ikarioten haben nach Samos pilgern müssen, wenn sie Amtswege zu erledigen hatten ..."

„Daran sind wir selber schuld. Nimm zum Beispiel unseren Flugplatz. Die Piste müsste nur ins Meer hinaus verlängert werden. Die EU würde das mitfinanzieren, aber unsere kommunistischen Politiker wollen keine Chartermaschinen hier landen lassen. Nur ja kein Massentourismus! Sie erlauben nicht einmal Windräder. Die würden ja unsere Landschaft verschandeln.

Kein Wunder, dass sich die Samioten über uns lustig machen und behaupten, dass wir einfältig, langsam und zurückgeblieben sind. Es wird Zeit, dass die KKE abdankt und Platz macht für eine wirtschaftsliberale Partei."

„Du meinst, für die Konservativen?"

„Von mir aus auch für die Nea Dimokratia. So kann es jedenfalls nicht weitergehen. Wir brauchen dringend mehr Touristen ..."

„Warum? Ich habe nicht den Eindruck, dass es den Leuten hier so schlecht geht", unterbrach Alexander ihn wieder.

„Du hast keine Ahnung, bist erst seit ein paar Tagen wieder daheim." Ioannis' Gesicht hatte sich vor Zorn gerötet.

„Lass uns von etwas Erfreulicherem reden", versuchte Alexander einzulenken. „Hast du gewusst, dass ein Auswanderer von Samos Patagonien entdeckt hat? Und ein anderer Mann aus Samos soll angeblich den Fußballverein von Maradona gegründet haben ..."

„Siehst du, die Samioten waren immer schon unternehmungslustiger als wir."

„Es hätte genauso gut ein Ikariote sein können. Zwischen 1920 und 1930 sind viele aus Samos und Ikaria nach Argentinien ausgewandert."

Es war ihm gelungen, Ioannis zu besänftigen.

„Sollten wir nicht endlich was essen? Wäre schade um das prächtige Ungeheuer." Ioannis traf jedoch keine Anstalten aufzustehen.

„Ich könnte ja kochen."

„Nein, das mache ich. Aber zuerst trinken wir noch einen Ouzo. Jamas!"

Nach dem dritten Glas Ouzo bekam Ioannis wässrige Augen und begann von ihrer gemeinsamen Jugend zu schwärmen. Schließlich legte er den Arm um die Schultern seines ehemaligen Freundes und zog ihn an sich.

Was für ein Jammerlappen! Alexander hatte nur mehr Verachtung für ihn übrig.

Krachen und Klirren, gefolgt vom lauten Kreischen aufgescheuchter Vögel. Die seltsamen Geräusche hinter dem Haus ließen beide Männer zusammenzucken. Romeo begann wie ein Verrückter zu bellen.

34.

„Ist da jemand?" Alexander sprang auf und zog die Glock aus seinem Hosenbund.

„Ah, nun erlebe ich den Killer in Aktion", kicherte Ioannis.

„Sei still!" Während Alexander hinter das Haus schlich, lud er seine Waffe. Begleitet vom aufgeregten Gebell des ängstlichen Hundes, gab er ein paar ungezielte Schüsse ab. Dem lauten Geräusch der Schüsse folgten der sanfte Gesang des Windes in den Tamarisken und ein leises Rascheln in den Büschen.

„Vielleicht ist die Mikrowelle vom Baum gefallen", sagte Ioannis, als Alexander zurückkam. „Lass uns hineingehen. Drinnen ist es kühler."

***

„Willst du dich wirklich wieder hier in Ikaria niederlassen?", fragte er, als sie sich an den Küchentisch setzten. Auf einmal klang er viel weniger betrunken. „Du könntest bei mir einsteigen. Mit den Flüchtlingen kann man ganz schön viel Kohle machen. Du müsstest dir nur ein Boot zulegen."

„Ein Boot hätte ich schon gerne, aber nicht, um Flüchtlinge zu transportieren."

„Hast du kein Mitleid mit den armen Leuten? Von den meisten Schleppern werden sie wie verdorbene Ware behandelt. Nachdem sie ihr Geld für die Überfahrt abgeliefert haben, sind sie wertlos. Den Typen ist es scheißegal, was mit ihnen passiert. Und für die Behörden sind sie einfach Illegale. Ich bin da anders, habe ein Herz."

„Voller Hoffnung im Herzen haben sie ihre Heimat, ihre Familien verlassen, um in einem fremden Land ein neues besseres Leben zu beginnen", sagte Alexander, der auch nicht mehr ganz nüchtern war, theatralisch.

„Die meisten haben keine Ahnung, auf welch lebensgefährliche Reise sie sich einlassen. Auch ich setzte mich ständig großer Gefahr aus. Ich muss die Leute tagsüber an Bord schaffen und vor Sonnenuntergang nach Griechenland bringen. In der Nacht wäre es noch riskanter. Von Mitternacht bis fünf Uhr früh kontrollieren Hubschrauber der Frontex die Meerengen zwischen Samos und der Türkei. Die Hubschrauber sind mit Wärmelampen ausgestattet und die Piloten sind scharfe Hunde. Natürlich kann ich diese Transporte nur machen, wenn gewisse Beamte auf der jeweiligen Seite gleichzeitig Dienst haben. Das kommt höchstens einmal pro Woche vor." Ioannis schenkte erneut nach. „Wir verständigen uns übrigens per Funk. Ihre Codeworte sind eine Art Wetterbericht. *Meltemi* bedeutet zum Beispiel, dass es Probleme geben wird. Die Einreiseformalitäten sind schnell erledigt. Einige Touristen fahren mit Bussen weiter nach Ephesos. Die anderen bleiben in Kuşadası, gehen bummeln oder besuchen die Taubeninsel. Kuşadası ist eine quirlige Stadt geworden, würdest du nicht mehr wiedererkennen. Dort wohnen heute über hunderttausend Menschen."

„Und unzählige Flüchtlinge, die auf eine Chance warten, in die EU zu kommen?“

„Du sagst es. Für mich zahlen sich diese Fahrten jedenfalls aus. Die Illegalen sind eine kostbare Fracht, viel wertvoller als die paar Touristen, die ich alibihalber mitnehmen muss. Die legen gerade mal sechzig Euro für so einen Tagesausflug ab.“

„Auch nicht wenig.“

„Ja, weil ich diese Touren aufs türkische Festland als Exklusivreisen mit höchstens zehn Teilnehmern anbiete. Ich mache kaum Werbung, dennoch bin ich in den Sommermonaten ausgebucht. Ich fahre, wie gesagt, höchstens einmal in der Woche rüber. Meine Passagiere kommen sich tatsächlich besonders gut betreut vor. Alle finden ein hübsches Plätzchen an Deck. Sie werden nicht zusammengepfercht wie auf anderen Ausflugsbooten. Wenn die wüssten, wie es unten aussieht ...“ Höhnisches Gelächter beendete seinen Satz. „Der eher spartanisch eingerichtete ehemalige Lagerraum meines Cargobootes ist bei der Rückfahrt, wie gesagt, gut gefüllt. Zwanzig Leute, Männer, Frauen und Kinder, kauern auf den Pritschen oder am Boden. Bei starkem Seegang stinkt es da unten bestialisch nach Kotze und Pisse. Die Toiletten dürfen sie nur benützen, solange keine Touristen an Bord sind. Nachher müssen sie ihre Bedürfnisse für zwei, drei Stunden im Zaum halten. Vor allem den Kindern und den Frauen gelingt das nicht immer. Die Tür zum Frachtraum ist verschlossen, damit sich keiner der Touristen in der Tür irren kann.“

„Ist es nie zu Zwischenfällen gekommen? Ich meine, haben die Touristen nie etwas bemerkt?“

„Meistens habe ich alles in den Griff gekriegt“, sagte Ioannis grinsend. „Einmal hat eine ältere englische Lady ein Baby schreien gehört. Da die Alte einige Gin

Tonic intus hatte, ist es mir gelungen, sie davon zu überzeugen, dass es sich um das Geschrei von Möwen handelt, das ja so ähnlich klingt wie Kindergeschrei."

„Und diese Geschichte hat sie dir abgenommen?"

„Erst nach einem weiteren Gin Tonic auf meine Kosten."

„Mistkerl", murmelte Alexander auf Deutsch.

„Was hast du gesagt?", fragte Ioannis, der ihn nicht verstanden hatte.

„Ich habe immer gedacht, Menschenschmuggel sei gefährlich."

„Vor einem halben Jahr ist es zu einem Zwischenfall gekommen, der böse geendet hat, meinen Kompagnon sogar in den Knast gebracht hat."

„Du hast einen Kompagnon?"

„Hatte. Der Türke hat mir geholfen, seine Landsleute zu bestechen und die Illegalen auf mein Boot zu bringen. Die Küsten von Chios, Samos und Lesbos sind inzwischen zu gut bewacht. Deswegen sind Muammer und ich auf die Idee gekommen, die Illegalen nach Ikaria zu schippern. Ich kenne ihn seit vielen Jahren. Er hat vorher für die Hafenbehörde gearbeitet. Schon damals habe ich ganz gute Geschäfte mit ihm gemacht."

„Was ist passiert?", fragte Alexander ungeduldig.

„Tja, irgendwas war mit dem Motor nicht in Ordnung. Im Lagerraum hat es bestialisch nach Diesel gestunken. Die Konzentration von Kohlendioxid war besorgniserregend. Ich habe mich geweigert loszufahren. Muammer ist fuchsteufelswild geworden, hat mich buchstäblich dazu gezwungen abzulegen. Ausnahmsweise ist er an diesem Tag mitgefahren. Da wir Touristen an Bord hatten, habe ich kein Aufsehen erregen wollen und getan, was er mir befohlen hat. Nachdem wir ein paar hundert Meter von der Küste entfernt waren, bin ich hinunter und habe die Tür des Frachtraums geöffnet, damit die Leute ein bisschen Frischluft tanken konnten."

„Du bist zu spät gekommen?"

„Beinahe. Sie haben verzweifelt nach Luft gejapst. Ein halbwüchsiger Junge war im Gesicht blau angelaufen. Ich habe ihn aus dem Lagerraum gezerrt. Verzweifeltes Gejammer und Wehklagen sind zu den Touristen heraufgedrungen. Wir hatten eine siebenköpfige italienische Reisegruppe an Bord. Obwohl Muammer sie mit seiner Pistole bedroht hat, haben die Itaker den Aufstand gewagt. Chaos ist ausgebrochen, die Italiener haben Muammer überwältigt. Ich habe mich nicht eingemischt. Einer von den Italienern, ein geübter Segler, wie mir schien, hat schließlich das Steuer übernommen und einen Notruf an die Küstenwache gesandt. Der Rest ist rasch erzählt: Ich habe bei dem Prozess gegen meinen Kompagnon ausgesagt, habe beteuert, dass er mich gezwungen hätte, die Illegalen mitzunehmen. Es stand Aussage gegen Aussage. Der griechische Richter hat mir und nicht dem Türken geglaubt. Muammer ist ins Gefängnis gewandert. Ich bekam eine bedingte Haftstrafe aufgebrummt und bin zu ein paar tausend Euro Schadenersatz verurteilt worden, da die Italiener für mich ausgesagt haben. Sie haben dem Richter geschildert, wie ich versucht hätte, die Flüchtlinge zu retten. Vor allem hat mir die Aussage der Frau, deren Sohn ich tatsächlich gerettet habe, geholfen. Sie ist vor dem Richter in Tränen ausgebrochen und hat ihn angefleht, mich nicht zu verurteilen, hat mich einen guten Mann genannt. Die Szene war herzzerreißend."

Ioannis war so begeistert von seiner guten Tat, dass er prompt zu weinen begann. Nach einem weiteren Glas Ouzo sagte er lallend: „Seither habe ich kaum mehr Tla...Transporte gemacht. War höchstens dlei... drei-, viermal drüben. Und wer leidet darunter? All die armen Hunde aus Syrien, dem Irak und Afghanistan. Im Glun...Grunde habe ich ein gutes Werk getan, die... die Leute aus ihrer beschissenen Lage befreit ..."

Alexander ertrug die Heuchelei seines Jugendfreundes nicht länger. Am liebsten hätte er ihm ein paar kräftige Ohrfeigen verpasst.

„Gemeinsam könnten wir es noch einmal richtig angehen. Es warten auch heute Zigtausende drüben. Du mit deinen inter...internationalen Erfahrungen ..."

„Ich bin kein Schlepper." Alexander sagte es in abfälligem Ton. „Für solch schmutzige Geschäfte bin ich nicht zu haben."

„Nein, na...natürlich machst du keine schmutzigen Geschäfte, du bist ja nur ein Ki...Killer", kicherte Ioannis.

In Gedanken sah Alexander der Kugel nach, wie sie in Ioannis' Gehirn eintrat, sah das Blut aus dem Loch auf seiner Stirn in seine Augen tropfen.

Er riss sich zusammen, fragte: „Gibt es nichts mehr zu trinken?"

Ioannis hatte den Kopf auf seine Arme sinken lassen und antwortete nicht. Er war eingenickt, vor sich die leere Flasche Ouzo und eine qualmende Zigarette im Aschenbecher. Der Oktopus vergammelte in der Abwasch.

Alexander packte seinen Jugendfreund und rüttelte ihn wach.

„Ich blei...bleibe hier", lallte Ioannis. „Ich ka...ka... kann nicht mehr fahren. Du kannst hier ü...übernachten, hab eine zweite Ma...Matratze."

„Ich bringe dich mit deinem Wagen nach Hause, und morgen holen wir gemeinsam mein Motorrad."

Ioannis reagierte nicht.

Resigniert zuckte Alexander mit den Schultern und verließ die Hütte. Insgeheim hoffte er, dass sich sein Rivale in dieser Nacht zu Tode saufen würde. Doch die Chancen standen schlecht. Ioannis war ein Überlebenskünstler. Bald würde er wieder zu seinem geliebten Eheweib heimkehren.

Er wünschte beiden noch viele gemeinsame Jahre. Tja, so eine dreißigjährige unglückliche Ehe war die gelungenste Rache, die sich ein ehemaliger Liebhaber für seine untreue Geliebte und seinen Nebenbuhler wünschen konnte.

35.

Da Alexander zu viel getrunken hatte, fuhr er sehr vorsichtig, was sonst nicht seine Art war. Zum Glück war er allein auf der Straße.

Plötzlich wurde er von grellem Scheinwerferlicht geblendet.

Fast wäre er von der Straße abgekommen, als er dem Wagen, der auf ihn zuraste, hastig auswich und scharf abbremste. Beim Anblick des Abgrunds, der sich vor ihm auftat, begannen seine Hände, die den Lenker umklammerten, heftig zu zittern. Fluchend drehte er sich nach dem SUV um, sah aber nur mehr die Rücklichter hinter der nächsten Kurve verschwinden. Er wünschte dem Fahrer die Pest an den Hals.

Nach diesem Schrecken hatte er keine Lust mehr weiterzufahren. Zu Ioannis wollte er auch nicht zurück. In der Ferne begann es zu blitzen. Das Donnergrollen war noch weit weg, aber bald würde es ein Gewitter geben. Es war den ganzen Tag unerträglich schwül gewesen.

Kurzentschlossen bog er auf der Hauptstraße nach Manganitis ab, anstatt nach Armenistis zu fahren, und hielt Ausschau nach einem geschützten Platz für ein Nickerchen. Wegen des nahenden Gewitters mied er die Bäume, stellte sein Motorrad neben ein dichtes Gebüsch, kroch zwischen die Büsche und die Maschine und deckte sich mit dem Badetuch zu, das er in einem der Seitenkoffer fand. Als die ersten Regentropfen in gleichförmigem Rhythmus auf die Motorhaube seiner Maschine trommelten, schlief er ein.

***

Blökende Schafe weckten Alexander bei Sonnenaufgang. Der Hirte grüßte ihn freundlich. Alexander beantwortete dessen Gruß mit einem gequälten Lächeln.

In seinem Kopf hämmerte es, in seinem Mund hatte er einen schalen Geschmack. Er war völlig durchnässt und fröstelte. Was hätte er jetzt nicht für einen starken Kaffee und eine heiße Dusche gegeben.

Ein Blick auf seine Armbanduhr. Halb sechs Uhr früh. Wie war er hierhergekommen? Er konnte sich nicht erinnern. Was war letzte Nacht passiert? Er hatte mit Ioannis Unmengen von Ouzo getrunken ... und nachher?

Er stieg auf seine Maschine, fuhr zurück zu der kleinen Bucht. Prompt verpasste er den nicht asphaltierten Weg, der hinunterführte. Nach ein paar Kilometern kehrte er um, suchte erneut die hinter hohen Kiefern versteckte Staubstraße. Schließlich fand er die Abzweigung.

Der Abstieg zu Ioannis' Hütte fiel ihm noch schwerer als beim ersten Mal. Als er ein paar Meter von dem Häuschen entfernt war, rief er: „Ioannis, ich bin's. Mach schon mal Kaffee. Ich will schnell eine Runde schwimmen."

Keine Antwort.

Der schläft wie ein Stein, dachte Alexander. Nach wie vor konnte er sich an den gestrigen Abend nicht genau erinnern. Aber irgendetwas kam ihm merkwürdig vor. Die Haustür stand einen Spalt weit offen.

Er ging hinein. Die Wohnküche war leer.

Da war ein Hund unter dem Tisch gelegen, fiel ihm ein.

Bevor er ins Schlafzimmer schlich, griff er nach seiner Pistole.

Das Bett war nicht bezogen. Keiner schien darin geschlafen zu haben.

Die Badezimmertür klapperte. Die Pistole im Anschlag, riss er die Tür auf.

Die Luke im Bad war gekippt. Der Wind hatte die Tür in Bewegung versetzt.

Gebückt und alle Sinne geschärft, verließ Alexander wieder das Haus.

Und auf einmal sah er ihn.

Ioannis hing an einem Seil, das an einem dicken Ast einer alten Eiche befestigt war.

„Oh, nein!" Alexanders Schrei schreckte die Vögel im Baum auf. Ihr lautes Gezwitscher vermischte sich mit dem Kreischen der Möwen.

Das Pochen in seinem Kopf wurde unerträglich. Er hielt sich die Ohren zu.

Beruhige dich, versuche dich zu konzentrieren, ermahnte er sich, während er entsetzt in Ioannis' weitaufgerissene Augen starrte.

Als sein Blick auf den Boden fiel, bemerkte er dunkle Flecken unter dem Baum. Rundherum befanden sich markante Abdrücke von Schuhsohlen mit einem Zickzackprofil. Er war nicht abergläubisch, glaubte nicht an Prophezeiungen. Dennoch musste er daran denken, was Ioannis gestern zu ihm gesagt hatte. Erhängt zu werden, wäre die abscheulichste Todesart, die er sich vorstellen könne. Ob sein Mörder das gewusst hatte?

Stirnrunzelnd betrachtete er die Sohlen seiner eigenen Schuhe. Sie sahen genauso aus wie die Abdrücke auf dem staubigen Boden. Was war gestern Nacht vorgefallen? War er selbst zurückgekommen? Hatte er diesen Hurensohn aufgehängt? Litt er unter einer retrograden Amnesie?

Plötzlich bildete er sich ein, Ioannis' Leiche ein paar Meter weiter, halb versteckt hinter einem Felsen, noch einmal zu sehen. Er befürchtete zu halluzinieren, als er auf den Felsen zuschritt. Doch da lag Ioannis auf dem Bauch, und unter seinem Kopf breitete sich eine dunkle Lache aus. Dutzende ekelhafte Fliegen badeten darin.

Alexander war nahe daran durchzudrehen. Er befürchtete, verrückt zu werden. Hastig fuhr er sich mit der Hand über das Gesicht, um die Halluzination zu verjagen. Doch er halluzinierte nicht. Der Tote lag weiterhin an derselben Stelle.

Er lief ins Haus, holte ein Geschirrtuch und hob den Kopf des Mannes mit dem Tuch an. Es war nicht Ioannis. Der Tote hatte bloß die gleiche Statur und die gleiche Haarfarbe wie dieser. Außerdem war er ähnlich bekleidet mit Jeans, dunklem T-Shirt und weißen Turnschuhen. Ein breiter dunkelroter Streifen, auf dem ebenfalls unzählige Fliegen saßen, zierte den Hals des Fremden. Jemand hatte ihm die Kehle mit einer Klinge mit Wellenschliff durchgeschnitten. Mit sicherer Hand hatte der Mörder die Halsschlagader durchtrennt. Der Mann musste innerhalb weniger Sekunden verblutet sein. Technisch betrachtet eine einwandfreie Exekution. Der Schnitt verlief von einem Ohr zum anderen.

Eine leicht übersehbare Einstichstelle befand sich unter seinem linken Ohr. Der Mörder war Rechtshänder gewesen.

Ich kann ihn also nicht umgebracht haben, dachte Alexander, der Linkshänder war, erleichtert. Trotz seiner kaum lesbaren Schrift und seiner leichten Legasthenie hatte seine Volksschullehrerin Christina nie versucht, ihn umzupolen. Aber wen interessierte das? Ihm war bewusst, dass man in erster Linie ihn verdächtigen würde, die beiden Männer ermordet zu haben.

Er ließ den wackeligen Kopf zurück auf den rauen Stein sinken. Die Totenstarre war bereits eingetreten. Der Mann musste also vor mindestens sieben Stunden ermordet worden sein. Wer war er? Was hatte er hier zu suchen gehabt? Er musste Ioannis und sein Versteck gekannt haben ...

Auf einmal fiel ihm der Wagen ein, der ihn gestern Nacht beinahe in den Abgrund befördert hätte.

Mittlerweile war Alexander halbwegs nüchtern. Die Erinnerungen an den letzten Abend kehrten langsam zurück.

Zum ersten Mal tat es ihm leid, dass er nicht zur Polizei gehen konnte, um diesen Doppelmord zu melden. Sollte er den Bullen wenigstens einen anonymen Tipp geben? Wahrscheinlich würden sie anonymen Anzeigen nicht nachgehen. Er hatte kein Vertrauen zu der Exekutive, war immer auf der anderen Seite gestanden.

Kurz dachte er an seinen Cousin Dimitris. Zwar hatte er seinen Job bei der Polizei an den Nagel gehängt, aber vielleicht könnte er ihm trotzdem helfen, aus diesem Schlamassel heil rauszukommen. Bestimmt hatte er noch gute Verbindungen zu seinen ehemaligen Kollegen. Doch dann erinnerte Alexander sich wieder an die schönen Stunden mit seinem Cousin und der lustigen Aphrodite sowie den süßen Kleinen. Er wollte diese lieben Menschen um keinen Preis in die Geschichte mithineinziehen.

Andererseits hatte Dimitris ihm klar und deutlich zu verstehen gegeben, dass er ein Idiot gewesen war, weil er sich ihm vor dreißig Jahren nicht anvertraut hatte. Ihm wäre viel erspart geblieben. Sein Leben wäre völlig anders verlaufen, wenn er seinen Cousin damals um Hilfe gebeten hätte.

Alexander schaute, ob er im Haus irgendwelche Spuren hinterlassen hatte. Sicherheitshalber wischte er mit einem Handtuch alles ab, was er berührt hatte. Er steckte sowohl das blutbefleckte Geschirrtuch als auch das Handtuch in einen Plastiksack. Unterwegs würde er bestimmt eine Gelegenheit finden, sich der Tücher zu entledigen.

Der Gedanke, dass die Russen oder Stavros Ioannis getötet hatten, lag nahe. Natürlich nicht eigenhändig. Für die Drecksarbeit gab es Leute wie ihn. Soviel er mitbekommen hatte, standen Stavros mindestens drei Killer zur Verfügung. Er hatte sie bei der Party auf der Yacht im Hafen von Evdilos sofort erkannt. Seinesgleichen erkannte er immer.

Aber wer war der andere Mann, der aussah wie ein Doppelgänger von Ioannis? Und warum war auch er umgebracht worden? War er ein unschuldiger Zeuge gewesen, oder hatte gar Ioannis ihn ermordet?

Als Alexander zur Straße hinaufkletterte, erblickte er ein Zodiac-Schlauchboot, das auf einen runden Felsen nahe am Ufer gespült worden war. Zumindest wusste er jetzt, auf welchem Weg der zweite Tote in Ioannis' Bucht gekommen war. Aber wo war Romeo abgeblieben?

36.

Oben auf der Straße angekommen, läutete Alexanders Handy. Er hob ab.

Boris, sein Auftraggeber.

Der Russe gratulierte ihm zur erfolgreichen Erledigung des Mykonos-Projekts. Philip, der Erbe des *Hotel Flamingo*, war offensichtlich gewillt zu verkaufen.

Die Telefonverbindung war sehr schlecht. Das Gespräch wurde mehrmals unterbrochen. Boris teilte ihm mit, dass er ihm einstweilen dreißigtausend Dollar auf sein Konto in der Schweiz überwiesen hatte. Die restlichen zwanzigtausend würde er ihm erst bezahlen, sobald er „noch einen kleinen Job" für ihn erledigt hätte.

„Sie haben einen Fehler gemacht", sagte Boris. „Sie haben eine Zeugin am Leben gelassen. Das geht nicht. Ich nehme an, das sehen Sie ein. Sie müssen diese Frau zum Schweigen bringen, und zwar rasch."

„Welche Frau?", fragte Alexander, obwohl er ahnte, wen sein Boss meinte.

„Sie lebt auf Samos, ist alleinstehend. Keine große Sache also."

„Ich bringe keine Frauen um", sagte Alexander.

„In diesem Fall bleibt Ihnen nichts anderes übrig, außer Sie wollen unbedingt in den Knast. Diese Frau hat Sie verraten. Die Polizei weiß dank der Lady, dass Sie sich momentan auf Ikaria aufhalten. Wenn die Sie erwischen und es zu einer Gegenüberstellung kommen sollte, sind Sie dran."

Total verunsichert durch die Worte seines Auftraggebers überlegte Alexander, ob er Boris gestehen sollte, dass er den Hotelbesitzer nicht umgebracht hatte, aber er dachte an das viele Geld und schwieg.

„Zwanzigtausend für die Zeugin."

„Das Doppelte!"

„Sind Sie jetzt nicht etwas unverschämt?"

„Es handelt sich um eine Frau."

„Na, und? Normalerweise sind Frauen weniger wert."

„Nicht in diesem Fall."

Die Verbindung schien tot zu sein. Dann vernahm Alexander ein leises Krächzen: „Sagen wir insgesamt Fünfzigtausend. Dreißigtausend für die Erledigung der Zeugin plus die restlichen Zwanzigtausend, die ich dir noch für den Tod des Hotelbesitzers schulde. Einverstanden?" Boris wartete seine Antwort nicht ab, legte abrupt auf.

Wem sollte er glauben, Boris oder Laura? Hatte sie nicht bei ihrem letzten Anruf behauptet, dass er sozusagen aus dem Schneider wäre? Hatte sie die Geschichte mit dem Taxifahrer nur erfunden, um ihm zu entlocken, wo er sich gerade aufhielt? Nein, so viel Falschheit traute er ihr nicht zu.

Alexander wischte sich den Schweiß von der Stirn und stieg auf sein Motorrad. In diesem Moment kam ein großer Hund laut bellend auf ihn zu gerannt.

„Romeo!"

Das zottelige Ungetüm sprang ihm an die Kehle. Alexander erstarrte vor Schreck. Fast wäre er mitsamt der Maschine umgekippt. Als Romeo ihn abzuschlecken begann, musste er lachen.

„Schlauer Kerl, bist abgehauen, bevor sie dich auch umlegen konnten", sagte er leise und tätschelte dem Tier den dicken Kopf.

Romeo winselte erbärmlich, als Alexander die Kawasaki anwarf. Er hatte Mitleid mit dem Hund, konnte ihn aber unmöglich mitnehmen.

Sein Blick fiel auf das Hundehalsband mit der Marke. Ihm kam eine Idee. Er fuhr extrem langsam, ließ Romeo neben sich herlaufen. Erst kurz vor Kosikia, als er sich bereits auf der Hauptstraße nach Evdilos befand, gab er Gas. Entweder würde Romeo allein nach Hause finden, oder irgendjemand würde dafür sorgen, dass das arme Tier zu Elena gebracht wurde.

Auf dem Rest der Fahrt machte er sich Gedanken, wie er ihr begegnen, was er zu ihr sagen sollte. Er hatte nicht vor, ihr die Nachricht von Ioannis' Tod zu überbringen.

***

Elena und ihre Tochter standen gemeinsam hinter der Theke, als er die Bar betrat.

„Wo ist Ioannis?“, fragte Elena, anstatt ihn zu begrüßen.

„Keine Ahnung. Ist er nicht nach Hause gekommen? Er hat mir gestern sein Haus gezeigt. Ich konnte nicht lange bleiben, da ich einen geschäftlichen Anruf bekam und dringend nach Agios Kirykos musste.“

Stella betrachtete ihn misstrauisch. Sie hatte das Gefühl, dass dieser Mann nicht die Wahrheit sagte, hielt aber ihren Mund und sah ihre Mutter an, die sehr aufgebracht wirkte.

„Was hast du mit Ioannis gemacht?“, fauchte Elena ihn an. „Er geht nicht an sein Telefon.“

„Nichts! Was soll ich mit ihm gemacht haben? Ich hatte einen wichtigen Termin“, beteuerte er. Die Lüge kam zögerlich über seine Lippen.

Verärgert schaute er Elena an. Warum fiel es ihm bloß nach wie vor so schwer diese Frau zu belügen?

Stella ließ die beiden allein, ging in die Küche.

Unangenehmes Schweigen.

Elena und er hatten sich nichts mehr zu sagen. Keinesfalls konnte und wollte er ihr erzählen, was in den letzten Stunden passiert war.

Sie schien zu spüren, dass etwas nicht stimmte, stellte aber keine Fragen mehr, sondern bot ihm einen Kaffee an.

„Ich bin gekommen, um mich von euch zu verabschieden, muss dringend nach Athen“, log er wieder.

Stella, die gerade wieder aus der Küche kam, hatte seine letzten Worte mitangehört.

„Na, dann wünsche ich Ihnen eine gute Reise und hoffe, wir sehen Sie bald wieder“, sagte sie grinsend.

Sie schien ihn nach wie vor für einen Fremden zu halten. Offensichtlich hatte Elena noch nicht mit ihr gesprochen.

In diesem Augenblick bremste sich ein verrosteter Pick-up vor der Bar ein. Der Fahrer beugte sich aus dem offenen Fenster und rief: „Ist das nicht euer Hund? Ich habe ihn bei Plagia aufgelesen. Zuerst habe ich gedacht, es ist einer von diesen verdammten Straßenkötern ...“ Seine nächsten Worte gingen in freudigem Gebell unter.

„Romeo!“, rief Stella.

Der riesige Hund sprang von der Ladefläche, warf sie vor Freude fast um und leckte ihr das Gesicht ab.

„Pfui, Romeo, lass das“, schimpfte sie lachend. „Wo kommst du denn her, mein Großer?“

„Ist das euer Hund?“, fragte Alexander scheinheilig.

Insgeheim hoffte er, Romeo würde ihn nicht genauso freudig begrüßen wie Stella. Doch das gutmütige Tier sprang nun an ihm hoch und wedelte wie wild mit seinem dichten Schwanz.

„Er ist ein ganz Lieber. Sie brauchen keine Angst vor ihm zu haben. Er schaut zwar gefährlich aus, ist aber der schlechteste Wachhund, den ich kenne“, sagte Stella.

„Schaff diesen stinkenden Köter raus!“, schrie Elena.

„Komm, Romeo, wir gehen baden, aber vorher kriegst du noch was zum Trinken. Du hast bestimmt Durst, wenn du den weiten Weg von Manganitis bis Plagia gelaufen bist.“ Stella schnappte sich eine Blechschüssel, füllte sie mit Leitungswasser und zerrte Romeo an seinem Halsband zur Tür.

„Lass ihn ja nicht wieder ins Haus!“, keifte Elena weiter.

Alexander verabschiedete sich hastig. Bildete er sich nur ein, dass Stella seine Hand länger festhielt, als normalerweise üblich war, und ihm dabei tief in die Augen schaute?

Auf der Straße drehte sie sich noch einmal nach ihm um und rief: „Machen Sie es gut!“

Der Hund trottete brav hinter ihr her zur Mole.

***

Als ein paar Stunden später die Polizei in Elenas Bar eintraf und als Erstes nach einem Mann namens Kounellis fragte, war Alexander längst in seinem Hotel in Armenistis angekommen.

Stella sagte, dass sie niemanden dieses Namens kenne. Elena widersprach ihr nicht, obwohl sie wusste, dass Kounellis der Mädchenname von Alexanders Mutter war.

Als ihnen die Polizei mehr oder weniger schonungsvoll mitteilte, dass Ioannis Opfer eines Verbrechens geworden sei, schlug Elena ihre Hände vors Gesicht, vergoss aber keine Träne. Auch Stella reagierte relativ gefasst auf diese schreckliche Nachricht.

Beide vermuteten, dass Alexander Ioannis umgebracht hatte, sprachen aber weder mit der Polizei noch miteinander über ihren Verdacht.

37.

Alexander charterte telefonisch bei einem Bootsverleih in Agios Kirykos ein Motorboot mit 480 PS. Er wollte so schnell wie möglich die Insel verlassen und hatte sich entschieden nach Samos zu fahren, um diese verworrene Geschichte mit Laura zu klären. Fähren waren ihm mittlerweile zu unsicher. Die Polizei würde die Passagiere zuallererst kontrollieren.

Das Boot läge bereits im Hafen von Armenistis für ihn bereit, wurde ihm per SMS mitgeteilt, als er sein Hotel verließ.

Die Yacht hatte vorne ein Harddeck und ein Fetzendach über dem Heck. Es gab drei mit weißem Leder bespannte Sitze, einen am Steuer, zwei dahinter. Unten befanden sich ein geräumiger Salon mit zwei Schlafplätzen und eine Pantry. Vorne gab es eine Koje mit einem Doppelbett und einer winzigen Nasszelle. Angeblich war es das stärkste Motorboot, das der kleine Bootsverleih zu bieten hatte.

Alexander hinterlegte eine Kreditkarte und zeigte dem Verleiher, der ihm die Yacht persönlich gebracht hatte, seinen Pass und seinen Motorbootführerschein. Alle drei Dokumente waren ausgestellt in Buenos Aires und lauteten auf einen Herrn Angelos Angelopoulos.

Die neugierigen Fragen des Mannes beantwortete er freundlich, gab ihm aber zu verstehen, dass er es eilig hatte.

***

Das Meer war unruhig. Schaumkronen tanzten auf den kurzen Wellen. Mindestens Windstärke vier oder gar fünf, draußen am offenen Meer sechs oder sieben. Das wird keine angenehme Reise werden, dachte Alexander. Trotzdem würde er mit diesem schnellen Boot nicht länger als dreißig oder fünfundvierzig Minuten nach Samos brauchen.

Als er den Hafen von Armenistis verließ und an Evdilos vorbeifuhr, näherte sich gerade die Fähre aus Mykonos. Er bildete sich ein, Laura am Heck des Schiffes zu sehen.

Vor Schreck entglitt ihm das Steuerrad. Er sauste geradewegs auf die Fähre zu. In letzter Sekunde riss er das Steuer herum und raste mit höllischer Geschwindigkeit aufs offene Meer hinaus.

Verärgert blickte Laura dem Mann in dem Sportboot nach.

Trotz der steifen Brise war Alexander schweißgebadet. Was hatte Laura hier zu suchen? Spionierte sie ihm etwa nach? Hatte sein Auftraggeber doch die Wahrheit gesagt, als er behauptete, sie habe ihn bei der griechischen Kriminalpolizei angeschwärzt? Vielleicht war sie gar keine Aussteigerin, sondern eine Agentin von Interpol und ihm auf den Fersen?

Jetzt nur nicht paranoid werden, bestimmt fährt sie weiter nach Samos, sagte er sich. Und wenn sie ihm doch nach Ikaria gefolgt war? Am liebsten hätte er kehrtgemacht, aber in Ikaria konnte er sich, nach allem, was heute Nacht passiert war, nicht mehr blicken lassen.

In Gedanken bei Laura, bemerkte er die Wand, die sich hinter ihm auftürmte, zu spät. Der Sturm kam schnell. Die tiefblaue Farbe des Meeres verwandelte sich in Windeseile in ein dumpfes, schmutziges Grau. Die benachbarten Inseln versanken im düsteren Horizont. Trotz des starken Seegangs gab er Vollgas und versuchte der bedrohlichen Wasserwand, die neben dem Boot aufragte, auszuweichen.

Er hatte das GPS ausgeschaltet, um nicht angepeilt werden zu können. Als er losfuhr, hatte er den richtigen Kurs eingegeben. Inzwischen war er abgetrieben worden. Zur Ermittlung seiner Position hatte er jetzt nur noch die Seekarte zur Verfügung.

Unwillkürlich musste er an seinen Vater denken, der sich bei seinen nächtlichen Ausfahrten nur auf die astronomische Navigation verlassen konnte. Sein Vater hatte ihm das Navigieren nach den Sternen beigebracht, als er gerade mal zwölf gewesen war. Den Sternen vertraute Alexander bis heute mehr als der modernen Technik. Am Sternenhimmel kannte er sich besser aus als auf der Erde. Doch tagsüber waren leider keine Sterne zu sehen.

Er schaltete das GPS doch ein. Es funktionierte nicht. Verzweifelt drückte er auf die verschiedenen Knöpfe. Fehlermeldungen waren das Einzige, was am Display erschien.

Die Windstärke hatte zugenommen. Die Wogen türmten sich hoch über die kleine Motoryacht. Die Gischt spritzte über Bord. Er wischte sich das beißende Salzwasser aus den Augen und starrte weiter auf das aufgewühlte Meer.

Die nächste Woge traf das Boot von der Seite. Es geriet in gefährliche Schräglage. Schnell änderte er den Kurs, steuerte die Wellen jetzt frontal an. Seegang vier Meter. Wind circa dreißig bis vierzig Knoten. Starker Regen. Sichtweite knapp fünfzig Meter. Angestrengt schaute er in Fahrtrichtung.

Das laute Heulen des Windes war unheimlich, übertönte das Knirschen und Ächzen des Bootes.

Plötzlich kam der Regen. Er lauschte dem Prasseln der dicken Tropfen auf dem Faltdach, hoffte, das Schlimmste wäre vorüber.

Seine Hoffnung wurde enttäuscht. Eine heftige Böe zerfetzte das Dach am Heck. Er atmete tief durch, fixierte das Steuer und versuchte das zerrissene Faltdach einzuholen.

Wind und Regen schlugen ihm ins Gesicht, als er das Cockpit verließ. Er rang nach Luft, rutschte aus, landete auf dem nassen Boden, kam jedoch wieder auf die Beine.

Die Wogen brachen nach wie vor über ihn herein. Hustend spuckte er das Salzwasser aus. Der Motor begann zu stottern. Schließlich gab er ganz den Geist auf. Vergeblich versuchte Alexander erneut zu starten. Seine Verzweiflung war für einen Moment schier überwältigend. Er fühlte sich der erbarmungslosen See hilflos ausgeliefert.

Wer Angst hat, kann wieder Mut fassen, fiel ihm ein Spruch seines Vaters ein. Er spürte Wut hochkommen. Wut war besser als Verzweiflung. Dieses Scheißkunststoffboot tanzte auf den hohen Wellen wie ein Joghurtbecher.

Er klammerte sich an die Verkleidung der Windschutzscheibe. Die Scheibe zerbrach, als die nächste Welle über Bord schwappte. Die Gischt spielte mit dem Boot, als wäre es eine Nussschale. Ein Wunder, dass er nicht längst abgesoffen war.

Verzweifelt flehte er Poseidon und Thetis, die schöne Nereide, nach der die Yacht benannt worden war, um Hilfe an.

Sie schienen ihn zu erhören. Als das Boot auf einen Wellenkamm gehoben wurde, erblickte er am Horizont einen dunkelgrauen Streifen. Samos? Nein, wohl eher Fourni. Wenn er sich richtig erinnerte, gab es hier gefährliche Strömungen und Wirbel.

Alexander rief sich Bilder von diesen Inseln in Erinnerung. Als Jugendlicher war er mehrmals auf Fourni gewesen. Bergige Inseln, mit stark zerklüfteten Steil- und Felsenküsten und versteckten Buchten mit Sand und Kiesstränden ... Er hoffte, dass es in der Nähe keine Untiefen gab. Ein beschädigter Rumpf hätte sein Ende bedeutet.

Mehrmals betätigte er den Anlasser. Nach dem zehnten Versuch sprang der Motor wieder an. Alexander bemühte sich, den grauen Streifen anzusteuern. Als plötzlich ein spitzer Felsen genau vor ihm aus dem Wasser ragte, riss er das Steuer herum, knapp bevor der Bug die messerscharfe Haarnadel streifte. Der Felsen kam ihm vor wie ein riesiger Dolch, der sein Boot aufschlitzen wollte.

Irgendwann schlüpfte er in die Rettungsweste und leinte sich an. Fragte sich aber bald, ob das schlau war. Wenn die Yacht kentern oder auf einem der Felsen auflaufen würde, hing er fest. Er band sich los, verließ sich auf sein gutes Verhältnis zu Poseidon und bat um stilleres Wasser in Ufernähe. Auf der Hut vor der Küstenwache, wagte er nach wie vor nicht, Mayday zu funken.

Verbissen kämpfte er weiter gegen den tobenden Sturm an. Die stärksten Wellenkämme umsteuerte er in Serpentinen, nutzte gleichzeitig so manche Woge, um seine Fahrt zu beschleunigen. Weit und breit war jetzt zwar kein Land in Sicht, aber er hoffte, dass das Ufer nicht mehr allzu weit weg war.

Die Beine gegen die tosenden vier Meter hohen Wellen gespreizt und fest auf den Boden gestemmt, umklammerte er das Steuerrad. Auf einmal vernahm er den betörenden Gesang der Sirenen, die die Seeleute anlockten, um sie zu töten.

38.

Laura hatte beschlossen, nach Ikaria zu fahren, um Alexander wiederzusehen und mit ihm unter vier Augen über die schrecklichen Ereignisse auf Mykonos zu reden. Außerdem wollte sie ihn warnen, weil sie der Polizei gegenüber blöderweise erwähnt hatte, dass er Ikariote war. Seit ihrem Gespräch mit dem Taxifahrer, der ihn in jener fatalen Nacht vom *Hotel Flamingo* abgeholt hatte, war sie sich ziemlich sicher, dass Alexander ihren Freund Theo nicht getötet hatte.

Inzwischen hatte Laura auch in Erfahrung gebracht, dass bei der Obduktion Drogen und Alkohol im Blut ihres Freundes gefunden worden waren. Vielleicht hatte Philip recht gehabt, und Theo hatte sich selbst umgebracht? Oder es war ein Unfall gewesen? Er könnte total besoffen in den Pool gesprungen und mit dem Kopf auf die Fliesen am Rand geknallt sein. Oder sein Herz hatte versagt, als er ins kalte Wasser sprang?

Plötzlich musste sie wieder an den vietnamesischen Architekten und Gärtner Kai denken und an On, den thailändischen Koch. Einer der beiden hätte Theo ebenfalls ins Jenseits befördern können. Beide hätten gute Gründe gehabt.

Ihr fiel ein, dass sie die Polizei nicht von ihrer Abreise verständigt hatte. Zwar hatte niemand gesagt, dass sie sich jederzeit zur Verfügung halten sollte, doch so hatte sie wenigstens einen Grund, den leitenden Kriminalbeamten, der mit ihr geflirtet und ihr seine Visitenkarte gegeben hatte, anzurufen. Vielleicht konnte sie ihm einige Neuigkeiten über den Fall entlocken?

Sobald sie wieder eine Verbindung auf ihrem Mobiltelefon hatte, rief sie den Kommissar an. Er hob nicht ab. Sie hoffte, er würde sie zurückrufen, wenn er ihre Nummer am Display entdeckte.

In Evdilos angekommen, musste Laura dringend aufs Klo. Auf den Fähren benützte sie ungern die Toiletten. Meistens waren sie verstopft, da sich manche Touristinnen nicht abgewöhnen konnten, ihre Tampons und Slipeinlagen in die Klomuschel zu werfen.

Sie ging in die Bar neben der Mole und bestellte bei der Frau hinter der Theke einen Kaffee.

Elena fragte sich, was diese extravagant gekleidete Dame hier wollte. Man sah, dass sie keine Griechin war, obwohl sie Griechisch sprach. Mit ihrer extrem weiten weißen Hose, dem weißen Seidenhemd und dem Männerstrohhut erinnerte sie Elena an die Althippies in Nas. Allerdings wirkte ihre Kleidung sehr teuer, stammte bestimmt von einem berühmten Modedesigner.

Laura ließ ihre schicke blaue Reisetasche, die aussah wie ein Rucksack auf Rollen, einfach stehen und verschwand auf die Toilette.

Als sie an die Theke zurückkehrte, musterte sie Elena ebenfalls. Sie schätzte die Griechin auf fünfzig. Spuren einstiger Schönheit waren nicht zu übersehen, doch die Frau war ungeschminkt und sehr unvorteilhaft angezogen, trug hautenge Jeans, die ihre breiten Hüften betonten, und eine geblümte Bluse, die sie dicker aussehen ließ, als sie war.

Laura ärgerte sich über sich selbst. Sie konnte einfach nicht anders. Obwohl sie sich vor Jahren von der Modebranche verabschiedet hatte, beäugte sie ständig kritisch die Kleidung anderer Leute.

Eine hübsche jüngere Frau kam aus der Küche und nickte Laura freundlich zu. Laura nahm an, dass es sich um die Tochter der älteren Frau handelte. Die Ähnlichkeit zwischen den beiden war nicht zu übersehen. Außerdem war sie fast genauso schlecht gekleidet wie die andere. Ein verwaschenes, ausgeleiertes rotes T-Shirt hing wie ein Fetzen an ihr herunter, und ihre beigen Bermudashorts waren ihr viel zu weit. Doch sie hatte dichtes schwarzes Haar, das ihr fast bis zur Taille reichte, und große dunkle Augen, die bestimmt jeden Mann um den Verstand brachten.

„Kennen Sie eine alte Dame namens Christina? Sie soll hier am Hafen wohnen."

„Das ist unsere Nachbarin", sagte Stella. „Sind Sie eine Freundin von ihr?"

„Nein, nein. Wir haben uns erst vor kurzem kennengelernt. Sie hat mich eingeladen, sie zu besuchen."

Elena und Stella schauten zuerst einander und dann Laura interessiert an.

„Verzeihen Sie. Wir sind erstaunt, denn Christina hat so gut wie nie Gäste von auswärts. Sie war unsere Lehrerin, sowohl die meiner Mutter als auch meine. Seit sie nicht mehr unterrichtet, lebt sie sehr zurückgezogen."

Die beiden sind also tatsächlich Mutter und Tochter, dachte Laura.

Nachdem sie ihren Kaffee ausgetrunken hatte, ging sie hinüber zum Nachbarhaus.

***

Meine Villa ist mittlerweile fast ein Schandfleck in Evdilos. Seit die Touristen unsere abgeschiedene Insel entdeckt haben, bemühte sich die Verwaltung, die Dörfer am Meer herauszuputzen. Das „Katzenhaus", wie die Einheimischen es nennen, konnten sie weder behübschen noch abreißen, da es offiziell mir, „der Fremden", gehört. Der Verputz bröckelt von den Mauern und die Fenster sind nicht mehr dicht, entsprechen keinesfalls den EU-Normen.

Die Eingangstür ist morsch, lässt sich nicht mehr ordentlich schließen. Die steile Stiege, die außen in den ersten Stock hinaufführt, ist abgetreten. Doch ich habe bisher nie den richtigen Stein verfehlt, nicht einmal im Dunkeln. Ich kenne den Weg zu meiner Wohnung im Schlaf.

Die medizinischen Geräte und die restliche Einrichtung der Ordination habe ich nach dem Tod des Doktors an einen Arzt in Athen verkauft. Er war ein durch und durch korrupter Reaktionär, behandelte keinen ohne Kuvert. Mir zahlte er viel zu wenig für die alten Geräte, die völlig intakt waren.

Die Villa ist heute fast leer. Ich musste auch alle wertvollen antiken Möbel verkaufen. Seine tausenden Bücher behielt ich allerdings, staube sie sogar manchmal ab. Die meisten der Gemälde, die die Wände des Salons schmückten, sind ebenfalls in einem Versteigerungshaus in Athen gelandet. Von diesen Erträgen konnte ich eine Weile ganz gut leben und die unbedingt nötigen Reparaturen am Haus, wie zum Beispiel die Sanierung des Daches, bezahlen. Meine Pension wurde von unserer linken Regierung um die Hälfte gekürzt – auf Druck der Weltbank und des IWF und dank Frau Merkel, der deutschen Bundeskanzlerin, die natürlich im Interesse Deutschlands mit diesen Oberkapitalisten gepackelt hatte.

Bei den letzten Kommunalwahlen siegte die neoliberale Partei. Unsere neuen Machthaber machten mir ein Angebot für die Villa. Ich lehnte es ab. Es ist mein Haus und es ist das erste Haus im Hafen! Besitz belastet, behauptete mein Christos oft. Er hatte recht. Doch wo soll ich hin? Von meiner läppischen Pension könnte ich mir nicht einmal eine winzige Wohnung mieten.

Die Fresken im ersten Stock sind total vergilbt und der abgetretene Parkettboden knarrt bei jedem Schritt. Nur die Katzen können in diesen ehemals prächtigen, herr-

schaftlichen Räumen lautlos herumtapsen. Die Zimmer sind groß und luftig. Vor allem verglichen mit meiner Zelle in Athen.

Die Junta hat mir nicht nur ein ganzes Jahr gestohlen, sondern auch meine große Liebe getötet. Das sogenannte Trauerjahr verbrachte ich mit Rachefantasien im Knast. Als ich wieder herauskam und nach Ikaria transportiert wurde, hatte ich keine Gelegenheit, mich an den Mördern meines Mannes zu rächen. Die Jahre vergingen, ohne dass ich etwas gegen die Faschisten, die ihn mir genommen hatten, unternahm. Ich rede jetzt von allen Faschisten, nicht von dem Einzelnen, der ihn tatsächlich umgebracht hat. Die meisten seiner Mörder hatten zum Glück kein langes Leben. Manchen von ihnen konnte ich die letzte Ehre erweisen. Es war mir eine besondere Genugtuung, auf ihre Gräber zu spucken! Einige von ihnen hinterließen Nachkommen, die keine Spur besser sind als ihre Väter. Bevor ich von dieser Welt abtrete, will ich wenigstens den einen oder anderen von ihnen noch zur Rechenschaft ziehen.

Wir betreiben keine Sippenhaftung, ermahnte mich mein geliebter Christos oft. In diesem Punkt war ich nie einer Meinung mit ihm. Die Herkunft der Menschen färbt in meinen Augen sehr wohl auf ihre Gesinnung ab. Christos warf mir deshalb manchmal Intoleranz vor.

Apropos Intoleranz. Mir fallen gerade die britischen Aussteiger ein, die sich in den Achtzigerjahren auf der Insel niederließen. Die meisten sahen nach den ersten Tagen aus wie fette rote Würste. Sie vertrugen unsere Sonne nicht. Die Einheimischen beachteten sie kaum. Die Leute auf Ikaria lebten wie immer. In den abgelegenen Bergdörfern machten sie nach wie vor die Nacht zum Tage. Das hatten sie sich während der vielen Piratenüberfälle in den vergangenen Jahrhunderten angewöhnt und während all der Jahre, als sie unter der Herrschaft der deutschen Fa-

schisten und danach unter dem griechischen Militärregime lebten, beibehalten.

Als ein paar Jahre nach der englischen Invasion Deutsche und Österreicher unsere Insel zum zweiten Mal überfielen, wurden von diesen alternativen Touristen nicht nur Impfpässe und sonstige Dokumente für streunende Hunde und Katzen organisiert, sondern sie versuchten auch, uns Ordnung und Pünktlichkeit beizubringen.

Diese wohlmeinenden Menschen aus Mitteleuropa, die sich auf unseren Stränden nackt herumtrieben, fanden wir schlicht und einfach lächerlich. Zum Glück belästigten sie uns kaum mit ihrer Nacktheit. Sie tummelten sich vor allem am langen Sandstrand von Nas. Den steilen Weg da hinunter nahm kaum ein Grieche auf sich. Außer vielleicht ein paar Spanner, die sich hinter den Sträuchern versteckten und sich beim Anblick all der hübschen Brüste und Mösen einen runterholten. Wir Frauen gönnten ihnen dieses kleine Vergnügen, wenigstens ließen sie dann die Mädchen auf der Insel in Frieden.

Obwohl es jede Menge fromme alte Frauen bei uns gibt, kam es nie zu irgendwelchen Prügeleien wie auf anderen Inseln. Denn die meisten, auch die frommen, tolerierten mit zusammengebissenen Zähnen die Freizügigkeit der Ausländerinnen. Und wer weiß, vielleicht erfreute sich die eine oder andere ja auch an den nackten Körperteilen eines feschen jungen blonden Germanen?

39.

Christina hatte die Fremde, die Elenas Bar verließ und geradewegs auf ihre Villa zusteuerte, sofort erkannt, obwohl ein breitkrempiger Strohhut ihr Gesicht halb verdeckte.

Als Laura die alte Frau auf der Terrasse erblickte, winkte sie heftig und rief: „Jassu! Ich bin's. Haben Sie ein Zimmer für mich? Ich weiß, ich hätte anrufen sollen, aber ich habe mich spontan entschlossen, einen Abstecher nach Ikaria zu machen. Ich möchte nur ein bis zwei Nächte bleiben."

Christina fühlte sich überrumpelt, bat sie jedoch heraufzukommen. Sie hatte genügend freie Zimmer in der Villa, aber bisher nie daran gedacht, sie zu vermieten.

Als sie sich an der Eingangstür gegenüberstanden, strahlte Laura sie an. Ihre wasserblauen Augen leuchteten wie das Meer an sonnigen Tagen. „Erinnern Sie sich an mich? Wir sind uns vor ein paar Tagen auf der Fähre begegnet."

War die Österreicherin wegen Alexandros gekommen, fragte sich die Alte.

Im selben Moment fragte Laura: „Erinnern Sie sich auch an den Herrn im hellen Leinenanzug, der mit uns an Bord der Fähre war?"

Christina entkam ein Schmunzeln.

„Ist er mittlerweile in Ikaria gelandet?"

„Sie kommen zu spät. Er ist heute wieder abgereist."

„Oh ...! Wie war noch mal sein Name?"

„Alexandros Makiris."

„Ach ja."

Christina zeigte ihr die beiden leerstehenden Räume. Laura entschied sich für den kleineren, der sich neben dem Wohnzimmer befand und ein Fenster zum Meer hinaus hatte.

„Traumhaft", sagte sie und begann gleich auszupacken.

Kaum hatte Christina das Zimmer verlassen, machte Laura ihren Laptop an und suchte sich eine offene Internetverbindung. Dann gab sie Alexanders vollen Namen ein.

Sie fand keine einzige Eintragung. Rasch durchforstete sie auch Facebook und Instagram. Nichts! Alexandros Makiris existierte offiziell überhaupt nicht. Sie konnte sich die schier unglaubliche Tatsache, dass sie im Internet absolut nichts über ihn fand, nicht anders erklären, als dass er eine Erwähnung bewusst vermieden hatte. War es nicht ziemlich verdächtig, wenn man heutzutage im Netz nicht auffindbar war? Vielleicht sollte sie doch den Kommissar anrufen und fragen, ob Alexander nach wie vor als Zeuge gesucht wurde, und in diesem Zusammenhang beiläufig seinen richtigen Namen erwähnen? Nein, sie war keine Denunziantin. Er hatte Theo nicht ermordet, dessen war sie sich inzwischen sicher. Und er würde seine Gründe haben, warum er im Netz nicht aufscheinen wollte. Aber die gingen sie nichts an.

Laura klappte den Laptop zu und ging auf die Terrasse.

„Möchten Sie etwas essen?“, fragte Christina.

„Etwas zu trinken wäre mir lieber.“

„Ein Glas Wein?“

Mehrere, dachte Laura, sagte aber: „Bitte, bleiben Sie sitzen. Wenn Sie mir sagen, wo ich den Wein finde, hole ich ihn mir selber.“

„Nein, nein, ein bisschen Bewegung tut mir gut. Ruhen Sie sich aus. Die Reise war bei dem starken Seegang sicherlich sehr anstrengend.“

Die alte Frau war in Lauras Augen, im Gegensatz zu den beiden viel jüngeren Griechinnen, denen sie gerade begegnet war, geschmackvoll gekleidet. Sie trug eine dünne schwarze Leinenhose und dazu ein schlichtes graues T-Shirt mit U-Boot-Ausschnitt, das gut zu ihrem schlohweißen Haar und ihren grauen Augen passte. Außer einem breiten Silberring am linken

Ringfinger und einer Herrenarmbanduhr hatte sie keinen Schmuck angelegt. Anscheinend war sie nach ihrer Rückkehr beim Friseur gewesen, denn ihre weißen Haare sahen frisch geschnitten aus, reichten ihr knapp über die Ohren. Nannte man so eine Frisur früher nicht Bubikopf, fragte sich Laura.

Christina brachte Schafskäse, Tomaten, Oliven, Brot und bot Laura von dem Rotwein an, den sie vor ein paar Tagen geöffnet hatte.

„Um Himmels willen! Wissen Sie, wie viel dieser Wein wert ist?“, rief Laura entsetzt nach einem Blick auf das Etikett. „Ich bin keine große Weinkennerin, aber diese Flasche kostet ein paar hundert Euro, wenn nicht gar tausend ...“

„Er war eben ein Hedonist!“ Christina begann zu kichern wie ein Schulmädchen, als sie Laura einschenkte. Sich selbst gönnte sie nur ein paar Tropfen zum Anstoßen. Sie blieb beim Wasser.

„Wunderbar“, lobte Laura den Wein. „Wo haben Sie den her?“

„Aus meinem Verlies“, sagte Christina grinsend. „Diese Villa hat früher einem Arzt gehört. Er war der Einzige, der sich um mich gekümmert hat, als man mich Ende der Sechzigerjahre hierher verbannt hat. Ich war Kommunistin, so wie mein Mann.“

„Der Doktor?“

„Nein! Mein Mann war Lehrer und hieß Christos. Er ist von den Junta-Schweinen zu Tode gefoltert worden, weil er seine Genossen nicht verraten wollte. Mein Christos hat sich sehr früh der Patriotischen Antidiktatorischen Front, PAM, angeschlossen, der großen Widerstandsbewegung gegen die Militärjunta. Im Mai und August 1969 sind in Athen und Thessaloniki über neunzig Bomben explodiert. Viele Autos, vor allem in der Nähe der US-Botschaft, brannten lichterloh. Die Widerstandskämpfer haben nur Gewalt gegen Sachen verübt. Bei all diesen Anschlägen hat es höchstens Leichtverletzte, aber keine Toten gegeben. Sonst hätte Christos nicht mitgemacht. Er war im Grunde ein friedliebender Mann."

Christina hielt inne. Ihre Augen waren feucht geworden. Obwohl sie sich fragte, warum sie dieser fremden Frau ihre ganze Lebensgeschichte auftischte, fuhr sie fort: „Der Doktor hat oft gesagt, wir sollten darum kämpfen, dass sich in Zukunft jeder Mensch ein bisschen Luxus leisten kann. Er selbst war nicht bei der KKE, er war ein Bourgeois, aber ein überaus weltoffener und toleranter Mensch!" Sie prostete Laura zu: „Auf den Doktor!"

„Ein interessanter Mann."

„Ja, Sie sagen es. Vor allem war er sehr gebildet und ziemlich exzentrisch. Er hat mir die Villa mitsamt einem halben Dutzend Katzen hinterlassen. Die da sind die Nachkommen. Als sie klein waren, habe ich sie süß gefunden. Aber sie machen viel Arbeit, und eigentlich mag ich keine Katzen." Christina verscheuchte zwei Kater, die um ihre Beine strichen. „Inzwischen habe ich mich aber an diese Biester gewöhnt", sagte sie grinsend.

Laura trank viel schneller als Christina. Während diese an ihrem Glas ein zweites Mal nippte, hatte Laura die Flasche Château Lafite-Rothschild fast geleert.

„Ich hole uns eine neue Flasche aus dem Keller. Der Doktor hat da unten seine Schätze für besondere Anlässe gelagert. Bisher habe ich seinen Wein nie angerührt. Aber ich denke, man sollte das Zeug trinken, bevor es schlecht wird."

„Bitte keinen Tausend-Euro-Wein mehr. Ein stinknormaler griechischer Roter tut es genauso!", rief Laura ihr nach.

Erst als sie eine Flasche aus dem Regal nahm, bemerkte Christina, dass etwas nicht stimmte. Die Gläser mit der Marmelade und dem eingemachten Gemüse standen in Reih und Glied in den Regalen, aber das Vorhängeschloss an der Brettertür zum richtigen Keller, der sich unter dem Weinkeller befand, hing schlaff herunter. Es war eindeutig aufgebrochen worden.

Sie stellte die Rotweinflasche auf den Boden und tastete sich die steilen Stiegen hinunter. Heil angekommen, drehte sie das Licht auf.

Die Tür des Spinds stand einen Spalt offen. Sie warf einen Blick hinein. Die MPs und das Gewehr lehnten an der Rückwand des schmalen Kastens, doch die Kiste mit dem Dynamit war weg.

Jemand musste im Haus gewesen sein, während sie geschlafen hatte oder sogar während des Tages, als sie in ihrem Ohrensessel gesessen war und gelesen hatte. Sie begann am ganzen Körper zu zittern.

Hatte Alexander den Sprengstoff gestohlen? Oder gar Stavros? Wollte er damit ihr Haus in die Luft sprengen?

***

Christina hatte, als sie in den Keller ging, die Tür zu ihrem Wohnzimmer offengelassen. Der Fernseher lief. In voller Lautstärke drangen die dümmlichen Fragen eines Quizmasters an Lauras Ohren.

Sie musste diesen Schwachsinn nicht lange ertragen, bald folgten die Nachrichten.

Bei den Kurzmeldungen brachten sie einen Bericht über den Tod eines Hotelbesitzers auf Mykonos.

Laura eilte ins Wohnzimmer und starrte wie gebannt auf den Bildschirm. Unfall oder Mord? Der dicke Kommissar wurde kurz eingeblendet. Als wichtiger Zeuge wurde ein Grieche genannt. Sein Steckbrief folgte. Es gab kein Foto, sondern nur eine Beschreibung von Alexander.

Lauras Handy hatte hier keinen Empfang. Sie ging wieder auf die Terrasse und rief Philip an.

Er redete wie ein Wasserfall. Laura verstand nur die Hälfte. „Bitte, sprich langsamer."

Aufgeregt teilte er ihr mit, dass die Polizei ihn und die Angestellten des Hotels in die Polizeistation zitiert hatte. „Sie haben uns stundenlang verhört. Es war die Hölle. Kai haben sie übrigens dabehalten. Da er ein Illegaler ist, werden sie ihn wohl abschieben. Wer weiß, vielleicht verdächtigt die Polizei ihn ja auch. Theo und dieser Vietnamese haben dauernd gestritten. Theo hat öfters gedroht, ihn den Bullen auszuliefern."

Als Christina mit einer Rotweinflasche aus dem Keller kam, beendete Laura das Telefonat.

Christina erzählte ihr nichts von dem Dynamit und dem Einbruch. Sie kannte Laura noch zu wenig und wollte sie außerdem nicht beunruhigen. Und Laura erzählte ihr nichts von ihrem Gespräch mit Philip, weil sie eine andere Sache momentan mehr beschäftigte.

Nach dem ersten Glas Beaujolais wurde Laura gesprächiger. Sie gestand ihrer Gastgeberin, dass sie sich für den gutaussehenden Griechen, den sie auf der Fähre kennengelernt hatte, interessierte.

Christina gab sich überrascht.

Als Laura sich nachschenkte und traurig in ihr volles Glas starrte, sagte Christina: „Ich bilde mir ein, Alexandros recht gut einschätzen zu können. Er war mein Schüler. Auf der Fähre hat er mich nicht erkannt, ich ihn sehr wohl. Alexandros war dreißig Jahre lang weg. Ich hatte vor kurzem ein sehr langes vertrauliches Gespräch mit ihm. Es geht mich nichts an, aber ich fürchte, er ist nicht der Richtige für Sie. Er ist ein Abenteurer, ein Einzelgänger, ein Rastloser ... ein Getriebener, besser gesagt. Er wird nicht bleiben, wird wieder weggehen. Alexandros ist zu keiner Bindung mehr fähig nach allem, was er erlebt hat."

„Das befürchte ich ebenfalls", sagte Laura und nahm einen großen Schluck von dem Beaujolais.

„Ich glaube zwar nicht, dass er Ihren Freund ermordet hat ...", sprach Christina weiter, beendete aber den Satz nicht. Sie konnte und wollte der verliebten Frau nicht verraten, dass er jede Menge andere Menschen auf dem Gewissen hatte.

„Er arbeitet für irgendeine zwielichtige Immobilienfirma, nicht wahr?"

„Die einem russischen Oligarchen gehört, der in griechische Hotels investieren will", bestätigte Christina ihr. „Tja, Immobilienhaie und Bauspekulanten sind nichts anderes als moderne Piraten."

„Was den Mord an meinem Freund betrifft, scheint die griechische Polizei nach wie vor im Dunkeln zu tappen", sagte Laura leise. „Ich weiß nicht mehr, was ich glauben soll. Ich traue Alexander sehr wohl zu, jemanden umzubringen, aber für den Mord an Theo hat er ein Alibi. Ein Taxifahrer hat ausgesagt, dass Theo noch gelebt hat, als Alexander in seinen Wagen gestiegen ist. Aber was ist, wenn er sich dieses Alibi erkauft hat? Vielleicht bin ich einfach zu leichtgläubig, was diesen Mann betrifft. Liebe macht blind, sagt man so auch in Griechenland?"

Christina lächelte versonnen.

„Man sollte keine Angst vor der Liebe haben", sagte sie dann. „Man kann jemanden lieben, ohne von diesem Menschen wiedergeliebt zu werden. Allein das Gefühl ist wunderbar. Ich liebe meinen Christos bis heute, obwohl er vor vierzig Jahren gestorben ist."

Der Mond versteckte sich hinter den Wolken. Das Meer war unruhig, klang gereizt.

Als sie lange nach Mitternacht zu Bett gingen, begann es heftig zu blitzen und zu donnern. Dennoch ließ Laura das Fenster offen. Das wilde Rauschen der Wellen, die an die Kaimauer schlugen, schläferte sie ein.

40.

Christina und Laura frühstückten im Wohnzimmer. Nach der stürmischen Nacht war es draußen zu windig.

Erst jetzt registrierte Laura die Schönheit des fast quadratischen, lichtdurchfluteten Raumes mit den vielen Fenstern. Durch eine breite Glastür blickte man auf die Terrasse. Prächtige Pflanzen, ein langfloriger, heller Teppich, ausgebleichte Rattanmöbel. Fast sah es aus wie in einem Wintergarten, wenn nicht die breiten Bücherregale an der fensterlosen Wand zum Gang und die schmalen Bücherschränke zwischen den Fenstern gewesen wären.

Christina aß sehr langsam. Sie hatte im Gefängnis gelernt, das wenige Essen sorgfältig zu kauen, damit es länger satt hielt.

Plötzlich läutete es an der Tür.

„Herein", rief Christina. „Es ist offen."

Kurz darauf stürmte Stella ins Wohnzimmer. Irritiert sah sie die fremde Frau an Christinas Tisch an, begrüßte sie nur kurz.

„Ioannis ist tot", sagte sie. „Er ist ermordet worden. Gestern Abend war die Polizei bei uns. Ich wollte eigentlich gleich zu dir rüberkommen, aber Mama hat mich nicht weggelassen. Sie hat einen Nervenzusammenbruch gehabt." Stella verdrehte die Augen zur Decke.

Christina wusste ohnehin bereits Bescheid. Die Gespräche der alten Damen, die in der Früh im Hafenbecken geplantscht hatten, waren nicht zu überhören gewesen. Sie spielte erst gar nicht große Betroffenheit vor.

Laura hörte der jungen Frau jedoch entsetzt zu, als sie beschrieb, wie Ioannis und die Leiche eines anderen Mannes gestern von einem Hirten gefunden worden waren.

„Der arme Kerl hat die Polizei verständigt. Und seither dürfte dort kein Stein mehr auf dem anderen sein. Kriminalbeamte aus Athen waren bei uns, haben Elena und mich stundenlang einvernommen."

Laura fragte sich, ob der Kugelfisch auch auf diesen Fall angesetzt worden war. Sie hätte gerne mit ihm gesprochen, doch sie wollte Stella nicht unterbrechen.

„Meine Mutter ist, wie gesagt, total fertig. Ich bin natürlich auch geschockt. Aber du weißt, Christina, dass ich mich mit Ioannis nie besonders gut verstanden habe. Schon als Kind habe ich mir oft gewünscht, dass er einfach verschwinden, nicht mehr heimkommen würde von einer seiner Fahrten in die Türkei. Die Inselpolizei hat zuerst gedacht, er hätte sich an der Eiche hinter seinem Häuschen erhängt. Laut Aussage des praktischen Arztes, der ihn als Erster untersucht hat, wurde keine Fremdeinwirkung festgestellt. Aber es gibt eine zweite Leiche. Und dieser Mann ist eindeutig ermordet worden. Ich habe trotzdem heute früh meine Schwimmstunde im Hafenbecken abgehalten, die du ja wieder einmal geschwänzt hast", sagte sie zu Christina.

„Ich bin zu spät ins Bett, habe mich ausschlafen müssen." Christina zwinkerte Laura zu.

„Einige der alten Ladys waren der Meinung, dass sich Ioannis wegen seiner Schulden umgebracht hätte. Andere haben gemeint, er wäre davon überzeugt gewesen, dass meine Mutter ihn wegen ihrer einstigen großen Liebe verlassen würde, und er ohne sie nicht mehr weiterleben hätte wollen. Du musst mir unbedingt erzählen, was damals los war. Ich bin aus ihrem Gerede nicht wirklich schlau geworden."

„Alles Schwachsinn! Die sind alle dement. Ausnahmsweise geht es einmal nicht um Liebe, Leidenschaft und Eifersucht. Ich sage nur *Il silencio*."

Laura und Stella verstanden Bahnhof.

„Sagt bloß, ihr kennt diesen Film nicht?"

„Ah, *Leichen pflastern seinen Weg*", fiel Laura der deutschsprachige Titel des genialen uralten Italowestern von Sergio Corbucci ein. „Ist ein richtiger Klassiker, habe ihn zweimal gesehen. Es gibt kein Happy End. Ausnahmsweise siegt einmal das Böse. Jean-Louis Trintignant und vor allem Klaus Kinski als Loco waren großartig. Du meinst, Alexander erinnert dich an Silence, den Taubstummen?"

Christina schüttelte den Kopf. „Er besitzt keinerlei Ähnlichkeit, weder mit dem einen noch mit dem anderen. Aber er könnte ähnlich tragisch enden wie Silence."

Lauras Gesicht verfinsterte sich.

„Klärt mich bitte auf. Ich verstehe kein Wort", sagte Stella, die den Film nicht kannte.

„Alexandros, der Fremde, wie du ihn nennst, hat einen russischen und einen griechischen Verbrecher am Hals. Er wird unsere Hilfe benötigen, um aus diesem Schlamassel wieder rauszukommen", sagte Christina.

Laura und Stella kapierten nun beide nicht, was sie meinte.

„Was hat das alles mit mir zu tun?" Stella war nahe daran, mit ihrer ehemaligen Lehrerin die Geduld zu verlieren.

„Ach, Kind", seufzte Christina, „deine Frage ist völlig legitim. Vergessen wir für einen Moment diese schmutzigen Immobiliengeschäfte. Darüber können wir ein anderes Mal reden. Ich finde, du hast ein Recht darauf zu erfahren, was sich vor deiner Geburt hier abgespielt hat." Und dann erzählte sie ihr und Laura die Geschichte von Alexandros, Elena und Ioannis.

Stella war nicht dumm und konnte außerdem gut rechnen. Zwar erbleichte sie, als ihr dämmerte, wer ihr leiblicher Vater war, doch sie fing sich rasch wieder und forderte von Christina Beweise für Alexanders Vaterschaft.

„Ich habe zwar seit meiner Jugend geahnt, dass Ioannis nicht mein leiblicher Vater ist, und meine Oma hat auch manchmal so komische Andeutungen gemacht, aber ausgerechnet dieser geheimnisvolle Fremde, der ja angeblich ein Auftrags..."

„Frag einfach deine Mutter", schnitt Christina ihr das Wort ab. „Sie ist die Einzige, die dir diese Frage ehrlich beantworten kann."

„Das werde ich!"

„Oder schau in den Spiegel. Du bist deinem leiblichen Vater immer ähnlicher geworden, je älter du wurdest."

Laura fragte sich, warum ihr die Ähnlichkeit zwischen der jungen Frau und Alexander nicht schon früher aufgefallen war. Stella war relativ groß, sehr schlank und hatte dichtes glänzendes schwarzes Haar, und sie hatte die gleichen fast schwarzen Augen wie er, die gleiche gerade Nase und die gleichen vollen Lippen. Sie war sein jüngeres weibliches Alter Ego.

„Ich lasse euch beide jetzt mal lieber allein", sagte Laura, obwohl sie unheimlich neugierig war, mehr über Alexanders große Liebe und seine Vaterschaft zu erfahren.

„Bleib ruhig. Es ist nicht mein Geheimnis. Ich habe im Gegensatz zu meiner scheinheiligen Mutter nichts zu verbergen." Stella vergoss keine einzige Träne, schaute nur sehr finster drein. „Sie hat mich also dreißig Jahre lang belogen!"

Nachdem Christina ihnen von Alexanders Flucht nach Südamerika – seinen Job erwähnte sie mit keinem Wort – erzählt hatte, vergoss Stella doch ein paar Tränen. Es waren Tränen der Wut.

„Und er hat nichts von meiner Existenz gewusst?"

„Nein. Deine Mutter hat einige Wochen, nachdem Alexander verschwunden war, Ioannis geheiratet. Sie war bereits im dritten Monat schwanger mit dir."

„Ich hasse dieses verlogene Biest", stieß Stella hervor.

Laura konnte ihre Wut sehr gut nachempfinden. Aber die Tatsache, dass Alexander eine erwachsene Tochter hatte, gefiel ihr. Spontan lud sie Stella ein, sie auf Samos zu besuchen.

„Vielleicht nehme ich dein Angebot eher an, als dir lieb ist. Ich muss hier weg. Sonst gibt es gleich noch einen Mord. Und zwar einen Muttermord!"

***

Was für ein Déjà-vu! Ioannis war tot, und Alexandros wurde verdächtigt, ihn ermordet zu haben. Die Ereignisse wiederholten sich. Nur, dass Ioannis damals nicht tot, sondern absichtlich verschwunden war.

Elena glaubte bestimmt, dass Alexandros ihn aus Eifersucht umgebracht hatte. Und vielleicht hatte sie sogar recht. Hatte Alexandros nicht in jener langen Nacht in meinem Haus zu mir gesagt, dass er auf Ikaria etwas Wichtiges erledigen müsse, bevor er für immer weggehen würde? Man könnte diese Worte als Anspielung darauf interpretieren, dass er mit Ioannis abrechnen wollte.

Doch Alexandros liebte Elena nicht mehr. In der Liebe kann mir keiner was vormachen. Er hatte sich auf der Fähre in die schöne Österreicherin verliebt.

Hatte ich das Unglück dieses Mal nicht vorausgesehen? Ich bilde mir nicht ein, Kassandras Fähigkeiten zu besitzen, aber ich ahnte, schon als ich Alexandros in Piräus auf der Fähre erblickte, dass sein Besuch nicht Gutes verhieß.

Ich weine Ioannis keine Träne nach. Und Elena wird keine allzu unglückliche Witwe werden. Erben wird sie leider nicht viel, aber wenn sie seine Hütte samt dem Grund in Manganitis und sein Boot verkauft, wird sie nicht nur seine Schulden bezahlen können, sondern es wird auch ein hübsches Sümmchen für sie übrigbleiben.

Ioannis war ihr gegenüber nie sehr großzügig gewesen. Von dem schönen Haus und dem prächtigen Garten, den er ihr vor der Hochzeit versprochen hatte, konnte sie dreißig Jahre lang nur träumen. Er hatte seine Frau täglich von morgens bis abends allein hinter der Theke stehen und alte Säufer und arme Rucksacktouristen bedienen lassen. Tja, da hätte ihr Alexandros ein besseres Leben bieten können. Sein Job schien sehr einträglich gewesen zu sein. Sollte ich ihn wiedersehen, muss ich ihn unbedingt fragen, wie viel er üblicherweise für ein Menschenleben kassierte.

Fast alle sind mittlerweile nach Samos abgehauen: Stavros, Alexandros, Laura und sogar Stella. Am liebsten hätte ich Stella begleitet. Denn hier auf Ikaria spielt sich jetzt sicher nichts Aufregendes mehr ab. Doch ich muss wieder einmal einem Feind die letzte Ehre erweisen. Angeblich wird Ioannis' Begräbnis am kommenden Dienstag stattfinden. Ich freue mich auf dieses Spektakel! Vielleicht sollte ich mein rotes Kleid anziehen? Rot steht mir nicht. Rot war jedoch Christos' Lieblingsfarbe, deswegen habe ich mir dieses Kleid auch an seinem vierzigsten Todestag gekauft. Für Ioannis' Beerdigung fände ich es sehr passend. Ob Stella wohl rechtzeitig zum Begräbnis ihres Stiefvaters aus Samos zurückkommen und ihrer armen Mutter in ihrem Schmerz beistehen wird?

Sei nicht so verdammt zynisch, hörte ich in Gedanken meinen Christos schimpfen. Ich achtete nicht auf seine Worte, fühlte mich beschwingt und wieder jung, als ich mir ausmalte, wie Elena nach ein paar Jahren die Knochen ihres Mannes ausbuddeln und von den Fleischresten reinigen würde, damit sie in ein Beinhaus gebracht werden konnten. Wir haben schlicht und einfach zu wenig Platz für unsere Toten auf den Inselfriedhöfen. Bei uns in Griechenland ist es nach wie vor die Aufgabe der Angehörigen, vor allem natürlich der Witwen, die Reinigung der Knochen vorzunehmen. Ich hätte gerne Christos' Knochen gesäubert. Leider weiß ich nicht, wo die Faschisten seinen Leichnam verscharrten.

IV. Teil: Samos

41.

Alexander war ernsthaft in Seenot geraten. Kurz bevor er mit seiner Motoryacht auf einem Felsen gestrandet war, hatte er sich eingebildet, dem Tod ins Auge zu blicken. Die schwere Wolke vor ihm hatte sich in einen riesigen, hämisch grinsenden Totenschädel verwandelt.

Obwohl das wütende Meer das Heck seines Bootes wild hin und her schleuderte, blieb er an Deck. Durch ein Loch im Bug ragte die Spitze eines Felsen. Er wusste nicht, wie lange der Schiffsboden der starken Brandung standhalten würde. Das Ächzen und Krachen des beschädigten Bootes wurde vom Heulen des Windes übertönt.

Zitternd und frierend klammerte er sich an die verbogene Reling am Bug, jederzeit bereit, sich auf den Felsen zu flüchten, der ständig von meterhohen Wellen überspült wurde.

Er wusste nicht, wie lange er schon festsaß – eine halbe Stunde oder nur ein paar Minuten –, als er sich einbildete, dass sich am Horizont eine kleine dunkle Silhouette abzeichnete. Vorsichtig wankte er zum Abgang, hantelte sich die Stiege hinunter und holte eine Leuchtpistole.

Zurück an Deck feuerte er einen Schuss ab. Die Leuchtkugel ließ die schwarze Wolke über ihm kurz in feurigem Licht erstrahlen.

Als ein rot-weiß-blau gestrichenes Fischerboot in sein Blickfeld geriet, beruhigte sich wundersamerweise das Meer ein wenig. Dafür wurde der Regen stärker.

„Ich werde versuchen zu ankern!“, schrie eine kräftige Gestalt in einer knallgelben Pelerine.

Das Ankermanöver nahm eine kleine Ewigkeit in Anspruch. Alexander sah hilflos dabei zu, wie sich der gute Mann abmühte, sein Boot davor zu bewahren, an den umliegenden Felsen zu zerschellen. Als er es endlich geschafft hatte vor Anker zu gehen, befahl er Alexander, sein Motorboot ins Wasser zu schieben.

Alexander versuchte ihm klarzumachen, dass er es allein nicht schaffen würde, den Bug über die Felskante zu heben. Er schrie sich die Lunge aus dem Hals.

Der Fischer zog Pelerine und Schuhe aus und sprang ins Wasser. Alexander kletterte auf den Felsen und zog den Mann zu sich hoch. Mit vereinten Kräften schafften sie es, die Yacht ins Meer zu befördern. Dann sprangen sie an Bord und manövrierten auf das Fischerboot zu. Ihre Füße standen knöcheltief im Wasser. Beide waren vollkommen durchnässt. Doch das war ihr geringstes Problem.

Als sie endlich das Boot des Fischers erreichten, begann erneut der Kampf gegen Wind und Wellen. Schließlich schafften sie es, die Seile von Alexanders Yacht am Heck des Fischerbootes zu befestigen. Alexander gelang sogar das Kunststück, den Anker zu lichten.

Der Fischer streckte ihm seine Hand hin und sagte: „Ich bin Petros.“

„Ale...Angelos", log Alexander.

Obwohl sie mehrmals kleinere Felsen unter Wasser streiften, steuerte Petros sein Boot geschickt aus der Gefahrenzone. Er schien begriffen zu haben, dass es sich bei dem Schiffbrüchigen um keinen großkotzigen Neureichen handelte, der sich leichtsinnig in Gefahr begeben hatte.

Nachdem ihm Alexander erklärt hatte, dass sein GPS ausgefallen war und auch der Motor Probleme gemacht hatte, lud Petros ihn ein, bei ihm zu wohnen, bis seine Yacht repariert war.

Hocherfreut nahm Alexander das Angebot an und überlegte sogleich, wie er sich bei dem tapferen Mann revanchieren könnte. Petros hatte sein Boot, ja sein Leben riskiert, als er hinausfuhr, um ihn von dem Felsen zu klauben.

***

Als sie am nächsten Morgen bei griechischem Kaffee vor Petros' Haus saßen, brachte Alexander das Gespräch auf die Vernichtungsprämien der EU, von denen er in der Zeitung gelesen hatte.

„Ja, die EU hat uns kleine griechische Fischereibetriebe an den Rande des Ruins geführt. Nutznießer sind die großen Trawler, die weiterhin Raubbau betreiben. Die meisten Familien auf Fourni leben seit vielen Generationen vom Fischen. Bereits nach Einführung dieser Abwrackprämie vor ein paar Jahren haben viele Kollegen ihre Boote vernichtet. Ein inzwischen achtzigjähriger Freund von mir hat vierzigtausend Euro für die Zerstörung seines Bootes kassiert. Sein Sohn hat zu der Abwrackprämie einen Kredit aufgenommen und für die ganze Familie ein Haus bauen wollen. Bald hat er die

Kreditraten nicht mehr bezahlen können. Das Grundstück und der Rohbau sind an die Bank gegangen. Ohne Boot hat sich der Junge keine Existenz mehr aufbauen können. Er hat sich umgebracht, hat eine Frau und drei minderjährige Kinder hinterlassen.“

„Mein Vater war auch Fischer“, sagte Alexander.

„Das habe ich mir gedacht“, sagte Petros. „Du scheinst dich auf dem Meer auszukennen, sonst hättest du das gestrige Unwetter nicht überlebt.“

„Das ist vor allem dein Verdienst“, sagte Alexander.

Petros wollte keine Dankesbezeugungen hören. Er sprach weiter über die missliche Lage seiner Landsleute: „Auf Fourni gibt es mittlerweile eine moderne Fischereiflotte, eine der größten Griechenlands. Wer dort keine Arbeit findet, hält Schafe und Ziegen oder wird Imker. Zu uns kommen kaum Touristen. Wir sind nur per Fähre erreichbar, haben keinen Flughafen. Vom Honig und dem dahinplätschernden Individualtourismus kann aber keiner eine Familie ernähren.“

„Haben die Inseln von Fourni nicht einst als Pirateninseln gegolten? Liegen nicht einige Wracks bis heute vor eurer Küste? Ihr könntet den Tauchtourismus ankurbeln. Verrückte Schatzsucher gibt es mehr als genug“, sagte Alexander.

***

Am selben Abend fuhren Alexander und Petros gemeinsam zum Fischen hinaus.

Alexander begann wieder von einem einfachen Leben als Fischer zu träumen. Sollte er seinem Retter ein Angebot für sein Boot machen? Petros war nicht mehr der Jüngste, mindestens fünfzehn Jahre älter als er. Er könnte auch einen der anderen Fischer auf Fourni überreden, ihm sein Boot zu überlassen, anstatt es zu zerstören. Selbstverständlich würde er ihm einen fairen Preis dafür bezahlen. Die EU-Gelder könnte der Mann trotzdem kassieren. Ihm würde schon etwas einfallen, damit er diese lächerliche Entschädigung zusätzlich einstreifen könnte.

Alexander sah sich bereits als Besitzer eines alten Motorseglers. Er nahm sich vor, nach Erledigung seiner Geschäfte von Samos aus noch einmal hierherzufahren.

***

Sowohl ihm als auch Petros tat es leid, dass die Männer in der Werft die Motoryacht so schnell repariert hatten. Am dritten Tag konnte Alexander bereits wieder aufbrechen. Von seinen Auftraggebern hatte er in den letzten Tagen nichts gehört. Ihr Schweigen beunruhigte ihn eher.

Zum Abschied lud Petros seinen Gast zum Essen ein.

„Vielleicht sollte jeder von euch eine Taverne aufmachen“, sagte Alexander. „Ich habe noch nirgendwo so gute Hummerspaghetti gegessen.“

„Ich weiß. In den letzten Jahren hat es sich unter den Seglern bereits herumgesprochen, dass es bei uns die besten der Welt gibt.“

Alexander hatte das Boot unter dem Namen Angelos Angelopoulos gechartert. Angelos war sein zweiter Vorname. Kurz bevor er abgereist war, hatte er sein Aussehen notdürftig verändert, dem Passbild angepasst. Er hatte sich die Haare mit einem elektrischen Rasierer millimeterkurz geschnitten und gebleicht, sodass sie nun fast weiß waren. Von der Ferne konnte man glauben, er hätte eine Glatze. Auf Fourni ließ er sich einen Bart wachsen. Auch der Dreitagebart machte ihn älter.

Als er mit seinem reparierten Boot Richtung Samos aufbrach, fühlte er sich jedoch um zehn Jahre jünger und voller Energie.

Die Sonne schien auf ihn herab. Das Meer glich eher einem stillen See. Als Land am Horizont erschien, frischte der Wind auf. Alexander hatte Mühe, sein Boot auf Kurs zu halten. Der Meltemi machte sonst hauptsächlich im Juli und August den kleineren Booten zu schaffen. Scheißklimakrise, jetzt weht der Meltemi schon im Juni, dachte er.

Wieder flehte er Thetis an, ihm heute gnädig zu bleiben. Doch auf die Tochter des Meeresgottes Nereus war kein Verlass. Hatte sie nicht ihren Sohn Achill in den Fluss Styx getaucht, um ihn unverwundbar zu machen, und dabei nicht daran gedacht, dass die Ferse, an der sie ihn festhielt, unbenetzt bleiben würde? Die Styx, das Wasser des Grauens, bildete die Grenze zwischen der Welt der Lebenden und dem Reich der Toten, dem Hades. Als sein Boot in bedrohliche Schräglage geriet und ihm das Wasser ins Gesicht spritzte, presste er seine Lippen fest zusammen. War nicht sogar Alexander der Große mit dem Wasser der Styx vergiftet worden?

42.

Stella nahm dieselbe Fähre nach Samos wie Laura.

„Ich bleibe nur übers Wochenende weg“, rief sie Christina zu, die auf ihrer Terrasse stand und die Ankommenden und Abreisenden in Augenschein nahm.

An Bord machte sich Stella sofort auf die Suche nach Laura und fand sie schließlich am oberen Deck im Freien. Sie setzte sich zu ihr.

„Ich hoffe, es ist dir recht, dass ich gleich mitkomme?“

Laura war das zwar nicht recht, sie sagte aber nichts. Gerne hätte sie jetzt ein paar Tage Ruhe gehabt, sich all die aufregenden Ereignisse der letzten Tage durch den Kopf gehen lassen. Außerdem musste sie ihr Haus erst in Ordnung bringen. Ihre Nachbarin Maria hatte zwar versprochen, manchmal zu lüften, aber in den fünf Wochen, in denen sie weg gewesen war, hatten sich garantiert Spinnen und anderes Getier in ihrem Bungalow eingenistet.

„Ob du es glaubst oder nicht, ich war noch nie auf Samos! Dabei ist es ja ein Katzensprung. Ich weiß nicht, warum wir nie hingefahren sind. Mein Vater, ich meine, mein Stiefvater, oder soll ich Adoptivvater sagen – egal, jedenfalls hat uns Ioannis nie mitgenommen, wenn er rübergefahren ist."

„Na, dann werde ich dir jetzt von dieser Insel der Frauen erzählen."

„Wieso Insel der Frauen? Ich habe gedacht, ihr Feministinnen steht auf Lesbos?"

„Vor allem die Lesben. Verzeih, ein blöder Witz. Ich begegne auf Samos ständig starken, emanzipierten Frauen, die wissen, was sie wollen, und ihre Männer meist gut im Griff haben. Was man zum Beispiel von den Österreicherinnen nicht behaupten kann." Laura versuchte zu lächeln. Es misslang ihr gründlich. Ihr Mund verzerrte sich zu einer abfälligen Grimasse.

„Du machst mich neugierig."

„Obwohl sich die samiotischen Männer extrem machistisch benehmen, sind sie im Grunde ganz liebe kleine Jungen, die brav auf ihre Mamas und später auf ihre Ehefrauen hören."

„Da bin ich ja mal gespannt!"

„Beinamen der Insel, wie die *Blühende*, die *Zypresseninsel*, die *Pinieninsel*, die *Eicheninsel* oder die *Jungfräu-*

liche, sind bestimmt kein Zufall. Auf dem fruchtbaren Boden wird bis heute Landwirtschaft betrieben. Exportiert werden vor allem Wein, Rosinen und Olivenöl. Und wer kümmert sich in erster Linie um den Anbau, wer macht die ganze Arbeit? Natürlich hauptsächlich die Frauen! Die griechischen Männer sind Faulpelze, die im Kafeneion große Sprüche führen, aber die schwere körperliche Arbeit liebend gerne ihren Frauen überlassen."

„Das darfst du nie laut sagen, sonst kriegst du ernsthafte Probleme mit den griechischen Männern", kicherte Stella.

„Natürlich sind nicht alle Faulpelze. Ich kenne viele Griechen, die hart arbeiten. Trotzdem, auf den Frauen lasten nicht nur Hausarbeit und Kindererziehung, sondern sie müssen oft auch für den Familienunterhalt sorgen. Besonders seit dem Ausbruch der Krise. Viele Männer sind ja arbeitslos geworden. Und wer hat die Familie über die Runden gebracht? Die Frauen! Zum Beispiel meine Nachbarin Maria. Ihr Mann Georgios ist ein Trottel. Zum Glück hat sie die Hosen an. Früher hätte man sie als Hexe bezeichnet, für mich ist sie eine Art Heilerin. Sie kennt sich wunderbar mit Kräutern aus, hat für jedes Wehwehchen ein helfendes Kräutlein parat. Maria kennt übrigens eine echte Hexe, besser gesagt, eine alte Frau, die Voodoo betreibt. Sie hat mich vor ihr gewarnt, gemeint, ich solle mich ja nicht mit ihr einlassen. Ich bin dieser Verrückten schon ein paar Mal begegnet. Sie ist irgendwie unheimlich, trägt einen Voodoogürtel um ihre Mitte, in dem sie alle nötigen Utensilien aufbewahrt ..."

„He, wovon sprichst du? Wir befinden uns nicht mehr im Mittelalter", unterbrach Stella sie.

„Voodoo hat nichts mit dem Mittelalter zu tun. Samos ist die Insel der Hera, der Frau von Zeus. Hera war sehr eifersüchtig auf ihren Mann und seine zahlreichen Geliebten. Ihre Rachsucht ist legendär. Leider sind vom Hera-Heiligtum, einem der größten Tempel der Antike, nur mehr Reste erhalten. Die Göttin ist an den Ufern des Imbrasos geboren worden, in den Höhlen bei Ireon hat man viele Grabbeigaben gefunden. Wenn du möchtest, fahren wir gemeinsam dorthin und tanken ein bisschen Kraft. Jedenfalls scheinen die Frauen von Samos unter dem Schutz der mächtigsten aller Göttinnen zu stehen."

„Glaubst du das im Ernst?"

„Nein. Ich glaube weder an eure alten Götter noch an Jesus Christus. Aber diejenigen, die an die Macht der Götter glauben, entwickeln vielleicht besondere Kräfte, sind sensibler und einfühlsamer als wir Ungläubigen. Zum Beispiel eben meine Nachbarin Maria. Im letzten Sommer habe ich manchmal in ihrer Strandbar gearbeitet, vor allem an den Wochenenden, wenn viele Segler in unserer Bucht geankert haben. Damals habe ich sie näher kennengelernt. Sie und ihr Mann Georgios haben mir dafür bei der Olivenernte geholfen. Ich habe letztes Jahr fünfzig Liter Öl produziert, der Säuregrad betrug 0,5! Georgios besitzt eine Ölmühle, fürs Pressen hat er nur ein paar Liter für sich selbst verlangt. Maria und ich haben die Netze unter den Bäumen gespannt, um zu vermeiden, dass Oliven auf die Erde fallen und die Qualität dadurch gemindert wird. Leider tragen die Bäume nur alle zwei Jahre, heuer werde ich also kein Öl haben. Aber die Vermietung meiner beiden Studios in meinem neuen Bungalow bringt eh mehr ein als der Verkauf des Öls."

Stella sah die Österreicherin, die in ihrem langen, weißen Kleid und mit den goldenen Ohrringen wie einem Modejournal entsprungen schien, bewundernd an. „Dir würde man niemals zutrauen, dass du ordentlich zupacken kannst", sagte sie.

„Das habe ich erst hier in Griechenland gelernt. In Wien bin ich hauptsächlich an meinem Schreibtisch gesessen und habe Kleider für wohlhabende Frauen entworfen."

„Du bist Modedesignerin?"

Laura nickte und schaute zu Boden.

„Jetzt ist mir alles klar. Deshalb trägst du so verrückte Sachen."

Lauras Lachen kam von Herzen. Ihre Züge verzerrten sich dabei so grotesk, dass Stella zusammenzuckte.

„Mein Gott, was ist mit deinem Gesicht los?"

„Das ist eine andere Geschichte. Die erzähle ich dir mal, wenn wir uns besser kennen."

43.

Sie nahmen ein Taxi von Vathy nach Limnionas. Umständlich erklärte Laura dem Fahrer auf Griechisch den Weg.

„Ich spreche Deutsch", sagte er stolz und fühlte sich bemüßigt, den Fremdenführer zu spielen.

„Der Tourismus auf Samos hat erst in den Achtzigerjahren begonnen", sagte er. „Heute kommen pro Jahr circa hundertdreißigtausend Urlauber auf die Insel. Ende der Neunzigerjahre waren es sogar hundertsechzigtausend, vor allem Deutsche, Briten, Holländer und Skandinavier. Die touristischen Zentren liegen im Süden. Im Norden liegt der hübsche Ferienort Kokkari. Limnionas ist noch relativ unberührt. Es wird Ihnen dort gefallen."

Laura und Stella grinsten einander an, schwiegen aber beharrlich.

„Die Samioten waren einst nicht nur tüchtige Händler und Geschäftsleute, sondern auch sehr kriegerisch.

1908 haben sie gegen die türkische Besatzung rebelliert, 1912 haben sich die Türken endlich zurückgezogen. Im Zweiten Weltkrieg ist die Insel von italienischen Truppen besetzt worden und im September 1943 von den Engländern. Die beiden Städte Vathy und Pythagorio sind bei der Schlacht um die Ägäis im November 1943 von deutschen Fliegern bombardiert worden. Eine Woche später ist die Insel kampflos an die Deutschen gegangen. Die Nazis haben auf Samos bis zur Kapitulation im Mai 1945 gewütet."

„Und heute besetzen sowohl die Engländer als auch die Deutschen schon wieder die Insel", sagte Stella angesichts der vielen weißhäutigen Touristen auf Griechisch, als sie den Ferienort Votsalakia erreichten.

Mit diesem einen Satz brachte sie den netten Taxifahrer zum Schweigen. Nach einer Weile stammelte er, dass er sie für deutsche Touristinnen gehalten habe.

***

Zu Hause angekommen, machte Laura eines der Studios für die junge Frau zurecht. Verlegen entschuldigte sie sich für den Staub und die vielen Spinnen, die sich während ihrer Abwesenheit angesammelt hatten.

Stella gab ihr mit einer eindeutigen Handbewegung zu verstehen, dass ihr Staub und Spinnen völlig egal wären.

Sie setzten sich auf die Terrasse.

Maria hatte den Kühlschrank gefüllt. Laura konnte ihrem Gast Schafskäse, Oliven, Tomaten und Weißbrot anbieten. Den Rotwein lehnte Stella dankend ab. Sie blieben beide bei Wasser.

Nach dem Essen kam Stella auf den Tod ihres Stiefvaters zu sprechen: „Du wirst dich fragen, warum ich meine Mutter ausgerechnet jetzt allein lasse. Ich kann ihr momentan nicht in die Augen schauen, so wütend bin ich auf sie. Meine Trauer um Ioannis hält sich in Grenzen. Als Kind habe ich ihn sowieso kaum zu Gesicht bekommen. Und wenn er mal zu Hause war, hat er mich mehr oder weniger ignoriert. Er hat mit Kindern nichts anfangen können, und erst recht nichts mit halbwüchsigen Mädchen."

Stella wunderte sich über sich selbst. Warum vertraute sie dieser fremden Frau ihre Probleme und Gefühle an? Manchmal schien es eben einfacher zu sein, mit einem Fremden über intime Angelegenheiten zu reden als mit Menschen, die einem nahestanden.

„Das Einzige, was ich Ioannis verdanke, ist meine militärische Ausbildung. Ich weiß allerdings nicht, ob ich ihm dafür dankbar sein soll."

„Du warst beim Militär?"

„Ja, ich habe es sogar bis zum Lochagos gebracht. Hauptmann, sagt man auf Deutsch, glaube ich. Ich hatte hundert Soldaten unter mir."

„Wow! Ich bin beeindruckt."

Stella sah sie ungläubig an. „Nicht ernsthaft, oder? Menschen wie du verabscheuen sicher das Militär."

„Verabscheuen ist der falsche Ausdruck. Ich staune nur, ich habe noch nie einen weiblichen Hauptmann kennengelernt. In Österreich spielt das Heer kaum eine Rolle im gesellschaftlichen Leben."

„Bei uns leider sehr wohl. Das Militär ist mit der Kirche verbandelt und wird die Macht übernehmen, wenn die große Krise nicht bald vorüber sein wird. Daran denken die Herrschaften in der EU und beim Weltwährungsfonds nicht, oder sie wollen es sogar darauf ankommen lassen, dass Griechenland wieder eine Militärdiktatur bekommt."

„Das meinst du nicht im Ernst."

„Wenn sie die Syriza nicht bei der kommenden Wahl loswerden, ist alles möglich. Aber Tsipras wird ohnehin verlieren. Die Griechen sind mittlerweile ebensolche Konsumidioten wie alle anderen Europäer. Selbst ich beschäftige mich kaum mehr mit Politik. Seit meiner Rückkehr nach Ikaria habe ich meine Liebe zum Kochen entdeckt. Klingt verrückt, ich weiß. Während meiner Ehe habe ich es gehasst, jeden Tag warmes Essen auf den Tisch bringen zu müssen. Jetzt stehe ich von acht Uhr morgens bis Mitternacht hinter der Theke oder in der Küche. Ehrlich gesagt, weiß ich nicht, was ich sonst tun soll. Mir ist schlicht und einfach langweilig. Wenn meine Mutter ausnahmsweise einmal keine Kopfschmerzen hat, hilft sie mir, bereichert die Speisekarte der Bar um Moussaka und Pastitsio. Das sind die einzigen Gerichte, die sie ordentlich zubereiten kann. Wenn ich in der Küche das Zepter schwinge, gibt es außerdem Sardinas, Calamari, frischen Fisch und manchmal Juvetsi und Lammkoteletts. Ich glaube, ich bin eine gute Köchin." Sie sah Laura unsicher an.

„Das bist du garantiert!"

„Es hat mir immer an Selbstbewusstsein gemangelt. Obwohl Christina oft behauptet hat, dass ich ein kluges und hübsches Mädchen sei, habe ich von klein auf unter Minderwertigkeitsgefühlen gelitten, bin mir total hässlich und vor allem dumm vorgekommen."

„Ich weiß, wovon du sprichst. Obwohl ich eine relativ erfolgreiche Designerin war und in der Wiener Modeszene durchaus bekannt, hatte ich ebenfalls Minderwertigkeitsgefühle. Ich dachte, wer bin ich denn schon? Eine dieser halberfolgreichen Mitte Dreißigjährigen, die es wie Sand am Meer in dieser Scheißmodebranche gibt."

Stella sah sie ungläubig an. „Du bist so eine interessante Frau", sagte sie.

„Du auch! Außerdem bist du eine Schönheit. Keines der Models, mit denen ich gearbeitet habe, kann mit dir konkurrieren."

Stella schwieg. Entweder hatte sie den Faden verloren oder das Thema war ihr unangenehm.

„Dir war also nie bewusst, dass du eine sehr schöne Frau bist?", nahm Laura das Gespräch wieder auf.

Stella schüttelte den Kopf.

„Hat dir dein Stiefvater das nie vermittelt?

„‚Ioannis' genügt. Er hat, wie gesagt, nichts Väterliches an sich gehabt."

„Mädchen brauchen einen liebenden Vater, um sich zu starken Frauen entwickeln zu können. Von ihm scheinst du leider keine Anerkennung bekommen zu haben ..."

„Und von meiner Mutter erst recht nicht", unterbrach Stella sie. „Ich bin mir schon als Kind ungeliebt vorgekommen. Sie hat mich andauernd zu meinen Großeltern abgeschoben. Und wenn ich mal bei ihr sein durfte, war sie sehr streng mit mir. Ich erinnere mich kaum an irgendwelche Zärtlichkeiten. Wenn ich geweint habe, hat sie mich angefaucht, anstatt mich in die Arme zu nehmen. Später hat sie mich oft ermahnt, mir bloß nichts auf mein Aussehen einzubilden."

„Das bedeutet, dass zumindest sie Augen im Kopf gehabt hat. Bestimmt war sie eifersüchtig."

„Eifersüchtig? Auf mich?" Stellas Verwunderung war nicht gespielt. „Sie ist meine Mutter. Außerdem rennen ihr bis heute die Männer nach. Auch mit fünfzig sieht sie noch fantastisch aus. Die Leute auf Ikaria nennen sie hinter vorgehaltener Hand *die schöne Elena*."

„Und du bist zwanzig Jahre jünger und siehst viel besser aus als deine Mutter. Mütter, die auf ihre Töchter eifersüchtig sind, gibt es mehr, als man denkt.“

Stellas Anblick muss Elena schmerzhaft an Alexander erinnert haben, der sie so schmählich im Stich gelassen hat, dachte Laura. Und Ioannis musste Tag für Tag die Gesichtszüge seines verhassten Nebenbuhlers ertragen. Keine einfache Situation. Doch das war in ihren Augen keine Entschuldigung dafür, dass sie es dieser jungen Frau so schwergemacht hatten. Sie war die einzig Unschuldige in diesem Drama.

„Erst nach Beendigung meiner militärischen Ausbildung und vor allem, als ich Chemie zu studieren begann, bin ich ein bisschen selbstsicherer geworden. Das war die beste Zeit meines Lebens“, sagte Stella.

„Und was ist dann schiefgelaufen?“

„Alles. Ich habe den falschen Mann geheiratet, habe wegen ihm kurz vor der Diplomarbeit mein Studium abgebrochen und bin ihm nach Nafplio gefolgt. Er war ein höherer Offizier, hat dort einen guten Posten bekommen. Vassilis ist fünfzehn Jahre älter als ich, wahrscheinlich wirst du jetzt sagen, dass ich einen Vaterersatz gesucht habe. Jedenfalls hat er sich kurz nach der Hochzeit als Tyrann entpuppt. Er war unheimlich eifersüchtig. Ohne Grund natürlich. Außerdem war er sehr rechthaberisch, ein entsetzlicher Besserwisser und völlig humorlos ...“

„Humorlose Männer sind das Letzte! Mein Ex hat wenigstens Humor gehabt. Er hat nur sonst nicht viel getaugt“, warf Laura ein.

„Eines Tages habe ich es in unserer hübschen Wohnung in Nafplio nicht mehr ausgehalten. Während Vassilis im Dienst war, habe ich meine Sachen gepackt und ihn allein in unserem trauten Heim zurückgelassen. Das ganze Theater, bis ich die Scheidung endlich durchgesetzt habe, erspare ich dir lieber. Alle waren gegen mich. Ich habe keinerlei Unterstützung bekommen. Meine Eltern, meine Schwiegereltern und vor allem Vassili haben mich ständig drangsaliert, zu ihm zurückzukehren ... Nein, das stimmt nicht ganz. Ich habe doch eine Verbündete gehabt. Christina hat mir eine berühmte Anwältin in Athen, die sie aus ihrer politisch aktiven Zeit kannte, empfohlen. Dieser Frau allein verdanke ich, dass ich den abscheulichen Menschen losgeworden bin."

„Und Christina selbst ..."

„Ja, und ihr. Meine Eltern haben mich zuerst nicht einmal bei sich aufnehmen wollen. Hätte ich damals gewusst, was ich heute weiß, hätte ich mich von diesem verlogenen Biest nicht so fertigmachen lassen."

„Du sprichst von deiner Mutter?"

„Von wem sonst? Ioannis' Meinung hat mich nie interessiert. Ich fühle mich richtig erleichtert, seit ich weiß, dass er nicht mein leiblicher Vater war. Als Kind habe ich mir oft ausgemalt, dass ich andere Eltern hätte, adoptiert worden wäre ..."

Plötzlich brach Stella in Tränen aus. Laura holte ihr ein Stück Küchenrolle für ihre triefende Nase.

Stella schnäuzte sich lautstark. „Entschuldige bitte, ich tu mir momentan wohl selber ziemlich leid. Normalerweise heule ich nie. Aber ist es nicht zum Heulen, wenn man mit dreißig erfährt, dass man die Tochter eines Mörders ist?"

Laura dachte, sie hätte irgendwie Mitschuld daran, dass Stella ihren Vater für einen Mörder hielt. Von dem Gerücht, dass er ein Auftragskiller war, wusste sie nichts, aber sie misstraute Alexander nach wie vor. Wo er auftauchte, gab es Tote. Dennoch wollte sie auf keinen Fall, dass sich Stella weiter in die Vorstellung, einen Mörder als Vater zu haben, hineinsteigerte.

„Hast du Kontakt mit deinem Exmann?", wechselte sie das Thema.

„Leider ja. Er belästigt mich mit Mails und nächtlichen Anrufen. Ich hebe nie ab, reagiere auch nicht auf seine schriftlichen Nachrichten. Irgendwann wird er schon aufgeben."

„Ein Stalker, oje!"

„Halb so wild. Ich habe momentan zwei neue Verehrer. Andreas, der Sohn unseres Stararchitekten, der ganz Ikaria zu einem Topferienziel für wohlhabende Mittel- und Nordeuropäer machen will, und dessen Freund, ein stinkreicher Bauunternehmer und Immobilienspekulant, der ursprünglich aus Evdilos stammt ..."

„Sag bloß, du meinst Stavros Xanidis?"

„Ja. Du kennst ihn?"

„Kennen ist zu viel gesagt. Ich habe nichts Gutes über ihn gehört. Lass dich lieber nicht mit ihm ein. Er dürfte ein richtiges Scheusal sein, hat hinter dem Rücken von Maria mit ihrem Ehemann Georgios über ihr Grundstück verhandelt. Mir hat er schriftlich ein unsittliches Angebot gemacht, hat mir lächerliche fünfzigtausend für mein Haus, das Kalivi und den Olivenhain angeboten. Ich habe den Brief, kurz bevor ich nach Österreich geflogen bin, in meiner Post gefunden. Sein Angebot ist ein schlechter Scherz. Außerdem denke ich nicht im Traum daran zu verkaufen. Mein Kalivi hat knappe fünfzehn Quadratmeter und vor vier Jahren fünfzehntausend gekostet. Aber mein Grundstück mit den beiden Studios und dem Olivenhain sind heute mindestens hunderttausend wert. Aber selbst um diese Summe würde ich nicht verkaufen. Ich möchte hier alt werden", seufzte sie.

„So ein Schuft!“ Stellas Gesicht hatte sich vor Zorn gerötet.

„Du sagst es! Er will die ganze Bucht, um sie mit einem Hotelkomplex bestücken zu können. Wie gesagt, Georgios überlegt zu verkaufen. Die Strandbar bringt nicht viel ein. Aber seine Frau weigert sich standhaft. Es war ihr Grund und Boden. Sie hat ihn mit in die Ehe gebracht. Nach griechischem Recht gehört der Grund zur Hälfte ihrem Mann, da sie bei ihrer Eheschließung keine Gütertrennung vereinbart haben. Ich hoffe, Maria wird es schaffen, ihren Mann davon zu überzeugen, dass die Strandbar in Zukunft mehr abwerfen wird. Unsere Bucht liegt ja am Fuße des höchsten Berges von Samos. In den letzten Jahren sind viele Wanderer im Frühling und im Herbst, wenn es nicht mehr so heiß ist, zu uns gekommen. Jedenfalls werden Maria und ich um unsere Bucht kämpfen, sie nicht diesem Baulöwen aus Athen überlassen. Zur Not muss Marias Bekannte halt ein bisschen Voodoo betreiben.“

Stella kicherte.

„Ich bin keine Esoterikerin“, beteuerte Laura. „Doch die Erfolge dieser Verrückten sind nicht zu verachten. Vor einigen Monaten hat eine unglücklich verheiratete Frau sie um Hilfe gebeten, weil ihr Mann eine Geliebte hatte. Die Alte hat ihr empfohlen, das eigene Menstruationsblut in den Kaffee des Mannes zu geben, damit er wieder zu ihr zurückfindet. Und so ist es geschehen. Nachdem er den scheußlichen Kaffee getrunken hatte, hat er seine Affäre beendet.“

„So ein Quatsch“, sagte Stella lachend.

„Eine andere Frau hat sich wegen sexueller Probleme mit ihrem Mann an sie gewandt. Die Alte hat eine getragene Unterhose des Mannes verlangt, und die verzweifelte Frau hat ihr eine gebracht. Sie hat dann mit dieser Unterhose irgendeine Zeremonie durchgeführt, mit Weihrauch und anderem Brimborium. Angeblich hat das geholfen. Zumindest hat der Typ nachher wieder manchmal mit seiner Frau geschlafen. Bei den Voodoogeschichten geht es hauptsächlich um Männer und Sexualität."

„Ich glaube nicht an diesen Hokuspokus."

„Auch ich halte mich für eine eher rationale Frau, aber interessant finde ich das schon. Auf Haiti ist Voodoo übrigens sogar eine anerkannte Religion."

„Wir sind nicht in der Karibik. Ich weiß, dass auch in Griechenland der Aberglaube am Land weit verbreitet ist. Ich kenne selbst einige Geschichten über Hexerei und geheimnisvolle Liebestränke. Alles Unsinn, glaub mir! Ihr emanzipierten Frauen aus dem Norden seid anscheinend anfällig für solchen Quatsch."

Laura musste lachen. „Ich habe mein Grundstück, wie gesagt, Maria abgekauft, den Vertrag mit ihr gemacht. Wenn ihr Mann sich jetzt mit diesem Immobilienhai Stavros einlässt, werde ich ihm einen Anwalt auf die Fersen hetzen."

„Ich würde vorschlagen, ihr solltet eher Stavros Xanidis zur Hölle schicken."

„Damit würden wir auch Christina einen guten Dienst erweisen. Soviel ich mitbekommen habe, will er unbedingt auch ihre Villa und die Bar deiner Mutter auf Ikaria in seinen Besitz bringen."

„Wie bitte?"

Stella schien von diesem Plan ihres Verehrers bisher nichts mitbekommen zu haben. Laura wiederholte, was sie von Christina erfahren hatte.

„Ich weiß jetzt, was ich zu tun habe. Zuerst werde ich mir meine verlogene Mutter vorknöpfen und danach Stavros Xanidis!"

44.

Am nächsten Tag schlug Laura ihrem Gast eine Rundfahrt im Süden vor. Sie wollte Stella ein paar interessante Orte und einige einsame Strände zeigen.

Zum Glück sprang ihr alter Toyota an. Den Wagen hatte sie vor vier Jahren gebraucht gekauft. Sie befürchtete ständig, dass er eingehen würde. Er hatte unzählige Dellen, war sehr schmutzig und konnte oft nicht mehr gezündet werden.

„Ich glaube, die Berge hier sind höher als bei uns auf Ikaria", sagte Stella.

„Das Kerkis-Massiv ist über eintausendvierhundert Meter hoch. Berggehen ist nicht meines, obwohl ich aus Österreich komme, wo die meisten Leute ganz narrisch aufs Bergsteigen und Wandern sind. Mir ist das zu anstrengend. Ich sehe mir die Gipfel lieber von unten an. Geschützte Häfen und große Buchten, wie der Golf von Marathokampos, der Golf von Pythagorio oder der Golf von Vathy, sind eher meines."

„Ich würde gerne auf den Kerkis gehen."

„Wenn du möchtest, bringe ich dich gleich zu der Stelle, wo der Steig beginnt."

„Nein, nein, das hat bis morgen Zeit. Lass uns heute lieber die Insel erkunden."

„Ich könnte dir den Fundort Kastro Tigani bei Pythagorio zeigen, wenn dich das interessiert. In den Höhlen auf Samos haben bereits viertausend Jahre vor Christus Menschen gelebt. Man hat jede Menge Vasen, Krüge und Skelette aus dieser Zeit gefunden."

„Wow! Glaubst du, dass Ikaria damals auch schon besiedelt war?"

„Denk an Ikarus", scherzte Laura. „Zuerst fahren wir aber zur Höhle von Pythagoras, okay? Diese Höhle muss man einfach gesehen haben."

***

Sie verzichteten auf eine Führung, da Stella bestens über den antiken Philosophen und Mathematiker Bescheid wusste. „Er wurde im heutigen Pythagorio geboren, das stimmt", sagte sie, „der Arme hat jedoch flüchten und sich verstecken müssen. Angeblich hier in dieser Höhle – und das stimmt nicht. Er ist nach Mesopotamien und Ägypten gegangen. Als er nach Samos zurückkehrt ist, hat er hier eine Schule aufmachen wollen. Es hat nicht funktioniert. Daraufhin ist er nach Süditalien und hat dort eine gegründet. Seine Schüler haben ihn dazu gedrängt in die Politik zu gehen. Auch in der Antike waren viele Politiker korrupt und gemeingefährlich. Seine Schule ist eines Tages angezündet worden, und er soll bei lebendigem Leib verbrannt sein."

„Oh, nein!" Laura konnte sich keinen schlimmeren Tod vorstellen.

„Pythagoras hat auch Therapieformen für Körper und Geist erfunden und war ein Vorläufer der Musiktherapie", fuhr Stella fort. „Jedenfalls war er der Erste, der den Einfluss der Psyche auf physische Erkrankungen berücksichtigt und sich mit gesunder Ernährung beschäftigt hat."

„Was für ein faszinierender Mann!"

„Na ja, ich glaube, er war ein ziemlicher Spinner. Er und seine Schüler sind ständig in langen weißen Gewändern herumgelaufen ..."

„So wie ich?“, fragte Laura, die wieder einmal ein bodenlanges weißes Kleid trug.

Lachend erklärte Stella ihr dann den berühmten Satz von Pythagoras und erzählte ihr, dass er auch das abendländische Tonsystem erfunden hat.

Laura hatte bisher nicht einmal eine Ahnung gehabt, wie der Pythagoreische Becher, den sie in einem Souvenirshop für Stella kaufte, funktionierte.

„Der Philosoph Epikur und Äsop, der Sklave, der für seine Fabeln berühmt war, wurden ebenfalls auf Samos geboren“, spielte Stella weiter die Fremdenführerin.

Zwar hatte Laura von beiden schon mal gehört, wusste aber nicht, was diese Herren geschrieben hatten.

Als sie auf der Rückfahrt an einem Salzsee vorbeikamen, übernahm Laura wieder die Reiseleitung. Sie freute sich über Stellas kindliche Begeisterung beim Anblick der vielen Flamingos.

An der Psili Ammos Beach gingen sie kurz schwimmen. Von hier aus war das türkische Festland kaum zwei Kilometer entfernt.

Laura hätte Stella auch gerne die einsame Bucht von Kiriakou oder die Tsopela Beach gezeigt, doch es war spät geworden. Außerdem wollten sie ja noch nach Mytilini.

***

Das hübsche Dorf und das liebliche Tal waren von einem Flüsschen durchzogen.

„Hier sind vor etwa hundertfünfzig Jahren von einem altösterreichischen Wissenschaftler die Überreste von Dinosauriern gefunden worden“, sagte Laura. „Die Dinosaurierknochen sollten auf drei Schiffen von der Insel weggebracht werden. Aber das Meer ist auf einmal sehr unruhig geworden. Es heißt, die Nereiden haben den Diebstahl verhindern wollen, haben das Wasser aufgewühlt und starke Winde heulen lassen. Unheimliches Wehklagen erklang aus der Tiefe des Meeres. Die Schiffe haben lange nicht auslaufen können. All diese Fundstücke sind schließlich doch im Naturhistorischen Museum in Wien und in Berliner Museen gelandet."

„Typisch! Die Deutschen haben uns fast genauso viel geklaut wie die Engländer. Aber sind in dieser Gegend nicht auch Überreste des berühmten prähistorischen Tigers Kaplani entdeckt worden?", fragte Stella.

Christina scheint tatsächlich eine hervorragende Lehrerin gewesen zu sein, dachte Laura. Unwillkürlich musste sie wieder an Alexander denken. Auch er war ihr sehr gebildet vorgekommen. Ein gebildeter Mörder?

45.

Am Sonntag brach Stella früh morgens mit Lauras Auto auf, um den Kerkis zu besteigen.

Laura war ebenfalls in aller Herrgottsfrüh aufgestanden, hatte Stella Frühstück gemacht und ihr sogar Proviant mitgegeben. Amüsiert über ihre mütterlichen Anwandlungen legte sie sich nach dem Frühstück wieder ins Bett. Sie hatte der jungen Frau eine halbwegs gute Karte geborgt. Da sie wusste, dass Stella eine bestens ausgebildete Soldatin war, machte sie sich keine Sorgen. Sie würde den Berg locker allein bezwingen.

Als Stella nachmittags zurückkam, war sie bester Laune.

„Sag mal, bist du hinauf und hinunter gerannt?", wunderte sich Laura über ihre frühe Rückkehr.

„Könnte man sagen. Ich habe mich ein bisschen ausgepowert. Hat mir gutgetan. Jetzt habe ich wieder einen klaren Kopf.“

Laura hatte für sie Wiener Schnitzel und Kartoffelsalat zubereitet. Stella langte kräftig zu, aß drei Schnitzel und mehr als die Hälfte des Salates.

„Wow! Das hat köstlich geschmeckt! Ich glaube, ich sollte bald mal nach Österreich fahren“, sagte sie nach dem Essen.

Spät abends nahm sie die Fähre nach Ikaria. Am Dienstag würde Ioannis’ Begräbnis stattfinden. Sie wollte daran teilnehmen. Nicht, um ihrer Mutter beizustehen, sondern weil sie glaubte, es ihm schuldig zu sein. Er hatte sie nicht geliebt, aber er hatte für sie gesorgt.

***

Nach Stellas Abreise am Sonntagabend beschloss Laura, endgültig mit der Sauferei aufzuhören. Hatte sie nicht zwei Tage und eine Nacht bereits geschafft? Da Stella kaum Alkohol trank, hatte Laura auf ihren geliebten Wein verzichtet. Angeblich dauerte der körperliche Entzug neun Tage. Das müsste durchzuhalten sein, dachte sie.

Laura konnte keinen Schlaf finden. Ihre Gedanken kreisten um Stella und Alexander. Leute, deren Gedanken sich ständig grübelnd im Kreis drehen, sind ein trauriger Anblick, dachte sie, bevor sie endlich einschlief.

Am nächsten Morgen lief sie hinunter zu Maria in die Strandbar, erzählte ihr von ihrem Entschluss und bat sie um ihre Hilfe.

„Du bist keine richtige Alkoholikerin, du trinkst nur zu viel. Das ist ein gewisser Unterschied, glaub mir. Du wirst kaum Entzugserscheinungen haben, wenn du zu saufen aufhörst."

„Ich war gestern die halbe Nacht lang wach."

„Dagegen weiß ich ein gutes Mittel. Ich werde einen Tee brauen, der dir beim Einschlafen helfen wird. Jetzt trinken wir aber zuerst einmal einen Kaffee."

Zwei Stunden später brachte Maria ihr Kräuter und getrocknete Pflanzen in einem Stoffsäckchen.

„Brüh dir damit täglich einen Liter Tee auf und trinke ihn langsam über den Tag verteilt. Vor allem, wenn du glaubst, unbedingt einen Drink zu brauchen. Nach ein paar Tagen wirst du dich an den Geschmack gewöhnt haben. Anfangs wirst du ihn scheußlich finden, obwohl ich ein wenig Vanille dazugegeben habe, weil ich weiß, dass du Vanille magst. Und iss viel Süßes, das hilft auch."

Laura konnte sich nicht vorstellen, dass Tee und Süßigkeiten es ihr erleichtern würden, auf Alkohol zu verzichten.

***

Nachmittags arbeitete sie in ihrem Garten, der nach ihrer langen Abwesenheit ziemlich verwildert aussah. Zwischen den Steinen und in den Gemüsebeeten wucherte das Unkraut. Körperliche Arbeit lenkte angeblich ab. Von wegen! Selbst während der sehr anstrengenden Olivenernte im letzten Winter waren oft die Bilder von dem Unfall, dem brennenden Wagen und der verbrannten Leiche vor ihrem inneren Auge aufgetaucht. Seit diesem Unfall hatte sie große Angst vor Feuer. Wenn sie irgendwo Rauch sah oder Brandgeruch in ihre Nase drang, wurde sie panisch, was sonst nicht ihre Art war.

Nachdem sie tagsüber einen Liter von Marias scheußlichem Gesöff getrunken hatte, ging es ihr in der nächsten Nacht noch schlechter als zuvor. Albträume quälten sie. Morgens erwachte sie in Angstschweiß gebadet. Ihre Stimmung war am Boden. Sie hatte von dem Unfall geträumt, konnte sich jedoch nicht an Einzelheiten erinnern.

Dennoch begann sie den Tag sehr ambitioniert, aß picksüße Lukumi zum Frühstück, obwohl sie Süßes sonst eher mied. Sie hatte sich nun einmal vorgenommen, Marias Ratschläge zu befolgen.

Schon nach Theos Tod hatte sie sich bemüht weniger zu trinken. Wenn sie ehrlich zu sich selbst war, hielt sie sich vor allem wegen Alexander zurück. Ich werde doch nicht wegen eines Mörders zu trinken aufhören, dachte sie sogleich verärgert.

Christina schien ihn für unschuldig zu halten, sowohl was Theos als auch was Ioannis' Tod betraf. Sie selbst fragte sich, ob er nicht zumindest seinen Rivalen Ioannis auf dem Gewissen hatte.

Laura hielt den ganzen Tag ohne einen Tropfen Alkohol durch. Am frühen Abend ging sie zu Bett.

Wieder quälten sie Albträume die halbe Nacht lang. Blutüberströmte, von Kugeln zerfetzte Körper, Männer mit Einschusslöchern zwischen den Augen, kopflose Leichen und merkwürdig lächelnde Totenschädel begleiteten sie im Schlaf.

46.

Alexander hatte im Hafen von Vathy auf seinem Boot übernachtet. Am nächsten Morgen besorgte er sich ein Mietauto, einen ähnlichen Geländewagen wie auf Mykonos. Dieses Mal bestand er auf einem Navi.

Prinzipiell kannte er sich mit Navis aus. Er erinnerte sich jedoch nicht mehr an den Namen des Ortes, in dem die Österreicherin wohnte. Hatte sie nicht Psili Ammos erwähnt?

Als er Psili Ammos eingab, erschienen drei verschiedene Orte dieses Namens.

„Malaka", fluchte er, während er auf dem Gerät herumdrückte. „Ah, Limnionas", seufzte er erleichtert, als er diesen Ortsnamen endlich auf einer der Routen entdeckte.

Er hatte keine genaue Adresse, würde jemanden fragen müssen. Wie die meisten Männer fragte er äußerst ungern nach dem Weg. In seinem Fall war es verständlich, wollte er doch keinesfalls, dass sich jemand an ihn erinnerte.

Bevor er losfuhr, tauschte er wieder einmal seine Handys aus. Das eine würde er, wie immer, für seine privaten Anrufe benützen, das andere, um mit seinem Auftraggeber in Kontakt zu bleiben. Er gab Boris seine neue Telefonnummer per SMS bekannt. Lauras Nummer wusste er mittlerweile auswendig. Er wollte sie aber nicht anrufen, sondern lieber mit seinem Besuch überraschen.

Die Fahrt quer über die Insel, Richtung Süden, machte ihm Spaß. Die Straßen waren in gutem Zustand. Kein Vergleich mit den Straßen auf Mykonos oder Ikaria.

Ein riesiges Waldgebiet zog sich über die ganze Insel. Palmen, Zypressen und Kiefern säumten das Meeresufer. Und überall blühte der Ginster. Die Berghänge erstrahlten im Sonnenlicht in leuchtendem Gelb. Er öffnete alle Fenster seines Wagens, sog gierig die herrlich duftende Frühlingsluft in seine Lungen.

Einige Hotels und hübsche Ferienhäuser, aber auch einfachere Unterkünfte empfingen ihn in Votsalakia. Bei einer offenen Taverne hielt er an, trank ein Bier auf der Terrasse. Eine Gruppe lärmender All-inklusive-Touristen aus Osteuropa vertrieb ihn schließlich aus diesem Ferienort.

Auf der Straße nach Psili Ammos war nicht viel Verkehr. Er schaltete das Autoradio ein. Rembetiko! Oh, mein Gott, wie lange hatte er diese schwermütige Musik nicht mehr gehört! Der griechische Blues, der von Flüchtlingen aus Kleinasien in die Hafenstädte Piräus und Thessaloniki gebracht worden war, eine Mischung aus griechischer Volksmusik und orientalischen Klängen, und vor allem die Texte, in denen es meist um die Sorgen der einfachen Leute, um Liebe und Verrat, um Haschisch und Trunkenheit ging, trieben ihm die Tränen in die Augen. Er drehte auf volle Lautstärke.

Verdammt, seine harte Schale wurde mit zunehmendem Alter immer empfindlicher. Jetzt brachte ihn sogar schon sentimentale Musik zum Heulen. Er wischte sich mit dem Ärmel seiner Anzugjacke über die Augen.

Fast hätte er in der nächsten unübersichtlichen Kurve eine ältere Frau, die sich mit Plastiksäcken abschleppte, umgefahren. Er hielt sofort an, entschuldigte sich wortreich und fragte, ob er sie ein Stück mitnehmen könne.

Die Frau schenkte ihm einen interessierten Blick. „Ist das Roza Eskenazy?“, fragte sie.

„Ja. War sie nicht großartig?“

Sie nickte und stieg ein. „Ich wohne in Limnionas, liegt ein paar Kilometer von hier.“

„Genau dort will ich hin.“

„Ich heiße übrigens Maria.“

„Alexandros“, sagte er.

Schweigend lauschten sie der rauchigen Stimme der längst verstorbenen Sängerin, als sie die kaum verbaute Küste entlangfuhren.

Als mehrere Häuser in Sicht kamen, fragte Alexander seine Mitfahrerin, ob sie in der Nähe ein Zimmer wüsste. „Ich wollte nicht in Votsalakia absteigen. Dort sind mir zu viele Touristen."

„Meine österreichische Nachbarin Laura vermietet manchmal ihren Bungalow", sagte die Frau. „Ihr letzter Besuch ist am Sonntagabend abgereist. Soviel ich weiß, erwartet sie momentan keine anderen Gäste."

Diese Namensgleichheit kann kein Zufall sein, dachte Alexander erfreut. Aber wer war ihr Besucher gewesen?

Als er Maria bei einem Haus direkt an der Straße absetzte, trug er ihr die Plastiksäcke bis zur Tür. Einige gepflegt aussehende Katzen strichen um seine Beine. Er bückte sich, streichelte die Tiere und nahm das kleinste der Kätzchen auf den Arm.

Damit gewann er endgültig Marias Sympathie. Ein Mann, der Katzen liebt, kann kein schlechter Mann sein, dachte sie und zeigte ihm den Weg zu Lauras Haus.

Alexander ließ seinen Wagen am Straßenrand stehen.

Neunundneunzig Stufen führten von der Straße hinunter zu einem Bungalow, der von einem Olivenhain umgeben war. Er hatte mitgezählt. Von dort gelangte man wieder über zahlreiche Stufen zu einem Kalivi. Von dem Kalivi bis zum Sandstrand waren es wenige Meter.

Jetzt wusste er, warum Laura so fit aussah. Täglich all diese Stufen rauf- und runterzulaufen, war ein tolles Training.

Ihm wurde schnell wieder bewusst, dass sie die Zeugin war, die er töten sollte. Es hatte keine andere Zeugin im *Hotel Flamingo* auf Mykonos gegeben.

Er tötete keine Frauen. Und schon gar nicht die Frau, in die er sich Hals über Kopf verliebt hatte, als er ihr auf der Fähre zum ersten Mal begegnet war. Den Auftrag hatte er nur angenommen, um sie vor einem anderen Killer zu beschützen.

Alexander hatte feuchte Hände, schlottrige Knie und kam sich vor wie ein verliebter Schuljunge. Er konnte es selbst kaum fassen, dass ein Mann in seinem fortgeschrittenen Alter und mit seinen Erfahrungen zu solch romantischen Gefühlen fähig war. Immer wenn er an Laura dachte, entkam ihm ein Lächeln. Er sehnte sich danach, sie in die Arme zu nehmen, sie zu küssen ... Nicht einmal das Wiedersehen mit Elena hatte an seiner Verliebtheit in die schöne blonde Laura Mars etwas geändert.

47.

Laura war vom Geschrei der Möwen geweckt worden. Wie sehr hatte sie dieses Gekreische vermisst!

Sie war wieder auf ihrer Insel. In dem Haus, das sie gebaut hatte, um allein zu sein, um vor den Menschen wegzulaufen. Oder um vor sich selbst wegzulaufen?

Anfangs hatte sie es schwierig gefunden, allein zu leben. Sie hatte keine Familie mehr. Alle waren tot, ihr Mann, ihre Mutter, ihre Großeltern. Nur ihr Vater lebte noch. Aber seit er mit seiner zweiten Frau auf die Kanaren ausgewandert war, zählte er für sie nicht mehr zur Familie.

Es war hart, keinen Menschen zu haben, den man liebt. Selbst eine hoffnungslose Liebe war besser, als gar nicht zu lieben, hatte Christina gesagt. Und jetzt war da dieser Fremde aufgetaucht. Sie hatte sich in ihn verliebt und konnte sich vorstellen, ihn eines Tages sogar zu lieben. Was für ein absurder Gedanke. Wer verliebte sich schon in einen Mordverdächtigen? Besser irgendein Mann als gar kein Mann? Weit hast du es gebracht, Laura, sagte sie zu sich selbst und musste prompt lachen. Wenn sie so weitermachte, würde sie demnächst Selbstgespräche führen, so wie alle einsamen alten Frauen.

Laura hatte Stellas Besuch sehr genossen. Sie hätte gerne eine Tochter gehabt. Ihr Mann hatte keine Kinder gewollt. Manchmal hatte er sie im Scherz gefragt: „Und was machst du, wenn du einen Sohn kriegst?" Tja, diese Frage hatte sie sich auch gestellt und keine sympathische Antwort darauf gefunden.

Laura mochte Männer nicht besonders, kam ganz gut ohne sie aus. Sogleich musste sie wieder an den Fremden denken. Und wenn er tatsächlich ein Killer war?

Jemand klopfte an ihre Haustür.

Maria?

Sie öffnete.

Doch wer stand vor ihrer Tür? Der Killer!

Sie erkannte ihn erst auf den zweiten Blick, er sah irgendwie verändert aus. Nur seine Augen waren dieselben. Diese tiefliegenden traurigen Augen.

„Ich ha...habe nicht damit gerechnet, Sie...Sie so bald wiederzusehen", stammelte sie.

Er konnte die Angst in ihren Augen sehen, konnte sie förmlich riechen, ja sie fast körperlich spüren.

Das ist Stellas Vater, sagte sie sich, ließ Alexander aber nicht eintreten, blieb vor der Tür stehen und starrte ihn an.

„Ich habe Ihre Nachbarin Maria im Auto mitgenommen. Sie hat gemeint, dass Sie ein Zimmer für mich hätten", sagte er.

„Tut mir leid, ich habe nichts frei."

Verlegen blickte er zu Boden.

Sie schielte auf die Ausbuchtung seiner schmal geschnittenen Anzugjacke. Hatte er einen Revolver in der Jackentasche?

Als er aufblickte und sie ansah wie ein geprügelter Hund, erbarmte sie sich seiner und bat ihn, auf der Terrasse Platz zu nehmen, wo man sie von der Bar unten sehen konnte.

Sie bot ihm Kaffee und ein Glas Wasser an. „Nur wenn Sie mir versprechen, den heißen Kaffee nicht wieder über mein Hemd zu schütten", fügte sie schelmisch hinzu, als sie ins Haus ging.

Alexander streckte seine langen Beine aus und verschränkte die Hände im Nacken. Er fühlte sich so wohl wie schon lange nicht mehr. Von der Terrasse aus hatte man einen fantastischen Blick auf das türkisfarbene Wasser in der kleinen Bucht.

Als sie ihm den Kaffee brachte, dankte er ihr und setzte sich anständig hin.

„Schön haben Sie es hier", sagte er.

„Was ist mit Ihrem Auge passiert?"

„Ich bin gegen einen Türpfosten gerannt."

Ihre skeptische Miene machte ihn nervös. „Auf Mykonos. An meinem letzten Abend. Ich habe zu viel getrunken ..."

Kaum hatte er die Insel erwähnt, verkrampfte sie sich wieder und schwieg.

Jede weitere Erklärung würde die Situation noch verkomplizieren, dachte er und schwieg ebenfalls.

Als das Schweigen für ihn unerträglich wurde, fragte er, ob sie irgendwo auf der Insel ein nettes Appartement für ihn wisse.

Sichtlich erleichtert, dass er nicht vorhatte, darauf zu insistieren bei ihr oder in ihrer Nähe zu bleiben, empfahl sie ihm eines der Studios von samiotischen

Freunden im Norden der Insel. „Wie ich in Mykonos festgestellt habe, mögen Sie ohnehin keinen Sand. Im Norden gibt es Kiesstrände. Die Buchten von Potami sind außerdem nicht so überlaufen wie die Strände hier im Süden. Meine Freunde sind intelligente, unaufdringliche Menschen. Sie werden dort Ihre Ruhe haben. Und Sie brauchen sich auch nicht anzumelden. Wie heißen Sie übrigens momentan?“

Sein verblüffter Gesichtsausdruck brachte sie fast zum Lachen.

„Wie soll ich Sie nennen? Herr Kounellis oder Herr Makiris?“

„Bleiben wir doch bitte einfach bei Alexander“, sagte er verlegen. „Ich werde Ihnen später alles erklären“, fügte er hinzu.

„Darauf bin ich gespannt“, sagte Laura und rief ihre Freunde an.

„Geht in Ordnung. Sie haben ein Studio frei“, sagte sie, schrieb die Adresse auf und erklärte ihm den Weg nach Potami.

„Wir können ein Stück gemeinsam ... ich meine natürlich hintereinander fahren. Ich muss nach Vathy, habe einen wichtigen Termin ...“, stammelte sie, als er, nachdem er seinen Kaffee ausgetrunken hatte, keine Anstalten traf, ihre Terrasse zu verlassen.

***

Lauras Wagen sprang nicht an. Nach mehrmaligen Versuchen gab sie auf. Sie war mit den Nerven am Ende. Theos Tod, Christinas und Stellas Geschichten und jetzt noch das Wiedersehen mit diesem Mann, der eines Mordes oder sogar eines Doppelmordes verdächtigt wurde. Die momentane Situation überforderte sie total.

Sie riss die Motorhaube ihres Wagens auf. „Kennen Sie sich mit Motoren aus?“, fragte sie Alexander, der wieder aus seinem Wagen gestiegen war.

Er schüttelte den Kopf, bot sich an, sie nach Vathy zu bringen, bevor er nach Potami fahren würde. „Ich habe heute sonst nichts vor“, beteuerte er.

Ihr blieb nichts anderes übrig, als sein Angebot anzunehmen. Sie hatte einen Termin mit NGO-Leuten im Registrierlager in Vathy.

Vorher rief sie jedoch Georgios an und bat ihn, sich ihren Toyota anzuschauen. „Marias Mann ist zwar nicht der Hellste, hat aber geschickte Hände“, sagte sie.

Während der Fahrt erzählte sie Alexander von dem Lager: „2015, nach meiner Ankunft auf Samos, ist die große Flüchtlingswelle über die Insel hereingebrochen. Ich habe von Anfang an für eine örtliche Hilfsorganisation gearbeitet und eine Frauenkooperative gegründet. In den vergangenen Wintermonaten habe ich extravagante Stofftaschen, bunte Röcke und qualitativ hochwertige Schals entworfen, die die Frauen im Lager dann aus den Resten der überflüssigen Kleiderhaufen, die sich dort im Laufe der Zeit angesammelt hatten, zusammennähten. Ich habe Ihnen erzählt, dass ich Modedesignerin war?“

Alexander nickte.

„Mir ist bewusst, dass der Verkauf dieser Klamotten nicht viel Geld eingebracht hat, doch so sind wenigstens einige weibliche Flüchtlinge beschäftigt gewesen. Zeitweise haben bis zu sechzig Frauen bei diesem Projekt mitgearbeitet. Übrigens sind bei den Frauen im Lager eindeutig seltener Depressionen aufgetreten als bei den Männern, die seit Monaten, ja seit Jahren zur Untätigkeit verdammt sind. Ein Hotel- und Tavernenbesitzer in Karlovassi hat es gewagt, Flüchtlinge gegen faire Entlohnung in seinem Betrieb zu beschäftigen. So schnell hat er gar nicht schauen können, schon hat er die Finanz und die Polizei am Hals gehabt. Ein anderer Unternehmer hat ebenfalls ein paar arme Kerle in seinem Betrieb arbeiten lassen wollen. Die Bevölkerung hat Terror gemacht. Er ist bedroht worden und hat sein Angebot zurückgezogen."

„Das ist überall das Gleiche. Ich habe diese Probleme in Mexiko, an der Grenze zu den USA, miterlebt ...", warf Alexander ein. „Selbst in einem reichen Land wie Österreich haben die Menschen Angst vor diesen Verzweifelten, die alles verloren haben, nur ihr nacktes Leben retten haben können ..."

Sie ließ ihn nicht ausreden. „An manchen Tagen sind siebentausend über die Türkei auf die griechischen Inseln gekommen, hauptsächlich nach Lesbos, Chios und Samos. Das Lager in Vathy ist seit Jahren total überfüllt. Offiziell gibt es Platz für sechshundertfünfzig Menschen. Zigtausende hausen dort unter menschenunwürdigen Bedingungen. Eine einzige hygienische und soziale Katastrophe! Die Versorgungslage ist dramatisch. Es gibt viel zu wenige Ärzte, viel zu wenige Sachbearbeiter für die Asylanträge. Die Auffanglager auf Samos, Chios und vor allem auf Lesbos platzen aus allen Nähten. Die engste Stelle zwischen Samos und dem türkischen Festland beträgt einen Kilometer. Einige Männer haben letztens versucht, diese Meerenge schwimmend zu überqueren. Sie sind von einem Fischer gerettet worden. Dieser tapfere Mann ist wegen Schlepperei verhaftet worden und im Gefängnis gelandet. Ich ertrage die Unmenschlichkeit und Brutalität der Behörden und ihrer Handlanger nicht mehr. Vielleicht werde ich noch zur Anarchistin und sprenge eines Tages all diese saturierten und selbstgefälligen Arschlöcher in die Luft!" Sie trommelte mit ihrer linken Hand, die zu einer Faust geballt war, auf den Steuerknüppel zwischen ihnen.

Er ergriff ihre Hand, streichelte sie beruhigend, unterbrach sie aber nicht, ließ sie weiterreden.

„Normalerweise kommen sie mit großen Schlauchbooten. Einmal ist sogar eines der Boote aus Izmir abgetrieben worden und in Potami, dort wo Sie demnächst wohnen werden, gelandet. Halten Sie also nach Schlauchbooten Ausschau und helfen Sie diesen verzweifelten Menschen! An sich sind die Griechen humaner als wir Österreicher ..."

„Glauben Sie das im Ernst?", warf Alexander ein.

„Ja. Ich war gerade in Österreich. Bei uns redet fast niemand mehr über Menschlichkeit, da geht es nur ums Abschieben und Abgrenzen. Rassismus und Fremdenfeindlichkeit sind seit der Nazizeit in den Schädeln vieler Österreicher fest verankert."

Plötzlich hielt sie inne und starrte wie gebannt aus dem Wagenfenster auf seiner Seite. Alexander folgte ihrem Blick. Auf dem Hang, links neben der Straße, stieg dunkelgrauer Rauch in den blassblauen Himmel auf.

Laura begann am ganzen Körper zu zittern.

Als Alexander die Panik in ihren Augen bemerkte, verlangsamte er das Tempo und sagte mit seiner sanften Stimme: „Die verbrennen nur Abfälle."

„Ich habe furchtbare Angst vor Feuer", murmelte sie. „Bitte fahren Sie schneller. Diese Wahnsinnigen! Wenn der Wind stärker wird, gibt es wieder einen Waldbrand. Vor ein paar Jahren ist der halbe Wald hier abgebrannt, nur weil diese Scheißbauunternehmer und Spekulanten den Kragen nicht vollkriegen können!"

„Keine Angst, momentan weht ein schwacher Meltemi, und der kühlt die Gemüter, bringt heiteres Wetter und gute klare Sicht mit sich."

***

Als sie im extrem überfüllten Flüchtlingslager in Vathy ankamen, bemerkte Alexander sofort die unerträglichen hygienischen Zustände. Völlig verdreckte kleine Kinder liefen ihm nach. Größere Buben spielten mit einem Ball, der aus lauter Fetzen bestand. Sie wühlten den Staub am Boden auf. Dumpfe Blicke herumsitzender Männer streiften ihn. Verschleierte Frauen sahen ihn mit ihren dunklen Augen traurig an. Große Lethargie schien sich in diesem Registrierlager breitgemacht zu haben.

Bei Lauras Besprechung mit NGO-Leuten ging es um die Fortsetzung ihrer Frauenkooperative. Alexander blieb im Hintergrund, hörte aber aufmerksam zu. Anscheinend hatten einige Geschäfte in Vathy, Karlovassi, Kokkari und Pythagorio kein Interesse mehr an den Recyclingprodukten der Kooperative.

„Ihr müsstet mit den Preisen runtergehen", sagte ein blonder Jüngling, ein freiwilliger Helfer aus Deutschland, wie Alexander mitbekam, als Laura den jungen Mann zur Schnecke machte.

„Ach, sollen die syrischen Frauen jetzt nur mehr drei Euro für die sechsstündige Arbeit an einer Handtasche bezahlt bekommen, lieber Detlev? Frag mal deine Mama in Düsseldorf, wie viel sie für ihre schicken Handtaschen ausgibt. Wir verscherbeln diese Taschen ja ohnehin bereits zu Spottpreisen."

Alexander war voller Bewunderung für Lauras Enthusiasmus. Als sie sich schlussendlich durchgesetzt hatte, bat sie ihn, sie nach Hause zu bringen.

„Sie waren sehr überzeugend!"

„Danke. Aber ich fürchte, meine Kooperative wird das heurige Jahr nicht überstehen. Wenn diese Jungs beginnen, unsere Preise zu drücken, werden wir bald dichtmachen müssen. Ich kann es nicht länger verantworten, dass die Frauen täglich sechs Stunden an der Nähmaschine sitzen und einen Euro pro Arbeitsstunde bekommen oder gar nur die Hälfte, wie dieser Piefke vorgeschlagen hat."

Auf der Rückfahrt nach Limnionas schwiegen beide. Es war kein unangenehmes Schweigen.

Laura sah sehr müde aus, wirkte um zehn Jahre gealtert. Sie hatte die Augen geschlossen. Als leises Schnarchen an Alexanders Ohren drang, musste er lächeln.

Obwohl er zu gerne bei ihr geblieben wäre, verabschiedete er sich auf der Straße oberhalb ihres Grundstücks und fuhr zu seinem Studio in Potami, auf der anderen Seite der Insel. Er spürte, dass sie ihm nicht wirklich traute. Sie brauchte Zeit, um ihn näher kennenzulernen. Er würde ihr alle Zeit der Welt geben. Und irgendwann, eines fernen Tages ...

48.

Alexanders Studio befand sich in einem gelbgestrichenen Haus in der ersten Bucht. Der Schlüssel lag unter einem Geranientopf neben einem Steinkreis.

Potami war weit entfernt von Limnionas. Eine mindestens einstündige Autofahrt lag zwischen Laura und ihm. Anscheinend wollte sie ihn nach wie vor nicht in ihrer unmittelbaren Nähe wissen. Ihr Misstrauen kränkte ihn, andererseits fand er es verständlich nach allem, was auf Mykonos passiert war.

***

Am nächsten Morgen spazierte er vor dem Frühstück zum Meer hinunter. Ein steiniger Weg führte durch blühende Oleander und dichtes Gebüsch zu einem kleinen Strand. Am Ufer wuchs meterhohes Schilf. Das türkische Festland gegenüber schien so nahe, dass er dachte, hinüberschwimmen zu können. Doch er wusste, dass die Entfernungen am Meer trogen.

Hin und wieder flitzten weit draußen Motorboote vorbei. Er musste an sein geliehenes Boot denken, das nach wie vor im Hafen von Vathy lag.

Als er sich auf der mit wildem Wein überwachsenen Terrasse seines Studios niederließ, malte er sich aus, wie es wäre hier zu leben. Er würde sich einen Hund zulegen. Er liebte nicht nur Katzen, sondern auch Hunde. Menschen mochte er weniger.

Am Horizont tauchte die Insel Chios aus dem morgendlichen Dunst auf. Er drehte sich um, blickte hinauf zu den Höhlen in dem mächtigen Felsen über der Bucht. Der Fels sah aus wie der Bug eines riesigen Schiffes. Er schloss die Augen und begann zu träumen.

Getrampel von Hufen. Wiehernde Pferde. Er schreckte auf, wähnte sich in der argentinischen Pampa. Fünf Reiter kamen die Straße von Karlovassi herunter. Er glaubte seinen Augen nicht zu trauen. Die Männer sahen tatsächlich aus wie argentinische Gauchos, waren ähnlich gekleidet und feuerten ihre Pferde mit seltsamen Rufen an.

Kopfschüttelnd ging er hinunter in die Küche und kochte sich einen Kaffee. Unschlüssig, wie er den heutigen Tag verbringen sollte, rauchte er eine Zigarette.

Sollte er zu dem Wasserfall in der nächsten Bucht wandern oder einfach bis zum Ende der Straße? Auf dem Navi hatte er gesehen, dass es kurz nach Potami nicht weiterging.

Als er losfuhr, hatte er noch immer keinen Plan. Er kam vorbei an geschlossenen Tavernen und langen

Kiesstränden. Am Ende der Straße hielt er an, stieg aus und ließ sich den Meltemi um die Ohren blasen.

Als er genug von Wind und Meer hatte, fuhr er hinauf in die Dörfer mitten in den Wäldern. Vourliotes und Platanos besichtigte er vom Auto aus. Erst in Manolates machte er den nächsten Halt, schlenderte durch das Bergdorf und warf einen Blick in die kleinen Galerien. In einer Keramikwerkstatt kaufte er einen Aschenbecher für sein Studio in Potami. In einer Taverne auf der Platía, dem Dorfplatz, aß er unter Weinranken zu Mittag. Das Moussaka schmeckte ihm.

Im Lokal lief der Fernseher in voller Lautstärke. Alexander hörte seinen Namen, bekam mit, dass nach ihm gefahndet wurde. Hier in den Bergen von Samos würde ihn kein Mensch finden. Allerdings hatte er die Nase voll von diesem Versteckspiel. Er hatte nichts getan. Dennoch war außer der griechischen Polizei auch der griechische Immobilienhai Stavros Xanidis hinter ihm her. Selbst Laura Mars und vor allem sein russischer Auftraggeber verdächtigten ihn oder misstrauten ihm zumindest.

Er beschloss, Laura noch einmal zu besuchen und wenigstens sie davon zu überzeugen, dass er in letzter Zeit niemanden umgebracht hatte.

Als er sie anrief und für den Abend zum Essen einlud, nahm sie seine Einladung ohne zu zögern an. Er schlug vor, sie abzuholen, doch sie versicherte ihm, dass ihr Wagen wieder ansprang. Georgios hatte ihn inzwischen repariert.

Da er bis zum Abend jede Menge Zeit totzuschlagen hatte, besuchte er die Werft in Agios Isidoros, in der die Kaíkia gebaut wurden. Er traf zwei Männer an. Bereitwillig beantworteten sie seine Fragen zu den Booten, wussten aber nicht, wie viel ein neues Kaíki tatsächlich kostete.

Er brach bald wieder auf, wollte noch in den Süden.

In Koumeika machte er in einem Café auf der schattigen Platía die nächste Pause. Der Ort lag oberhalb des Strandes Kaladakia. Er spazierte hinunter in die menschenleere Bucht. Da er keine Badehose dabeihatte, schwamm er nackt zu einer Grotte, kletterte hinein und tauchte unter im azurfarbenen Wasser. Als er wieder Luft holte, erblickte er etwa einen Meter oberhalb der spiegelglatten Wasseroberfläche den Eingang zu einer Höhle, die trocken schien. Die Höhle verlief bergauf. Was für ein ideales Versteck!

49.

Laura ließ die Ermordung ihres Freundes Theo keine Ruhe. Sie überlegte, Philip anzurufen. Oder besser gleich den Kugelfisch?

Philip war ihr zu anstrengend. Seine Reaktion war vom Kokainspiegel in seinem Blut abhängig. Um diese Uhrzeit hatte er sich bestimmt bereits ein, zwei Linien reingezogen und würde nicht aufhören zu reden.

Sie ging ins Internet. Nach einer Weile wurde sie fündig: Zwei kurze aktuelle Notizen über den Mordfall auf Mykonos. Die eine sogar mit heutigem Datum.

Ein asiatischer Angestellter war verhaftet worden. Er wurde dringend verdächtigt seinen Arbeitgeber ermordet zu haben. Kein Wort, um wen es sich handelte. Sie dachte an den Vietnamesen Kai. On war in ihren Augen körperlich nicht dazu imstande, einen kräftigen Mann wie Theo zu ertränken. Außer er beherrschte irgendwelche fernöstlichen Kampftechniken. Doch der schlaue Kommissar hätte sicherlich festgestellt, wenn Theo durch einen Handkantenschlag getötet worden wäre. Nein, die

Mordmethode war von Anfang an festgestanden und viel primitiver gewesen. Jemand hatte Theos Kopf so lange unter Wasser gedrückt, bis er ertrunken war.

Rommel und Jomel schieden ihrer Meinung nach als Täter aus. Obwohl, allein der Name …? Nein, die philippinischen Zwillinge waren viel zu liebenswürdige Wesen, sie ähnelten schillernden Schmetterlingen.

Sie würde doch Philip anrufen müssen, um Genaueres zu erfahren, schob aber den Anruf hinaus. Zuerst würde sie sich noch einmal Alexander vorknöpfen.

***

Laura war viel zu früh dran, hatte zwei Stunden Zeit bis zu ihrer Verabredung. Vor Karlovassi bog sie links ab, fuhr hinauf nach Leka. In den Verkehrsnachrichten hatten sie berichtet, dass es auf der Hauptstraße einen Unfall mit einem Tankwagen gegeben hatte und die Straße noch nicht geräumt war.

In dem Dorf mit den imposanten Steinhäusern hatte zum Glück ein Café geöffnet. Sie war der einzige Gast. Anstatt Philip rief sie den Kugelfisch an.

„Oh, Madame Mars! Was verschafft mir die Ehre?“

„Jassu! Verzeihen Sie die Störung, Herr Kommissar. Ich habe gerade im Internet gelesen, dass Sie einen von Theos asiatischen Angestellten verhaftet haben. Dürfen Sie mir verraten, um wen es sich handelt?“

„Sie stören nie, Madame Mars, und Sie dürfen mich alles fragen. Wir haben den Koch, einen Thailänder namens On, festgenommen. Er hat es geschafft, auf eines der Kreuzfahrtschiffe zu gelangen, ist aber dort entdeckt worden. Ein Securitymann an Bord hat sofort bemerkt, dass sich ein schwarzer Passagier in der Küche herumgetrieben hat.“

„Es tut mir leid, Herr Kommissar, Sie haben den Falschen verhaftet. On hat meinen Freund Theo nicht umgebracht! Sehen Sie sich diesen Mann genauer an, der besteht nur aus Haut und Knochen.“

„Asiaten sind sehr stark und zäh, auch wenn sie nicht so aussehen. Denken Sie an die Vietnamesen oder die Koreaner. Die haben sogar die riesigen nordamerikanischen GIs in die Knie gezwungen.“

„Das stimmt. Aber glauben Sie mir, in diesem Fall geht es um etwas anderes. Immobilienspekulanten, die international ihr Unwesen treiben, waren an Theos Hotel interessiert und wollen auch mich aus meinem Haus vertreiben. Ich kann Ihnen sogar einen Namen nennen: Stavros Xanidis. Den Namen des russischen Oligarchen kenne ich nicht, ließe sich aber sicherlich herausfinden.“

„Sehr interessant. Wo sind Sie momentan?“

„Zu Hause auf Samos.“

„Könnten Sie in den nächsten Tagen nach Mykonos kommen? Ich würde mich gerne unter vier Augen mit Ihnen unterhalten.“

„Ist das eine Vorladung?“

„Nein, eine Einladung, Madame.“

„Ich werde sehen, ob ich wegkann. Genügt es nicht, wenn ich Ihnen den Namen des Russen telefonisch mitteile?“

„Sie müssten mir schon mehr über die beiden Herren erzählen. Woher kennen Sie diese Männer überhaupt? Ich hätte nicht gedacht, dass eine so schöne Frau wie Sie mit solch dubiosen Subjekten in Kontakt steht.“

„Ich ke...kenne diese Leute nicht persönlich“, stammelte sie.

Oh, Scheiße, dachte Laura. Sie würde ihm verraten müssen, von wem sie die Informationen hatte, und damit sowohl Christina als auch Alexander in diesen Fall weiter mithineinziehen. Vor allem was Christina betraf, hatte sie Skrupel.

„Ich melde mich wieder“, sagte sie rasch und legte auf.

Sie musste Alexander unbedingt dazu bringen, ihr mehr über seinen russischen Auftraggeber zu erzählen. Während sie überlegte, wie sie am besten vorgehen sollte, erschien sein nackter Körper vor ihrem inneren Auge. Sie stellte sich vor, wie sie seine sonnengebräunte Haut streichelte, mit ihren Lippen seinen muskulösen Brustkorb berührte, sein ebenmäßiges Gesicht liebkoste. Als sie sich ausmalte, wie sie ihren Mund auf seinen presste, wurde ihr leicht schwindlig. Sie sehnte sich nach einem Schnaps. Alkohol war das beste Mittel, um romantische Gefühle zu vertreiben.

Bleib cool, Laura, sagte sie zu sich selbst. Die kurvenreiche Straße hinunter nach Karlovassi gestattete nicht einmal ein winziges Schnäpschen. Außerdem wusste sie, dass es nicht bei einem bleiben würde. Wenn sie einmal anfing zu trinken, konnte sie nicht mehr aufhören.

50.

Alexander hatte für ihr gemeinsames Abendessen ein Lokal in Karlovassi, direkt am Meer, gewählt. Es befand sich in einer der ehemaligen Lederfabriken und war sehr modern eingerichtet.

Laura war in Gedanken noch bei dem Telefonat mit dem Kugelfisch und überließ es Alexander zu bestellen. Er entschied sich für Griechischen Salat, Tsatsiki, marinierten Oktopus und Melanzanisalat. Als Hauptspeise orderte er eine Dorade in Zitronensauce und hausgemachte Pommes frites.

Er hatte sich vorgenommen, Laura heute Abend die Wahrheit zu sagen, besser gesagt, annähernd die Wahrheit. Er kam nicht dazu.

Laura war sehr aufgeregt, redete ohne Pause. Zuerst erzählte sie ihm von der Verhaftung des Kochs. „On hat Theo nicht ermordet!", beteuerte sie.

„Warum nicht? Ihr Freund war kein netter Arbeitgeber, das habe selbst ich in den paar Stunden, die ich bei ihm war, bemerkt."

Alexander hatte Weißwein bestellt. Laura trank Wasser. Er sprach sie nicht darauf an, war froh, dass sie heute nüchtern bleiben wollte.

Nachdem sie ihm lang und breit erklärt hatte, warum On ihrer Meinung nach nicht als Täter infrage kam, sagte Alexander plötzlich: „Was ist eigentlich mit Philip? Er ist doch der große Nutznießer von Theos Tod. Haben Sie noch nie daran gedacht, dass er …?"

„Sind Sie jetzt vollkommen verrückt geworden? Philip hat ihn abgöttisch geliebt", empörte sich Laura.

„Davon war an jenem Abend nicht viel zu bemerken", wagte Alexander noch eine kleine ironische Bemerkung. Zum Glück brachte ihnen der freundliche Kellner nun die Vorspeisen, sonst wären sie womöglich ernsthaft in Streit geraten.

Wie alle Griechen hatte Alexander viel zu viel bestellt.

Laura stocherte in den köstlichen Vorspeisen nur herum. Er bemühte sich, sie auf andere Gedanken zu bringen, reichte ihr mit seiner Gabel ein Stück Oktopus. Sie kostete widerwillig, gab aber zu, dass er köstlich schmeckte.

Während sich Alexander seinen geliebten Oktopus auf der Zunge zergehen ließ, kam sie auf Stavros Xanidis und seine Bemühungen, ihr und Maria das Grundstück in Limnionas abzuluchsen, zu sprechen.

Alexander war irritiert. Von diesem Plan hatten ihm weder Boris noch Stavros erzählt. Der Verdacht, dass die beiden Großinvestoren zusammenarbeiteten, lag nahe. Er sollte also Laura nicht beseitigen, weil sie gegen ihn aussagen würde, sondern weil Stavros sie auf seiner Abschussliste hatte.

Als er gerade beginnen wollte, ihr die ganze Geschichte zu erklären, wurden die Dorade und die Patates serviert.

Alexander legte ihr ein Stück Fisch auf den Teller. Sie schnappte sich eine der dicken heißen Pommes mit den Fingern und steckte sie in den Mund. „Scheiße, sind die heiß!"

Er schmunzelte, sah sie verliebt an. Laura wich seinem Blick aus.

Sie hatte sich das Gespräch zu einfach vorgestellt. In nüchternem Zustand konnte sie ihn unmöglich direkt fragen, ob er Ioannis und den Türken umgebracht hatte. Doch warum eigentlich nicht? An seiner Reaktion würde sie feststellen können, ob er die Wahrheit sagte oder nicht. Quatsch, dachte sie. Sie hielt sich für keine besonders gute Menschenkennerin.

Nach dem Essen begann Alexander etwas umständlich zu erzählen, woher er Stavros Xanidis kannte, zuerst erwähnte er die gemeinsame Schulzeit.

Oh, mein Gott, die beiden sind Schulfreunde, dachte sie. Bestimmt arbeitete er auch für ihn. Plötzlich verstand sie, was Christina mit ihrer Anspielung auf den alten Italowestern von Sergio Corbucci gemeint hatte. Alexander machte mit beiden Immobilienhaien krumme Geschäfte und saß nun zwischen zwei Stühlen. Sie wollte mit alledem nichts zu tun haben.

„Reden wir ein anderes Mal darüber", unterbrach sie ihn. „Es tut mir leid, mir ist nicht gut. Zu viel Sonne ..." Sie legte einen Zwanzig-Euro-Schein auf den Tisch und sprang auf.

„Lassen Sie das. Ich habe Sie eingeladen", sagte Alexander verwirrt.

Sie bestand darauf, sich an der Rechnung zu beteiligen.

Er war nahe daran wütend zu werden. „Von mir aus lassen Sie den Zwanziger als Trinkgeld für den Kellner liegen. Ich nehme ihn nicht! Außerdem möchte ich nicht, dass Sie allein nach Hause fahren ..."

„Ich denke, allein werde ich mich sicherer fühlen als in Gesellschaft eines Freundes von Stavros Xanidis!" Schnellen Schrittes verließ sie das Lokal.

Zuerst wollte er ihr nachlaufen, blieb dann aber sitzen. Er wollte ihr nicht noch mehr Angst einjagen.

***

Auf der einsamen, kurvenreichen Straße ab dem Kloster Agios Trifonas nach Marathokampos bildete sich Laura ein, von einem dunklen Wagen verfolgt zu werden.

Der Himmel war schwarz. Dann kam der Regen. Zuerst war es nur ein leichtes Trommeln auf der Windschutzscheibe. Sie konzentrierte sich auf die Straße und lauschte gleichzeitig den Geräuschen, den Tropfen auf der Scheibe und dem Surren des Motors. Ein Blick in den Rückspiegel. Der große Wagen klebte an ihrer hinteren Stoßstange.

Sie brachte genügend Abstand zwischen sich und ihren Verfolger.

Ein anderes Fahrzeug kam ihr entgegen. Sie wollte ausweichen, geriet auf der nassen Fahrbahn ins Schlittern und landete im Straßengraben. Noch ehe sie begriff, dass alles an ihr heil geblieben war, bemerkte sie im Rückspiegel die Scheinwerfer des anderen Wagens. Der Fahrer blendete nicht ab. Sie stieß einen Schrei aus und ließ ihren Kopf aufs Lenkrad sinken.

Als sie nach ein paar Sekunden wieder aufblickte, sah sie knapp vor sich einen Pick-up quer auf der Straße stehen. Laura glaubte, ihre letzte Stunde wäre gekommen. Verzweifelt blickte sie sich nach einem Gegenstand um, der ihr als Waffe dienen könnte. Die schwere Taschenlampe im Handschuhfach fiel ihr ein.

Sie leuchtete dem Mann, der sich ihrem Wagen näherte, voll ins Gesicht.

Ungepflegter Bart, struppiges Haar, rundes Gesicht. Tropfnass.

Mit voller Kraft riss sie die Tür auf der Fahrerseite auf. Die Tür knallte in den Bauch des fremden Mannes, brachte ihn fast zu Fall.

„Sind Sie verrückt? Ich will Ihnen doch nur helfen. Dieser Wahnsinnige hätte Sie fast umgebracht", sagte der Bärtige. „Leider habe ich sein Nummernschild nicht entziffern können."

Erst jetzt kapierte sie, dass dieser Mann sie nicht verfolgt hatte, sondern in dem entgegenkommenden Auto gesessen war. Sie stammelte eine Entschuldigung. Er half ihr mit seinem Abschleppseil aus dem Graben.

***

Zu Hause angekommen, versperrte sie alle Türen und schloss die Fenster. Um die Angst zu verjagen, trank sie ein paar Gläser Wein. Zu später Stunde ging sie über zu Metaxa.

Je mehr sie trank, desto wahrscheinlicher erschien es ihr, dass Alexander sie verfolgt und von der Straße abgedrängt hatte. Sein Mietwagen war ein dunkler SUV.

Mitten in der Nacht wählte sie die neue Telefonnummer, unter der er sie kürzlich angerufen hatte. Er hob nicht ab.

Sie schimpfte auf seine Mailbox, nannte ihn ein „hinterhältiges Aas" und einen „verdammten Lügner" … Nie zuvor hatte sie jemanden so ordinär beschimpft.

51.

Es war Morgen. Ein herrlicher Morgen auf Samos. Sonnenstrahlen fielen durch die offenen Fensterläden, malten abstrakte Muster auf Lauras weißes Leintuch, das ihr im Sommer als Decke diente.

Gestern Nacht war sie vor Erschöpfung auf ihrem Sofa eingeschlafen und erst in den frühen Morgenstunden, als sie auf die Toilette musste, ins Bett gegangen.

Langsam erwachte sie aus tiefem, traumlosem Schlaf. Es war bereits zehn Uhr vorbei. In ihrem Kopf drehte sich alles. Ihr war kotzübel. Ich muss nur wieder die Augen schließen, dann wird die Übelkeit schon vergehen, dachte sie.

***

Alexander fragte in der Früh seine Mailbox ab. Lauras Beschimpfungen kränkten ihn nicht. Ihrer Stimme war anzuhören, dass sie total betrunken war. Alkohol macht scheinbar mutiger, bringt aber leider auch Aggressionen an die Oberfläche, die sonst eher tief in einem schlummern, dachte er.

Ohne zu frühstücken, machte er sich auf den Weg nach Limnionas.

Laura schien ihn gestern Abend völlig missverstanden zu haben. Außerdem wollte er ein für alle Mal klarstellen, dass er weder Theo noch Ioannis umgebracht hatte.

Der Benzinanzeiger seines SUV stand auf Reserve. Er hielt bei einer Tankstelle in Marathokampos, trank schnell einen Kaffee und nahm einen zweiten in einem Pappbecher mit.

***

Laura hörte den Motor eines Wagens, der knapp oberhalb ihres Bungalows anhielt. Sie zog sich das Leintuch über die Ohren.

Energisches Klopfen an der Haustür. Es klang wie ein Presslufthammer.

Sie erhob sich, wankte, nur mit einem T-Shirt bekleidet, das knapp über ihren Po reichte, ins Vorzimmer und öffnete.

Alexander! Oh, nein!

Sollte sie ihm die Tür vor der Nase zuknallen? Sie entschied sich für eine elegantere Lösung.

„Warten Sie, ich muss mich erst anziehen." Unsanft schloss sie wieder die Tür.

Was nun, fragte sie sich, während sie in eine Jeans schlüpfte und mit den Fingern über ihr zerzaustes Haar strich.

Maria und Georgios waren bereits in ihrer Bar unten am Strand. Sie hatte die beiden gehört, als sie an ihrem Haus vorbeigegangen waren. Alexander würde es nicht wagen, sie vor den Augen ihrer Nachbarn zu bedrohen. Für so dumm hielt sie ihn nicht. Außerdem hatte sie jetzt am helllichten Tag ohnehin wieder starke Zweifel, ob er sie gestern tatsächlich hatte töten wollen. Bei dem missglückten Abendessen hatte sie den Eindruck gehabt, dass er verliebt in sie war.

Sie wappnete sich für den Fall, dass er versuchen würde, sie zu umarmen oder gar zu küssen. Garantiert stank sie aus dem Mund wie ein Alki.

Als sie ihn endlich hereinließ, reichte er ihr lediglich die Hand und sah sie verlegen an. Sie komplimentierte ihn in ihre Küche, drückte ihm ein Glas Wasser in die Hand und trank selbst einen halben Liter beinahe ex.

In Kurzfassung schilderte sie ihm dann ihr nächtliches Abenteuer, beschuldigte ihn nicht direkt, sie von der Straße abgedrängt zu haben, beschrieb ihm nur den Wagen.

Er schien zu kapieren, dass sie ihn verdächtigte, und schwor, dass er sie nicht verfolgt hatte.

„Ich war sehr traurig über Ihren überstürzten Aufbruch und Ihre wüsten Beschimpfungen am Telefon." Er sah ihr tief in die Augen.

„Tut mir leid", murmelte sie.

Alexander fasste sich ein Herz und gestand ihr nun, dass ein russischer Großinvestor ihm den Auftrag erteilt hatte, sie zum Schweigen zu bringen, weil sie Zeugin des Mordes an Theo war. „Aber ich habe Ihren Freund nicht umgebracht. Und ich denke nicht im Traum daran, Ihnen etwas anzutun. Ich li...liebe Sie", stammelte er leise.

Hatte sie richtig gehört? In ihrem Kopf drehte sich alles. „Verlassen Sie sofort mein Haus!"

„Warum, ich möchte Ihnen endlich erklären ..."

Sie schielte auf das Brotmesser, das zwischen ihnen am Tisch lag.

Alexander entkam ein Grinsen. „Damit würden Sie mich bloß ein bisschen kratzen. Lassen Sie es lieber liegen“, sagte er.

„Gehen Sie! Ich will Sie nie mehr sehen!“ Laura, die normalerweise nicht dazu neigte, hysterisch zu werden, begann fast zu kreischen: „Lassen Sie mich in Frieden!“

Abwehrend hob er seine bloßen Hände. „Warten Sie, ich muss Ihnen unbedingt noch etwas sagen. Anscheinend arbeiten mein russischer Auftraggeber und Stavros Xanidis seit kurzem zusammen. Und zu zweit sind sie noch gefährlicher. Ich rate Ihnen, mit Stavros zu verhandeln. Sie könnten ihm bestimmt viel mehr Geld abknöpfen, als er Ihnen geboten hat. Ihr Nachbar, der Barbesitzer, hat angeblich bereits eingewilligt zu verkaufen. Die Strandbar allein reicht diesen Leuten aber nicht. Sie wollen das ganze Grundstück.“

„Und diese schöne Bucht mit einem riesigen Hotelkomplex verschandeln, ich weiß. Niemals! Nur über meine Leiche!“

„Die gehen tatsächlich über Leichen.“

Demonstrativ hielt ihm Laura die Haustür auf. „Verschwinden Sie endlich“, fauchte sie.

Ihm blieb nichts anderes übrig als zu gehen. „Ich schwöre, ich habe nichts mit dem Tod Ihres Freundes zu tun und ich habe auch Ioannis nicht umgebracht!“

„Sie schwören mir ein bisschen zu oft.“

„Aua!“, schrie er, als sie die Tür zuknallte. Sein rechter Fuß war noch auf ihrer Türschwelle gestanden.

***

Nachdem Alexander davongehumpelt war, legte sich Laura wieder ins Bett und schlief bis Sonnenuntergang. Als sie aufstand, rief sie Philip an. Er hob nicht ab.

Zwar hielt sie Alexanders Verdacht, dass Philip seinen Ehemann beseitigt haben könnte, nach wie vor für absurd, dennoch gingen ihr seine Worte, dass Philip der Alleinerbe und große Nutznießer von Theos Tod sei, nicht aus dem Kopf.

Sie wollte später noch einmal probieren, Philip zu erreichen, um mit ihm gemeinsam den schrecklichen Abend im *Hotel Flamingo* zu rekonstruieren. Vielleicht würden dabei neue Verdachtsmomente auftauchen. Eine bessere Idee hatte sie nicht. Mit ihren detektivischen Fähigkeiten war es eben nicht besonders weit her.

Sie sah auf die Uhr. In Ikaria ging keiner kurz nach Sonnenuntergang zu Bett, nicht einmal eine Dreiundachtzigjährige. Sie wählte Christinas Nummer.

Die alte Frau schien sich über ihren Anruf zu freuen. Sie wirkte sehr aufgekratzt, erzählte Laura, dass Stella nach ihrer Rückkehr aus Samos bei ihr eingezogen war.

„Momentan will sie auf keinen Fall in ihr Elternhaus, weigert sich sogar, in der Bar zu arbeiten. Sie spricht nicht mehr mit ihrer Mutter. Elena kann einem fast leidtun. Man muss Stella jetzt einfach Zeit geben. Nach dreißig Jahren zu erfahren, dass man die Tochter eines anderen Mannes ist ..."

„Eines Auftragsmörders", warf Laura ein.

„Wie auch immer. Sie hat es momentan nicht leicht. Wie geht es Ihnen?"

Laura berichtete ihr von Alexanders Besuch, ließ fast kein Detail aus. Christina unterbrach sie kein einziges Mal.

Erst als sie geendet hatte, teilte Christina ihr die neuesten Ergebnisse der Ermittlungen im Fall des Doppelmordes auf Ikaria mit. „Für die Ikarioten steht fest, dass Alexandros Makiris Ioannis und dessen türkischen Geschäftspartner auf dem Gewissen hat. Die Polizei hat in einer benachbarten Bucht einen menschenleeren Motorsegler mit türkischer Fahne und ein kaputtes Zodiac-Schlauchboot gefunden. Elena hat auch den zweiten Toten identifizieren müssen. Ioannis und der Türke hatten das Schleppergeschäft gemeinsam betrieben, bis dieser Muammer vor einem Jahr ins Gefängnis gewandert ist. Angeblich hatte Ioannis als Zeuge gegen ihn ausgesagt. Elena wird genauer Bescheid wissen, aber sie spielt der Polizei gegenüber die ahnungslose trauernde Witwe."

„Sie meinen also, dass Alexander beide Männer umgelegt hat? Er hat mir gegenüber geschworen, dass er mit Ioannis' Tod nichts zu tun hat." Kaum hatte sie diesen Satz beendet, wurde Laura bewusst, wie naiv sie war. Nur weil ihr dieser Fremde nach wie vor gefiel, konnte er nicht der Mörder von Stellas Stiefvater sein? Sie schalt sich selbst eine dumme Gans.

„Mittlerweile weiß ich nicht mehr, was ich glauben soll. Ich habe Alexandros, wie gesagt, nur als Kind gekannt. Er war ein ausgesprochen aufgewecktes Bürschchen, sehr sozial, hilfsbereit und freundlich. In der Pubertät ist er ein bisschen schwierig geworden, hat Probleme gehabt, seinen Jähzorn in Zaum zu halten. Das weiß ich nur vom Hörensagen. Damals ist er bereits in eine höhere Schule in Agios Kirykos gegangen."

„Und dort hat er sich in Elena verliebt?"

„Nein, die beiden waren schon als Kinder ein Herz und eine Seele. Elenas Eltern haben sich für etwas Besseres gehalten und den Umgang ihrer Tochter mit diesem Fischerjungen nicht gerne gesehen. Seine Eltern waren arme Leute. Alexandros hat sehr früh auf eigenen Beinen stehen müssen. Leider hat er sich auf krumme Geschäfte eingelassen. Sein Freund Ioannis hat einen lukrativen Zigarettenschmuggel betrieben und ihn mit ins Boot genommen. Ich möchte nicht wissen, was die beiden sonst noch von der Türkei herübergeschmuggelt haben."

„Sie meinen Drogen?"

Sie hatte sich also nicht nur in einen Killer, sondern auch in einen ehemaligen Drogenschmuggler verliebt. Laura begann an ihrer Zurechnungsfähigkeit zu zweifeln.

„Keine harten Sachen. Haschisch, vermute ich", hörte sie Christina sagen.

Ihr entkam ein Seufzer der Erleichterung.

„Alexandros hat Geld gebraucht, da er gemeinsam mit Elena von der Insel abhauen, nach Südamerika auswandern wollte. Ioannis, der ebenfalls in Elena verliebt war, hat versucht, das um jeden Preis zu verhindern. Er hat Elenas Vater den Plan der beiden verraten. Es hat nicht lange gedauert, bis es zum Eklat gekommen ist. Den Rest der Geschichte kennen Sie ja."

„Glauben Sie, dass er seinen ehemaligen Freund wegen Elena umgebracht hat? Sozusagen vollendet hat, was er vor dreißig Jahren nicht geschafft hat? Wahrscheinlich liebt er sie noch immer." Dieser Gedanke behagte Laura so gar nicht. Sie fürchtete sich vor Christinas Antwort. Am liebsten hätte sie das Telefonat beendet.

„Quatsch! Jede Liebe geht irgendwann einmal zu Ende." Außer einer der Liebenden stirbt, dachte Christina, sagte es aber nicht laut. Wer weiß, ob Christos sie heute noch lieben würde?

„Ich denke, die beiden haben sich nicht mehr viel zu sagen. Kein Wunder nach allem, was in den letzten dreißig Jahren passiert ist. Sie ist eine verhärmte, biedere Frau geworden. Alexandros ist ein welterfahrener, cleverer Mann und hat ein mehr als aufregendes Leben in jeder Hinsicht gehabt. Sicherlich auch was Frauen betrifft“, fantasierte sie weiter. Sie wollte Laura unbedingt desillusionieren. Wohin sollte das alles führen? Sie sah schwarz für die beiden. Spiel nicht Kassandra, hörte sie Christos’ Stimme in ihrem Kopf und wechselte rasch das Thema: „Übrigens halte ich Stavros Xanidis momentan für wesentlich gefährlicher als Alexandros. Vor ihm fürchte ich mich ernsthaft. Stavros, der Sohn eines Faschisten und einer Hure, hat schon lange vor meiner Abreise heftig gegen mich intrigiert. Zuerst hat er versucht, mir die Villa und das Grundstück mit schönen Worten und allerlei Versprechungen abzuluchsen. Als ich mich geweigert habe, mein Zuhause zu verkaufen, hat er zu härteren Maßnahmen gegriffen. Er und seine politischen Kumpane haben das Haus neben Elenas Bar niederreißen und das ganze Grundstück einebnen lassen. Die Baumaschinen haben die Mauern meiner Villa zum Erzittern gebracht. Der ganze Staub und Dreck haben mir die Luft zum Atmen geraubt. Deshalb bin ich geflüchtet. Ich habe den letzten Winter in Athen bei meiner Nichte verbracht ...“

„Ja, das haben Sie mir schon bei unserem letzten Treffen erzählt. Ich denke auch, dass wir uns vor allem vor diesem Stavros in Acht nehmen müssen“, unterbrach Laura sie.

„Seit meiner Rückkehr herrscht eine verdächtige Stille“, ergriff Christina wieder das Wort. „Die Bauarbeiten sind eingestellt worden. Eine Art Waffenstillstand? Ich habe, wie gesagt, Angst, doch ich gebe nicht klein bei, obwohl mir Stavros Xanidis sogar einen Killer geschickt hat.“

Laura blieb vor Schreck die Sprache weg.

„Ja, aber zu meinem Glück hat er Alexandros beauftragt, mich umzulegen“, sagte Christina lachend. „Und der hat mir das sofort erzählt. Vor Alexandros habe ich keine Angst. Er ist kein schlechter Kerl, seines Berufes und des Blutes, das an seinen Händen klebt, zum Trotz. Zwar ist er kein Mann zum Heiraten, aber an einer Frau würde er sich niemals vergreifen, glauben Sie mir! Ich habe gestern versucht, ihn zu erreichen. Anscheinend hat er eine neue Telefonnummer. Haben sie die?“

Laura schickte ihr nach Beendigung des Telefongesprächs ein SMS mit Alexanders neuer Nummer. Danach brauchte sie unbedingt einen Drink.

Sie setzte sich mit einer Flasche Rotwein auf die Terrasse. Als die Flasche leer war, fühlte sie sich sehr souverän. Sie überlegte sogar, Alexander anzurufen. Jedoch würde ein weiteres Gespräch nicht viel bringen. Entweder hatte er ihr die Wahrheit gesagt oder er war eben ein perfekter Lügner. Scheiße, dachte sie. Die Chancen auf noch eine schlaflose Nacht standen gut. Sie war verliebt in einen Mörder!

52.

Nach Lauras Unfall vermutete Alexander, dass sein russischer Auftraggeber einen zweiten Vollstrecker nach Samos geschickt hatte. Wahrscheinlich vertraute er ihm nicht mehr.

Er rief den Sekretär seines Bosses an. Michail war ein Idiot. Er würde ihm Boris’ neue Pläne sicher entlocken können.

Der Idiot bestärkte ihn tatsächlich in seinem Verdacht, dass Boris seit kurzem mit Stavros zusammenarbeitete. Anscheinend hatten die beiden beschlossen, sich die Inseln aufzuteilen. Die Russen würden sich auf der international bekannten und beliebten Ferieninsel Mykonos breitmachen und Stavros Ikaria und Fourni, die unbekannteren Inseln, überlassen. Was Samos betraf, seien sie sich noch nicht einig geworden, verriet ihm Michail.

Nach diesem aufschlussreichen Telefonat brach Alexander Richtung Vathy auf. Als er mit Laura im Flüchtlingslager gewesen war, hatte er sich eingebildet, Stavros' Yacht im Hafen gesehen zu haben.

Er musste mit dem Mann reden. Wenn das nicht möglich war, würde er einfach kurzen Prozess mit ihm machen. Er sah keine andere Möglichkeit mehr.

***

Stavros' Yacht lag nicht mehr in Vathy. In der Dämmerung fuhr Alexander zurück nach Potami. Plötzlich klirrte seine Heckscheibe.

Die Kugel hatte ihn knapp verfehlt. Sein rechtes Ohr glühte.

Er griff nach der Glock, gab drei ungezielte Schüsse ab, um die Männer in dem Wagen, der ihm folgte, beschäftigt zu halten. Mit lautem Knall durchsiebten seine Kugeln das Blech. Er feuerte noch zweimal hintereinander auf das Fahrzeug. Die Scheibe auf der Fahrerseite barst, und der Wagen hinter ihm rutschte knirschend die Leitschiene entlang.

Wie immer fühlte er, kurz bevor er jemanden tötete, diese besondere Erregung. Seine Hände zitterten leicht, aber das würde aufhören, sobald er die Pistole anhob und zielte.

Er drehte sich um und visierte mit der Glock den Kopf des Fahrers an. Die Windschutzscheibe seiner Verfolger zersplitterte in tausend Stücke. Er lud die Waffe nach.

„Skata“, fluchte er, als eine Kugel wenige Zentimeter an seinem Kopf vorbeipfiff und sein Seitenfenster zersprang. Prompt verriss er das Lenkrad, bremste sich aber noch rechtzeitig vor der steilen Böschung ein.

Hundert Meter unter ihm tobte die Brandung.

Er wälzte sich aus dem Wagen. Im selben Moment verspürte er einen leichten Schlag gegen den rechten Oberarm. Er war getroffen. Ein Streifschuss. Seine rechte Schulterpartie schmerzte höllisch.

Er lud nach, gab weitere Schüsse in die Richtung ab, wo er seine Gegner vermutete.

Ein markerschütternder Schrei verriet ihm, dass er einen Treffer verzeichnet hatte.

Mit der Glock im Anschlag, robbte er auf dem heißen Asphalt zu dem Wagen seiner Verfolger. Die Vorderreifen des SUV ragten über den Abgrund.

Einer der beiden Männer lag bäuchlings neben dem Auto. Der Revolver in seiner Hand zuckte.

Alexander rappelte sich auf und versuchte die Waffe wegzustoßen. Sein Fuß landete jedoch im Rücken seines Gegners, trieb ihm die Luft aus der Lunge.

Der andere Mann kauerte am Fahrersitz. Er hatte eine Kugel in der Brust und eine im Oberschenkel. Er würde verbluten, wenn nicht bald Hilfe eintraf.

Alexander konnte es sich nicht erlauben, die Rettung anzurufen.

Die Schmerzen in seiner Schulter und in seinem Knie machten ihm schwer zu schaffen. Am liebsten hätte er die Augen geschlossen und ein Stündchen geschlafen. Aber er musste weg, bevor die Polizei auf der Bildfläche erschien. Irgendjemand wird die Schießerei gehört haben, auch wenn sich kein Haus in der Nähe befindet, dachte er.

Schnell sammelte er die Waffen seiner Feinde ein. Beide Männer hatten eine Glock 36 mit Kaliber 45 benützt. Diese nicht besonders hübschen, aber verlässlichen österreichischen Pistolen waren nicht nur in Europa bei Kriminellen und bei der Polizei sehr beliebt. In Mexiko waren alle scharf auf diese Waffen.

Obwohl Alexander inzwischen seine ganze rechte Seite wehtat und das ohnehin kaputte Knie höllisch schmerzte, zerrte er die beiden Männer in ihren Wagen und schob diesen mit letzter Kraft die steile Böschung hinunter. Der Aufprall des Wagens im Wasser war nicht zu hören. Die starke Brandung übertönte jedes Geräusch.

Alexanders Herz schlug zum Zerspringen, als er sich zu seinem Auto schleppte. Garantiert hatte ihm Stavros diese Typen hinterhergeschickt.

Er schwor ihm Rache. Von einem Faschistensöhnchen ließ sich ein Mann wie er nicht fertigmachen.

Wieder einmal hatte er sich auf dem schmalen Grat zwischen Leben und Tod bewegt. Auch dieses Mal hatten die anderen dran glauben müssen. Aber ebenso gut hätte er selbst draufgehen können.

***

Als er in ein Dorf kam, hielt er bei einer Apotheke, besorgte sich Verbandszeug und Schmerzmittel. Nachdem er seine Schulter halbwegs versorgt hatte, rief er Boris an und erklärte ihm, dass er die Österreicherin nicht aus dem Weg räumen müsse, weil sie in jener Nacht, als ihr Freund Theo umgebracht wurde, absolut nichts mitbekommen hätte. „Sie war keine Zeugin, im Gegenteil, sie vertraut mir inzwischen. Ich habe sie fast so weit zu verkaufen“, log er. „Sie zu töten bringt nur noch mehr Probleme mit sich. Denn es gibt jede Menge Erben, einen rüstigen Vater und andere Verwandte ..."

„Uns geht das alles zu langsam. Stellen Sie ihr ein Ultimatum. Wenn bis zum Wochenende keine Entscheidung fällt, kriegt den Job ein anderer."

Die Verbindung war schlecht. Alexander konnte seinen Auftraggeber kaum verstehen.

„In Ikaria haben Sie Mist gebaut", sagte Boris etwas lauter.

„Wieso, ich habe die beiden Männer nicht umgebracht."

„Das wissen wir. Aber die Polizei fahndet wegen dieser Morde nach Ihnen. Wenn Sie so gut sind, wie uns Ihr mexikanischer Boss erzählt hat, werden Sie es schaffen, Ihren Kopf selber aus der Schlinge zu ziehen. Uns interessiert diese Kommunisteninsel nicht. Die überlassen wir gerne unserem griechischen Partner. Kapiert?"

„Klar", antwortete Alexander. „Er hat sich ja schon darum gekümmert."

Krächzendes Gelächter. „An seinen Albanern könnten Sie sich ein Beispiel nehmen. Diese Burschen sind knallhart, haben kurzen Prozess mit dem Türken gemacht, der Ihren griechischen Freund auf sehr martialische Art und Weise umgebracht hat ..."

„Tja, diese Albaner waren ein bisschen größenwahnsinnig. Sie haben es gewagt, sich mit mir anzulegen. Darf ich Sie darauf hinweisen, dass die beiden gerade tödlich verunglückt sind?"

„Ah, interessant. Sie scheinen doch Ihr Geld wert zu sein!"

„Sie haben also Ioannis nicht beseitigen lassen?"

„Nein. Mit dieser Geschichte haben wir nichts zu tun. Das war irgendeine persönliche Sache, nehme ich an. Eine Privatfehde. Ihr Freund scheint nicht sehr beliebt gewesen zu sein. Ich habe gehört, dass er im Schleppergeschäft tätig war."

Seit wann haben Sie etwas gegen Schlepper, hätte Alexander am liebsten gefragt, ließ seinen Boss aber weiterreden.

„Die Albaner hätten, soviel ich weiß, Ihren Freund unter Druck setzen sollen, damit er endlich den Vertrag unterschreibt. Sie sind zu einem unglücklichen Zeitpunkt dort angekommen, haben zusehen müssen, wie dieser Ioannis aufgehängt wurde. Als sie von dem Türken entdeckt wurden, blieb ihnen nichts anderes übrig, als ihn umzulegen. Aber im Grunde geht Sie das alles nichts an. Denken Sie an Ihren eigenen Auftrag! Wir wollen ebenso wenig Zeugen wie unser griechischer Geschäftspartner. Vergessen Sie nicht auf die Österreicherin!"

53.

Wie hätte er auf diese Frau vergessen können? Alexander wählte ihre Nummer und flehte sie beinahe an, sich noch einmal mit ihm zu treffen.

Als Laura keine Ausreden mehr einfielen – im Grunde wollte sie ihn ja wiedersehen –, schlug sie als Treffpunkt eines der Cafés in Kokkari, einem sehr beliebten Ferienort an der Nordküste der Insel, vor. Bereits jetzt im Juni waren viele Gäste dort. Unter all den Urlaubern würde sie sich sicherfühlen.

Sie verabredeten sich für den frühen Nachmittag im Café einer Holländerin, die mit einem Griechen verheiratet war.

***

Alexander hatte sich beeilt, wollte unbedingt als Erster dort sein. Doch Laura saß bereits in einem der bequemen Korbstühle und plauderte mit der hübschen Wirtin.

Er bemühte sich, nicht allzu stark zu humpeln, als er sich ihrem Tisch näherte.

Sie sah den Verband, der unter seinem Hemd hervorlugte und fragte, was passiert sei.

„Ich habe mir die Schulter verrenkt. Ist nicht weiter schlimm. Nur kann ich mit meinem rechten Arm momentan nichts anfangen. Zum Glück bin ich Linkshänder“, sagte er grinsend.

Ihm fiel auf, dass sie keinen Alkohol bestellt hatte, sondern frisch gepresstes Orangenjuice trank. Sie wirkte sehr fahrig. Als sie sich eine Zigarette anzünden wollte, war er schneller mit dem Feuer zur Hand, stieß aber dabei ihr Glas um. Der Saft tropfte auf ihre weiße Hose.

„Nicht schon wieder ...“, stöhnte sie und begann zu lachen.

Er fiel in ihr Gelächter mit ein, beseitigte die Bescherung am Tisch mit Hilfe von Servietten und bestellte noch einen Saft für sie, während sie auf die Toilette ging, um die Flecken zu entfernen.

„Ich hoffe, Sie kaufen mir jetzt keine neue Hose, denn Ihr Geschmack, was Frauenkleidung betrifft, lässt zu wünschen übrig“, scherzte sie, als sie zurückkam, in Erinnerung an das „I love Greece“-T-Shirt, das er ihr auf der Fähre gekauft hatte.

Ein Lächeln, das ihn zwanzig Jahre jünger aussehen ließ, erschien auf seinen Lippen. Am liebsten hätte sie ihn geküsst.

Als sie wieder Platz nahm, wurde sie jedoch ernst und sah ihn forschend an.

„Bitte, Laura, haben Sie keine Angst vor mir. Ich will Ihnen nichts Böses.“ Er griff nach ihrer Hand, drückte sie zärtlich.

Das Telefongespräch mit Christina hatte Laura einerseits beunruhigt, andererseits wieder hoffen lassen. Momentan konnte sie sich nicht mehr vorstellen, dass dieser Mann ihr nach dem Leben trachtete. Er schien tatsächlich in sie verliebt zu sein. Außerdem hat er gute Augen, dachte sie und schalt sich selbst wieder eine dumme Gans. Wie viele Frauen hatten wohl schon gedacht, dass ihre Männer oder Liebhaber gute Augen hatten, und waren in einem Frauenhaus gelandet oder gar am Friedhof?

„Sie sehen erschöpft aus. Möchten Sie etwas Stärkeres?“

„Bloß nicht! Ich habe einen Scheißkater, habe gestern zu viel getrunken. Nicht nur gestern“, murmelte sie.

„Das kenne ich. Es hat eine Zeit gegeben, in der ich keinen Tag ohne Alkohol hinter mich gebracht habe. Morgens hat mein Kopf oft zu platzen gedroht. Zeitweise habe ich sogar Halluzinationen gehabt. Einmal bin ich mit einem amerikanischen Ex-GI und Vietnamveteranen, der für denselben Boss gearbeitet hat wie ich, irgendwo in Kolumbien unterwegs gewesen. Wir waren beide total besoffen und außerdem völlig zugedröhnt. Als vor uns ein fruchtbares grünes Tal mit strohbedeckten Hütten auftauchte, hat er sich eingebildet, in Vietnam, umzingelt von Vietcongs, zu sein, und mit seiner Maschinenpistole wie verrückt herumzuballern begonnen. Ich habe es ihm nachgemacht. Wir haben unsere Magazine völlig leergeschossen. Zum Glück hat in diesem vermeintlichen Dorf kein Mensch gewohnt. Wir waren in halbverrotteten Filmkulissen gelandet.

Anscheinend ist dort einst ein Antivietnamkriegsfilm gedreht worden. Jedenfalls habe ich damals beschlossen, weniger zu saufen."

Obwohl sie grinsen musste, dachte sie: Was soll das? Fällt diese Anekdote unter vertrauensbildende Maßnahmen?

„Seit wann trinken Sie zu viel?"

„Ich kann mich nicht erinnern", sagte sie gereizt. „Mein verstorbener Mann war Alkoholiker und ich war co-abhängig, hat zumindest meine Therapeutin behauptet. Anfangs habe ich ihn aus Mitleid beschützt, dann habe ich ihn zu kontrollieren begonnen und zuletzt habe ich ihn nur mehr verachtet. Aber, ehrlich gesagt, habe ich zeitweise kräftig mitgesoffen."

„Ihr Mann ist bei einem Autounfall ums Leben gekommen?"

„Ja, das habe ich Ihnen doch schon erzählt. Die Psychotherapeutin, die ich nach dem Unfall ein paar Mal aufgesucht habe, hat gemeint, es sei kein Wunder, dass ich dieses traumatische Erlebnis mit Hilfe von Alkohol zu überwinden versuchte. Sie hat sich geirrt. Der tödliche Unfall meines Mannes war höchstens der Auslöser, noch unkontrollierter zu saufen als vorher. Es gibt viele Gründe zu trinken. Einsamkeit, Melancholie, Angst ..."

„Angst sollte man besser in Wut verwandeln, in konstruktive Wut", unterbrach Alexander sie.

„Werden Auftragskiller auch psychologisch geschult?", spöttelte Laura.

Entsetzt starrte er sie an.

„Ich bin nicht blöd, vermute schon länger, dass du für irgendwelche schwerreichen Verbrecher unschuldige Menschen aus dem Weg schaffst. Du hast ja versucht, mit mir darüber zu reden. Ich habe von Anfang an geahnt, dass mit dir etwas nicht stimmt. Deshalb habe ich dich bei unserem gemeinsamen Abendessen in Karlovassi nicht weiterreden lassen. Ich habe nichts davon hören wollen. Was geht es mich an, was du bisher getrieben hast?“

Er schwieg betroffen. Doch plötzlich sagte er mit seiner sanften Stimme: „Ja, ich töte Menschen. Es ist nichts Persönliches, es ist mein Beruf. Ich mache nur meine Arbeit, wie jeder andere, entscheide nicht selbst über Leben und Tod, das erledigen meine Auftraggeber. Ihnen gegenüber habe ich von Anfang an aufrichtig sein wollen. Doch Sie haben mich nie ausreden lassen ...“

„Deine Tochter Stella hat mir von den Gerüchten, die in Ikaria die Runde machen, berichtet“, unterbrach Laura ihn. „Sie war letztes Wochenende bei mir. Und deine Lehrerin, die alte Christina, hat mir auch so einiges über dich erzählt.“

Alexander war sprachlos. Verdammte Frauen – war das Einzige, was ihm dazu einfiel. Da Laura zum Du übergegangen war, stammelte er: „Sie ... du weißt, dass Stella meine Tochter ist?“

„Ja, seit ein paar Tagen. Gratuliere dir übrigens zu dieser wundervollen jungen Frau, obwohl du nichts dazu beigetragen hast, dass sie sich so gut entwickelt hat.“

„Vergiss nicht auf die Gene.“

Zum Glück hatte er seinen Humor wiedergefunden. Laura musste widerwillig lachen und gab ihm einen Klaps auf die Finger.

Er schnappte sich ihre Hand und küsste sie. „Du hast wunderschöne Hände“, sagte er.

„Was wird das jetzt? Ein kleiner Flirt mit einer falschen Blondine?“

Alexanders Gesichtszüge verfinsterten sich. Er ließ Lauras Hand los, schaute ihr lange in die Augen.

„Ja, glotz mich nur an. Alle Leute glotzen mich an. Ich bin daran gewöhnt, angeglotzt zu werden. Der Schönheitschirurg hat ganze Arbeit geleistet. Ich habe ein neues, zum Glück gestrafftes Gesicht bekommen. Hier am Haaransatz sieht man noch was." Sie strich ihre Haare aus der Stirn und zeigte ihm die Spuren der Nähte.

Ihr Gesicht war tatsächlich fast faltenlos, etwas ungewöhnlich für eine Frau über vierzig.

„Nachdem sie mich zusammengeflickt hatten, war ich eine andere", fuhr sie fort. Ich habe kein Identitätsproblem, dennoch frage ich mich manchmal, wenn ich in einen Spiegel schaue, und das mache ich höchst selten, ob ich das bin, was mir da entgegenblickt. Mit meinem Körper geht es mir nicht viel anders. Ich habe eine Hauttransplantation nach der anderen sowie unzählige Schönheitsoperationen über mich ergehen lassen. Ist das tatsächlich mein Busen, mein Bauch? Alles wurde wieder in Form gebracht. Manchmal fühle ich mich wie ein jüngerer Klon meiner selbst."

„Deine Arme und Beine haben sich nicht verändert", warf Alexander zögernd ein. „Und schon gar nicht deine blauen Augen und dein wundervolles Haar ..." Er berührte eine ihrer langen blonden Strähnen, schob sie ihr aus dem Gesicht.

„Die sind gefärbt", sagte sie trotzig. „Ich war zwar hellblond, aber mittlerweile habe ich schon ein paar graue Haare. Meine Augenlider haben sie ebenfalls angehoben, obwohl das nicht nötig gewesen wäre."

„Deine Haare würden auch grau wundervoll aussehen." Er lächelte sie liebevoll an.

Sie lächelte nicht. „Ich glaube, ich hätte jetzt doch gern ein Gläschen Wein“, sagte sie.

Als er sich nach dem Kellner umsah, bemerkte er zwei vierschrötige Männer, die gerade am Nebentisch Platz nahmen. Sie wirkten nicht wie übliche Touristen, trugen dunkle Anzüge und glänzende Lederschuhe. Die Anzüge waren ihnen zu eng. Sie sprachen Russisch.

Scheiße! Diese Frau wird mich noch ins Grab bringen, dachte Alexander und warf einen kurzen Blick auf die Ausbuchtungen unter den zu knappen Sakkos der beiden Burschen. Instinktiv wollte er zu seiner Waffe greifen, ballte jedoch die Fäuste, um den Reflex zu unterdrücken.

Würden die beiden es wagen, hier auf der romantischen Promenade von Kokkari das Feuer zu eröffnen? Niemals! Er hielt sich für einen guten Menschenkenner. Boris war ein smarter Oligarchenboy, der lästiges Aufsehen mied wie die Pest.

Während Laura weiter über ihre Schönheits-OPs sprach, wurde er zusehends schweigsamer und unaufmerksamer. Er verfolgte jede Bewegung der Männer am Nebentisch, rückte sogar mit seinem Korbstuhl ein Stück von Laura weg, um die beiden besser im Auge behalten zu können.

Laura, irritiert über sein sonderbares Benehmen, bat den Kellner um die Rechnung. Alexander protestierte nicht, ließ sie sogar bezahlen.

Als er sie schweigend zu ihrem Wagen begleitete, wandte er sich mehrmals um. Auf dem großen Parkplatz vor der Kirche verabschiedete er sich von ihr mit Handschlag.

Frustriert stieg sie in ihren Wagen. Im Rückspiegel sah sie, dass er sich nach ihr umdrehte. Kurz erschien ein jungenhaftes Lächeln auf seinen Lippen.

Kaum war sie losgefahren, eilte er zurück zu dem Café. Die Burschen vom Nachbartisch waren verschwunden.

***

Mit einem unguten Gefühl im Bauch fuhr er nach Potami. Er ärgerte sich, dass er mit Laura nicht über die beiden Männer geredet hatte. Er hätte ihr sagen sollen, dass er sie für Russen hielt, die entweder hinter ihr oder hinter ihm oder hinten ihnen beiden her waren. Und vor allem hätte er sie nicht allein nach Hause fahren lassen sollen.

Aber eine Frau wie Laura ließ sich nicht gerne bevormunden. Das hatte er mittlerweile kapiert. Wahrscheinlich hätte sie ihn wieder verdächtigt, ihr etwas antun zu wollen, wenn er hinter ihr hergefahren wäre.

54.

In seinem Studio angekommen, bemerkte Alexander, dass während seiner Abwesenheit jemand da gewesen war.

Er hatte die üblichen Vorsichtsmaßnahmen getroffen, beinahe unsichtbare Fallen gelegt, als er das Haus verlassen hatte. Die Fransen, die er unter den Teppich gesteckt hatte, lugten wieder hervor. Sein nicht ausgepackter Koffer war ebenfalls durchwühlt worden. Hemden und Wäsche lagen zwar ordentlich nebeneinander, aber seine Socken befanden sich nicht mehr dort, wo er sie hingestopft hatte. Und das scheinbare Chaos, das er am Couchtisch auf der Terrasse angerichtet hatte, war auch nicht mehr dasselbe. Er hatte sich genau gemerkt, wohin er Zeitungen, Aschenbecher, Zigaretten und Feuerzeug gelegt hatte. Sie waren zumindest verrückt worden.

Vielleicht hatte es doch die Putzfrau nicht lassen können, bei ihm aufzuräumen, obwohl er sie ausdrücklich gebeten hatte, nicht täglich zu kommen? Nein, es gab keine frischen Handtücher, und in der Küche stand das ungewaschene Frühstücksgeschirr in der Abwasch. Zum Glück hatte er seine Sporttasche mit all den Waffen nicht hiergelassen.

Plötzlich bekam er eine Riesenangst um Laura. Er nahm an, dass die beiden Russen vom Nebentisch ihn in Potami abgepasst hatten und ihm nach Kokkari gefolgt waren, während ein dritter Mann sein Studio durchsucht hatte. Und jetzt waren die Russen wahrscheinlich hinter Laura her.

Er warf all seine Sachen in den Kofferraum seines Wagens und raste nach Limnionas.

***

Ein paar Kehren nach Psili Ammos sah er bereits den Feuerschein. Er stieg noch heftiger aufs Gaspedal.

Rauchfahnen stiegen am Fuße des Kerkis auf. Die Ausläufer des Berges standen bereits in Flammen. Ein einziges Feuerwehrauto parkte am Straßenrand.

Alexander ließ seinen Wagen knapp dahinter stehen, eilte, bewaffnet mit dem kleinen Feuerlöscher und mit einer beschichteten silbern glänzenden Decke aus dem Kofferraum, zu der Feuersbrunst.

Ein Feuerwehrmann hielt ihn auf, versperrte ihm den Weg.

Alexander riss ihm die Spritze aus den Händen und lief zu dem in Flammen stehenden Bungalow. Seine

Schulter schmerzte höllisch, obwohl er morgens zwei Tabletten eingeworfen hatte. Doch dieser Schmerz war bedeutungslos verglichen mit der Panik, die ihn plötzlich überfiel. Verzweifelt schrie er Lauras Namen.

Das Dach des Hauses war bereits eingestürzt. Darunter gab es sicher kein lebendes Wesen mehr.

„Laura!", rief er trotzdem immer wieder.

***

Laura hörte ihn nicht. Trotz ihrer wahnsinnigen Angst vor Feuer, hatte sie vernünftig reagiert. Leider hatte sie das Feuer erst wahrgenommen, als Brandgeruch in ihre Nase gedrungen war. Sie hatte Kopfhörer aufgehabt und Musik gehört, während sie in ihrem Kalivi Ordnung geschafft hatte. Als sie die Tür aufriss, sah sie in die Flammen, die bereits knapp an ihr Häuschen herangekommen waren. Ihr Bungalow weiter oben am Hang und der Olivenhain waren nicht mehr sichtbar.

Sie schlug die Metalltür des Kalivi zu. Die Eisenstange, die als äußere Verriegelung diente, rutschte bei dem heftigen Stoß ins Schloss. Doch das nahm sie nicht wahr.

Ihr Herzklopfen verwandelte sich in einen dicken Kloß in ihrem Hals. Sie begann zu weinen, weinte all die Tränen, die sie weder bei dem tödlichen Unfall ihres Mannes noch als sie ihr zerstörtes Gesicht und ihren verwüsteten Oberkörper zum ersten Mal im Spiegel sah geweint hatte. Kurz zog sie in Erwägung, in Ohnmacht zu fallen. Nichts mehr sehen, nichts mehr hören, nichts mehr spüren.

Ihr erster Gedanke war gewesen, dass Alexander ihr Haus und den Olivenhain in Brand gesteckt hatte. Sie verwarf diesen Gedanken sofort wieder, kniff die Augen zusammen und bekämpfte mit nassen Fetzen die Flammen und den Rauch, die durch das Dach drangen. Zum Glück befanden sich ihre Wasservorräte im Kalivi.

Sollte sie doch versuchen, hinunter zum Meer zu flüchten?

Sie bekam die Tür nicht mehr auf. Würgend und spuckend warf sie sich dagegen. Ihre letzte Hoffnung, es durch das Feuer hinunter ans Meer zu schaffen, schwand dahin.

Rauch und Hitze nahmen weiter zu. Sie hatte einmal gelesen, dass die meisten Opfer von Bränden nicht durch das Feuer umkamen, sondern an einer Rauchgasvergiftung starben. Verzweifelt rang sie nach Luft und schickte ein stummes Stoßgebet zum Himmel. Momentan brauchte sie nichts dringender als Sauerstoff. Blöderweise hatte sie die hölzerne Außenjalousie vor dem Fenster geschlossen.

Sie überlegte, das Fenster von innen einzuschlagen, befürchtete jedoch, das Feuer würde sich dann noch schneller den Weg in ihr Kalivi bahnen. Hustend griff sie nach einer Mineralwasserflasche, die am Boden herumkugelte, trank die Hälfte und leerte sich den Rest über ihr rußiges Gesicht.

Plötzlich vernahm sie, außer dem lauten Knarren und Krachen der Balken und dem Knistern des Feuers, ein anderes Geräusch. Sirenen?

An der Decke züngelten wieder Flammen hervor. Sie drückte eine nasse Decke fest dagegen. Das Häuschen ächzte und stöhnte, und im nächsten Moment zerbarst das Fenster in tausend winzige Scherben. Ein Feuerschwall schlug ihr entgegen.

Schreiend fiel sie auf den mit Glasscherben übersäten Boden. Gleich würde das Dach über ihr einstürzen und sie begraben. Alles würde vorbei sein. Alles zu

Asche verbrennen, zu Staub. Zuerst das Haar, dann die Haut und das Fett. Zuletzt die Knochen.

55.

Mit der Feuerwehrspritze unterm Arm bahnte sich Alexander einen Weg durch das Flammenmeer. Die feuerfeste Decke um Kopf und Körper geschlungen, lief er die neunundneunzig Stiegen hinunter. Er bildete sich ein, Lauras Stimme zu vernehmen, ganz leise, fast unhörbar. Die Stimme kam von weiter unten. Aus dem Kalivi?

Er schaffte es, eine schmale Schneise zu dem kleinen Haus feuerfrei zu kriegen, doch der Schlauch war nicht lang genug. Alexander ließ die Feuerwehrspritze fallen und torkelte, den Wasserstrahl im Rücken, weiter. Er stolperte über eine der steilen Stufen und stürzte. Sein Gewand fing Feuer. Obwohl außer Atem und leicht verletzt, war er sofort wieder auf den Beinen. Fluchend und keuchend kämpfte er weiter gegen die Flammen, besprühte mit dem kleinen Feuerlöscher die Tür des Kalivi. Jetzt erst entdeckte er die Eisenstange, die von außen das Schloss blockierte. Er packte sie mit der Decke, schob sie nach links und riss die Tür auf.

Laura kroch ihm auf allen Vieren entgegen. Mit seiner Linken zerrte er sie hoch, schlug seine Decke über ihren Körper und schleppte sie die restlichen Stufen zwischen den lodernden Flammen hinunter zum Meer. Erst als er das kühle Nass in seinem Gesicht spürte, wagte er wieder zu atmen.

Auf einmal nahm er eine andere dunkle Gestalt im Wasser wahr. Lauras Nachbarin Maria hatte ebenfalls rechtzeitig das Meer erreicht. Zitternd stand sie im hüfthohen Wasser. Sie gab keinen Ton von sich.

Die Strandbar brannte lichterloh.

Mittlerweile waren noch mehr Feuerwehrleute eingetroffen. Sie schienen den Brand in den Griff zu bekommen. Alexander nahm nicht mehr viel wahr. Überglücklich drückte er Laura fest an sich. Obwohl sie vor Schmerz aufstöhnte, streichelte er zärtlich ihr Gesicht und ihre angesengten Haare.

***

Sowohl Alexander als auch Laura hatten leichte Brandwunden. Aber die würden heilen. Sie lebten. Das war das Einzige, was zählte.

Alexander tränkte Papiertaschentücher mit Meerwasser und säuberte Lauras Gesicht, berührte ganz sanft die zarte Haut unter ihren Augen, ihre schmutzige Stirn, ihre fast schwarzen Lippen. Es war nur Ruß. Sie hatte keine ernsthaften Verletzungen, aber sie hatte Tränen in den Augen.

„Bist du okay?“ Eine intelligentere Frage war ihm nicht eingefallen. Er sah selbst aus wie ein Rauchfangkehrer.

„Ist nur der Rauch. Er beißt so in den Augen“, sagte sie leise.

***

Als kurz darauf die Polizei eintraf, wurden Laura, Maria und Alexander einvernommen. Alexander betonte, dass er zufällig vorbeigefahren war, das Feuer von der Straße aus gesehen und Hilfe hätte leisten wollen.

Laura erzählte den Polizisten von einem Dynamitfischer, der weiter oben wohnte und ihr Rache geschworen hatte, als sie ihm mit einer Anzeige gedroht hatte.

„Er hat gesagt, er wird mein Haus abfackeln, wenn ich zur Polizei gehe."

Alexander war sich sicher, dass dieser Typ nicht hinter dem Anschlag steckte. Für ihn stand fest, dass entweder Boris oder Stavros für den Brand verantwortlich waren.

„Es reicht", murmelte er. Dieses Mal würde er die Arschlöcher nicht ungestraft davonkommen lassen. Die Tage seiner Auftraggeber waren gezählt.

„Was hast du gesagt?", fragte Laura.

„Ich liebe dich."

Obwohl sie seine Liebeserklärung in diesem Moment etwas unpassend fand, küsste sie ihn.

„Eine Brandstiftung hinterlässt immer Spuren. Für gewöhnlich lassen sich am Ursprungsort der Flammen die besten Hinweise finden", sagte er zu Laura und Maria, als sie gemeinsam in einem Rettungswagen saßen und ihre Wunden von einem Notarzt versorgt wurden. „Und wir Griechen sind nun einmal Profis, was Brände und ihre Ursachen betrifft."

Maria, die bisher kein Wort von sich gegeben hatte, entkam ein Lächeln. Es war ein böses Lächeln. „Sie meinen, weil hier ständig die Wälder brennen? Oder besser gesagt von gierigen Grundstücksspekulanten abgefackelt werden?", fragte sie.

Alexander wich ihrem Blick aus, sah zu Boden. Diese Frau war ihm nicht ganz geheuer.

„Georgios wäre beinahe draufgegangen, weil er unbedingt das Geld aus der Kassa mitnehmen wollte. Er hat es buchstäblich in letzter Sekunde ins Freie geschafft. Man hat ihn bereits ins Spital nach Vathy gebracht."

„Ich hoffe, seine Verletzungen sind nicht allzu schlimm", sagte Laura.

„Seine Gier wäre ihm fast zum Verhängnis geworden“, stellte Maria nüchtern fest. Sie wollte jedoch zu ihm ins Spital. Da der zweite Rettungswagen sowieso nach Vathy zurückmusste, war das kein Problem.

Alexander und Laura wussten nicht wohin. Als sie vorschlug, nach Potami zu fahren, winkte er ab. „Lieber nicht.“

Er bat den Fahrer der Rettung, sie in ein Hotel im nächsten größeren Ort zu bringen. Seine Unterkunft in Potami erschien ihm nach der Durchsuchung nicht mehr sicher genug.

***

Der Fahrer ließ die beiden vor einem Hotel in Votsalakia aussteigen. Da nur mehr ein Doppelzimmer frei war, sah sich Alexander bereits die Nacht am Fußboden oder in einer Badewanne verbringen.

Als der Portier Alexander seinen Reisepass zurückgeben wollte, schnappte Laura ihn sich und warf rasch einen Blick hinein.

„Angelos Angelopoulos, interessant“, murmelte sie auf Deutsch.

Als sie auf ihrem Zimmer waren, sagte sie: „Ich glaube, ich werde dich in Zukunft Angel nennen. Der Name passt gut zu dir. Du warst ja tatsächlich mein Schutzengel.“

Er umarmte sie und fing wieder an von seiner Liebe zu ihr zu sprechen. Doch in ihrem Leben war momentan kein Platz für Romantik und Liebeleien. Sie war fast gestorben vor Angst und sehnte sich nur nach Ruhe. Deshalb würgte sie seine Liebesbeteuerungen schroff ab.

„Ich muss jetzt erst einmal duschen.“ Vor seinen Augen entledigte sie sich ihrer total verschmutzten Kleidung und ging ins Bad.

Ich habe nichts mehr zu verlieren, dachte Alexander, zog ebenfalls seine stinkenden Klamotten aus und folgte ihr.

Sie zuckte zusammen, als er die Tür der Duschkabine öffnete und ihr unter dem heißen Wasserstrahl Gesellschaft leistete. Doch sie sagte keinen Ton, sah in seine fast schwarzen Augen und hatte Angst, dass seine leidenschaftlichen Blicke sie um den Verstand bringen würden.

Zärtlich begann er mit Schwamm und Olivenseife ihre Arme und ihren Oberkörper zu reinigen, strich sanft über die alten Narben unter ihrer Brust und auf ihrem Bauch. Er küsste jeden Zentimeter ihres verwundeten Körpers, schmeckte ihre Finger, ihre Zunge, ihre Brüste und ihre Scham.

Laura ließ seine Zärtlichkeiten über sich ergehen, blieb selbst aber regungslos.

Behutsam berührte er mit seinen Lippen ihre Schläfen, schob ihre Haare weg und küsste die Nähte an ihrem Haaransatz. Sie bewegte sich nach wie vor nicht, erwiderte seine Liebkosungen nicht, stand wie erstarrt unter dem warmen Strahl der Dusche und ließ ihn gewähren.

Irgendwann zog er sie aus der Duschkabine, schlang das Badetuch um ihren Körper und trocknete sie liebevoll ab. Sein Körper war noch feucht, als er sich neben sie aufs Bett legte. Wieder streichelte er sie, sorgfältig darauf bedacht, die geröteten Stellen nicht zu berühren.

Plötzlich konnte sich Laura nicht mehr länger beherrschen. Sie legte sich auf ihn. Er schrie, als sie ihn mit der Hand an seiner verletzten Schulter packte.

„Verzeih“, seufzte sie und setzte sich auf.

Ihre Leidenschaft steckte ihn an. Er vergaß auf seine Schulterschmerzen und seine anderen Verletzungen, gab sich den rhythmischen Bewegungen ihres Beckens hin. Sie zerkratzte ihm die Brust und erstickte ihn beinahe mit ihren Küssen.

Er kam viel zu schnell. Es war ihm peinlich.

Sie grinste ihn an. Leider war es kein süßes Lächeln.

„Verzeih ...“, murmelte er.

„Du warst fantastisch!“

Für ihn war es einer der glücklichsten Momente seines Lebens.

***

Als sie später in zärtlicher Umarmung im Bett lagen, seufzte sie: „Mir tut alles weh! Ich bin einfach zu alt für solche Eskapaden.“

„Was soll ich erst sagen? Ich bin acht Jahre älter als du und dementsprechend fertig“, sagte er grinsend.

Engumschlungen lagen sie eine Weile still da.

„Lass uns gemeinsam weggehen. Wir könnten irgendwo neu beginnen. Ich war sehr einsam in den letzten dreißig Jahren ...“, sagte Alexander auf einmal.

„Bist du verrückt? Ich will hierbleiben, ich liebe diese Insel. Außerdem bin ich gegen Brand versichert. Es wird zwar ein paar Jahre dauern, bis die Olivenbäume wieder tragen, aber so schnell gebe ich wegen dieser Baumafia nicht auf.“

„Boris und Stavros sind übermächtige Gegner. Beide wollen dich unbedingt loswerden. Boris bildet sich ein, dass du Zeugin bei dem Mord an deinem Freund Theo warst. Du glaubst mir inzwischen, dass ich deinen Freund nicht umgebracht habe, aber er denkt, dass ich es war. Und Stavros will schlicht und einfach dein Grundstück billig haben.“

„Ich werde nicht klein beigeben, lasse mich weder von deinem Russen noch von diesem griechischen Kotzbrocken vertreiben. Die können mich mal!"

„Er ist nicht mein Russe, er will mich ja auch loswerden."

Während er ihr endlich von dem ungebetenen Besuch in seinem Studio in Potami und von der Schießerei in den Bergen erzählte, streichelte er zärtlich ihre Brüste. Als er seine Zunge in ihre Scham gleiten ließ, begann Laura wieder zu stöhnen.

Er drang ein zweites Mal in sie ein. Dieses Mal liebten sie sich langsamer, zärtlicher und es dauerte etwas länger, bis Alexander kam. Laura stieß einen tiefen Seufzer aus, als er sich von ihr löste.

„Zwei Orgasmen in einer Stunde? Nicht schlecht für einen alten Killer!"

Alexander spielte den Beleidigten. Als sich ihre Lippen seinem Glied näherten, regte sich sein bestes Stück sofort wieder.

56.

Es war eindeutig Brandstiftung gewesen. Die Feuerwehrmänner hatten Spuren von Wachs, Benzin, Baumwolle und Plastik im fast völlig abgebrannten Olivenhain gefunden.

„Auslöser dürfte eine Kerzenbombe gewesen sein, ein primitiver Brandsatz", erzählte ihnen der Kellner am nächsten Morgen beim Frühstück. Er schien bestens informiert zu sein, da sein Sohn bei der Feuerwehr war und gestern mitgeholfen hatte, den Brand zu löschen. „Man braucht ein Gefäß mit Benzin und benützt eine

Kerze als Lunte. Leider gibt es keinerlei Hinweise auf den Täter", sagte er. „Obwohl sich der Kerl nicht einmal die Mühe gemacht hat, seine Spuren zu beseitigen."

Das roch eher nach Russen, die sich auf dieser in ihren Augen unbedeutenden Insel aufführten wie die neuen Besatzer. Großspurig, dummdreist und brutal. Sein Boss, der kein Dummkopf war, würde wenig Freude mit ihrer Schlamperei haben, dachte Alexander.

„Ich muss kurz telefonieren", entschuldigte er sich bei Laura, küsste sie auf die Stirn und ging hinaus.

Er rief die Nummer an, die man ihm für Notfälle gegeben hatte. Kein Anschluss. Alles klar. Sie hatten ihn abgeschrieben. Und er konnte die restlichen fünfzigtausend abschreiben. Immerhin hatte er dreißigtausend für einen Mord kassiert, den er nicht begangen hatte. Jetzt hieß es für ihn am Leben bleiben. Sie würden ihn jagen. Und wenn sie ihn fänden, würden sie Kleinholz aus ihm machen.

Wären nur die Russen hinter ihm her, hätte er hier auf den griechischen Inseln eine gute Chance gehabt. Da auch Stavros Xanidis Jagd auf ihn machte, schätzte er seine Chancen nicht sehr groß ein. Außerdem hatte er diese wunderbare Frau an seiner Seite. Ihr durfte auf keinen Fall etwas passieren. Er brauchte Zeit zum Nachdenken. Und er brauchte einen Plan. Einen guten Plan! Seine Wut war größer als seine Angst. Er war wild entschlossen, den Kampf aufzunehmen.

Während sie einen zweiten Kaffee tranken, läutete Lauras Handy. Sie legte einen Finger auf ihren Mund, als sie in ihrem lustigen fehlerhaften Griechisch sagte, dass sie nicht wisse, wo sich Alexander Makiris momentan aufhalten würde. „Mir ist nichts passiert, Herr Kommissar. – Danke, es geht mir den Umständen entsprechend gut."

„Du musst sofort abhauen“, sagte sie zu Alexander, nachdem sie aufgelegt hatte.

„Wer war das?“

„Der Kugelfisch, pardon, die Polizei, meine ich.“

„Was wollten sie?“

„Dich! Sie haben dich in Verdacht, nicht nur Theo, Ioannis und den Türken umgebracht, sondern auch den Brandanschlag auf mich verübt zu haben. Anscheinend haben sie Erkundigungen über dich eingezogen und herausgefunden, dass du auf der Fahndungsliste der Interpol stehst. Sie kennen inzwischen deinen richtigen Namen.“

„Angelopoulos?“ Er zwinkerte ihr zu.

„Mir ist jetzt nicht nach Scherzen zumute.“

„Die waren aber schnell. Das bin ich von meinen griechischen Landsleuten gar nicht gewöhnt“, witzelte Alexander.

„Ich finde das alles nicht sehr lustig. Dieser Athener Kommissar ist ein schlauer Fuchs. Du musst dich in Sicherheit bringen. Fahr hinüber in die Türkei. Du hast noch das Boot, oder?“

Er ließ sich seine Freude darüber, dass sie ihm endlich vertraute und sich Sorgen um ihn machte, nicht anmerken. „Und was soll aus dir werden? Du bist jetzt praktisch obdachlos und auch mittellos“, sagte er, da er bezweifelte, dass sie Geld von ihm annehmen würde.

„Ich kann zur Schwester von Maria nach Ireon, bin dort jederzeit willkommen. Außerdem bin ich gut versichert. Ich habe nach dem Kauf des Grundstücks eine sauteure Versicherung abgeschlossen. Finanziell werde ich nicht schlecht aussteigen. Mach dir also keine Sorgen um mich. Das Kalivi lässt sich leicht wieder renovieren. Die Steinmauern sind ja intakt geblieben. Ich trauere nur um meinen Olivenhain. Aber mir wird schon etwas einfallen, womit ich mich in den nächsten Jahren über Wasser halten kann. Zur Not entwerfe ich halt eine Bademodenkollektion für meine Wiener Freundin. Vielleicht in den Farben des Feuers?“

„S’ agapo – ich liebe dich“, sagte Alexander voller Bewunderung und nicht zum ersten Mal.

„Hör auf, sei vernünftig. Du solltest schleunigst verschwinden, denn wer weiß, ob mir der Kommissar geglaubt hat. Bestimmt werden die Bullen bald hier auftauchen. Von einer Insel kommt man nicht so leicht weg. Deine einzige Chance ist dein Boot, glaub mir.“

„Ich werde bleiben.“

„Sei nicht so stur ...“

„Keine Diskussion!“

Erstaunt blickte sie ihn an. In so einem energischen Ton hatte er bisher noch nie mit ihr gesprochen. „Na gut, dann müssen wir ein Versteck für dich suchen.“

„Darum kümmere ich mich selbst“, sagte er. „Ich will nicht, dass du wegen mir noch mehr Schwierigkeiten bekommst.“

„Blablabla ...“

„Wie bitte?“

„Ich habe bereits eine Idee. In Karlovassi gibt es viele halbverfallene Fabriken. Bis 1930 waren die Gerberei und die Lederverarbeitung wichtige Wirtschaftszweige in dieser Stadt. Einer meiner Freunde – und der hält hundertprozentig dicht – hat sich in einer dieser aufgelassenen Lederfabriken direkt am Meer eine Schnapsbrennerei eingerichtet. Er wird keine Fragen stellen, wird denken, ich hätte wieder einmal ein paar Flüchtlinge unterzubringen. Er hat mir schon öfters geholfen.“

***

Nachdem Laura ein längeres Telefonat geführt hatte, nahmen sie ein Taxi nach Limnionas, holten ihre Autos, die von dem Feuer verschont geblieben waren, und fuhren nach Karlovassi. Zuerst besorgten sie ein paar Lebensmittel für Alexander. In einer Boutique gegenüber des Supermarkts deckte sich Laura, die seit der Früh in einem von Alexanders weißen Hemden herumlief, mit neuen Klamotten ein, die wenigstens halbwegs ihrem Geschmack entsprachen.

Die ganze Aktion beanspruchte mehrere Stunden. Laura sah total erschöpft aus, als sie sich in der ehemaligen Lederfabrik von Alexander verabschiedete. Sie musste ihm versprechen, gleich heute nach Ireon zu Marias Schwester zu ziehen.

„Wo soll ich sonst hin? Hältst du mich für bescheuert? Ich weiß, dass auch ich untertauchen muss. Am liebsten würde ich hier bei dir bleiben. Aber das wirst du nicht wollen, oder?"

Energisch schüttelte er den Kopf. „Viel zu gefährlich. Du würdest mich nur behindern, falls sie mich finden sollten. Allein kann ich eher mit dieser kriminellen Bagage fertigwerden."

„Du redest schon wie ein echter Österreicher", sagte Laura. „Bagage ist ein typisch österreichisches oder bayrisches Schimpfwort französischen Ursprungs ..."

***

Das halb verfallene Gebäude am Meer war umgeben von Steinen, Gerümpel und anderen Abfällen. Nichts deutete darauf hin, dass dort jemand wohnte.

Das Innere der alten Fabrik war eine echte Überraschung. Der Hauptraum war mit allerlei Geräten für die Schnapsproduktion ausgestattet und sehr geschmackvoll eingerichtet. Moderne Bilder zierten die Wände, wertvolle Vasen und Schüsseln schmückten die Regale. Ein riesiger Holztisch und mehrere bequeme Stühle deuteten darauf hin, dass hier manchmal größere Gelage stattfanden. Alexander bewunderte die vielen Wein- und Schnapsflaschen, besah sich die Etiketten und zollte seinem ihm unbekannten Gastgeber einen hervorragenden Geschmack.

Die Couch in einem Nebenraum war lang genug für ihn. Trotzdem konnte er abends lange nicht einschlafen. Die Wellen donnerten an die Steinmauern, ließen das alte Gemäuer erzittern.

57.

Am nächsten Morgen brachte Laura ihm frische Croissants, Brot, Schafskäse und eine Zeitung zum Frühstück.

„Du solltest doch nicht hierherkommen", tadelte Alexander sie.

„Sei nicht so ein Angsthase. Keiner hat mich gesehen."

Sie schlug die mitgebrachte Zeitung auf und las ihm in ihrem holprigen Griechisch einen Artikel vor: „Mord auf Mykonos aufgeklärt", lautete die Überschrift. „Der österreichische Hotelbesitzer Theo N. wurde laut Aussage der griechischen Kriminalpolizei von seinem Lebensgefährten Philip N. in seinem eigenen Pool ertränkt. Der Täter hat nach einstündigem Verhör den Mord gestanden."

Alexander war sprachlos. Sollte er sich über diese Nachricht freuen oder bedeutete sie sein endgültiges Todesurteil?

Laura umarmte ihn stürmisch. „Ich habe von Anfang an gespürt, dass du es nicht getan hast“, flüsterte sie. „Außerdem warst du der Erste, der Philip verdächtigt hat. Ich wäre nie auf diese Idee gekommen. Du bist ein viel besserer Detektiv als ich, Liebster.“

Sie hatte „Liebster“ gesagt. Er strahlte übers ganze Gesicht und nahm sie in die Arme.

„Warte, ich muss schnell einen wichtigen Anruf erledigen.“ Sie wählte die Nummer des griechischen Kommissars und schaltete den Lautsprecher ihres Handys ein, damit Alexander mithören konnte.

Der Kugelfisch schien erfreut, ihre Stimme zu hören, machte ihr ein paar Komplimente, bevor er zur Sache kam. „Der Koch hat lange geschwiegen. Erst als wir ihm mit der Abschiebung drohten, hat er ausgepackt. Er hat an jenem Abend laute Stimmen auf der Terrasse gehört und ist zum Hotel hinüber, um nachzuschauen, was los war. Verborgen zwischen Oleanderbüschen hat er mitangesehen, wie sich Ihr Freund mit diesem Griechen Alexandros, oder wie auch immer er sich nennen mag, geprügelt hat. On hat sich nicht eingemischt, blieb in seinem Versteck. Sein Grinsen hätten Sie sehen sollen, als er uns beschrieben hat, wie der Grieche dem Hotelbesitzer einen Faustschlag versetzte und dieser in den Pool fiel. Fast hätte ich danach das Verhör beendet, doch mein sechster Sinn hat mir gesagt, dass der Bursche mir etwas verschwieg. Ich habe ihm noch eine Weile zugesetzt. Und schließlich rückte er mit dem Rest der Geschichte heraus. Nachdem der Grieche abgehauen war, ist Philip zum Pool gekommen und hat sich am Rand hingekniet. Anstatt seinem fluchenden Ehemann aus dem Wasser zu helfen, hat er dessen Kopf so lange unter Wasser gedrückt, bis der Arme keinen Mucks mehr von sich gab. Ihr Freund scheint sich tapfer zur Wehr gesetzt zu haben. Jedenfalls hat Philip ein blaues Auge abbekommen. Haben Sie das nicht bemerkt?“

„Ah, deswegen hat er andauernd seine Sonnenbrille aufgehabt und sich so übertrieben geschminkt“, sagte Laura.

„Das blaue Auge ist ihm letztendlich zum Verhängnis geworden. Er ist zusammengebrochen, als ich ihn darauf angesprochen habe. Sein Lebensgefährte hat ihm anscheinend mit letzter Kraft einen Schlag versetzt ...“

„Das hätte ich dem sensiblen Philip niemals zugetraut“, unterbrach Laura den Kommissar. Sie bemühte sich, bestürzt zu klingen. Doch die nächsten Worte des Kommissars brachten sie dann tatsächlich aus der Fassung: „Grüßen Sie diesen Alexandros von mir und richten Sie ihm aus, dass ich ihn so bald wie möglich sprechen möchte.“

Hastig legte sie auf und schaute wie gebannt auf ihr Handy, hatte Angst, es würde gleich wieder klingeln.

„Woher weiß er, dass du bei mir bist?“, fragte sie Alexander.

„Das ist doch völlig egal. Wahrscheinlich hat er nur geblufft. Wirf aber sicherheitshalber dein Handy weg und kauf dir ein neues“, versuchte er sie zu beruhigen.

Sie lächelte ihn schief an.

Ihm war bewusst, dass er sich mit ihrem komischen Lächeln abfinden würde müssen. Nach ihrer Gesichtsoperation bekam sie offensichtlich kein natürliches mehr hin.

Als er sie zu küssen versuchte, entzog sie sich ihm. Er vermutete, dass ihr die Nachrichten des Kommissars mehr zu schaffen machten, als sie sich eingestehen wollte.

Sie ging zu einem der Fenster, öffnete es und warf ihr Telefon in die Brandung. Erst danach begann sie zu reden, ohne Punkt und Komma, erzählte ihm noch einmal vom Tod ihres Ehemannes: „Mein Mann und ich haben, wie du weißt, 2015 einen schweren Unfall gehabt." Ihre Züge verrieten keinerlei Emotionen. Sie sprach so gefasst, als würde sie ihm den Inhalt eines Films erzählen. „Ich hätte auch fast dranglauben müssen. Zum Glück war ich nicht angeschnallt und bin durch die Windschutzscheibe geflogen. Ich habe Lorenz, meinen Mann, nicht in den Armen gehalten, als er sterbend in dem brennenden Wrack lag. Ich habe nicht ein letztes Mal seine Hand gestreichelt. Ich habe nicht ein letztes Mal meine Lippen auf seine gepresst. Und ich habe vor allem nicht versucht, ihn aus dem brennenden Wagen zu befreien. Ich bin mit gebrochenen Rippen und anderen Verletzungen davongewankt, habe Lorenz allein zurückgelassen. Kurz danach ist der Alfa explodiert. Ich muss ausgesehen haben wie ein Zombie. Die Verkehrspolizisten haben die Flucht ergriffen, als ich auf sie zu getorkelt bin ..."

„Wie furchtbar!", unterbrach Alexander sie.

„Dank Tabletten und Alkohol habe ich meine Schmerzen irgendwie in den Griff kriegen können. Als ich aus dem Krankenhaus entlassen wurde, waren einige Wochen verstrichen. Ich habe mich so schlecht und recht bemüht weiterzuleben. Eines Abends habe ich zu viele Pillen und zu viel Alkohol erwischt. Ich bin auf allen Vieren zu meinen Nachbarn hinübergekrochen. Sie haben den Notarzt gerufen, man hat mir den Magen ausgepumpt. Damals habe ich begriffen, dass ich doch noch nicht sterben wollte, und habe beschlossen, irgendwo neu anzufangen. Ich habe meine Arbeit aufgegeben und die Stadt verlassen, in der ich seit meiner

Geburt gelebt habe. Nicht nur mein Äußeres hat sich nach den vielen Operationen total verändert, ich habe auch mein Leben geändert. Leider holt mich auf Samos die Vergangenheit manchmal ein. Was mich bis heute fertig macht, ist, dass ich keine echte Trauer um meinen Mann empfinden konnte."

„Du bist unter einem schweren Schock gestanden. Da reagiert man nicht vernünftig oder normal", sagte Alexander. „Es bringt überhaupt nichts, wenn du dein Verhalten im Nachhinein anzweifelst."

„Warum nicht? Ich habe jetzt alle Zeit der Welt, um darüber nachzudenken, warum ich damals falsch reagiert habe. Vielleicht habe ich ja sogar gewollt, dass er stirbt? Ich habe ihn nicht mehr geliebt! Lorenz war Modefotograf und zehn Jahre älter als ich. Ende vierzig hat er eine Midlife-Crisis bekommen. Er hat mich in den letzten Jahren unserer Ehe ständig betrogen, hat zu viel getrunken, zu viel gekokst und mit blutjungen Models herumgemacht. Ich war ähnlich drauf, was den Alkohol betraf, Koks habe ich zum Glück nie angerührt. An jenem Abend, als der Unfall passiert ist, hatten wir einen furchtbaren Streit auf der Heimfahrt von einer Party in der Villa der Herausgeberin einer Modezeitschrift. Ich hatte meinen Mann im Haus der Societylady mit der sechzehnjährigen Tochter der Gastgeberin im Badezimmer beim Vögeln erwischt. Ich schlug mit meinen Fäusten auf ihn ein, er lachte mich aus. Wir waren beide sturzbetrunken. Trotzdem bin ich mit ihm nach Hause gefahren. Als wir auf einen Abgrund zurasten, habe ich ihm ins Steuer gegriffen und es herumgerissen, habe gedacht, ich hätte das Schlimmste verhindert. Das Cabrio ist aber auf der Fahrerseite in die Leitschiene gekracht. Der alte Alfa Spider hatte keine Airbags. Teile der Leitschiene haben sich in Lorenz' Körper gebohrt, ihn beinahe durchschnitten. Er hat über zwei Promille im Blut gehabt. Ich nicht viel weniger. Er hat noch gelebt, als die Rettung zwanzig Minuten später eintraf. Ich war eine Zeitlang bewusstlos und habe ihm dann, wie gesagt, beim Sterben zugesehen. Seither trinke ich noch mehr, um diese grauenhaften Bilder, die mich nachts und oft auch tagsüber heimsuchen, auszulöschen."

Alexander nahm sie in die Arme, küsste ihr Gesicht, ihre Stirn, ihre Augen, ihre Wangen und ihren Mund. Sie wehrte sich nicht.

Er hob sie hoch, setzte sie auf den schweren Holztisch, seine Hände wanderten unter ihr weites Kleid, streichelten zärtlich die Innenseiten ihrer Schenkel.

Sex heilt zwar nicht alle Wunden, hilft aber zu verdrängen, dachte sie, zog ihren Slip aus und küsste ihn so leidenschaftlich, wie er noch nie geküsst worden war.

Als seine Stöße heftiger wurden, ließ sie sein Gesicht los und schlang ihre Arme um seinen Rücken. Sie kam dieses Mal schnell, stieß laute, spitze Schreie aus und klammerte sich fest an ihn.

Auch er war nahe daran zu kommen. In diesem Augenblick gab sein Handy, das er in der Tasche seiner heruntergelassenen Hose stecken hatte, einen lauten Ton von sich. Eine SMS war eingetroffen. Auf seinem privaten Handy, von dem nur Laura die Nummer hatte.

Irritiert ließ er von ihr ab und griff nach seinem Mobiltelefon. Eine unterdrückte Nummer.

Laura blickte ihn verwundert an. „Wage es ja nicht, jetzt zu telefonieren", sagte sie.

„Verzeih bitte! Hast du irgendjemandem meine neue Telefonnummer gegeben?"

„Ja, Christina. Sie wollte noch einmal mit dir reden."

„Lies, bitte." Er reichte ihr das Handy.

„Unsere Freunde sind gerade in der Marina von Pythagorio eingetroffen. Dein Geld habe ich. Komm und hole es dir“, stand in der SMS.

„Von wem kann das sein?“ Auch Laura war nun die Lust vergangen. Sie sprang vom Tisch und strich ihr Kleid glatt.

Ein paar Minuten später traf eine zweite SMS ein, ebenfalls von einer unterdrückten Nummer: „Treffpunkt heute 14:30 im Kloster Megali Panagia.“

Als auch er sich wieder anzog, entschuldigte er sich wortreich bei Laura.

„Sag mir lieber, wer dir diese SMS geschickt hat. Und lüge mich ja nie mehr an, sonst kannst du mich vergessen.“

Er ließ sie auch die zweite SMS lesen, beteuerte, dass er keine Ahnung habe, von wem die beiden Nachrichten stammten.

„Wir sollten losfahren. Es ist ein langer Weg bis zu diesem Kloster. Ich fürchte, wir werden es kaum rechtzeitig schaffen“, sagte Laura.

„Von wegen wir. Du fährst entweder nach Ireon, oder du wartest hier auf mich. Auf keinen Fall werde ich dich mitnehmen.“

Vergeblich versuchte Laura, ihn davon abzubringen, allein bei diesem Treffen zu erscheinen. „Bestimmt will dich jemand reinlegen. Entweder sie locken dich zu dem Kloster, um dich aus dem Weg zu schaffen, und bringen einstweilen mich um, oder sie passen dich unterwegs irgendwo ab und knallen dich nieder.“

Auch er vermutete, dass es sich um eine Falle handelte. Wahrscheinlich wollte ihn Boris loswerden, weil er kapiert hatte, dass er seinen Job nicht erledigen, Laura nicht töten würde. Oder Stavros hatte andere Killer beauftragt, ihn auszuschalten. Er tippte eher auf Boris, wegen der Anspielung auf das Geld. Aber wie hatten sie seine private Telefonnummer herausgefunden?

„Du gehst zuerst und fährst auf dem schnellsten Weg zu Marias Schwester. Ich mache hier noch alles dicht, dann haue ich ebenfalls ab“, sagte er.

Laura begriff, dass sie keine Chance hatte. Alexander würde sie eher an einen Stuhl fesseln als sie zu diesem mysteriösen Treffen mitzunehmen.

58.

Schweres Geschütz befand sich im Kofferraum von Alexanders SUV. Er hatte seine eigene Walther, die Glock, die er dem Burschen auf der Fähre abgenommen hatte, sowie die beiden 36er der Albaner dabei und jede Menge Munition für diese ganze Batterie. Ein Springmesser befand sich in seiner Jackentasche. In seinem Hosenbund steckte der Deringer, den er einst in Mexico City einer heroinsüchtigen Prostituierten abgenommen hatte.

Als das Kloster Megali Panagia in einer Senke unterhalb der Straße in Sicht kam, verlangsamte er das Tempo und bog auf den Parkplatz ein. Bevor er ausstieg, sah er sich nach allen Seiten um.

Ein großer Touristenbus und einige Kleinbusse versperrten ihm die Sicht auf den Eingang des Klosters. Außer ein paar älteren, leicht bekleideten Touristen und einer jüngeren langhaarigen Frau mit einem aufgespannten roten Schirm war weit und breit kein Mensch zu sehen. Alles wirkte friedlich.

Er hätte gern einen Blick in die im byzantinischen Stil erbaute Klosterkirche geworfen. Sie galt als die schönste und älteste Kirche auf Samos und war bekannt für ihre wertvollen Ikonen und ihren Altar. Er hatte noch genügend Zeit, es war erst zehn nach zwei, und er würde kein besonderes Risiko eingehen, wenn er die Kirche besuchte. Wegen der Touristen würden seine Gegner auf dem Gelände des Klosters keine Schießerei riskieren.

In diesem Moment spannte die Frau mit den langen schwarzen Haaren, die ihm schon aus der Ferne bekannt vorgekommen war, ihren Schirm ab und näherte sich seinem Wagen.

Er griff nach dem Deringer, legte ihn zwischen seine Oberschenkel, ließ das Fenster hinunter, stieg aber nicht aus.

Mit einem charmanten Lächeln auf den Lippen hielt ihm die Frau ihren schwarzen Rucksack vor die Nase. „Das gehört dir. Wenn etwas übrigbleiben sollte, hoffe ich, dass du es deiner Tochter vererben wirst. Wir sehen uns demnächst irgendwann, irgendwo. Außer du wartest auf mich. Die Führung dauert etwa eine halbe Stunde. Danach habe ich ein bisschen Zeit."

Sie reichte ihm den Rucksack durch das offene Fenster, bevor sie zu der Reisegruppe zurückkehrte. Ehe er den Mund aufbrachte, hatte sie ihren roten Schirm wieder aufgespannt und führte die Touristen zum Kloster.

Er überlegte, ob er ihr nachlaufen sollte.

„Stella!", rief er zögernd.

Als sie sich nach ihm umdrehte, winkte er ihr verlegen. Sie winkte nicht.

Seine Neugier, wie seine Tochter von seiner Vaterschaft erfahren hatte, war größer als sein Interesse am Inhalt des Rucksacks. Er würde auf sie warten, egal wie lange es dauerte.

Erst als sie mit der Gruppe hinter den Klostermauern verschwunden war, öffnete er den Rucksack.

Beim Anblick der vielen Geldbündel musste er unwillkürlich grinsen. Es handelte sich um mindestens fünfzigtausend Euro. Das meiste waren Zweihunderterscheine. Auch einige Fünfhunderterbündel befanden sich darunter. Fünfhundert-Euro-Banknoten wurden seines Wissens nicht mehr gedruckt, waren aber noch gültig.

Er griff nach seinem Mobiltelefon, wollte Laura von dieser seltsamen Begegnung mit Stella erzählen. Doch er konnte unmöglich das Geld erwähnen. Außerdem hatte Laura vorhin ja ihr Handy weggeworfen.

Malaka! Was für eine vertrackte Situation! Diese leidige Geschichte nahm einfach kein Ende. Jetzt war auch noch seine Tochter in das ganze Schlamassel involviert. Hatte Stavros sie geschickt? Sie als Geldbotin benützt?

Eines der Mobiltelefone vibrierte in seiner Hosentasche. Er hatte keine Lust ranzugehen. Als das Handy nach einer Weile einen schrillen Ton von sich gab, hörte er die Nachricht auf seiner Mailbox ab: Laura erkundigte sich, ob alles okay war, und gab ihm ihre neue Handynummer bekannt.

Er rief sie nicht zurück, schrieb ihr eine SMS. Mit dem Zeigefinger fiel es ihm leichter sie zu belügen.

Er schrieb, dass nichts passiert sei, er so schnell wie möglich zu ihr kommen werde, aber vorher noch eine Kleinigkeit zu erledigen habe. Etwas zu verschweigen war genaugenommen keine Lüge. Er hatte ihr nun einmal versprochen, sie nie mehr anzulügen.

59.

Als Stella nach etwa einer halben Stunde, gemeinsam mit der Reisegruppe, das Kloster verließ, brachte sie die

Leute zu einem der Minibusse und kam dann schnurstracks zu seinem Wagen.

„Arbeitest du als Fremdenführerin?“, fragte er, um seine Verlegenheit zu überspielen.

„Ich springe für eine Freundin ein. Sie und ihr Mann organisieren seit kurzem Tagesausflüge für Touristen von Ikaria nach Samos. Da sie heute keine Zeit hatte, habe ich die Leute begleitet.“

„Soll ich dich irgendwohin bringen?“

Sie nickte.

„Ich habe noch ein Geschenk für dich.“ Sie drückte ihm ein Fläschchen in die Hand. „Eigentlich habe ich gedacht, du brauchst so was nicht, als ich dich zum ersten Mal gesehen habe. So wie du momentan ausschaust, könnte aber ein Haarwuchsmittel nicht schaden.“

Lachend strich er über sein millimeterkurz geschnittenes Haar, wurde aber gleich wieder ernst. „Wie bist du an das Geld gekommen?“

„Das ist eine lange Geschichte. Wenn du willst, erzähle ich sie dir während der Fahrt.“

„Ich bin ungeheuer gespannt. Leider muss ich vorher noch jemanden treffen. Und bei diesem Treffen will ich dich nicht dabeihaben.“

„Du willst sie töten?“

Irritiert schaute er sie an. „Wen sollte ich töten wollen?“

„Na Stavros und die Russen. Ich weiß Bescheid, du brauchst mir keine Märchen zu erzählen. Das hättest du vor fünfundzwanzig Jahren machen sollen ...“

„Ich habe nichts von deiner Existenz gewusst. Deine Mutter hat meine Briefe nie beantwortet.“

„Das ist mir klar. Ich kenne meine Mutter sehr gut.“

Ihr zynisches Lächeln irritierte ihn. „Ich bin ihr nicht wirklich böse. Ich weiß, wie die Leute auf Ikaria ticken ... Als ledige Mutter hätte sie es nicht leicht gehabt ..."

„Mir kommen gleich die Tränen!" Stella lachte. Ihr Lachen klang nicht sehr fröhlich. „Christina hat mir alles erzählt. Sie hat mich hierhergeschickt, damit ich dir helfe, mit diesen kriminellen Arschlöchern fertigzuwerden."

„Du bist ganz schön eingebildet", sagte er grinsend.

„Christina hat eine alte Rechnung mit Stavros zu begleichen. Weißt du das nicht?"

Alexander zögerte. „Er will sie aus der Villa vertreiben. Aber was für eine alte, offene Rechnung ...?"

„Es geht um ihren Doktor. Stavros' Vater hat diesen ehrenhaften Mann auf Makronissos fast zu Tode gequält. Der alte Xanidis war einer der berüchtigtsten Folterknechte. Fast so brutal wie Vasilis Lambrou."

„Diesen Namen habe ich schon einmal gehört. Mein Vater hat ihn öfters erwähnt, sprach von einem Teufel in Menschengestalt, obwohl er nicht religiös war."

„Mein Großvater war also Atheist?", fragte Stella interessiert.

„Das war er. Meine Mutter war allerdings fromm. Trotzdem hat sie immer die Kommunisten gewählt."

„Wir Griechinnen sind eben sehr widersprüchlich." Stella grinste. „Möchtest du mehr über Christina und ihren Doktor erfahren?"

„Ja, erzähl."

„Der Doktor ist in diesem Lager einer richtigen Gehirnwäsche unterzogen worden. Man muss sich das mal vorstellen: Vierzehn erwachsene Männer, eingepfercht in einem Zelt bei extremer Hitze und schrecklicher Kälte, auf einem öden, unbewohnten Eiland, auf dem es, außer den Folterknechten und den Gefangenen, nur Ziegen, Ratten und Schlangen gab. Den ganzen Tag lang haben sie schwere Steine geschleppt, wie Sisyphos. Sie waren alle ausgemergelt und lebensmüde. Sobald der eine oder andere endgültig gebrochen war, hat er eine schriftliche Erklärung abgeben, seine Fehler eingestehen und um Vergebung bitten müssen. Dann ist er an die Front geschickt worden, um im griechischen Bürgerkrieg gegen seine früheren Freunde und Genossen zu kämpfen. Diejenigen, die sich geweigert haben, sind vor Gericht gestellt und durch ein Erschießungskommando hingerichtet worden, oder sie sind, wie der Doktor, in ein Militärgefängnis gebracht worden, wo noch unmenschlichere Zustände geherrscht haben als auf der Todesinsel."

Alexanders Miene hatte sich vor Abscheu verzerrt.

„Verstehst du jetzt, warum Christina sich unbedingt an der Familie Xanidis rächen will? Stavros ist genauso ein niederträchtiger Halunke wie sein Vater. Man müsse diesen Faschisten endlich Einhalt gebieten, hat sie gemeint."

„Sie ha...hat vo...vollkommen recht", stammelte er.

„Sie hofft, dass dir die fünfzigtausend genügen werden ..."

„Wie bitte? Das meinst du jetzt nicht im Ernst. Sie will mich engagieren?"

„Was denn sonst? Sie denkt, dass dich deine neue Liebe davon abhalten könnte, diese Kerle zu erledigen. Übrigens habe ich Christinas Dynamit geklaut. Ich habe verhindern wollen, dass es jemand anderer in die Finger kriegt oder sie sich gar selbst in die Luft sprengt, wenn sie unsachgemäß damit herumhantiert."

„Und du hast natürlich sachgemäß damit herumgespielt?"

„Es hat nichts mehr getaugt“, kicherte Stella. „Die Dynamitstangen stammen höchstwahrscheinlich aus dem Zweiten Weltkrieg und sind mehrmals feucht geworden. Ich habe sie getestet und dann im Meer entsorgt.“

„Bist du vollkommen verrückt? Du hättest dabei draufgehen können.“

„Ich kenne mich mit Sprengstoff aus, ich war beim griechischen Heer.“

„Wie bitte?“

„Du hast richtig gehört. Deshalb weiß ich über all die Gräueltaten der Militärs so genau Bescheid. Ich habe mich in den Archiven schlaugemacht.“

Alexander starrte seine Tochter sprachlos an und wäre fast in eine Leitplanke gerast.

„Pass auf, wohin du fährst, Papa.“

Hatte sie tatsächlich „Papa“ zu ihm gesagt? Wieder nahm er die nächste Kurve zu schnell.

„Christina ist auch hier. Sie ist gestern mit der Fähre angekommen.“

„Ihr seid beide verrückt!“

„Sie will sich deine Abrechnung mit diesen Verbrechern um keinen Preis entgehen lassen.“

„Wisst ihr eigentlich, mit wem ihr es zu tun habt? Das sind gefährliche Kriminelle, die jede Menge Profikiller an der Hand haben ...“

„So wie dich? Verzeih, war ein blöder Scherz. Christina ist in Pythagorio in einem Hotel am Hafen abgestiegen. Erste Reihe Balkon. Stavros’ Yacht liegt quasi direkt unter ihrem Balkon an der Mole.“

„Mein Gott!“, stöhnte er.

„Der wird dir nicht beistehen. Verlass dich lieber auf mich. Erzähl mir von deinem Plan. Wie willst du es angehen? Du hast es mit mindestens zwei gut ausgebildeten Söldnern und vier kräftigen Bodyguards zu tun.“

Der abschätzige Blick, den sie ihm bei diesen Worten zuwarf, verunsicherte ihn zutiefst. Zweifelte seine Tochter etwa an seinen Fähigkeiten?

„Lass das meine Sorge sein." Alexander sah sich im Geiste mit einer Glock in der Rechten und der Linken auf die Yacht stürmen und alles, was sich an Bord bewegte, niedermähen. Peng, peng, peng!

„Du willst sie erschießen, nehme ich an."

„Das erscheint mir nach wie vor die sicherste Methode zu sein."

„Ich bin eine ausgezeichnete Schützin und werde dir helfen."

„Nein, auf gar keinen Fall. Du hast dich schon genügend in Gefahr begeben, als du das Geld besorgt hast."

„Willst du gar nicht wissen, wie ich das angestellt habe?"

„Natürlich ...", stammelte er.

„Mein Freund Andreas hat mich zu der Party auf Stavros' Yacht mitgenommen. Du erinnerst dich? Wir haben uns dort kurz gesehen. Du bist früh abgehauen. Stavros will auch den Hafen von Evdilos in seine Finger kriegen. Andreas und sein Vater sind in diese krummen Geschäfte involviert."

„Und auf so einen stehst du?"

„Aber nein. Weder auf den einen noch den anderen. Aber ich war lange auf dieser Party und habe mit Stavros auf Teufel komm raus geflirtet. Er ist ein Charmeur und unheimlicher Angeber. Als er mich zu nerven begonnen hat, habe ich ihm ein Abführmittel in sein Champagnerglas gegeben. Einige Zeit später habe ich ihn unter Deck begleitet. Angeblich hat er mir seine Kajüte zeigen wollen. Haha ... Plötzlich hat er sich entschuldigt und ist verschwunden. Anscheinend hat er ein dringendes Bedürfnis verspürt. Während seiner langen Sitzung habe ich seinen Schreibtisch durchsucht. Eigentlich habe ich die Unterlagen für die geplante Hotelanlage in Evdilos gesucht. Der Typ scheint sich so was von sichergefühlt zu haben, er hat alle seine Papiere offen herumliegen gelassen. In seinem unversperrten Schreibtisch habe ich ein dickes Kuvert gefunden. Ich habe die Scheinchen nicht gezählt, aber das Kuvert und das restliche Geld, das ich in einer anderen Schublade entdeckt habe, einfach in meinen Rucksack gestopft. Der liebe Andreas hat sich mit zwei Blondinen am Bug amüsiert. Er hat meinen Abgang genauso wenig bemerkt wie Stavros, der nach wie vor auf der Toilette gehockt ist. Einer seiner Leibwächter hat mich gefragt, warum ich schon gehe. Ich habe gesagt, dass ich mir nur meine Jacke aus dem Auto holen wolle, und ihm zugezwinkert. Dann habe ich geschaut, dass ich wegkomme."

„Und dein prallgefüllter Rucksack ist ihm nicht aufgefallen?"

„Der hat nur auf meinen Busen gestarrt. Außerdem laufe ich meistens mit schweren Rucksäcken herum. Ich mag immer alles dabeihaben, was ich notfalls brauchen könnte – nicht nur Abführmittel. Meine Mutter schimpft zwar andauernd, dass ich eine schlechte Haltung bekomme, wenn ich ständig so schwer schleppe ..."

„Mich wundert es, dass dir Stavros' Leute noch nicht auf den Fersen sind. Er wird doch bestimmt vermuten, dass du das Geld geklaut hast."

„Das traut er mir nicht zu. Er hält Frauen prinzipiell für minderbemittelt. Außerdem habe ich ihm gegenüber die Tussi gespielt."

„Und jetzt willst du einfach so mir nichts, dir nichts wieder an Bord spazieren? Vielleicht mit ein paar Molotowcocktails in deinem Rucksack?", unterbrach Alexander sie.

„Tja, das wäre eine Möglichkeit.“

„Sag mal, woher hast du all diese kriminelle Energie?“

„Es sind die Gene. Schließlich bin ich die Tochter eines berüchtigten Auftragskillers.“

„Hör auf ...“ Alexander war der Verzweiflung nahe.

„Ich war, wie gesagt, nach der Schule beim Militär, hatte die Aufnahmeprüfung auf die Uni nicht geschafft. Eigentlich hätte ich Chemie studieren wollen. Ioannis meinte, ich solle zum Militär gehen und dort eine Ausbildung machen. Ich habe mich also freiwillig gemeldet, und die Armee hat mir das Studium dann ermöglicht. Mit explosiven Sachen kenne ich mich aus. Meine Studienkollegen und ich haben öfters aus Spaß kleinere Sprengkörper angefertigt, die sich per Handy haben auslösen lassen ...“

Alexander schenkte seiner Tochter einen respektvollen Blick, bemerkte jedoch: „Was du nicht sagst. Aber das ist kein Job für eine Frau.“

„Ich habe nicht gedacht, dass du so ein altmodischer Macho bist.“

„Entschuldige bitte ...“

„Ich habe den Militärdienst längst an den Nagel gehängt, arbeite, wie du weißt, momentan in der Bar meiner Mutter. Am liebsten hätte ich einen Job bei einer international operierenden Firma. Ich möchte endlich mal raus aus Griechenland. Könntest du mir nicht helfen? Du warst doch viele Jahre im Ausland.“

„Tja, mal sehen, vielleicht fällt mir jemand ein, der dich brauchen könnte.“

„Ein südamerikanischer Drogenbaron zum Beispiel?“

Alexander wusste nicht, ob er lachen oder mit ihr schimpfen sollte. „Du bist ganz schön abgebrüht“, sagte er. „Ich lasse mich, was Sprengsätze betrifft, gerne von dir beraten, aber durchführen werde ich die Aktion alleine. Das ist mein letztes Wort zu diesem Thema."

„Ja, Papa", kicherte sie.

Lachte sie ihn aus?

„Und du hast wirklich bei diesen Drogenkriegen in Kolumbien und Mexiko mitgemischt?"

„Hat Christina geplaudert?"

„Du musst ihr verzeihen. Ich habe ihr keine Chance gelassen, habe alles über dich erfahren wollen. Sie ist eine schlechte Lügnerin. Zu ihrer Entschuldigung muss ich sagen, dass ich Stunden gebraucht habe, um ihr diese Informationen zu entlocken. Zuerst war ich leicht schockiert, habe es nicht für sehr witzig gehalten, die Tochter eines Profikillers zu sein. Mittlerweile habe ich mich damit abgefunden. Laura hat viel dazu beigetragen, dass ich dich nicht allzu abscheulich finde."

„Wo hast du Laura kennengelernt?"

„Sie war auf Ikaria, hat dich gesucht. Diese Frau scheint sich ernsthaft in dich verknallt zu haben. Ihr passt gut zusammen. Besser als du und meine verbitterte Mutter ... Vielleicht war Elena früher anders. Leider kann ich mich nicht daran erinnern, wie auch? Ich glaube, sie hat mich seit meiner Geburt für ihr Scheißleben verantwortlich gemacht. Was soll ich jetzt tun? Ich bin gerade dreißig geworden und stehe vor den Scherben meiner Vergangenheit: Mein Vater ist ein Mörder, meine Mutter eine kalte, frustrierte Frau, mein Exmann ein gemeingefährlicher Militarist, mein Zukünftiger, wenn es nach dem Willen meiner berechnenden Mutter geht, ein rechter Baulöwe, der über Leichen geht ..."

„Bitte, Stella! Ich weiß, wir haben dich alle sehr verletzt. Ich kann dich nur um Verzeihung bitten ..."

„Lassen wir das jetzt. Wir haben ein wichtigeres Problem zu lösen. Wie gehen wir es an? Sind nur Stavros und dieser Russe unsere Zielobjekte? So nennt ihr doch die Leute, die ihr umnieten wollt, oder?"

Leicht verzweifelt schüttelte Alexander den Kopf.

„Ich habe bereits alles ausgekundschaftet. An Bord befinden sich Stavros, sein Anwalt, der russische Oligarch und sein Sekretär sowie vier Bodyguards. Die Besatzung besteht aus einem Skipper und einem Matrosen. Beide sind ehemalige Söldner und schwere Burschen. Ein asiatischer Boy und ein Koch aus Südfrankreich gehören ebenfalls zur Mannschaft. Würde sie als eher harmlos einstufen. Insgesamt sind es also zwölf Mann."

„Zehn. Zwei albanische Bodyguards habe ich bereits ausgeschaltet, übrigens die Mörder des türkischen Geschäftspartners deines Stiefvaters."

„Bravo! Wie hast du das gemacht?"

„Erzähle ich dir ein anderes Mal. Sprich weiter."

„Du zuerst. Haben diese Männer auch Ioannis umgebracht?"

„Nein, das war angeblich der Türke. Ioannis dürfte ihm übel mitgespielt haben. Der Mann ist wegen ihm ein Jahr im Gefängnis gesessen."

„Und was weißt du über die Beziehung zwischen Stavros und dem Russen?"

„Sie arbeiten zusammen. Ich nehme an, dass Stavros seinem neuen Geschäftspartner die Grundstücke zeigen will, die sie sich nun gemeinsam unter den Nagel reißen wollen."

„Pass auf, da kommt ein Laster!", schrie sie.

In letzter Sekunde riss er das Lenkrad herum.

„Seit wann weißt du, dass ich dein Vater bin?", wechselte er das Thema.

„Geahnt habe ich es schon länger. Meine Mutter hat ein paar Fotos mit Datum, auf denen ihr beide eng umschlungen abgebildet seid, aufgehoben. Ich habe sie in ihrer Psyche gefunden, als ich vierzehn war. Ich war immer gut im Rechnen. Sie hat Ioannis geheiratet, als sie im dritten Monat mit mir schwanger war und ihr Bäuchlein wahrscheinlich bald sichtbar geworden wäre. Meine Großmutter, die Ioannis nicht leiden konnte, weil er ihrer Meinung nach ein gottloser Mensch war – sie selbst war bigott –, hat außerdem manchmal Andeutungen gemacht, dass Ioannis höchstwahrscheinlich nicht mein Vater sei, ein anderer Mann meine Mutter geschwängert und sie im Stich gelassen habe. Über meine wahre Herkunft aufgeklärt hat mich erst unlängst Christina. Ich sehe dir ähnlich, habe deine Nase, deine Augen ..."

Verblüfft sah Alexander sie an.

„Schau bitte auf die Straße. Das ist eine sehr gefährliche Strecke."

Alexander tat, wie ihm seine Tochter geheißen hatte.

60.

Auf dem äußersten Zipfel eines vorspringenden Felsens thronte ein strahlend weißes Gebäude. Ein Schild verriet, dass es sich um eine Taverne handelte.

„Lass uns einen Kaffee trinken. Die Fahrerei ist verdammt anstrengend, ich habe letzte Nacht nicht gut geschlafen, brauche eine kurze Pause." Das Gespräch mit seiner Tochter hatte ihn ziemlich erschöpft.

„Soll ich fahren?", bot sich Stella an.

„Nein. Wir müssen reden. Ich kann mich nicht gleichzeitig auf die Straße und auf unser Gespräch konzentrieren."

„Ihr Männer seid eben im Gegensatz zu uns Frauen nicht begabt für Multitasking", kicherte Stella.

„Nur nicht frech werden“, sagte er, musste aber auch lachen. Seine Tochter gefiel ihm immer besser.

Das Lachen verging ihm jedoch, als sie an einem Tisch ganz vorne auf der Terrasse Platz nahmen und sie zu ihm sagte: „Alles ist deine Schuld!“

Bevor er fragen konnte, was sie meinte, fragte ein gutaussehender Grieche nach ihren Wünschen.

Stella betrachtete ihn ungeniert. „Supertyp, den würde ich nicht von der Bettkante stoßen“, sagte sie leise, nachdem sie einen griechischen Kaffee für sich und für Alexander ein Cola und einen Espresso bestellt hatte.

Alexander war leicht schockiert und ein bisschen eifersüchtig. Entwickelte er bereits väterliche Gefühle?

Die Aussicht war traumhaft. Unter ihnen breitete sich die Meerenge zwischen dem östlichen Zipfel von Samos und dem türkischen Festland aus. Weder Stella noch er zeigten Interesse an dem fantastischen Ausblick.

Kaum hatte der Kellner ihre Getränke gebracht, sagte Stella mit ernster Miene: „Ich hätte dich früher dringend gebraucht, mein Leben wäre ganz anders verlaufen ... Dieser Meinung ist übrigens auch deine Freundin.“

„Welche Freundin?“

„Tu nicht so, als wüsstest du nicht, von wem die Rede ist“, sagte sie. „Laura ist unheimlich clever. Ich hätte nie gedacht, dass Modetussis was im Hirn haben können. Das Wochenende bei ihr hat mir sehr gutgetan. Sie hat es auch geschafft, dass du meine Mutter endlich vergessen kannst, stimmt’s? – He, sei nicht so spießig. Ich weiß, dass du auf diese Österreicherin stehst. Sie ist eine tolle Frau, kümmert sich um die Flüchtlinge auf Samos, obwohl sie selbst nicht gerade vermögend ist. Ich hoffe nur, sie war versichert.“

„Du hast von dem Feuer gehört?“

„Mir bleibt kaum etwas verborgen. Du hast diesen schwulen Hotelbesitzer auf Mykonos nicht umgebracht und auch Lauras Haus in Limnionas nicht abgefackelt. Ich habe ein ganz anderes Problem. Elena hat mich, wie gesagt, von Geburt an abgelehnt. Und Ioannis hat mich sowieso nie zur Kenntnis genommen, außer als er mich mit neunzehn loswerden wollte und zum Militär geschickt hat. Wenn mich meine Großmutter und Christina nicht geliebt hätten, wäre ich ein asoziales Wesen geworden, eine Psychopathin oder drogensüchtig ..."

„Vergibst du mir?" Alexanders Augen waren feucht. Er griff nach ihrer Hand.

Sie entzog sie ihm. „Jedenfalls bin ich keine besonders nette Frau geworden. Manchmal kann ich mich selbst nicht ausstehen."

Alexander wusste nicht, wie er auf ihre offenen Worte reagieren sollte.

Ehe ihm noch eine tröstliche Bemerkung einfiel, sagte sie: „Schluss mit den Sentimentalitäten! Wir sollten einen Plan machen, wie wir den russischen Oligarchen und Stavros beseitigen können, ohne erwischt zu werden."

„Zum letzten Mal, halte dich ab jetzt raus! Das ist allein mein Job!"

„Du hast keine Ahnung von Sprengstoff. Wahrscheinlich wirst du mit einer MP wild herumballern. Und die Kugel eines bescheuerten Bodyguards wird dich dann niederstrecken. Vergiss es! Ich sorge für eine todsichere Bombe. Von mir aus kannst du sie an Bord werfen. Bedenke aber, dass ich als Frau leichter an die Yacht herankommen würde als du. Denn einer von den Russen steht immer auf der Mole und bewacht das Schiff. Das habe ich bereits gecheckt."

„Man könnte auch vom Meer her kommen. Ich habe ein Sportboot gechartert, es allerdings vor Fourni fast versenkt, als ich in einen Sturm geraten bin. Es ist aber repariert und funktioniert wieder einwandfrei ..."

„Gute Idee! Du gehörst also doch noch nicht zum alten Eisen."

„Wenn du glaubst, dein Gegner ist stärker als du, musst du seine Schwächen herausfinden und ausnutzen. Da er das von dir erwartet, wird er entsprechende Abwehrmaßnahmen treffen. Es wäre also schlauer, seine Stärken gegen ihn zu verwenden", sagte Alexander.

„Klingt gut", sagte sie. „obwohl ich nicht ganz kapiert habe, was du meinst. Auf jeden Fall bin ich gespannt, wie du das hinkriegen willst."

Alexander beabsichtigte nicht, sie in seinen Plan einzuweihen. Boris war ein verweichlichter Playboy, Stavros war schon allein wegen seines Körperumfangs nicht sehr beweglich. Ihre stärkste Waffe waren die Bodyguards, und die würde er alle einzeln aus dem Weg räumen, bevor er sich die beiden Immobilienhaie vorknöpfte.

Nachdem sie ausgetrunken hatten, fuhren sie weiter Richtung Pythagorio. Alexander hätte Stella noch viel zu sagen gehabt, doch es war nicht der richtige Zeitpunkt. Wenn alles vorbei wäre, würde er sie bitten, ein paar Tage mit ihm zu verreisen. Nur sie und er. Auf dieser Reise würde er ihr alles erzählen. Vielleicht würde sie ihm dann endgültig vergeben?

Er brachte sie zu ihrem Hotel in Pythagorio, wo auch Christina abgestiegen war, und warf nur einen schnellen Blick auf Stavros' Yacht, die weiter draußen an der Mole lag.

„Wir sehen uns morgen, sagen wir bei Sonnenuntergang im Café neben unserem Hotel? Dann besprechen wir in Ruhe unser weiteres Vorgehen, okay?"

„Mein weiteres Vorgehen!“, sagte Alexander und schaute hinauf zu den Fenstern des zweistöckigen Hotels. Bildete er sich nur ein, Christina hinter den Vorhängen an einem Fenster im zweiten Stock zu sehen?

Mit einem mulmigen Gefühl im Bauch winkte er Stella zu und fuhr auf direktem Weg nach Ireon.

61.

Das ehemalige Fischerdorf an der Mündung des Flusses Imbrasos, am Rande einer der fruchtbarsten Ebenen der Insel, besaß einen idyllischen kleinen Hafen mit vielen Tavernen und Cafés. Am Sand- und Kiesstrand gab es hübsche Pensionen und Appartementhäuser.

Laura hatte bei Marias Verwandtschaft mitten im Ort Unterschlupf gefunden. Sie war erleichtert, Alexander heil wiederzusehen, bat ihn aber nicht herein. „Gehen wir lieber in eine Taverne, außer du willst dich von Marias Verwandtschaft für deine Heldentat in Limnionas beglückwünschen lassen. Ich warne dich, das hier ist ein reiner Frauenhaushalt. Außer Maria und ihrer Schwester wohnen auch noch drei halbwüchsige Mädchen im Haus. Es geht den ganzen Tag lustig zu, das kannst du mir glauben.“

Bei einem Kaffee erzählte sie ihm, dass sie morgen alle zusammen einen Bootsausflug auf die Insel Samiopoula machen und auch das Hera-Heiligtum in der Nähe des Dorfes besuchen wollten.

Alexander liebte ihre Stimme, hörte ihr aber nur mit halbem Ohr zu. In Gedanken war er bei Stella und der Yacht im Hafen von Pythagorio.

***

Als die Sonne unterging und der Abendstern am Himmel erschien, legte Alexander den Arm um Lauras Schultern, zog sie an sich und küsste sie zärtlich.

Sie erwiderte seinen Kuss nur flüchtig und fragte: „Wolltest du mir nicht etwas Wichtiges erzählen?“

Zögernd berichtete er ihr von Stellas und Christinas Plänen.

„Sind die beiden komplett verrückt geworden? Keiner von euch dreien darf wegen ein paar Grundstücken und Immobilien draufgehen.“

Alexander erklärte ihr, dass es vor allem Christina um etwas anderes ging, und zwar um Rache für grausame Verbrechen in der Vergangenheit.

„Kapierst du denn nicht?“, unterbrach Laura ihn. „Die beiden werden noch heute Abend die Yacht in die Luft sprengen. Die wollen dich nur schützen. Sie lieben dich beide. Mein Gott, bist du manchmal leichtgläubig! Wir müssen sofort nach Pythagorio und den Anschlag verhindern.“

Völlig verdattert starrte Alexander sie an. „Wieso denkst du, dass sie ...?“

„Weil ich Christina und Stella inzwischen anscheinend besser kenne als du“, fiel Laura ihm ins Wort. „Außerdem hat Maria letzte Nacht von einer Feuersbrunst und mehreren toten Männern geträumt.“

Alexanders skeptischer Blick blieb ihr nicht verborgen, obwohl er rasch zu Boden sah.

„Du glaubst nicht an prophetische Träume? Ich auch nicht, aber wir sollten jetzt besser losfahren.“

Alexander legte einen Zehner auf den Tisch, ergriff Lauras Arm und eilte mit ihr zu seinem Wagen.

Über Ireon und Umgebung ging gerade ein lokales Gewitter nieder. Der Himmel war fast schwarz. Mond und Sterne versteckten sich hinter dunklen Wolken. Die

Straße stand bald unter Wasser. Gefährliches Aquaplaning zwang Alexander dazu, im Schritttempo zu fahren.

Kurz vor Pythagorio hörte es zu regnen auf. Er war nicht gerade glücklich über die Wetterbesserung. Laura hatte ihn mit ihrer Angst, dass Stella und Christina heute Abend einen Anschlag auf Stavros' Yacht verüben würden, angesteckt. Heftiger Niederschlag hätte ihre Pläne vereiteln können.

***

Stavros hatte mit seiner Yacht römisch-katholisch, also mit dem Heck an der Mole, angelegt. Er und sein illustrer Gast aus Russland saßen in bequemen Ledersesseln und sprachen kräftig Wein und Wodka zu. Laute Musik schallte aus den Lokalen am Ufer über das Meer.

Die Männer unterhielten sich auf Englisch. Es spielte keine Rolle mehr, worüber sie sprachen. Egal, welch schmutzige Geschäfte sie planten, sie würden diese nicht mehr realisieren können.

Alexander und Laura erreichten gerade rechtzeitig den Hafen von Pythagorio, um die spektakuläre Explosion einer Yacht von der Hauptstraße aus mitanzusehen.

Die vielen Touristen in den Lokalen auf der Promenade dachten zuerst, es handle sich um ein Feuerwerk. Oh- und Ah-Rufe ertönten aus den Mündern betrunkener Skandinavier und Deutscher, als ein Feuerball den dunklen Himmel über dem Hafen erhellte.

Epilog

„Alles, was das Leben ist, sind die Träume nach Rache", hat der berühmte französische Maler Paul Gauguin einst behauptet. Ich kann ihm nur recht geben. Und, oh Wunder, all meine Träume sind heute Realität geworden!

Stella hatte versucht zu verhindern, dass ich nach Samos mitkomme. Es bedurfte all meiner früheren Autorität als Lehrerin, dem Mädchen klarzumachen, dass ich mir von ihr nichts anschaffen oder gar verbieten ließ. Ich wollte unbedingt aus der Nähe mitansehen, wie sich meine Träume erfüllten.

Wenige Leute waren unterwegs. Das Wetter war zu stürmisch, viel zu kalt für Anfang Juni. Zum Glück hatte es zu regnen aufgehört. Ich betete zu Hephaistos, dem Gott des Feuers, als ich mit meiner altmodischen Handtasche am Arm zu einem Abendspaziergang aufbrach. Vorher hatte ich mich vergewissert, dass sich Stella auf ihrem Zimmer befand. Sie braute gerade ihre Molotowcocktails, als ich kurz zu ihr hinüberschaute, um Gute Nacht zu sagen.

Das liebe Kind hatte vor, die Yacht in den frühen Morgenstunden, wenn alle an Bord schliefen, in die Luft zu jagen. Ich hatte gar nicht erst versucht, sie davon abzuhalten. Stella kann unheimlich stur sein. Das hat sie von ihrem leiblichen Vater. Ich hatte einen viel besseren Plan, mit dem ich ihren durchkreuzen würde. Die Idee kam mir, nachdem sie mir von dem Diebstahl des Geldes erzählt hatte. Sie wusste nicht, wohin damit und brachte es mir. Ich gab vor, damit Alexandros für meinen Rachefeldzug engagieren zu wollen, obwohl ich bereits etwas anderes vorhatte. Mein Plan schien aufzugehen. Stella war sofort bereit, ihm das Geld zu übergeben. Allerdings hatte ich die Kleine unterschätzt. Sie wollte trotzdem allein den Anschlag durchführen.

Als ich auf die Mole hinausschlenderte, begegnete mir kein Mensch. Ich war ganz in Schwarz gekleidet, hatte sogar ein schwarzes Kopftuch umgebunden und sah aus wie eines dieser griechischen Klageweiber.

Ein Besatzungsmitglied hielt ein paar Meter vor der Yacht auf der Mole Wache. Er schien auf einem Poller eingenickt zu sein. Der andere Matrose schäkerte mit zwei deutschen Tussis auf einer in der Nähe liegenden Segelyacht. Die beiden russischen Bodyguards besoffen sich seit Stunden in einer Bar neben unserem Hotel und sahen bestimmt schon alles doppelt.

Mein Augenlicht ist nicht mehr so gut. Ich musste relativ nahe an das Boot heran. Außerdem wusste ich nicht, wie weit ich noch werfen konnte. Die Männer auf der Yacht bemerkten mich nicht. Alte Frauen sind unsichtbar. Ich stand mit dem Rücken zur Promenade. Von dort aus würde keiner mitbekommen, was ich trieb.

Die Handgranate explodierte nicht gleich, rollte ein paar Sekunden lang zischend auf dem Boden herum. Als die feinen Herrschaften sie bemerkten und erschrocken aufsprangen, warf ich die zweite Granate auf den Motorkasten. Dann entfernte ich mich schnellen Schrittes. Sollte mich jemand, wider Erwarten, beobachtet haben, würde es hoffentlich so aussehen, als liefe ich vor der Explosion davon.

Wenn sie mich erwischten, würde ich selbstverständlich allein die ganze Schuld auf mich nehmen. Was konnte mir schon passieren? Ich werde vierundachtzig. Eine verwirrte alte Frau, die mehr in der Vergangenheit als in der Gegenwart lebt und sich für den Tod ihres Mannes und ihres besten Freundes rächte. Selbst wenn sie mich in eine psychiatrische Anstalt stecken sollten, wäre das halb so schlimm. Dort würde ich sicher gut versorgt werden und hätte endlich Zeit, all die Bücher zu lesen, die ich immer schon lesen wollte.

Als die Motoryacht um Punkt dreiundzwanzig Uhr in die Luft flog, wurde der Matrose, der Wache gehalten hatte, von der Hitzewelle erfasst und zu Boden geschleudert. In letzter Sekunde klammerte er sich an dem Poller fest. Eine hohe Welle folgte auf die Explosion, schwappte über den Kai hinweg, brachte auch mich fast zu Fall.

Der Knall war ohrenbetäubend, die Explosion gewaltig, viel stärker als ich erwartet hatte. Eine Gischtfontäne stieg auf, die bis weit über die Mole reichte. Laut schreiend stürzten zwei lebende Fackeln über Bord. Ich drehte mich um, konnte nicht erkennen, ob es sich um Stavros und den Russen handelte. Die Männer schwammen bereits Richtung Ufer. Außer ein paar Brandwunden würden sie wohl nicht viel abbekommen haben.

Ich war enttäuscht. Gleichzeitig spürte ich eine gewisse Erleichterung. „Wir vernichten nur Konsumgüter, töten keine Menschen", dachte ich wieder einmal an die Worte meines geliebten Christos.

Plötzlich stand Stella neben mir. „Du bist wahnsinnig", sagte sie mit zittriger Stimme und zerrte mich von der Mole weg.

Die Männer, die kurz darauf vor unseren Augen von Passanten aus dem Hafenbecken gezogen wurden, waren zart gebaut und kleingewachsen. Mitglieder der Besatzung? Es hat die Richtigen erwischt, dachte ich mit Genugtuung, als ich auf das lichterloh brennende Boot schaute. Denn Stavros und der Russe hatten es offenbar nicht geschafft, den Flammen zu entkommen.

Der Doktor und auch Christos waren gerächt. Das abscheuliche Wort „Blutrache" kam mir in den Sinn. Ich wischte den hässlichen Ausdruck rasch beiseite. Hatte ich nicht auch Laura und Alexandros das Leben gerettet?

Tropfnass, aber hocherhobenen Hauptes wankte ich mit Stellas Hilfe zu unserem Hotel. Vor dem hell erleuchteten Eingang liefen uns Laura und Alexandros in die Arme.

Wir sahen alle vier schweigend zu, wie der Asiate und der andere kleine Mann, den Stella als Koch identifizierte, in eine Ambulanz verfrachtet wurden. Der Muskelprotz, der Wache geschoben hatte, wurde vor Ort verarztet. Die betrunkenen russischen Bodyguards, die in der Bar nebenan herumbrüllten und ihre Pistolen gezogen hatten, als sie kapierten, was passiert war, wurden gerade von der Polizei festgenommen.

„Lasst uns miteinander auf den gelungenen Abend anstoßen", sagte ich und lud meine beiden ehemaligen Schüler und Laura auf einen Drink in der Hotelbar ein.

„Setzen wir uns lieber auf meinen Balkon. Und du musst dich umziehen, sonst holst du dir eine Lungenentzündung." Stellas strenger Ton erlaubte keinen Widerspruch. Wieder einmal dachte ich, dass an ihr eine Lehrerin verlorengegangen war.

Als ich mich zu den anderen auf Stellas Balkon gesellte, stand bereits eine Flasche Champagner am Tisch und für mich eine Tasse Tee. Wir stießen schweigend miteinander an. Ausnahmsweise nahm auch ich einen Schluck von dem prickelnden Zeug.

Stella schien Alexandros und Laura bereits über meinen Alleingang aufgeklärt zu haben. Die beiden starrten mich fassungslos an. Als sie ihre Sprache wiederfanden, löcherten sie mich mit Fragen.

Ich schilderte ihnen kurz und bündig meine Vorgehensweise und amüsierte mich über das Entsetzen, das in ihren Augen aufblitzte. Warum traute bloß niemand einer rüstigen Achtzigjährigen zu, zwei Handgranaten zu entzünden? Das war nun wirklich keine große Sache.

Uns allen war klar, dass Alexandros untertauchen musste. Michail, Boris' rechte Hand, und Stavros' Anwalt, die nicht mit an Bord gewesen waren, aber über alles Bescheid wussten, würden ihn sicher bei der Polizei anschwärzen.

Alexandros wollte keinesfalls ohne Laura das Land verlassen. Doch Laura gab zu bedenken, dass der Athener Kommissar es merkwürdig finden würde, wenn sie und Alexandros zur selben Zeit spurlos verschwinden würden. Außerdem wollte sie sich um die Versicherung kümmern und ihr Haus wiederaufbauen.

Gemeinsam überredeten wir Alexandros schließlich mit Stella abzuhauen. Falls man mich doch verdächtigen oder gar verhaften würde, schwebte auch sie in Gefahr.

Sobald sie in Sicherheit waren, sollten sie uns anrufen. Laura versprach nachzukommen, egal wohin. Mit diesem Versprechen konnte sie Alexandros dazu bringen, mit seiner Tochter in die Türkei zu flüchten.

Sein Motorboot lag nach wie vor in Vathy. Wir waren einer Meinung, dass sie noch heute Nacht losfahren mussten.

Laura und ich brachten die beiden zu Alexandros' Mietwagen, der auf der anderen Seite der Bucht stand. Die Polizei hatte den Zugang zur Mole und einen Teil der Promenade bereits abgesperrt.

Zu viert schlenderten wir die Straße entlang. Wir sprachen nicht viel, schauten hin und wieder zurück zu Stavros' Yacht, auf der das Feuer langsam erlosch. Der kümmerliche Rest des Bootes war in starke Seitenlage geraten, drohte unterzugehen.

Die Abschiedsszene von Alexandros und Laura war fast peinlich in meinen Augen. Er konnte sich kaum von ihr lösen. Laura benahm sich vernünftiger, gab ihm einen Klaps auf den Hintern und sagte: „Hau endlich ab!"

Wir winkten Alexandros und Stella nach, bis die Rücklichter ihres Wagens in der Dunkelheit verschwanden.

Als wir uns meinem Hotel näherten, erhaschten wir einen Blick auf die Überreste der Todesopfer, die gerade geborgen wurden. Laura schlug ihre Hände vors Gesicht. Ich sah mir vor allem die Leiche von Stavros genauer an. Die Granate hatte seinen Oberkörper zerfetzt und auch von seinen Beinen nicht mehr viel übriggelassen.

Die dunklen Wolken hatten sich verzogen. Die ersten Sterne erschienen am griechischen Himmel. Der Mond tauchte die Marina von Pythagorio in ein betörendes Licht. Ein gutes Zeichen. Hera und Artemis schienen uns wohlgesonnen zu sein!

Edith Kneifl
Todesreigen in der Hofreitschule
Ein historischer Wien-Krimi
272 Seiten, € 12.95
HAYMON taschenbuch 264
ISBN 978-3-7099-7911-2

Von Liebenden, Attentätern und der gefährlichsten Frau der Welt: Vor der Wiener Hofburg sprengen Anarchisten eine Kutsche in die Luft. Wenig später wird ein böhmischer Kutscher in der Neuen Burg ermordet. Der charmante Privatdetektiv Gustav von Karoly tappt zunächst völlig im Dunkeln. Und auch eine geheimnisvolle Schöne gibt Gustav Rätsel auf – je tiefer er in die Ermittlungen eintaucht, desto näher kommt er ihr ...

Edith Kneifl, die Königin des Wien-Krimis, lässt in der historischen Hofburg und den Stallungen der Hofreitschule nicht nur die weißen Hengste ein mörderisch-betörendes Ballett tanzen.

Edith Kneifl
Der Tod liebt die Oper
Ein historischer Wien-Krimi
264 Seiten, € 12.95
HAYMON taschenbuch 234
ISBN 978-3-7099-7879-5

Mord an der kaiserlichen Hofoper! Der charmante Privatdetektiv Gustav von Karoly schwelgt im Liebeskummer, da kommt ihm eine Einladung an die Oper sehr gelegen. Gespielt wird Otello. Doch als sich der Titelheld den Dolchstoß verpasst, sackt er getroffen zu Boden – das Blut ist echt. Der Dolch also auch ...

Gustav stürzt sich volley in die Ermittlungen zwischen Café Sacher und Wiener Graben. Die Spuren führen ihn schließlich bis ins mondäne Sommerfrische-Paradies des europäischen Hochadels: nach Opatija, wo ihn ein dramatischer letzter Akt erwartet. Königlich-kaiserliche Krimispannung mit echtem Sisi-Flair!